고릴라 재판의 날

BOOK PLAZA

고릴라 재판의 날

스도 코토리 지음 ┃ 남소현 옮김

BOOK PLAZA

일러두기
본문의 각주는 모두 옮긴이 주입니다.

1

나는 좁지만 편안한 곳에서 자고 있었다.

너무 좁아서 움직일 수조차 없었지만 그래도 나는 기쁨으로 가득 차 있었다.

시간이 흘러 내가 조금씩 성장해 감에 따라 내 방은 점점 더 좁아졌다.

이윽고 정든 보금자리를 떠날 날이 다가왔다.

마치 나를 둘러싼 세계가 급격히 쪼그라들어 엄청난 힘으로 나를 짓누르는 것만 같았다.

나는 홍수처럼 밀어닥치는 거센 물결에 휩쓸려 엄마 배 속에서 세상 밖으로 나왔다.

양수를 뱉어내고 신선한 공기를 가슴 가득 들이마셨다.

처음에는 숨쉬기가 힘들었지만 금방 익숙해졌다. 팔다리를 이리저리 움직여 보았다.

지금까지 나를 가둬두고 있던 말랑말랑한 벽은 더 이상 느껴지지 않았다.

나는 마침내 자유로워진 것이다.

눈을 떠서 이쪽을 내려다보고 있는 엄마를 쳐다보았다.

온화하게 빛나는 엄마의 눈동자는 아름다웠다.

엄마는 두 팔로 나를 끌어안고 가볍게 좌우로 흔들며 더 자라고 했다.

나는 엄마 품에 폭 안겨 엄마의 콧노래를 들으며 다시 눈을 감았다.

내가 태어난 곳은 아프리카 카메룬에 위치한 정글이었다. 그곳에는 항상 신비로운 안개가 짙게 깔려 있었다.

교육열에 불타는 엄마를 영어로 타이거 맘이라고 한다는데, 우리 엄마는 호랑이는 아니었지만 자식 교육에는 매우 열심이었다. 다른 아이들이 밀림을 뛰어다니며 놀 때 나는 엄마를 따라 연구소에 갔다. 정글에서 우리 엄마 말고는 아무도 연구소에 가지 않았다. 우리 엄마만 특별했다. 엄마에게는 정글에서의 삶 외에 연구소에서의 삶이 존재했다. 나는 그런 엄마가 자랑스러웠고, 그래서 친구들과 놀고 싶은 마음을 꾹 참고 엄마와 함께 연구소에 갔다.

연구소 직원들도 매번 우리를 반갑게 맞아 주었다. 나는 엄마 품에 안긴 채 엄마가 연구소 사람들과 이야기하는 모습을 바라보았다. 아직 말을 배우지 못한 나로서는 무슨 이야기를 하고 있는지 알 길이 없었지만, 엄마의 반짝이는 표정을 보면 엄마가 그들을 신뢰하고 있다는 건 분명했다. 엄마는 연구소와 그곳에 있는 사람들을 진심으로 좋아했다.

엄마는 어린 나를 안고 연구소에서 다양한 테스트를 받았다. 언어 능력, 기억력, 인지 능력, 수학적 지식 등. 테스트 내용은 매번 비슷했고, 연구원들은 결과를 보며 놀라워했다.

당시에는 눈치채지 못했지만, 그들은 엄마뿐만 아니라 딸인 나에게도 큰 기대를 걸고 있었다. 특별한 엄마에게서 태어난 특별한 딸. 나는 세계에서 유례를 찾아보기 힘든 유일무이한 존재였다. 물론 나는 그런 사실은 전혀 모른 채 평범한 하루하루를 보내고 있었지만.

내가 조금 크자 엄마는 내게 말을 가르쳐 주었다. 제일 처음 배운 말은 '로즈'. 내 이름이다. 엄마가 제일 좋아하는 꽃 이름을 따서 지은 것이었다.

내가 간단한 단어를 하나 익힐 때마다 엄마는 크게 기뻐하며 나를 꼭 안아 주었다. 나는 엄마가 기뻐하는 모습을 보고 싶어서 노는 시간을 줄여 가며 열심히 공부했다.

조금 지나서부터는 엄마와 함께 연구소에 가서 연구소 직원들에게 말을 배웠다. 배운 단어가 어느 정도 모이자 단어를 조합해서 문장을 만들 수 있게 되었다. 단어와 단어가 연결됨에 따라 흐릿하던 세상이 명료해졌고, 동시에 복잡해졌으며, 나를 둘러싼 세계가 반짝반짝 빛나기 시작했다.

시간이 흘러 의문문을 만들 수 있게 된 나는 주위 사람들을 붙잡고 온갖 질문을 해 댔다.

이건 뭐야? 저건 뭐야? 왜 이렇게 되는 거야?

내가 알지 못하는 모든 것, 눈에 보이는 모든 것을 손가락으로 가리키며 물었다.

「당신들은 뭘 하는 거야?」

어느 날, 나는 첼시라는 이름을 가진 예쁜 여자 연구원에게 이렇게 물었다.

"우리는 여기서 연구를 하고 있어."

긴 금발을 하나로 묶은 첼시가 대답했다. 나는 그 대답에 만족하지 않았다.

「무슨 연구를 하는데?」

"우리는 고릴라에 대해 연구하고 있어."

「고릴라가 뭔데?」

지칠 줄 모르는 내 왕성한 호기심에 첼시는 부드러운 미소를 지으며 내가 평생 잊지 못할 대답을 들려주었다.

"고릴라는 너희를 지칭하는 말이야. 숲에 사는 멋진 친구들."

첼시는 내가 아는 단어를 사용해서 고릴라가 무엇인지 설명하려고 노력했다.

숲에 사는 멋진 친구.

그 순간, 나는 처음으로 내가 고릴라라는 사실을 깨달았다.

"이번 사건은 전혀 어렵지 않습니다. 그렇지 않나요? 상식적으로 생각하면 답은 이미 정해져 있는 거나 다름없습니다."

방 안을 가득 채운 팽팽한 긴장감 속에서 7번 남자가 입을 열었다. 어서 빨리 재판을 끝내고 집으로 돌아가고 싶어 하는 것 같았다. 나머지 열한 명은 남자의 말에 귀를 기울였다.

테이블을 둘러싸고 앉은 열두 명의 배심원은 서로의 표정을 살피듯 말없이 시선을 교환했다.

"세 살짜리 남자아이의 목숨이 달려 있었단 말이죠. 동물원 측의 판단은 잘못되지 않았습니다. 쓸데없이 얘기를 길게 끌 필요 없이 동물원이 이긴 걸로 하죠."

"네 살이에요." 3번 여자가 7번 남자의 말을 정정했다.

"뭐라고요?"

"아이는 네 살이었다고요."

"세 살이나 네 살이나 그게 그거죠."

재판을 빨리 끝내고 싶어 하는 마음은 다들 같았다. 하지만 그 자리에 있는 사람 대부분이 자신들에게 주어진 사명을 가벼이 여기는 듯한 7번에게 반감을 느꼈다.

"저도 동물원 측의 판단이 옳았다고는 생각합니다만, 논의 과정을 생략하자는 말에는 동의하기 어렵네요. 아무리 쉬운 문제 같아 보이더라도 우리에게는 심사숙고해야 할 의무가 있지 않습니까."

4번 남자가 7번 남자의 경솔한 태도를 꾸짖듯 말하자 몇몇이 고개를 끄덕였다.

"물론 그렇게 해도 상관없습니다." 7번이 두 손을 위로 들어 보이며 대답했다. "동물원 측의 대처에 문제가 있었다고 생각하는 사람이 있다면 의견을 들어 보고 싶네요."

"그럼 우선 기본적인 사실관계를 간단히 짚어 본 다음 동물원 측의 대처에 문제가 있었는지 여부를 확인해 보도록 할까요? 다른 분들 생각은 어떠신가요?"

4번 남자가 나머지 열한 명의 얼굴을 둘러보며 묻자 모두가 찬성한다는 뜻을 밝혔다.

"좋습니다. 최대한 간결하게 요약해 봅시다. 사건이 일어난 것은 10월 28일 오후 4시. 안젤리나 윌리엄스는 자신의 두 아들 니키와 앤드류를 데리고 클리프턴 동물원 내 고릴라 파크를 방문했습니다. 아이 어머니가 잠시 눈을 뗀 사이 네 살짜리 니키가 고릴라 파크의 울타리를 넘어 우리 안으로 추락했습니다. 근처에 있던 고릴라 무리의 우두머리 오마리가 아이를 발견해서 붙잡았고, 우리 밖에서 사람들이 소리를 지르자 놀라서 아이를 이리저리 끌고 다녔습니다. 홉킨스 원장이 사격팀을 데리고 현장에 도착한 것은 사건 발생 10분 후. 마취총은 사용하지 않고 실탄으로 오마리를 사살했습니다. 총탄은 오마리의 심장을 관통했고, 오마리가 죽은 후 동물원 직원이 아이를 구조했습니다. 여기까지는 다들 알고 계시지요? 그럼 동물원 측의 대응에 문제가 있다고 생각하시는 분은 의견을 말씀해 주시지요."

"저는 실탄을 사용했다는 점이 좀 걸립니다." 3번 여자가 조심스럽게 손을 들고 말했다. "마취총으로는 아이를 구할 수 없다고 판단했다는데 정말 그랬을까요?"

"그런 상황에서 마취총을 사용하는 건 불가능해요." 2번 남자가 여자의 말을 부정하듯 고개를 저었다. "증인으로 나온 수의사가 말했듯이 마취 효과가 나타날 때까지 아이가 위험한 상황에 그대로 노출되게 되니까요. 다들 영상에서 보셨겠지만 고릴라는 우리 안으로 떨어진 아이를 붙잡아서 이리저리 끌고 다녔습니다. 만약 마취총을 맞은 고릴라가 흥분해서 날뛰기라도 했다면 아이는 중상을 입었을지도 몰라요."

"그건 실탄도 마찬가지 아닌가요? 실탄을 맞고 더 흥분해서 아이에게 해를 가했을지도 모르잖아요."

"하지만 그렇게 되지는 않았죠." 7번이 테이블을 내려다보며 말했다. 아름다운 마호가니 원목 테이블은 표면이 매끈하게 마감되어 거울처럼 반짝거렸다. "동물원이 실탄을 사용했기 때문에 고릴라는 즉사했고 아이는 살았다. 이게 사실입니다."

"전문가는 사건 당시 고릴라의 행동에서 위험성이 느껴지지 않는다고 주장했습니다. 평소 새끼 고릴라들과 함께 놀 때와 다를 바 없었다고 말이죠. 우리 눈에는 위험해 보였지만 사실은 전혀 위험한 상황이 아니었을 수도 있는 거 아닐까요?" 11번 남자가 또 다른 의문점을 제기했다.

"그거야 모를 일이죠. 하지만 과연 새끼 고릴라와 인간의 아이를 똑같이 다뤄도 괜찮을까요? 게다가 동물원에서 일하는 사람들도 동물에 관해서는 전문가 아닙니까. 같은 장면을 놓고 동물원에서는 위험하다고 판단했다는 말이니까 전문가들 사이에서도 의견이 갈리는 문제인 것 같네요." 2번 남자가 반론을 제기했다.

"고릴라는 멸종 위기종인데 죽이지 않고 해결할 방법이 없었을까요?"

"고릴라가 희귀 동물이라는 사실을 동물원에서 몰랐을 리가 없지 않습니까. 죽이면 안 되는 동물이라는 건 알고 있지만 어쩔 수 없었다는 거겠죠. 동물원 측에 과실이 있다면 안전 대책이 미흡했다는 건데 이건 이번 재판에서 다루는 쟁점은 아니니까요."

누군가 한마디 하면 다른 누군가가 반박하기만 할 뿐 논의는 좀처럼 진전되지 않았다.

"쉽게 생각하면 되지 않을까요?" 지금까지 아무 말도 하지 않고 있던 1번이 7번을 쳐다보며 천천히 입을 열었다.

"이건 단순한 선택의 문제입니다. 인간의 목숨과 동물의 목숨, 둘 중 어느 쪽을 선택할 것인가. 만약 그냥 내버려 뒀다면 아이의 목숨이 위험해졌을 겁니다. 동물원은 고릴라의 목숨을 포기하는 대신 아이의 목숨을 구한 거죠. 저는 이 선택이 잘못되었다고 생각하지 않습니다."

1번의 말을 듣고 2번이 고개를 끄덕였다.

"맞는 말씀입니다. 인간의 목숨이 동물의 목숨에 우선한다는 건 상식이죠." 2번은 일단 말을 멈추었다가 다시 덧붙였다.

"물론 인간의 목숨이나 동물의 목숨이나 똑같이 소중하다고 하는 사람도 있겠죠. 하지만 전 그런 말은 믿지 않습니다. 쥐새끼 한 마리를 구하기 위해 자기 목숨을 내놓을 수 있는 사람이 있다면 또 모르겠지만요. 그렇지 않은 이상 그런 사람들이 하는 말은 궤변에 지나지 않는다고 생각합니다."

"인간의 목숨과 동물의 목숨이라…. 그렇게 따지면 당연히 고릴라보다 인간의 목숨이 더 소중하죠."

쉽게 답을 내려서는 안 된다.

많은 사람들이 그렇게 생각했지만 이미 답은 나온 것이나 마찬가지였다.

톡톡. 변호사 유진이 테이블을 가볍게 두드려 내 주의를 끌었다. 어딘지 모르게 행운을 비는 동작 같아 보이기도 했다. 행운, 그거야말로 우리가 지금 가장 필요로 하는 것이었다. 유진은 자리에 서서 내게도 일어나라고 하고 있었다. 아무래도 모두 자리에서 일어나라는 말을 내가 못 듣고 놓친 모양이었다.

나는 머릿속을 떠도는 상념을 떨쳐내듯 한차례 깊이 한숨을 내쉰 후 앞발을 바닥에서 떼어 뒷발로 버티고 일어섰다. 어느샌가 판사와 배심원이 모두 자리로 돌아와 있었다. 최종변론을 마치고 1시간도 채 지나지 않아 우리는 다시 법정으로 돌아왔다.

배심원단의 평결은 만장일치가 원칙일 터였다. 그런데 이렇게 빨리 결론이 나다니. 이게 우리에게 좋은 일인지 나쁜 일인지 알 수 없었다. 불안해서 미칠 것만 같았다.

우리는 오하이오주 해밀턴 카운티에 위치한 민사 법원에 모여 있었다. 정면 입구에 거대한 돌기둥이 늘어서 있는 르네상스 리바이벌 양식의 건물이었다. 높은 흰색 천장에는 바둑판 모양으로 금장이 둘러졌고, 가지런히 배열된 작은 조명들이 방을 밝게 비추고 있었다. 오른쪽 창으로 비쳐 들어오는 햇빛이 열두 명의 배심원들을 등 뒤에서 비추었다. 벽에는 미국 독립전쟁 당시 활약한 인물들의 초상화가 걸려 있었다. 바닥에 깔린 연보라색 카펫이 내 발바닥을 부드럽게 어루만졌다.

나는 이 재판의 원고, 그러니까 소송을 제기한 쪽이다. 하지만 법정에 비치된 나무 의자는 내겐 너무 작아서 앉을 수가 없었다. 인간용 의자밖에 없으니 당연한 일이다. 나는 암컷 서부 로랜드고릴라로서는 평균적인 체형으로 체중은 140킬로그램, 키는 140센티미터다. 팔이 길어서 양팔을 좌우로 뻗으면 2미터가 넘는다. 인간과는 신체 구조가 완전히 다른 셈이다.

내 몸은 짧고 검은 털로 덮여 있는데, 지금은 파란색 바지 정
장을 입고 있었다. 오늘을 위해 특별히 맞춤 제작한 옷이었다.
그리고 양손에는 언제나처럼 특수 제작한 장갑을 낀 상태였다.

나는 인간처럼 원고석에 앉는 게 불가능하기 때문에 원고석
과 피고석 사이 바닥에 앉아 있었다. 그곳은 법정의 정중앙에
해당했고, 판사석을 정면에서 바라보는 위치였다.

자리에서 일어서며 나는 배심원들의 표정을 살폈다. 모두가
입을 꾹 다물고 있었다. 딱딱하게 굳은 사람들의 표정에서 내
주장이 어떻게 받아들여졌는지를 읽어내기는 쉽지 않았다. 다
들 정면에 있는 판사를 쳐다보고 있었다. 일부러 나를 보지 않
으려 노력하는 것 같았다.

피고석에 선 홉킨스 원장은 평소와 달리 초조한 표정으로 자
신의 벗어진 이마를 연신 손수건으로 닦았다. 모두가 판사가
말하기만을 기다리고 있는 법정 안은 쥐 죽은 듯 조용했다. 홉
킨스 원장이 침 삼키는 소리까지 다 들릴 정도였다.

"배심원 여러분, 평결을 내리셨습니까?" 남자 판사가 물었다.
낮은 목소리가 조용한 방 안에 음악처럼 울려 퍼졌다.

풍성한 라인의 검은색 법복을 입은 판사는 마치 우리 고릴라
의 친구 같아 보였다. 다소 거만해 보이는 강한 말투도 호감이
갔다. 일말의 망설임도 없어 보이는 자신감 넘치는 태도. 일반인
에게서는 찾아볼 수 없는 동물적인 위압감이 느껴졌다.

나는 강한 것이 좋았다. 우리 쪽 변호사인 유진에게서는 그런

강함이 느껴지지 않아서 아쉬웠다.

나는 약한 것을 믿지 않는다. 나뿐만 아니라 애초에 약한 자를 따르는 동물은 존재하지 않는다. 처음 본 순간부터 유진에게는 신뢰가 가지 않았다. 설득력이 결여된 최종변론을 듣고 나니 이 사건을 맡는 것은 그에게 역부족이 아니었을까 하는 생각이 들었다. 유진의 말투에서는 그의 성격이 묻어났다. 부드럽고 온화하지만 힘이 없었다. 게다가 너무 젊었다. 대학을 갓 졸업한 청년처럼 앳된 얼굴을 하고 있었다. 재판도 익숙하지 않은 것 같았다. 자신 없는 말투도 마음에 들지 않았다.

"네, 판사님." 배심원 대표가 한차례 헛기침을 한 후 대답했다. 평결할 때 배심원과 판사가 주고받는 대화는 어디까지나 형식적인 것이다. 도무지 열의라고는 찾아볼 수 없는 무미건조한 말투였다. 하지만 이 남자가 다음에 하는 말이 내 운명을 결정지을 터였다.

눈앞이 어지럽고 심장이 미친 듯이 뛰었다.

갑자기 이 모든 것들로부터 도망치고 싶은 충동에 휩싸였다.

지독한 불안감을 필사적으로 억누르며 그 자리에 서 있는 것이 고작이었다.

"평결해 주십시오." 판사가 아까와 마찬가지로 잔잔한 음악과도 같은 목소리로 말했다.

내가 이길 것이 분명했다. 불안함을 몰아내기 위해 마음속으로 몇 번이고 되뇌었다.

내가 질 리가 없다. 남편은 총살당했다. 남편을 죽인 사람들에게 죄가 없다는 건 말이 되지 않는다. 그런 말도 안 되는 논리가 세상에 어디 있단 말인가. 그런데도 주위 사람들은 내게 가만히 있으라고, 그저 얌전히 운명을 받아들이라고만 했다.

나는 약한 여자가 아니다. 가만히 있을 수 없었다. 용서할 수 없었다. 싸우지 않을 수 없었다.

내가 질 리가 없다.

나는 배심원 대표의 얼굴을 뚫어져라 응시했다.

"로즈 너클워커가 클리프턴 동물원을 상대로 제기한 소송에 대해 저희는 원고의 청구를 기각합니다."

남자는 담담한 어조로 이렇게 말했다. 평결을 듣고 방청석이 술렁였다. 판사는 평결 내용에 만족한 듯 의사봉을 두드리며 폐정을 선언했다.

홉킨스 원장이 가슴을 쓸어내리며 변호사와 다정하게 악수를 나누는 모습이 시야에 들어왔다.

남자의 말이 믿기지 않았다. 나는 진 것이다. 남편을 잃었을 뿐 아니라 재판에서도 졌다. 끝이 보이지 않는 어둠 속으로 굴러떨어진 것만 같은 기분이었다.

옆에 있던 유진이 연민과 후회가 뒤섞인 시선으로 나를 쳐다보았다. 그는 내게 무슨 말을 건네면 좋을지 모르겠다는 듯 짧게 자른 갈색 머리를 거칠게 쓸어넘겼다.

"아쉽게 됐네. 힘이 되어 주지 못해서 미안해. 괜찮아?"

유진의 기운 없는 목소리에 나는 간신히 고개를 끄덕여 보였다. 하지만 사실은 괜찮지 않았다.

하나도 괜찮지 않다.

전신에서 힘이 빠져나갔다. 나는 앞발을 내려 주먹으로 바닥을 짚었다. 특제 장갑에 든 완충재가 카펫에 눌려 바스락거렸다.

홉킨스 원장이 내 쪽으로 천천히 다가왔다.

"이번 일은 정말 유감이구나. 로즈 네게는 아무리 사과해도 부족하다고 생각한다."

홉킨스 원장은 내 얼굴을 들여다보며 벗어진 머리를 숙였다. 검은 테 안경 너머로 보이는 눈동자는 말린 과일처럼 건조했다. 회색 양복에서 옅은 땀 냄새가 났다.

"너도 알겠지만 우리한테도 악의는 없었어. 용서해 달라고는 못하겠지만 앞으로도 우리 동물원에서 함께 잘 지내 보지 않겠니?" 진정성이 느껴지는 낮은 목소리였다. 원장의 다정한 말투가 내 마음을 한층 더 어지럽게 만들었다.

이번 사건으로 뒤틀린 관계를 원래대로 되돌리고 싶다, 다시 예전처럼 원장의 불룩 나온 배에 달려들어 안기고 싶다. 이런 생각이 드는 동시에 그렇게 생각하는 스스로를 용납할 수가 없었다. 나는 아직 남편의 죽음을 받아들이지 못하고 있었다.

홉킨스 원장이 곤란해하는 모습을 보는 것은 나로서도 힘든 일이었다. 하지만 지금은 당장 나 자신의 기분을 어떻게 수습해야 할지도 감이 오지 않았다. 단 한마디로 끝나 버린 평결에 내 전부를 부정당한 기분이었다. 배심원들 사이에서 정확히 어떤 이야기가 오간 건지 나로서는 알 길이 없었지만, 생각만으로도 가슴이 아프게 조여들었다.

지금은 아무와도 말하고 싶지 않았다. 분노를 내 안에 붙들어 놓는 것이 내가 할 수 있는 최선이었다. 나는 홉킨스 원장에게서 고개를 돌렸다. 출구를 향해 사족보행으로 이동하기 시작하자 나를 본 방청객과 관계자들이 깜짝 놀라 길을 열었고, 방청석에 있던 첼시가 허둥지둥 쫓아왔다.

홉킨스 원장은 내 태도가 마음에 들지 않는지 "6년이야! 나는 오마리를 자그마치 6년이나 보살펴 왔다고! 오마리는 내 가족이나 마찬가지였어. 그의 죽음을 슬퍼하는 건 너뿐만이 아니란 말이다!"라며 고래고래 소리를 질렀다.

나는 아무 말도 들리지 않는 척 홀을 성큼성큼 가로질렀다. 두툼한 검은색 장갑이 희고 매끄러운 대리석 바닥에 닿을 때마다 바스락거리는 소리가 났다.

그 순간, 마치 어둑어둑한 정글 안을 달리고 있는 듯한 기분이 들었다. 나는 사나운 무언가로부터 벗어나기 위해 필사적으로 달렸다. 빽빽이 들어찬 나뭇가지와 수풀을 뚫고 진흙탕을 구르며 앞으로 나아갔다. 무리에서 떨어져나온 나는 무력했다.

벗어날 수 없는 무언가가 나를 쫓고 있었다. 정체를 알 수 없는 무시무시한 상대가 바로 코앞까지 다가와 있었다.

실제로는 먼지 한 톨 없이 깨끗하고, 수많은 장식품이 보기 좋게 진열된 홀을 달리고 있을 뿐이었다. 주위에 있던 사람들이 놀란 표정으로 나를 돌아보았다. 모든 것이 멈춘 듯 적막이 흐르는 홀 안에서 나와 첼시만이 전속력으로 질주하는 중이었다.

"로즈, 기다려!" 겨우 나를 따라잡은 첼시가 새빨개진 얼굴로 말했다. "밖에는 기자들이 몰려와 있을 거야. 나중 일을 생각하면 그렇게 흥분한 모습은 보이지 않는 편이 좋을 것 같아. 좀 진정되면 나가자." 첼시는 당장이라도 숨이 끊어질 듯 헐떡였다.

나는 천천히 그 자리에 멈춰 서서 첼시를 마주 보았다. 첼시에게 내 기분을 전하기 위해 수어를 사용했다.

"미안. 설마 질 거라고는 생각도 못 했어. 앞으로 어떻게 하면 좋을지 모르겠어."

나는 미국식 수어를 사용한다. 양손에 낀 장갑이 내 손동작을 인식해서 음성으로 변환시킨다. 장갑에 삽입된 스피커는 보통 사람들이 말하는 것처럼 자연스러운 발화를 내보낸다. 장갑에는 내 수어의 특징이 전부 저장되어 있기 때문에 정확도는 높은 편이지만, 언제나 차분하고 이성적인 말투를 유지하기 때문에 감정적인 대화는 불가능하다. 내가 느끼는 분노, 슬픔, 혼란스러움을 전할 수가 없어서 너무 답답했다.

"그러게. 정말이지 나도 이렇게 될 줄은 몰랐어." 첼시가 그 자리에 쪼그려 앉아 나를 끌어안았다.

"로즈 넌 최선을 다했어. 하지만 세상에는 노력해도 안 되는 일도 있으니까."

나는 영어를 알아듣지만 첼시는 항상 내가 이해하기 쉽게 말하면서 수어도 함께 사용한다.

"기자들은 원래 이쪽 사정 같은 건 전혀 고려하지 않는 사람들이어서 가차 없이 잔인한 질문을 해 댈 거야. 그러니까 밖에 나가면 그들이 무슨 질문을 하더라도 절대로 대답해선 안 돼. 샘이 차를 가져올 테니까 그거 타고 빨리 돌아가자."

나는 오른 주먹을 얼굴 옆으로 가져와 검지를 들어 올렸다. 동작을 감지한 장갑이 "알았어"라고 말했다.

이쪽으로 뛰어오는 발소리가 들려서 뒤를 돌아보자 유진이었다. 유진은 내 옆까지 와서 양손으로 무릎을 짚고 숨을 골랐다.

"늦어서 미안. 로즈는 괜찮아?"

괜찮지 않았다. 재판에서 졌는데 괜찮을 리가 없지 않나. 그런데도 유진이 계속 같은 질문을 해서 짜증이 났다. 내가 안 괜찮다고 대답한다고 해서 결과가 바뀌는 것도 아닌데.

"지금은 말하고 싶지 않아. 나중에 연락할게."

내가 짧게 대답하자 유진은 어딘지 모르게 안심한 듯한 표정을 지었다.

"알았어. 앞으로 어떻게 할지도 정해야 하니까 연락 줘. 그리고 밖에 기자들이 많이 와 있을 테니까 긴장 늦추지 말고. 넌 아무 말도 안 해도 돼."

이미 첼시에게 다 들은 이야기건만 유진은 무슨 대단한 비밀이라도 가르쳐 주는 것처럼 득의양양하게 말했다. 나는 짜증이나서 아무 말도 하지 않고 등을 돌렸다.

"그럼 난 이만 갈게. 무슨 일 있으면 연락해."

유진의 목소리가 들렸지만 나는 돌아보지 않고 첼시와 시선을 교환했다. 수어를 사용하지 않아도 첼시라면 내가 무슨 생각을 하는지 알 것 같았다. 유진에게는 더 이상 부탁할 생각이 없었다. 처음부터 그를 믿은 게 잘못이었다.

유진의 발소리가 조금씩 멀어져 갔다.

첼시가 가볍게 한숨을 내쉬더니 "슬슬 가 볼까?" 하고 물었다. 나는 고개를 살짝 끄덕였다.

"그럼 서두르지 말고 천천히 걸어 나가자. 기자들이 달려들어도 내가 널 지켜 줄게."

첼시가 부드럽게 미소지었다. 그러고는 회색 재킷 주머니에서 핸드폰을 꺼내 어딘가로 전화를 걸었다.

"샘? 나야. 응, 끝났어. 차 가지고 입구 쪽으로 좀 와 줄래?"

첼시는 짧게 용건만 전한 후 전화를 끊고 나를 돌아보았다.

"샘이 금방 올 거야. 차가 보이면 일직선으로 걸어가서 바로타면 돼. 기자들한테는 아무 말도 하지 말고. 절대로 나한테서 떨어지면 안 돼. 알겠지?"

"알았어." 나는 아까와 똑같은 동작을 반복했다.

"좋았어, 그럼 가자." 첼시가 내 어깨를 살며시 어루만졌다.

우리는 천천히 계단을 내려가 입구 쪽으로 향했다. 입구 옆 기둥에 몸을 숨긴 채 밖을 내다보자 법원 앞은 몰려든 기자들로 인산인해를 이루고 있었다. 수십 명의 기자들이 저마다 마이크를 들고 카메라를 향해 뭔가 떠들어 댔다. 그 광경을 보니 덜컥 겁이 나서 나도 모르게 손을 뻗어 첼시의 바짓단을 붙잡았다.

첼시는 나를 내려다보며 미소를 지어 보였다. 나는 밖에 있는 기자들을 쳐다보며 양팔로 내 몸을 껴안는 시늉을 해서 무섭다는 의사를 밝혔다.

"괜찮아. 둘이니까 어떻게든 뚫고 나갈 수 있을 거야. 저기 차 왔다. 준비됐어?"

나는 낮게 으르렁거리며 고개를 끄덕였다. 평소에 타고 다니는 흰색 밴이 보이기는 했지만 지금 내가 있는 곳에서는 너무도 멀게 느껴졌다.

한겨울의 신시내티는 엄청나게 춥다. 간밤에 내린 눈이 건물과 지면을 새하얗게 뒤덮고 있었다. 내가 나고 자란 카메룬에서는 겨울에도 20도 이하로 내려가는 일은 거의 없었다.

미국에 와서 처음 본 눈은 놀랄 만큼 아름다웠지만, 뼈가 시리도록 차가운 눈의 감촉은 내게 고향을 멀리 떠나왔다는 사실을 상기시켰다.

갑자기 불어온 바람에 나는 몸을 부르르 떨었다. 어서 빨리 차로 이동해야 했다.

"좋았어, 가자. 로즈 넌 절대로 아무 말도 하면 안 돼."

첼시가 신호를 보내듯 내 등을 가볍게 두드렸다. 나는 주먹을 짚고 발걸음을 내디뎠다. 첼시는 내 등에 손을 올린 채 함께 걸어 나갔다.

기자 하나가 우리를 보고 마이크를 들이밀었다. 눈 깜짝할 사이에 구름처럼 몰려든 기자들이 첼시와 나를 에워쌌다.

"이번 소송에서 패소하셨는데 현재 심경은 어떠신가요?"

"패인이 뭐였다고 생각하시죠?"

"추후 동물원과 화해할 가능성이 남아 있다고 보십니까?"

사방에서 나를 향해 마이크를 들이대며 질문을 퍼부었다. 무서웠다. 동시에 묘한 고양감이 나를 사로잡았다. 찰칵찰칵 카메라 셔터 누르는 소리가 들렸다. 쉴 새 없이 터지는 플래시는 눈에 날아와 꽂히는 날카로운 바늘 같았다.

패인? 그런 건 배심원들한테나 물어보라지. 판결을 내린 건 그들이니까.

그렇다, 모두 배심원들이 정한 것이다. 열두 명의 인간 배심원들이. 그들 중 내 처지를 진심으로 이해하는 사람은 아무도 없었겠지.

"노코멘트입니다." 첼시는 기자들의 집요한 취재 공세를 피해 오른손으로 인파를 헤치며 앞으로 나아갔다. 나는 첼시의 뒤를 따라 한 발짝씩 걸음을 옮겼다. 차가 서 있는 곳까지는 아직 한

참 더 가야 했다. 내가 앞으로 가면 카메라가 바짝 뒤따라와서 마치 미식축구 시합이라도 하고 있는 것 같았다. 만약 이게 시합이라면 우리가 열세였다. 기자들의 벽은 견고했고, 한 발 앞으로 내딛는 것조차 쉽지 않았다.

"평결은 타당했다고 생각하십니까?"

"클리프턴 동물원에 전하고 싶은 말이 있나요?"

나는 첼시가 시킨 대로 입을 꾹 다문 채 기자들 사이를 걸어갔다. 지근거리에서 언론의 뜨거운 열기가 느껴져서 심장이 두근거렸다.

기자들이 철퍽철퍽 밟아 대는 눈이 내 옷과 장갑에 마구 튀었다.

사방에서 카메라 플래시를 펑펑 터뜨리고 끊임없이 질문 세례를 퍼부어 대서 정신을 차릴 수가 없었다. 시종일관 조용하고 엄숙한 분위기 속에서 진행된 재판과는 너무도 달랐다. 둘 사이의 갭이 너무 커서 현실감이 없었다.

"어이, 고릴라! 이쪽을 보라고!"

등 뒤에서 날아든 거칠고 무례한 고함 소리에 나도 모르게 뒤를 돌아보았다. 그러자 기다렸다는 듯 기자들이 거리를 좁혀 바짝 다가왔다. 첼시는 인파에 떠밀려 나를 놓쳤다.

사족보행을 하는 내 눈높이는 낮을 수밖에 없었고, 수많은 보도진이 나를 빙 둘러싼 채 내려다보았다.

"로즈! 이쪽이야, 로즈!" 첼시의 목소리가 들렸지만 인파에 가려 모습은 보이지 않았다.

"항소하실 생각인가요?" 세련된 분위기의 여성 기자가 내 앞을 가로막고 서서 물었다. 나는 옆으로 지나가려고 했지만 그녀는 매력적인 미소를 완벽하게 유지한 채 내가 가는 길을 막아섰다.

항소해야 할까? 원래 그럴 생각은 없었다. 재판에서 지면 어떻게 해야겠다는 생각 자체를 해본 적이 없었으니까.

"현재 심경은 어떠신가요?" 기자는 내가 생각에 잠긴 것을 보고 다시 질문을 던졌다. 첼시의 도움이 필요했지만 그녀는 기자들 무리 밖으로 밀려나 버린 상태였다. 이 사람들은 질문에 대답하지 않으면 나를 보내 줄 것 같지 않았다.

나는 한마디로 대답하고자 했다. 양손을 벌린 상태로 가슴 앞에 모은 다음 위로 번쩍 치켜들었다.

"나는 분노하고 있다."

그렇다, 나는 분노하고 있었다. 그뿐만이 아니었다. 오른손을 목 근처로 가져가 무언가를 으스러뜨리는 동작을 취했다. "나는 부끄럽다."

일단 한번 감정을 표현하고 나자 하고 싶은 말이 꼬리에 꼬리를 물고 이어졌다.

"나는 남편을 잃었다. 정의가 실현되기를 바랐지만 거부당했다. 억울하다. 강한 분노를 느낀다."

내가 말하기 시작하자 카메라 셔터 누르는 소리가 곳곳에서 터지고 분위기가 일시에 달아올랐다. 장갑에서 나오는 무미건조한 말투가 불쾌하게 느껴졌다. 고래고래 소리를 지르고 싶은 격한 충동에 휩싸였다. 하지만 만에 하나 그런 '동물적인' 행동을 한다면 내 이미지는 완전히 망가질 것이다. 나는 이성을 유지하기 위해 애썼다.

"이제 어떻게 할 생각인가요?"

"지금은 아무 생각도 없다. 나는 포기했다. 정의는 인간에게 지배당하고 있다. 재판은 동물에게 불공평하다."

내 말에 주위가 술렁였다. 말을 삼가는 편이 좋겠다는 생각이 들었지만 멈출 수가 없었다.

"정의가 인간에게 지배당하고 있다는 건 무슨 의미인가요?" 다른 기자가 물었다.

"판사도 배심원도 모두 인간. 아무도 우리들 고릴라를 이해하지 못한다."

거기까지 말했을 때, 첼시가 군중을 뚫고 들어와 나를 차가 있는 쪽으로 이끌었다.

첼시가 뒷좌석 슬라이딩 도어를 열어 주기를 기다렸다가 차에 올라탔다. 샘이 운전석에서 걱정스러운 표정으로 이쪽을 쳐다보고 있었다. 재판 결과를 듣고 싶어 하는 것 같았는데, 뒤이어 차에 탄 첼시의 표정을 보고 우리가 진 걸 깨달았는지 잠자코 차를 출발시켰다.

"내가 아무 말도 하지 말라고 그렇게 신신당부했는데…." 첼시가 내게 안전벨트를 채워 주면서 한숨을 내쉬었다.

"'정의는 인간에게 지배당하고 있다'라니. 오해받을 게 뻔해. 왜곡된 보도가 나가면 로즈 네 인상만 나빠질 거라고." 첼시는 그렇게 말하며 조수석으로 옮겨갔다.

차는 시카모어 스트리트를 지나 오번 애버뉴로 접어들었다.

"사실을 말했을 뿐이야. 아무도 나를 이해해 주지 않아. 인간은 동물의 입장 따위 전혀 고려하지 않아." 나는 첼시의 잔소리에 발끈해서 반박했다.

"그런 말 마. 이번 사건은 어려운 케이스였어. 전례가 없는 재판이기도 했고."

도로 양옆으로 늘어선 가로수들은 잎이 다 떨어져 있었다. 이렇게 적막하고 스산한 풍경은 처음이었다.

정글에서는 잎이 다 진 나무는 찾아볼 수 없었다. 언제나 울창하게 우거진 잎사귀와 나뭇가지가 하늘을 빽빽하게 뒤덮고 있었다.

눈 덮인 언덕에서 썰매를 타는 아이들이 보였다. 신이 나서 뛰노는 아이들의 순진무구한 모습은 인간이나 고릴라나 다를 바가 없었다.

나는 고향에 두고 온 가족들을 생각했다. 매일같이 함께 놀던 형제들을 떠올렸다. 그들은 나를 아직 기억하고 있을까.

이제 곧 동물원에 도착할 것이다. 하지만 나는 동물원으로 돌아가고 싶지 않았다.

아무도 나를 모르는 아주 먼 곳으로 도망치고 싶었다.

하지만 어디를 간대도 나를 모르는 사람은 존재하지 않았다. 미국에 온 지 1년 반밖에 지나지 않았지만 나는 이미 지나치게 유명해져 버렸다.

나는 정글로 돌아가고 싶었다. 내가 나고 자란 동물의 낙원으로.

물론 그건 불가능한 일이었다.

나는 내 것이 아니니까.

나는 미국의 것, 미국이 카메룬에서 잠시 빌려온 것에 지나지 않았다.

내가 여기 있는 건 양국 간 거래의 결과였고, 내 의지로 뒤집을 수 있는 일이 아니었다.

이번 재판의 결과도 결국엔 마찬가지다.

우리 고릴라가 동물인 이상 인간처럼 대접받을 일은 없을 것이다.

차는 마틴 루터 킹 드라이브를 지나 빈 스트리트를 향해 달렸다.

위대한 민권 운동가의 이름이 붙은 도로는 미국 전역에 존재한다. 그중 신시내티에 있는 마틴 루터 킹 드라이브는 이 지역을 동서로 연결하는 중요한 간선도로였다. 나는 그의 이름을 들을 때마다 그가 쌓은 공적을 떠올렸다.

그에게는 멋진 꿈이 있었다. 만약 그가 지금 이 자리에 있었다면 내가 놓인 상황을 보고 과연 뭐라고 했을까.

나는 창밖을 내다보며 유진과 나누었던 대화를 다시 되짚어 보았다. 지금 생각하면 그는 처음부터 오마리의 죽음을 심각하게 받아들이지 않았던 것 같다. 왜 소송을 걸려고 하느냐는 그의 질문에 나는 할 말을 잃었다. 피해자가 인간이었어도 그는 똑같이 물었을까?

"남편이 살해당하면 경찰을 부르잖아. 범인이 처벌당하지 않으면 소송을 걸고. 당연한 일이야. 나는 잘못된 일을 하고 있는 게 아니야." 내 수어에 맞추어 발화되는 기계음은 어떠한 상황에서도 담담한 말투와 일정한 억양을 유지했다. 할 수만 있다면 유진에게 따끔하게 말해 주고 싶었다.

나는 잘못된 일을 하고 있는 게 아니야. 그렇게 생각했다.

하지만 배심원들의 생각은 달랐다.

조수석에 앉은 첼시가 나를 돌아보며 "이제 곧 동물원에 도착할 거야. 내릴 준비 해"라고 말했다.

"동물원으로 돌아가고 싶지 않아. 더 이상 거기 있을 수 없어."

오마리가 살해당한 후 재판이 시작되기 전까지 마치 아무 일도 없었던 것처럼 동물원에서 지낼 수밖에 없었다. 치밀어오르는 분노와 불만을 억누르며 굴욕적인 나날을 보내야만 했다.

이제 홉킨스 원장과 재판에서 싸우고 내가 진 이상 다시 클리프턴 동물원으로 돌아갈 수는 없었다.

"동물원으로 돌아가지 않으면 어떻게 할 생각인데?" 샘이 놀란 목소리로 물었다. 그는 내게 물으면서도 계속해서 동물원 주차장을 향해 차를 몰았다.

"첼시랑 같이 살래."

"로즈, 가능하면 나도 그러고 싶지만 우리 집은 너무 좁아서 같이 살기는 힘들 거야." 첼시가 미안해하며 말했다.

"다른 동물원을 찾아볼 수는 있어. 원래부터 번식이 잘 되지 않았을 경우에는 그렇게 할 계획이기도 했고." 샘이 주차장에 차를 세운 후 이쪽을 돌아보며 말했다. "괜찮은 곳을 찾을 수 있을 거야. 재판 때문에 좀 시끄러워지긴 했지만 여전히 너를 원하는 동물원은 많으니까. 다만 아무래도 이런 건 쉽게 조정할 수 있는 문제가 아니다 보니까 좀 시간은 걸리겠지."

"어디로 가면 좋을지 우리가 열심히 알아볼 테니까 걱정 마. 최대한 빨리 옮길 수 있도록 할게. 하지만 당장은 있을 곳이 여기밖에 없으니까 내키지 않아도 참을 수밖에 없어."

두 사람의 말은 고마웠지만 여기서 더 견딜 자신은 없었다.

첼시가 뒷좌석으로 옮겨와서 내 옆에 쪼그려 앉았다.

"로즈, 괜찮아?"

나는 검지를 굽혀서 책상을 두드리는 동작을 한 다음 주먹 쥔 양손을 가슴 앞에서 교차시켰다. 그 모습을 본 첼시가 눈물을 글썽이며 두 팔을 넓게 벌려 나를 꽉 안아 주었다. 한 박자 늦게 장갑에서 "안아 줘"라고 기계음이 흘러나왔다.

"로즈 넌 최선을 다했어. 난 네가 정말 자랑스러워." 첼시가 하는 말을 들으며 나는 허무감에 휩싸였다. 너무 분하고 억울해서 숨이 막힐 지경이었다. 나에게는 시간이 필요했다.

"혼자 있고 싶어." 내가 말하자 샘과 첼시는 순순히 고개를 끄덕였다.

"알았어. 우린 밖에 있을 테니까 마음이 좀 진정되면 알려 줘."

나는 차 안에 홀로 남겨졌다. 머리가 멍해서 아무 생각도 할 수 없었다.

왜 나는 이런 일을 하고 있는 걸까. 다른 평범한 고릴라들처럼 정글에서 생활하는 것도 아니고, 동물원에서 얌전히 지내는 것도 아니고.

나는 고릴라지만 인간처럼 생각하고 인간처럼 행동한다. 지금까지는 그 사실이 자랑스러웠다. 나는 특별한 존재였고, 행복했다. 하지만 평범한 고릴라가 아니었기 때문에 이런 괴로움을 맛보게 되었다. 다른 고릴라나 야생 동물은 결코 경험할 일 없는 굴욕과 좌절.

불과 1년 반 전까지만 해도 정글에서 행복하게 살고 있었는데 한순간에 모든 것이 변해 버렸다.

어쩌다 일이 이렇게 돼 버린 걸까?

돌이켜보면 모든 것이 시작된 것은 바로 그날이었다.

아이작이라는 한 마리의 고릴라를 만난 날, 내 인생이 움직이기 시작한 것이다.

2

 정글에 울려 퍼지는 새들의 지저귐이 아침을 알린다. 울창하게 우거진 수목 사이로 아침 햇살이 부드럽게 쏟아져 내린다. 멀리서 원숭이 울음소리가 들린다. 박쥐를 비롯한 야행성 동물들은 이미 집으로 돌아갔다. 물가에서는 개구리가 시끄럽게 울어대고, 총천연색 뱀이 나뭇가지 위를 스르륵 지나간다.

 우리가 살고 있는 드야 동물 보호구역은 카메룬의 수도 야운데에서 남동쪽으로 240킬로미터 정도 떨어진 곳에 위치한 자연 보호구역으로, 약 52,000제곱킬로미터에 달하는 부지 내에는 인간의 손이 닿지 않은 대자연이 그대로 남아 있다. 이곳에는 우리 로랜드고릴라를 포함해 열네 종의 영장류가 살고 있으며, 포유류는 100종이 넘는다. 아프리카 열대우림 중에서도 특별한 곳이라고 할 수 있다. 정글에서는 동물뿐만 아니라 다양한 종류의 식물이 자라는데 개중에는 50미터 가까이 자라는 나무도 있다. 키가 큰 나무 아래에는 키가 작은 나무와 넝쿨이 자란다.

장대한 자연 속에서 살고 있다고 볼 수 있겠지만 사실 우리가 지내는 곳은 광활한 보호구역의 극히 일부에 지나지 않는다. 우리 고릴라는 행동반경이 그리 넓지 않다.

풍요로운 자연 덕분에 먹이를 찾아 이리저리 헤맬 필요도 없고, 언제나 한가롭게 늘어져 있을 뿐이다. 고릴라를 위협하는 천적 자체가 거의 없기 때문에 유유자적한 생활이 가능하다.

나는 나뭇가지를 구부려 만든 침대 위에 누워 있었다. 우리 고릴라는 매일 밤 나무 위에 침대를 만들어 거기서 잔다. 보호구역 내에 있는 표범 같은 천적으로부터 몸을 보호하기 위해서다. 우리는 매일 먹이를 찾아 조금씩 이동하기 때문에 같은 침대를 계속 사용하는 일은 없다.

나는 아직 더 자고 싶었다. 하지만 바로 옆 나무에서 나뭇가지 흔들리는 소리가 들렸고, 그 소리에 공명하듯 주위를 둘러싼 나무에서 일제히 부스럭거리는 소리가 났다. 곧 무리의 모두가 잠에서 깨어 땅으로 내려갔다.

밑에서 서로 인사하는 소리가 들렸다. 나의 아버지이자 무리의 우두머리인 에사우와 첫 번째 부인 니농이었다. 니농은 항상 아버지와 가장 가까운 나무 위에서 잤다. 첫 번째 부인의 특권인 셈이다.

고릴라의 세계는 일부다처제로, 우두머리인 실버백을 중심으로 무리를 이루어 살아간다. 실버백이란 다 자란 수컷 고릴라를 일컫는 말이다. 이름에서 알 수 있듯이 등 전체가 은색 털로 뒤덮여 특유의 아름다움과 관록을 겸비한 성체가 된다. 에사우에게는 네 마리의 부인이 있었고, 각각의 자식까지 합치면 총 열한 마리가 무리를 구성하고 있었다. 부인들 사이에는 느슨한 상하 관계가 존재했다. 예를 들어 세 번째 부인인 우리 엄마 오란다는 첫 번째 부인 니농이나 두 번째 부인 클로틸드 앞에서는 고개를 들지 못했지만, 대체로 별문제 없이 잘 지냈다.

나는 지금까지 누워 있던 침대에서 일어나 나무 아래로 내려갔다. 내 움직임을 따라 나무가 유연하게 휘었다. 부엽토로 덮인 지면은 약간 축축하고 부드러웠다.

나는 주위를 둘러보며 아이들이 잘 있는지 확인했다. 아직 한 살밖에 되지 않은 카림은 엄마인 비비의 배에 대롱대롱 매달려 있었다. 비비는 에사우의 네 번째 부인이다. 어린 나딘과 라자르는 에사우 옆에서 뛰어다니며 장난을 치고 있었다. 그들보다 조금 더 나이가 많은 암컷 하마두와 수컷 아자라는 근처 수풀에서 뜯어낸 덩굴로 아침 식사를 하는 중이었다. 내가 인사를 건네자 그들도 반갑게 인사했다.

고릴라는 태어나서 한 살이 될 때까지는 어미가 독점적으로 아이를 보살피다가 점차 아비가 육아를 맡게 된다. 그러다 이윽고 다 자란 개체는 무리를 떠난다. 수컷은 무리를 떠나 혼자 지

내다가 암컷을 만나 자신을 중심으로 한 새로운 무리를 만든다. 암컷은 수컷을 따라가 그 무리에 합류한다.

아버지와 부인 넷을 제외하면 우리 무리에서는 내가 가장 연장자였다. 나보다 나이가 많았던 요아킴은 작년에, 아미나는 재작년에 무리에서 떨어져 나갔다. 우리는 사이가 좋았고 늘 함께 어울려 놀았기 때문에 그들이 떠나간 후에는 굉장히 외로웠다.

나도 언젠가 이 무리를 떠나 새로운 가족을 찾게 되겠지만 그건 아직 먼 미래의 일이었다. 나는 아버지를 좋아했고, 엄마와는 특별한 유대 관계가 있었다. 엄마와 나는 다른 이들은 상상도 하지 못할 멋진 것을 공유하고 있었다. 다른 고릴라들은 모르는 비밀스러운 마법.

그것은 언어였다.

고릴라에게는 언어도 없고 이름도 없다. 나를 제외한 모든 고릴라에게 이름을 붙인 사람은 첼시와 샘이었다. 두 사람은 드야 동물 보호구역에 서식하는 고릴라를 조사하기 위해 각각의 개체에 이름을 붙였다. 인간은 우리의 코 모양을 보고 누가 누구인지 구별할 수 있다고 했다.

"비문은 지문처럼 모두 다르기 때문에 식별하기 쉬워"라고 첼시는 말했다. 내가 보기에는 생김새가 다 달라서 누가 누구인지 바로 알 수 있지만 인간들은 코를 보지 않으면 구별하지 못하는 듯했다. 예를 들어 내 코는 콧구멍이 팔자로 벌어져 있다는데 이것은 엄마 오란다의 비문과 비슷하지만 아버지 에사우와는 전혀 다르다고 했다.

「코 성형수술을 받으면 첼시는 나를 못 알아보게 될까?」라고 묻자 그녀는 웃어넘겼지만 어쩌면 정말로 나와 많이 닮은 고릴 라가 있으면 구별하지 못할지도 모른다. 그렇다고 해서 그녀를 탓할 생각은 없다. 나도 인간들을 구별하지 못할 때가 있으니 까.

다른 고릴라들과 달리 내게 이름을 붙인 것은 엄마 오란다였 다. 언어를 사용할 줄 아는 고릴라는 우리 둘뿐이다. 일반적으 로 고릴라는 어미가 새끼를 돌보는 기간이 짧고 아비가 새끼를 돌보는 기간이 길기 때문에 어미 자식 간의 관계가 소원한 편 이다. 하지만 내 엄마와 나는 때때로 베르투아 유인원 연구소에 가서 첼시와 샘의 연구를 도왔고, 우리끼리 보내는 시간이 길었 던 만큼 다른 고릴라들과 달리 사이가 아주 좋았다.

하마두와 아자라가 식사하고 있는 수풀 너머에서 엄마가 이 쪽으로 걸어왔다. 엄마는 머리 쪽 털이 약간 붉은 기를 띠고 있 고, 나도 그 특징을 물려받았다. 우리는 마주 보고 우웅 하고 인사를 나눴다.

우리에게는 언어가 있었다. 다른 고릴라들이 우웅 소리를 통 해 간단한 기분밖에 전하지 못하는 데 반해 우리는 서로의 기 분이나 욕구를 정확하게 전달할 수 있었다. 남들보다 수백 배 더 구체적인 정보를 이해할 수 있는 것이다.

그렇지만 우리가 무리 안에 있을 때 언어를 사용하는 일은 거의 없었다. 다른 고릴라들이 이상하게 생각하지 않도록 조심하는 것이다. 가끔 무리를 벗어나 연구소에 가는 것만으로도 이미 충분히 별난 놈 취급을 받고 있었다. 물론 모두가 우리를 이상하게 보는 건 아니었다. 아버지 에사우는 우리를 이해했고, 우리가 무리 안에서 겉돌지 않도록 배려했다. 하지만 첫 번째 부인 니농과 두 번째 부인 클로틸드는 엄마 오란다보다 지위가 위인 것도 있다 보니 엄마를 못 잡아먹어 안달이었다.

엄마도 순순히 당하고 있지만은 않았다. 우리 둘만 있을 때는 「바보 같은 고릴라. 우리는 특별해. 다들 우리를 질투하는 거야」라며 신경도 쓰지 않았다. 엄마는 언어를 구사할 수 없는 고릴라를 얕잡아 봤고, 우리가 최고라고 생각하는 것 같았다. 보통은 새끼를 낳고 1년쯤 지나면 수컷에게 육아를 맡기지만 엄마는 나를 특별 취급해서 언제까지고 내게서 떨어지려 하지 않았다. 그래선지 난 아홉 살인데도 아직 동생이 없다.

일반적으로 고릴라는 새끼가 젖을 떼는 네 살 정도가 되면 다음 새끼를 낳을 수 있다. 엄마가 동생을 낳지 않은 것은 내게 너무 집착했기 때문이 아닐까 싶다.

나는 아미나와 요아킴이 무리를 떠나기 전까지는 주로 그들과 같이 놀았다. 우리는 정글에 우거진 나무 사이를 신나게 뛰어다니다가 바위나 쓰러진 나무 위에 올라 번갈아 가며 가슴을 두드렸다. 아직 어려서 실버백처럼 멋들어진 드러밍은 불가능했지만 흉내를 내는 것만으로도 충분히 즐거웠다. 가슴을 둥

둥 두드리면 마치 내가 어른이 된 것 같아서 뿌듯함과 자신감이 차올랐다. 나는 그때 이미 '고릴라'를 나타내는 수어가 가슴을 두드리는 동작이라는 것을 알고 있었기 때문에 가슴을 두드릴 때마다 자신이 고릴라라는 자각이 마음속 깊은 곳에 새겨지는 듯한 기분이 들었다.

그 외에 우리가 자주 한 놀이는 프로 레슬링이었다. 규칙이 따로 있는 건 아니고 그냥 서로 밀고 당기며 흙 위에서 마구 뒹굴었다. 우리가 노는 모습을 지켜보던 샘이 「고릴라의 프로 레슬링이네」라고 말했다. 내가 「프로 레슬링이 뭐야? 인간도 이러고 놀아?」라고 묻자 샘은 나를 연구소로 데려가 프로 레슬링 영상을 보여 주었다. 화려하게 꾸민 인간들이 사각 링 안에서 맞붙는 광경은 꽤나 흥미진진했다. 인간도 고릴라와 비슷한 놀이를 한다는 사실이 신기했고, 곡예에 가까운 기술을 선보이는 레슬러를 보고 있노라면 가슴이 두근거렸다.

샘은 나와 함께 프로 레슬링 보는 것을 좋아했지만 첼시는 싫어했다.

"로즈, 대체 왜 프로 레슬링 같은 걸 보는 거야? 훨씬 더 재미있는 프로그램이 얼마나 많은데." 첼시는 항상 이렇게 말하며 채널을 돌렸다. 그녀는 내게 PBS의 〈세서미 스트리트〉를 보여 주고 싶어 했다. 나는 프로 레슬링 보는 걸 좋아했지만 첼시가 채널을 바꿔도 불평하지 않았다. 〈세서미 스트리트〉도 좋아했기 때문이다. 특히 인상적이었던 것은 제시 잭슨이 출연한 회였다. "피부색이 달라도 나는 인간이다"라는 그의 연설은 알아 듣기 쉬웠고, 내 가슴 깊이 날아와 박혔다.

교육적인 프로그램도 많이 봤지만 역시 제일 좋아한 것은 프로 레슬링이었다. 코너 포스트에서 멋지게 몸을 날려 플라잉 바디 프레스를 꽂아 넣는 레슬러를 보고 그 기술에 반해 아미나, 요아킴과 함께 바위나 나무 위에서 수도 없이 뛰어내렸다.

아미나와 요아킴이 무리에서 떠나간 후로는 나와 비교적 나이가 비슷한 하마두나 아자라와 놀았고, 지금은 그보다 더 어린 나딘이나 라자르와 함께 시간을 보내는 게 제일 즐거웠다. 어린아이들은 귀엽다. 조막만 한 손으로 나를 꽉 붙들면 심장이 두근거렸다.

사실은 한 살짜리 카림과 놀고 싶었지만 카림의 엄마인 비비가 허락하지 않았다. 내가 뒤뚱뒤뚱 걷고 있는 카림에게 다가가 손을 뻗으면 어디선가 비비가 쏜살같이 달려와서 카림을 안아 들었다. 그런 적이 한두 번이 아니었다. 비단 나에게만 그러는 게 아니라 비비는 자기와 에사우 외에는 누구도 카림을 만지게 내버려 두지 않았다. 오늘도 나는 카림과 놀고 싶었지만 카림이 비비에게 딱 달라붙어 안겨 있으니 포기하는 수밖에 없었다.

나는 아버지 에사우 주위에서 놀고 있는 아이들을 보고 천천히 그쪽으로 다가갔다. 아버지의 은색 등이 아침 햇살 아래에서 비단처럼 부드럽게 빛났다. 무리에 속한 모두가 경애해 마지 않는 등이었다.

아버지에게 인사하자 아버지는 내 표정을 들여다보며 천천히 이쪽으로 다가왔다. 똑같은 우웅 소리여도 아버지의 낮은 목소리를 들으면 마음이 따뜻해졌다. 아버지가 긴장을 풀고 있다는 것은 곧 이 무리가 안전하며 아무것도 걱정할 필요가 없다는 뜻이었다. 아버지의 목소리에서는 인자함과 굳건함이 동시에 느껴졌다. 엄마의 애정이 듬뿍 담긴 목소리라든지 아버지의 위엄에 찬 목소리를 들으면 단순한 으르렁거림 속에 숨겨진 섬세한 감정들이 전해져 왔다. 고릴라의 세계에서는 언어가 없어도 충분했다. 물론 나와 엄마는 언어가 있는 편이 더 낫다고 생각했지만, 사실 고릴라가 살아가는 데 꼭 필요한 것은 아니었다.

아버지는 내게 인사한 후 천천히 팔을 뻗어 내 왼뺨을 손등으로 부드럽게 쓸었다. 나는 아버지의 손길을 따라 고개를 숙이며 어리광 부리듯 낮은 목소리로 골골댔다. 아버지가 그 소리에 응답하듯 내 머리를 가볍게 쓰다듬었다.

그때 아직 어린 나딘이 내 등 뒤에서 달려들었다. 왕성한 활동력을 자랑하는 암컷 고릴라인 나딘은 내 등에 난 검은 털을 붙잡고 기어올라 내 오른쪽 어깨 너머로 고개를 내밀었다. 내가 나딘이 하는 대로 내버려 두는 것을 보고 아버지는 만족스러운 표정으로 자리를 떠났다. 또 다른 새끼 고릴라 라자르는 뒤뚱거리며 아버지를 따라갔다.

아직 아침을 먹지 못한 나는 조금 떨어진 곳에 있는 쐐기풀 더미를 발견하고 나딘을 어깨에 태운 채 주먹으로 땅을 짚으

며 걸음을 옮겼다. 내가 일부러 어깨를 크게 들썩이며 걷자 나
딘은 좋아서 소리를 질렀다. 나딘이 떨어지지 않으려고 내 털을
있는 힘껏 붙잡는 바람에 등이 가려웠지만 귀여운 나딘이 즐거
워하는 모습을 보고 싶어서 열심히 흔들어 주었다.

나는 걸으면서 주위에 있는 나무줄기를 유심히 살폈다. 얼마
지나지 않아 개미집을 발견할 수 있었다. 마쓰무라꼬리치레개
미가 나무껍질 위에 지은 단단한 집은 내가 힘을 주어 벗겨내
면 떨어졌다. 나는 개미집 윗부분을 잡고 체중을 실어 밑으로
당겼다. 그러자 후드득 소리와 함께 개미집 일부가 떨어져 나갔
다.

나는 떨어져 나온 개미집 조각을 오른손으로 집어 왼쪽 손바
닥 위에 대고 톡톡 털었다. 예상했던 대로 개미알과 유충이 우
수수 쏟아졌다. 그대로 손바닥을 입으로 가져가 핥았다. 개미는
작지만 맛있다. 작은 조각 하나를 집어 등 뒤에 있는 나딘에게
건넸다. 나딘은 개미집을 받아들고 꺅꺅거리며 좋아하더니 이
내 내 흉내를 내며 개미를 꺼내 먹었다.

개미집은 꽤 컸기 때문에 한동안 그 자리에 앉아서 나딘과
식사를 했다. 나딘이 꺽 하고 트림하는 소리를 들으니 내 배가
다 부른 기분이었다.

우리는 그대로 무리에서 떨어져 나와 산책을 했다. 고릴라는
하루에 2킬로미터 정도를 걷는다. 정글은 먹을 것으로 가득 차
있다. 조금만 가도 풍요로운 자연이 주는 선물을 얼마든지 발견

할 수 있기 때문에 굳이 멀리까지 이동할 필요가 없다.

나무 사이를 어슬렁어슬렁 돌아다니다가 유달리 키가 큰 감베야 나무를 발견했다. 감베야는 정령이 깃드는 신성한 나무라고 해서 인간들이 북을 만드는 재료로 인기가 많은데 이 나무에 열리는 노란 열매는 아주 맛있다. 가까이 가 보니 역시 예상대로 땅바닥 여기저기에 열매가 떨어져 있었다. 나는 열매 하나를 집어서 손으로 으깬 다음 딱딱한 껍질을 버리고 안에 든 과육을 먹었다.

감베야 열매를 집어 먹는 우리 곁으로 사슴을 닮은 다이커영양이 다가왔다. 밤색 털과 초롱초롱한 눈망울이 사랑스러웠다. 다이커영양은 우리가 먹고 버린 열매에 고개를 들이밀고 조금 남은 과육을 깨끗이 핥아먹었다. 다이커영양의 호리호리한 다리와 부드럽고 우아한 곡선을 그리는 몸통은 아무리 보고 있어도 질리지 않는다. 나는 손에 들고 있던 열매의 껍질을 벗겨서 다이커영양 앞에 툭 던졌다. 다이커영양은 기뻐하며 내가 건넨 열매를 맛있게 먹었다.

내가 주는 껍질 벗긴 감베야 열매를 열심히 받아먹던 다이커영양이 갑자기 고개를 번쩍 들었다. 그러곤 무언가를 경계하듯 쫑긋 세운 귀를 파르르 떨더니 부리나케 달아나 버렸다. 얼마 지나지 않아 내 귀에도 무언가 다가오는 소리가 들렸다. 동물 발걸음 소리는 아니었다. 복수의 인간들이 이쪽으로 걸어오는 소리에 섞여 간간이 서툰 영어가 들려왔다. 내게는 친숙한 밝고 활기찬 목소리였다.

이윽고 수풀 사이에서 관광객들을 이끌고 테오가 나타났다. 테오는 내가 태어나기 전부터 드야 동물 보호구역에서 가이드를 해 온 바카족 피그미다. 키가 150센티미터 정도밖에 되지 않지만 그래도 마을에서는 큰 편에 속한다. 테오가 반가운 미소를 지으며 손가락으로 나를 가리켰다.

"저기 보이는 게 방금 제가 말씀드린 로즈입니다. 수어를 할 수 있는 고릴라죠."

「테오, 안녕. 오늘도 아침부터 열심히 일하고 있네.」 나는 양손을 주먹 쥔 상태로 위아래로 맞부딪친 다음 손가락을 구부려서 한 번 더 쳤다. 관광객들은 내 동작을 보더니 믿을 수 없다는 듯 소리를 질렀다.

"어머! 진짜로 수어를 하네요? 지금 뭐라고 한 거예요?" 주황색 바람막이를 걸친 중년 여성이 흥분한 목소리로 테오에게 물었다.

"정글에 오신 것을 환영합니다, 라고 하네요." 테오가 천연덕스럽게 대답했다.

「수어를 좀 배우는 게 어때? 벌이가 훨씬 나아질 텐데.」

내가 양팔과 손가락을 부지런히 움직이며 수어를 하는 모습을 사람들은 믿기지 않는다는 표정으로 쳐다보았다. 다들 기적이라도 목격한 사람처럼 눈이 휘둥그레져서 입을 다물지 못했다.

"지금은요? 이번에는 뭐래요?"

"제 가족에게 별일이 없는지 물어보네요. 신경 써 줘서 고마워, 로즈. 애들은 다 건강한데 집사람이 많이 아파서 걱정이야. 어차피 약은 비싸서 못 사니까 식사라도 잘 챙겨 먹게 하고 싶은데 요즘 경기가 워낙 안 좋다 보니 그것도 쉽지가 않네." 테오는 나와 대화하는 척하며 자연스럽게 신세 한탄을 늘어놓았다. 늘 이렇게 내 수어를 자기 맘대로 바꿔서 전하기 때문에 굳이 수어를 배울 필요가 없는 것이다. 주황색 겉옷을 입은 여성이 안쓰러운 표정으로 기운 내라는 듯 테오의 어깨를 토닥였다. 거짓말로 의심하는 눈치는 조금도 없었다. 테오는 항상 이런 식으로 짭짤한 팁 수입을 올렸다.

「거짓말쟁이. 테오는 독신이잖아. 다 알고 있다고.」 나는 수어로 테오의 비밀을 폭로했지만 알아듣는 사람은 아무도 없었다. 딱히 테오가 약았다거나 치사하다고 생각하지는 않았다. 오히려 생활력이 강하고 고릴라를 비롯한 모든 동물에게 친절한 테오를 나는 아주 좋아했다. 첼시와 샘을 제외하면 테오는 내게 가장 가까운 인간이었다.

"작은 새끼 고릴라를 데리고 있네요. 로즈의 아이인가요?" 회색 턱수염을 기른 남성이 테오에게 물었다.

"아니요, 로즈에게는 아직 새끼가 없습니다. 저건 무리 내 다른 암컷이 낳은 새끼로 이름은 나딘이라고 합니다. 로즈가 최근 새끼 돌보는 데 재미를 붙였는지 저런 식으로 자기보다 어린 고릴라를 데리고 다니는 모습이 자주 보이네요."

테오의 설명에 관광객들이 고개를 끄덕였다.

"좋은 언니네요. 기특하기도 하지." 파란색 우비를 입은 젊은 여성이 감탄하듯 말했다. 칭찬을 받아서 기분이 좋아진 나는 사람들 쪽으로 천천히 다가갔다. 어떻게 하면 인간들이 좋아하는지 나는 잘 알고 있었다. 사람들은 내가 가까이 가서 사진을 찍게 해 주면 좋아했다. 테오가 가이드로 붙어 있는 동안 관광객들은 얌전하게 굴었고, 문제가 생긴 적은 한 번도 없었다.

"저기 좀 봐요! 고릴라가 이쪽으로 오고 있어요!" 젊은 여성이 속삭이듯 외치자 사람들이 흥분하는 게 느껴졌다. 나는 허둥지둥 카메라를 꺼내 드는 사람들 앞으로 가서 천천히 포즈를 취했다. 내 어깨에 매달린 나딘은 긴장했는지 나를 붙잡은 손에 힘을 꽉 주었다.

"로즈는 고릴라 중에서도 특히 사람을 잘 따르는 편입니다. 어릴 때는 제가 많이 업어 주기도 했답니다. 자그마한 덩치로 제 등을 타고 오르는 게 얼마나 귀여웠는지 몰라요."

"다른 고릴라들은 어디 있죠? 고릴라는 무리 지어 생활하는 동물 아닌가요?" 주황색 겉옷을 입은 여성이 테오에게 물었다.

"맞습니다, 고릴라는 무리 생활을 하죠. 다만 로랜드고릴라는 마운틴고릴라와는 달리 독립심이 강해서 모두가 한자리에 꽁꽁 뭉쳐 있는 게 아니라 조금씩 흩어져 있기도 합니다. 그리 멀지 않은 곳에 다른 고릴라들도 있을 겁니다. 고릴라를 자극하지 않도록 조심해 주세요. 움직일 때는 최대한 소리를 내서 내가 여기 있다는 사실을 알리는 게 좋습니다. 안 그러면 고릴라가 놀랄 수 있으니까요. 고릴라의 지각 능력은 인간과 비슷한 수준입니다."

"로즈가 어린 새끼 돌보는 걸 좋아하게 된 건 어미가 되기 위한 준비 단계라고 볼 수 있을까요? 고릴라에게서 일반적으로 나타나는 행동 양식 중 하나인가요? 아니면 로즈가 특별한 건가요?" 턱수염을 기른 남자가 나와 나딘을 카메라로 찍으며 테오에게 물었다.

"원래 같은 무리의 구성원끼리는 사이가 좋습니다. 또 고릴라는 어린 새끼들끼리만 노는 게 아니라 어른 고릴라도 새끼들과 함께 잘 놀아주기 때문에 로즈가 딱히 드문 케이스는 아닙니다. 다만 최근 들어 로즈가 어린 새끼들과 주로 시간을 보내는 건 말씀하신 대로 어미가 되기 위한 준비의 일환이라고 볼 수도 있을 것 같네요. 아마도 자기 새끼를 갖고 싶은 거겠죠."

테오가 하는 말을 듣고 깜짝 놀랐다. 내가 내 아이를 갖고 싶어 한다고? 그런 생각은 해본 적도 없다. 자기 멋대로 단정 짓는 테오가 마음에 들지 않았다. 테오의 말을 부정하기 위해 나딘을 여기 내팽개치고 혼자 어딘가로 도망쳐 버리고 싶어졌다. 하지만 물론 그런 짓은 할 수 없으니 나딘을 어깨에 둘러멘 채 그대로 뒤로 돌아 무리가 있는 곳으로 돌아가기로 했다.

우리 무리는 원래 있던 장소에서 북쪽 늪지대로 옮겨가 있었다. 아버지는 늪에 들어가 어깨까지 잠긴 상태로 물풀 뿌리를 뜯어 먹는 중이었다. 몇몇은 늪 근처에서 감베야 열매를 주워 먹고 있었고, 일부는 땅바닥에 드러누워 낮잠을 자고 있었다. 나는 내 등에 업힌 나딘을 어미인 니농 앞에 내려놓았다. 감베야 열매를 먹고 있던 니농은 나를 힐끗 쳐다보더니 흥 하고 콧방귀를 뀌었다. 기분이 별로 좋지 않은 듯했다. 나도 그냥 아무 말도 하지 않고 다른 장소로 이동했다. 혼자가 되고 싶었다.

5분 정도 걷자 햇볕이 강하게 내리쬐는 탁 트인 공간이 나왔다. 정글에는 키 큰 나무들이 빼곡하게 들어차 있고, 무성한 잎이 돔 형태로 우거져 하늘을 가리고 있는 경우가 많다. 그래서 정글 안은 항상 어두컴컴하고 비교적 서늘한 편이다. 햇빛을 받으려면 나뭇잎 위로 뚫고 나가는 수밖에 없기 때문에 나무들은 가느다란 가지를 하늘을 향해 쭉쭉 뻗는다. 그러다가 나무하나가 쓰러지면 이런 식으로 햇볕이 드는 공간이 생긴다. 그리고 이렇게 생긴 공간에는 다시 커다란 나무가 자란다.

햇살을 피해 나무 그늘을 따라 걷다 보니 역시나 쓰러진 나무를 발견할 수 있었다. 굵은 밑동은 높이가 내 허리까지 왔다. 나는 나무에 기대듯 주저앉았다. 젖은 나무에 닿은 등이 시원해서 기분이 좋았다. 밑동만 남은 그루터기를 푸릇푸릇한 새싹이 뒤덮고 있었다.

아까 테오가 한 말에 대해 생각해 보았다. 나는 아이를 갖고 싶은 걸까. 테오의 말에 화가 났던 건 스스로는 의식하지 못했지만 사실은 그게 정곡을 찌르는 말이었기 때문일까.

그래, 난 내 아이를 갖고 싶은 거야. 내 안에 잠들어 있던 감정의 세기에 스스로가 놀랄 지경이었다. 잘 알지도 못하는 인간이 나보다 먼저 그 사실을 알아차렸다는 사실이 분했다. 일단 깨닫고 나니 머릿속이 온통 그 생각으로 가득 찼다.

나는 이미 충분히 새끼를 낳을 수 있는 나이였다. 그리고 내 아이를 원했다.

하지만 새끼를 낳으려면 무리에서 나가야 했다. 엄마를 여기 두고 나만 혼자 떠날 수는 없었다. 내가 가고 나면 엄마는 고독해질 것이다. 그렇게 내버려 둘 수는 없었다.

게다가 나로서도 언어를 사용해 누군가와 소통할 기회는 필요했다. 이것이 언어의 골치 아픈 부분이었다. 언어를 몰랐다면 자신의 감정을 깊이 들여다볼 일도 없었을 거고 심각하게 고민할 일도 없었을 것이다. 언어는 귀찮다. 한번 생각한 것은 어떻게든 내뱉어야 한다. 누군가에게 말하지 않고는 견딜 수가 없는 것이다. 말하자면 머릿속이 작은 봉지와 같아서 일단 떠오른 말을 바로바로 밖으로 내보내지 않으면 봉지가 터질 듯 부풀어 오르는 느낌이랄까. 무언가를 먹으면 반드시 배설해야 하는 것과 비슷하다.

엄마만 남겨두고 떠날 수는 없다. 하지만 엄마와 함께 무리에 남아 있으면 새끼를 낳을 수 없다. 엄마와 둘이 함께 무리를 떠나는 방법도 생각해 봤지만 그건 왠지 아버지를 배신하는 것 같아서 싫었다. 역시 엄마와 아이 중 하나를 골라야만 한다.

나보다 앞서 무리를 떠난 아미나도 이런 고민을 했을까? 아니. 아미나와 아미나의 엄마는 우리 모녀만큼 사이가 좋지 않았다. 아미나는 다른 무리의 수컷을 보고 바로 따라가 버렸다. 나는 그런 경솔한 짓은 할 수 없다.

답이 나오지 않는 문제를 붙들고 한참을 끙끙대고 있으려니 아까 감베야 열매를 배불리 먹은 탓인지 졸음이 몰려왔다. 나는 이끼 낀 그루터기 옆에 벌러덩 누워 눈을 감았다.

바로 잠이 들었다. 꿈속에서 나는 아직 어렸고, 요아킴과 아미나와 함께 아버지 주위를 뛰어다니며 놀았다. 놀다가 지루해지면 아버지 등에 올라가 털과 두꺼운 가죽으로 덮인 목덜미를 잘근잘근 깨물었다. 아버지는 과장되게 아파했고, 나는 좋아서 깍깍 웃었다. 아버지 등에서 내려와 도망치면 아버지는 나를 쫓아와 붙잡은 다음 힘껏 안아 주었다. 아버지는 덩치가 아주 컸기 때문에 내 몸 전체가 아버지 품에 쏙 들어갔다.

꿈속에서 즐겁고 행복했던 추억을 떠올리고 있는데 불현듯 어디선가 부스럭거리는 소리가 들렸다. 나는 깜짝 놀라 눈을 떴다. 무언가가 이쪽으로 다가오고 있었다.

수풀 사이를 천천히 이동하는 기척이 느껴졌다. 긴장해서 잠이 다 달아났다. 인간은 아니고 그보다 덩치가 큰 동물인 것 같았다. 나무에 가려 모습은 보이지 않았지만 젖은 지면을 철퍽철퍽 밟는 소리와 나뭇잎 바스락거리는 소리가 들렸다. 나는 곧바로 도망갈 수 있도록 몸을 일으켰다.

이윽고 내 눈앞에 나타난 것은 한 마리의 수컷 고릴라였다. 등에서 허리까지 난 털은 윤기가 흐르는 검은색이었고, 아직 실버백은 아니었지만 체격이 건장했다. 다 자란 고릴라가 혼자 돌아다니는 것을 보니 원래 있던 무리에서 떨어져나와 아직 새로운 무리를 꾸리기 전인 듯했다.

상대도 나를 보고 놀랐는지 그 자리에 멈춰 서서 이쪽을 가만히 응시했다. 무리에서 독립한 지 얼마 되지 않은 듯 불안한 표정이었다.

아버지였다면 갑자기 처음 보는 고릴라와 마주치더라도 동요하지 않고 의연하게 대처했을 것이다. 상대를 전혀 신경 쓰지 않는다는 태도를 취함으로써 격이 다름을 보여 주는 것이다. 그것이 실버백인 내 아버지의 방식이었다.

직접 만난 건 이번이 처음이지만 나는 이 고릴라를 알고 있었다. 샘과 첼시가 연구소에서 관찰하는 고릴라들에 대해 내게 말해 주었기 때문이다. 지금 내 앞에 있는 고릴라의 이름은 아이작이고, 모리스라는 실버백이 이끄는 무리에 속해 있었다. 모리스 무리가 생활하는 영역은 여기서 꽤 멀리 떨어져 있다. 아이작은 무리에서 떨어져나온 후 여기까지 혼자 걸어온 걸까.

아이작은 한참 동안 나를 뚫어지게 쳐다보다가 이윽고 내게서 시선을 거두어 주위를 둘러보며 내가 다른 고릴라들과 함께 있지 않다는 사실을 확인했다. 그러고는 가슴을 쑥 내밀고 턱을 당기더니 내 쪽으로 다가왔다. 조금 전까지만 해도 잔뜩 긴장해서 쭈뼛거리던 아이작이 지금 여기에 나밖에 없다는 사실을 알고 갑자기 자신감을 되찾은 게 우스웠다. 어린아이가 무리해서 어른 흉내를 내는 것 같았다.

아이작이 가까이 오자 그의 얼굴에 난 상처가 눈에 들어왔다. 이마에서 코까지 얼굴 중앙을 가로지르는 상처는 굉장히 크고 깊었다. 위치가 조금만 빗나갔다면 한쪽 눈을 잃었을 것이다. 아무래도 다른 고릴라에게 공격당한 흔적인 듯했다. 아직 완전히 아물지 않아서 안쪽 살이 들여다보일 지경이었다.

상처 따위는 아랑곳하지 않고 이쪽을 향해 천천히 다가오는 아이작에게서는 희미하게나마 기품 같은 것이 느껴졌다. 다른 누구의 도움도 없이 홀로 살아간다는 것은 얼마나 외롭고 힘든 일일까. 나로서는 아이작의 얼굴에 난 상처를 보며 그의 고독을 짐작하는 수밖에 없었다.

아이작은 내 주위를 왔다갔다하면서 나를 물끄러미 쳐다보았다. 나도 아이작의 일거수일투족을 가만히 지켜보았다. 지금은 아직 어엿한 어른이라고 하기 어렵지만 몇 년만 지나면 누구보다 용감한 실버백이 될지도 모르겠다는 생각이 들었다.

어쩌면 아이작도 나를 보며 비슷한 생각을 하고 있는 게 아닐까 싶었다. 아직은 어리지만 조만간 멋진 암컷 고릴라로 성장할 것 같다고. 그런 생각을 하자 왠지 좀 불쾌했다. 다른 고릴라가 멋대로 나를 평가하는 것이 마음에 들지 않았다. 나 역시 아이작의 겉모습만 보고 그를 판단했으면서 나를 보는 그의 시선에 슬며시 반감이 들었다.

나는 불만을 표시하기 위해 흥 하고 콧방귀를 뀐 다음 그 자리에서 벗어나고자 뒤로 돌아 걷기 시작했다. 그러자 아이작은 나와 조금 더 같이 있고 싶은지 우웅 하고 인사를 건네며 내 뒤를 쫓아왔다. 나는 옆에서 따라오는 아이작을 무시한 채 관심 없는 척 계속 걸었다.

나무타기천산갑이 내 눈앞을 바쁜 걸음으로 지나갔다. 천산갑은 온몸이 다갈색 비늘로 덮인, 아르마딜로를 닮은 귀여운 동물이다. 아마도 나무 그루터기 뒤에 숨어 있다가 우리가 다가오니 놀라서 튀어나온 모양이었다.

갑자기 나타난 나무타기천산갑은 우리에게는 좋은 장난감이었다. 비늘이 딱딱하고 날카로워서 천산갑이 휘두르는 꼬리에 맞으면 위험하지만, 꼬리만 조심하면 재미있게 놀 수 있었다.

나무타기천산갑은 원래 야행성이다. 수풀을 헤치며 도망치는 천산갑은 우리 때문에 자다 깨서 짜증이 났겠지만 우리는 개의치 않고 열심히 쫓았다.

천산갑을 붙잡은 아이작이 손가락으로 쿡쿡 찔렀다. 나도 똑같이 천산갑을 건드리며 가지고 놀았다. 조금 전까지만 해도 아이작을 무시할 생각이었는데 같이 노는 게 재미있어서 나도 모르게 웃음이 나왔다.

아이작은 기분이 좋아졌는지 천산갑을 내버려 두고 나에게 달려들었다. 우리는 아이들처럼 뒤엉켜서 땅바닥을 굴러다녔다. 비슷한 또래와 노는 것은 오랜만이었다. 요아킴과 아미나와 함께 놀던 시절이 떠올랐다. 나는 닫아걸려던 마음의 문을 활짝 열고 아이작과 즐겁게 어울려 놀았다. 등 뒤로 가서 허리를 붙잡고 쓰러뜨리는 시늉을 하자 아이작은 벌러덩 뒤로 나자빠지며 한바탕 크게 웃었다.

아이작이 언제부터 무리를 빠져나와 혼자 지냈는지는 모르겠지만, 아무튼 그는 다른 고릴라와 함께 노는 것에 굶주린 상태였다. 많이 외로웠을 거고, 그래서 다른 무리의 고릴라에게 다가갔다가 싸움이 난 것이리라. 그때 생긴 상처의 깊이가 그가 느낀 고독을 말해 주고 있었다.

우리는 그렇게 한참을 함께 놀았다. 뒹굴며 놀다가 지치면 근처 수풀을 뒤져 덩굴을 뜯어 먹었고, 배가 부르면 땅바닥에 나란히 누워 낮잠을 잤다. 자고 일어나자 아이작이 나를 어딘가로 안내했다. 무리가 있는 쪽과는 반대 방향이었지만 나는 순순히 따라갔다. 조금 걸어가자 처음 보는 작은 연못이 나왔다. 허리까지 오는 차가운 물속으로 걸어 들어가 진흙 바닥에서 풀뿌리를 뽑아서 질겅질겅 씹었다. 나는 아이작에게 완전히 마음을 허락한 상태였다. 아이작은 내가 좋아하는 것을 보고 만족스러운 미소를 지었다.

연못에서의 식사를 마치고 아이작이 천천히 물 밖으로 나갔다. 그러고는 자기를 따라오라는 듯 나를 한번 쓱 쳐다보더니 발걸음을 옮겼다. 나는 연못에서 나와 멀어져 가는 그의 뒷모습을 바라보았다.

여기서 더 멀리 갔다가는 무리가 있는 곳까지 돌아가지 못할지도 모른다는 생각에 불안해졌다. 아이작과 노는 사이에 시간은 쏜살같이 흘러 어느덧 해가 지려 하고 있었다. 나무 사이로 타는 듯이 붉은 석양이 하늘을 물들이고 있었다. 다들 아까 있던 장소에 아직까지 머물러 있지는 않을 것이다. 만약 나와 반대 방향으로 이동했다면 해가 지기 전까지 따라잡지 못할지도 모른다.

아이작은 불안해하는 내 마음을 눈치챘는지 걸음을 멈추고 나를 돌아보았다. 그리고 상대를 위협할 때처럼 두 발로 버티고 서서 부드럽게 나를 부르더니 자신감 넘치는 표정으로 가슴을 퉁퉁 두드리며 주위를 펄쩍펄쩍 뛰어다녔다. 마치 자신이 얼마나 강한지 내게 보여 주려는 것 같았다.

아이작은 멈춰 서서 다시 뜨거운 시선으로 나를 바라보았다.

강한 눈빛이 내 심장을 꿰뚫는 것만 같았다. 나는 그제야 그의 의도를 알아차렸다.

그는 내게 따라오라고 말하고 있었다.

나는 강하다. 나를 따라오면 지켜 주겠다. 아이작은 온몸으로 그렇게 말하고 있었고, 나는 그런 그가 당혹스러웠다.

아이작의 마음은 고마웠다. 하지만 나는 처음부터 완전히 착각하고 있었다. 아이작이 필요로 하는 것은 친구라고 믿어 의심치 않았다. 함께 뛰어놀고 함께 밥을 먹고 함께 낮잠 잘 상대가 필요한 거라고 말이다.

하지만 그가 원하는 것은 함께 지낼 가족이었다. 자기 새끼를 낳아줄 암컷, 새로운 무리를 함께 만들어갈 파트너.

아이작은 내 의사를 확인하듯 낮은 목소리로 그르렁거렸다. 나는 그 자리에 가만히 서서 아무 말도 하지 못했다.

이렇게 중요한 일을 지금 바로 결정하는 건 불가능하다. 생각할 시간이 필요했다.

아이작은 내가 망설이는 것을 보더니 슬픈 표정으로 뒤돌아 수풀 너머로 사라져 갔다.

아이작에게는 미안했지만 오늘은 이미 많이 늦었으니 그도 멀리까지 이동하지는 않을 것이다. 내일 다시 이리로 오면 만날 수 있을지도 모른다. 나는 그렇게 생각을 정리하고 일단 무리가 있는 곳으로 돌아가기로 했다.

붉게 물든 하늘 아래 동물들의 대대적인 교대가 이루어지기 시작했다. 낮을 사는 동물들은 집으로 돌아가고, 밤을 사는 동물들은 기지개를 켰다. 나는 무리를 찾기 위해 소리 내어 부르며 계속 걸었다.

무리는 아까 낮잠을 자던 장소에서 북쪽으로 조금 더 이동한 곳에 모여 있었다. 내 목소리를 들은 아버지가 대답해 준 덕분에 어렵지 않게 찾을 수 있었다. 아버지는 가장 거대하고 키 큰 나무 위에, 니농은 아버지 바로 옆 나무 위에 있었다. 각자가 오늘 밤 잘 곳을 정해 나무 위에 침대를 만드는 중이었다. 아기 카림은 어미인 비비와 함께였다. 비비보다 조금 더 큰 라자르는 어미인 클로틸드와 떨어져서 잤지만 아직 자기 침대를 만드는 게 익숙하지 않아서 나뭇가지를 구부려 고정하느라 고군분투하고 있었다. 실력이 어설프다 보니 지난주에는 자는 도중에 침대가 무너져 내려 나무 아래로 떨어질 뻔했다. 나도 어릴 때 비슷한 실수를 많이 해봤기 때문에 남일 같지 않았다.

내가 돌아온 것을 보고 엄마가 기다렸다는 듯 나무 아래로 내려왔다. 내 앞으로 와서 부우부우 짧게 콧방귀를 뀌며 불만을 표시했다. 늦게까지 어디 있었냐고 다그치는 듯한 표정이었다. 아마 주위에 아무도 없었다면 정말 수어로 그렇게 물었을 것이다. 나는 양손을 주먹 쥔 상태에서 엄지와 새끼손가락만 펴서 손목을 빙글빙글 돌렸다. 놀다 왔다고 대답한 것이다. 엄마는 모두가 보는 앞에서 수어를 사용한 나를 꾸짖듯 다시 한번 부우부우 콧방귀를 뀌며 나무 위로 돌아갔다.

만약 엄마가 누구와 어디서 놀았느냐고 물었다면 나는 거짓말을 했을 것이다. 아직 엄마에겐 아이작에 대해 말하지 않는 편이 좋을 것 같았기 때문이다. 나는 엄마가 더 자세히 묻지 않은 것에 안도의 한숨을 내쉬며 평소처럼 엄마 옆에 있는 나무로 올라갔다. 그리고는 나뭇가지를 적당히 구부려서 하룻밤 동안 나를 지탱할 수 있는 침대를 만들기 시작했다. 10분 정도가 흐르고 침대가 제대로 만들어졌는지 확인한 후 자리에 누웠다.

움직일 때마다 나뭇가지에 달린 잎들이 바스락거렸지만 잠자리는 편했다. 오늘은 많이 놀아서 금방 잠이 들 것 같았다.

어느샌가 날이 완전히 저물어 주위가 깜깜해졌다. 큰박쥐들이 과일을 찾아 신나게 날아다니는 소리가 들렸다. 근처에 있는 연못에서 개구리들이 울었다. 동물들은 모두 잠이 들었는지 땅위를 돌아다니는 소리는 들리지 않았다.

금방 잠들 줄 알았는데 아니었다. 나는 몇 시간째 잠들지 못하고 뒤척이며 오늘 낮에 있었던 일을 떠올렸다. 아이작이 신경쓰여서 견딜 수 없었다. 그는 오늘 밤도 홀로 쓸쓸히 잠들었을까. 정글에서 혼자라는 것만큼 외롭고 불안한 일도 없을 것이다. 아무도 나를 지켜 주지 않는다. 그에게는 위험을 알려줄 친구도 없었다. 그러니 마음 놓고 깊이 잠들 수도 없을 것이다. 항상 신경을 곤두세운 채 잠이 들었다가 무슨 소리라도 나면 화들짝 놀라 깨지 않을까.

아이작도 나처럼 지금 이 순간 내 생각을 하고 있을까. 잠이 오지 않아서 그를 생각하는 것인지, 아니면 그를 생각하느라 잠이 오지 않는 것인지 헷갈렸다.

아이작을 생각하면 자연스럽게 이마에 난 상처가 떠올랐다. 생긴 지 얼마 안 된 상처 같아 보였다. 오늘처럼 무리에서 떨어져나와 혼자 행동할 때도 있지만 그래도 내게는 돌아갈 무리가 있었다. 늦게까지 돌아오지 않으면 나를 걱정해 주는 부모가 있었다. 그게 얼마나 감사한 일인지 이제는 나도 알았다. 아이작처럼 혼자 돌아다니는 고릴라가 어떤 마음일지 생각하면 가슴이 아려 왔다. 작년에 무리에서 나간 요아킴도 아이작과 비슷한 상황에 놓여 있을까. 아니면 벌써 짝이 될 암컷 고릴라를 만나 새로운 무리를 만들었을까.

언제까지고 잠들지 못한 채 계속 뒤척이고 있는데 갑자기 예상치 못한 일이 일어났다.

아버지가 자던 나무 쪽에서 끼긱거리는 소리가 났다. 200킬로그램이 넘는 아버지의 체중에 나뭇가지가 눌려서 휘는 소리였다. 아버지가 나무를 타고 내려오고 있는 듯했다. 나는 놀라서 몸을 일으켰다. 내가 무슨 일인지 물어보기도 전에 아버지는 짧고 높게 소리를 지르더니 드러밍을 하기 시작했다. 양손으로 가슴을 두드리는 소리가 정글에 울려 퍼졌다. 모두가 잠에서 깨어 땅으로 내려왔다.

한밤중의 이동이다. 드문 일이지만 이번이 처음은 아니었다. 전에도 아버지가 잠결에 무슨 소리를 듣고 깨서 잠자리를 바꾼 적이 있었다. 우두머리가 위험을 감지하고 이동하기로 정하면 나머지 무리는 따르는 수밖에 없다.

아버지는 왜 이동해야 한다고 생각한 걸까. 나는 계속 깨어 있었지만 이상한 낌새는 전혀 느끼지 못했다. 아버지는 모두가 나무에서 내려온 것을 확인한 후 이동하기 시작했다. 비상사태에 모두가 불안한 기색이었다. 우리는 아버지를 선두로 어둠 속에서 누군가를 잃어버리거나 하지 않도록 평소보다 더 딱 붙어서 이동했다.

문득 이것이 낮에 아이작을 만난 일과 관계가 있는 게 아닐까 하는 생각이 들었다. 익숙하지 않은 밤 이동에 지치고 긴장한 뇌가 아무 상관도 없는 두 사건 사이에서 연관성을 찾아내고자 하는 것 같았다. 내가 아이작을 만나는 바람에 무리를 위험에 빠트린 게 아닐까. 사실은 그렇지 않다는 사실을 알고 있었지만 도저히 그 생각을 떨쳐낼 수가 없었다.

어쩌면 아이작이 나를 쫓아온 게 아닐까. 아버지는 근처까지 와 있던 아이작의 기척을 느끼고 침입자라고 판단한 게 아닐까. 이런 생각을 한 것은 내 안에 실제로 그랬으면 좋겠다는 바람이 있었기 때문인지도 모른다.

아이작이 나를 만나러 와 주면 좋겠다. 그런 생각을 하며 걷고 있는데 앞에서 아버지가 걸음을 멈췄다. 원래 있던 장소에서 10분 정도 이동했을까. 오늘 밤은 여기서 자기로 한 모양이었다. 어두컴컴해서 정확히 어떤 곳인지 알 수는 없었지만 사방이 나무로 둘러싸여 있으니 모두가 잘 공간은 충분해 보였다. 나는 나무 하나를 골라잡고 올라가 그날 밤 두 번째 침대를 만들었고, 이번에는 바로 잠이 들었다.

3

　다음 날 아침, 누구보다 일찍 눈이 떠졌다. 나는 바로 나무에서 내려가 전날 아이작과 만난 곳에 가 보기로 했다. 그 전에 아이작이 이 근처까지 와 있는 것은 아닌지 확인하기 위해 주변을 한 바퀴 둘러보았다. 아이작의 모습이 보이지 않자 안심이 되는 한편 조금 실망스럽기도 했다. 어젯밤 이동하기 전에 자던 곳 주변도 살펴보았지만 역시나 다른 고릴라의 흔적은 보이지 않았다. 그렇다면 아버지는 어제 왜 갑자기 이동하기로 정했던 걸까? 알 수 없는 일이었다.

　어제 아이작과 만난 나무 그루터기가 있는 곳까지는 빠른 걸음으로 20분 정도 걸렸다. 하지만 아이작의 모습은 보이지 않았다. 그루터기 주위를 돌아보았다. 아이작도, 어제 본 나무타기천산갑도 없었다. 둘이서 함께 뒹굴며 놀았던 장소에 발자국이 남아 있을 뿐이었다. 우리가 풀뿌리를 씹어 먹던 연못에서는 다이커 영양 두 마리가 물을 마시고 있었다. 그루터기가 있는 곳으로 돌아와 힘없이 주저앉았다. 어쩌면 아이작이 어제처럼 갑자기 나타날 수도 있지 않을까 싶었다.

아이작이 돌아오길 바랐지만 사실 나는 그를 다시 만나서 어떻게 할 것인지 아직 마음을 정하지 못하고 있었다. 다시 한번 아이작과 함께 놀고 싶었다. 같이 레슬링도 하고, 물놀이도 하고, 풀과 과일을 먹고…. 하지만 무리를 떠날 결심은 서지 않았다.

나는 나무 그늘에서 일어나 걷기 시작했다. 발걸음은 무리로 돌아가는 대신 자연스럽게 연구소로 향했다. 무리를 떠날지 말지는 엄마와 상의할 수 있는 문제가 아니었다. 고민을 털어놓을 상대는 첼시와 샘밖에 없었다.

건물이 크고 멋진 것도, 최첨단 시설을 갖추고 있는 것도 아닌 베르투아 유인원 연구소는 그저 오두막 네 채가 옹기종기 모여 있을 뿐이다. 하지만 그곳은 내게 별세계로 가는 입구와도 같았다. 내가 사는 고릴라의 세계와는 다른 인간들의 세계. 나는 인간에 대해, 그들의 언어와 사회에 대해 배우고자 했고 인간들은 우리를 통해 고릴라에 대해 알고자 했다. 사회를 배운다고는 해도 그것은 내게 놀이나 마찬가지였다. 샘과 첼시에게 이야기를 듣고 TV에서 영화나 드라마나 뉴스를 보면서 인간에 대해 알아갔다.

연구소는 정글에서 비교적 탁 트인 곳, 강을 면한 낮은 언덕에 위치했다. 아직 점심 전인데도 강한 햇살이 내리쬐고 있었다. 오두막 앞에는 세탁물이 잔뜩 걸려 있었다. 연구소 직원인 리디가 나무 덩굴로 짠 바구니에서 세탁물을 꺼내 빨랫줄에 하나씩 걸었다. 리디는 언제나처럼 혼자 노래를 부르며 일하고 있었다. 나는 리디가 부르는 노래를 듣는 것이 좋았다. 밝고 자유로운 노랫소리는 옆에서 가만히 듣고만 있어도 기분이 좋아졌다. 리디는 나를 보더니 손에 든 셔츠를 바구니에 다시 돌려놓고 이쪽으로 다가왔다.

"로즈, 오늘은 혼자 온 거니? 엄마가 외로워하지 않겠어?"

지금까지 연구소에 올 때는 늘 엄마와 함께였고, 혼자 온 건 오늘이 처음이었다. 리디는 수어를 모르기 때문에 나는 대답하지 않았다. 리디와 나 사이에는 말이 필요하지 않았다. 리디는 내가 하려는 말을 이미 다 알고 있는 것처럼 행동했고, 그런 태도가 불쾌하다고 느낀 적은 한 번도 없었다.

"혹시 엄마랑 싸운 거야? 하긴 너도 혼자 있고 싶을 때가 있겠지. 하지만 나중에 꼭 화해해야 해. 어떻게 하면 화해할 수 있는지 내가 가르쳐 줄게. 이리 와 봐."

리디는 혼자서 떠들다가 양팔을 넓게 벌려 나를 꽉 안았다. 아이처럼 꺅꺅거리고 웃으며 내 몸을 쓰다듬었다. 만나면 이렇게 포옹하는 것이 우리의 인사법이었다.

"와 줘서 고마워. 요즘은 찾아오는 손님이 별로 없거든. 로즈너도 거의 일주일 만에 온 거 아닌가? 네가 안 와서 쓸쓸했어.

세탁을 할 때도 그렇고 청소를 할 때도 그렇고 여기 있는 동안은 말할 상대가 없잖아. 여기에는 첼시 박사님과 샘 박사님밖에 없는데 두 분은 늘 바쁘시니까."

리디는 나를 간지럽히듯 온몸의 털을 쓰다듬으며 혼자서 끊임없이 떠들어 댔다. 나와 대화를 할 수 없다는 사실은 그녀에게 별로 중요하지 않은 것 같았다. 나는 리디만큼 수다 떨기 좋아하는 사람을 본 적이 없었다. 그녀는 나와 함께 있을 때면 늘 쉬지 않고 말했다.

"두 분 다 항상 고릴라를 쫓아다니거나 서류나 컴퓨터를 들여다보고 있어서 느긋하게 대화 나눌 시간 따위는 전혀 없거든. 믿을 수 있어? 모름지기 인생이란 누군가와 함께 수다를 떨고 먹고 마시며 즐겁게 놀아야 제맛인 건데 저 둘은 그런 게 전혀 없다니까. 아마도 인생을 즐기는 법을 몰라서 그러는 거겠지. 네가 좀 가르쳐 주면 좋겠어. 넌 세상에서 제일 똑똑한 고릴라잖아. 고릴라는 하루 종일 먹고 놀고 자기만 하니까 분명 다들 아주 행복하겠지."

리디의 말은 멈추지 않았다. 나를 보는 그녀의 눈동자는 소녀처럼 반짝반짝 빛났다. 리디는 언제나 즐거워 보였지만 일을 멈출 구실이 생겼을 때는 한층 더 생기가 넘쳤다.

"골치 아픈 일은 생각하지 않고 그저 먹고 놀고 노래하며 사는 삶, 멋지지 않니? 난 그런 네가 정말 부러워. 나도 고릴라가 되면 어떨까? 너희 무리에 끼워 줄래?"

리디는 자기 가슴을 두드리며 고릴라 흉내를 냈다. 나도 기쁘게 드러밍으로 화답했다. 실버백처럼 멋들어진 드러밍은 아니었지만 리디를 감탄시키기에는 충분했다. 리디는 아이처럼 웃으며 좋아했다.

"샘 박사님은 아침 일찍 조사차 트래킹을 나갔으니 저녁때까지 돌아오지 않으실 거야. 대신 첼시 박사님을 불러 줄게."

리디는 내 손을 잡고 첼시가 살고 있는 오두막으로 가서 문을 똑똑 두드렸다.

"첼시 박사님, 박사님이 제일 좋아하는 손님이 오셨어요!"

리디가 작정하고 큰 소리로 외치면 정글 반대편까지 들릴 것 같았다.

이윽고 문을 열고 나타난 첼시는 안경을 쓰고 있었고 조금 피곤해 보였지만 나를 보곤 부드럽게 미소를 지었다. 평소처럼 카키색 바지에 베이지색 셔츠를 입고, 조금 어두운 금발을 하나로 묶고 있었다.

"어머, 로즈 왔구나. 마침 잘 왔다. 오늘은 아침부터 보고서를 쓸 계획이었지만 네가 온 덕분에 일을 미룰 구실이 생겼어. 혼자 온 거야?"

"엄마랑 싸웠나 봐요. 아이는 크면서 부모와 부딪치기 마련이니까요. 박사님도 어렸을 때 어땠었는지 기억하시죠? 저도 10대일 땐 엄마가 어찌나 성가시게 느껴졌던지. 지금은 친구처럼 사이가 좋지만 엄마랑 말도 안 하던 시기가 있었답니다. 로즈도 그런 거겠죠. 첼시 박사님이 알아듣게 잘 좀 말씀해 주세요. 가족보다 더 소중한 건 없다고요."

"엄마랑 싸웠어?" 첼시가 놀란 얼굴로 리디의 말을 끊고 내게 물었다. 첼시는 나와 대화할 때 내가 이해하기 쉽도록 수어를 섞어서 말한다. 양손 검지를 세운 상태로 마주 향해 위아래로 흔드는 것은 말다툼한다는 뜻이다.

「안 싸웠어. 리디는 수다쟁이야. 안에서 얘기하자.」

첼시는 내 손의 움직임을 주의 깊게 지켜보더니 소리 내어 웃었다. 리디의 수다에 내가 질려 하는 걸 알아챈 듯했다. 우리가 집 안으로 들어간 후에도 틈새가 벌어진 문 너머로 리디의 노래하는 듯한 혼잣말이 들려왔다.

간소한 방 안에는 식탁과 침대와 책상이 놓여 있을 뿐이었다. 동쪽으로 난 창을 통해 들어오는 햇빛이 공기 중에 떠다니는 먼지를 비추었고, 바닥은 걸을 때마다 삐걱거렸다. 내가 방 한가운데 자리 잡고 앉자 첼시는 책상 앞에 놓인 의자를 내 앞으로 가져와 앉았다. 나도 어릴 때는 의자에 기어올라가 앉기도 했지만 이제는 의자가 너무 작아졌다.

"엄마랑 싸운 게 아니라면 왜 혼자 온 거야? 무슨 일 있었어?"

「고민이 있어.」

"무슨 고민? 괜찮다면 말해 줄래?"

첼시는 메모할 준비를 하며 말했다. 그녀는 우리가 어떤 대화를 나누었는지 빠짐없이 기록했다.

「고릴라는 크면 무리를 떠나. 나도 떠나야 할까?」

첼시는 내 수어를 보고 굳은 표정으로 의자에 등을 기댔다. 뭐라고 대답하면 좋을지 고민하는 것 같았다. 조금 전까지의 평온한 표정은 온데간데없이 사라져 버렸다.

"어려운 문제네. 이건 네게 있어 아주 중요한 결정이니까 말이야. 로즈 넌 어떻게 생각하는데?"

「아이를 갖고 싶어. 이대로 무리에 남아 있으면 아이를 만들 수 없어.」

"네 말이 맞아. 아이를 갖고 싶다면 언젠가는 무리에서 떨어져 나와야겠지."

「하지만 엄마랑 떨어지고 싶지 않아. 내가 떠나면 엄마는 외톨이가 될 거야.」

"그래서 오늘은 혼자 온 거구나? 로즈는 엄마를 생각할 줄 아는 착한 딸이니까. 하지만 네가 떠난다고 해서 오란다가 외톨이가 되는 건 아니야. 너희 무리에는 다른 고릴라도 많이 있잖아."

「다른 고릴라들은 말을 못 해. 엄마한테는 말상대가 필요해.」

"우리가 있잖아. 샘이랑 나는 계속 여기 있을 거니까 걱정 안 해도 돼."

「두 사람은 고릴라가 아니야. 내가 아니면 안 돼.」

첼시는 내 대답을 듣고 고민스러운 표정을 지었다.

"그러게. 우리가 너를 대신할 수는 없겠지. 하지만 너무 고민하지 않아도 되지 않을까? 일단 무리에서 나왔다가 다시 무리로 돌아가는 고릴라도 있으니까. 외롭다고 느끼거나 엄마랑 얘기하고 싶어지면 만나러 가면 되잖아."

「따라간 수컷이 마음에 들지 않으면 원래 있던 무리로 돌아갈 수는 있어. 하지만 두 무리 사이를 왔다 갔다 하는 건 안 돼. 다른 고릴라들이 싫어해. 무리의 우두머리가 화를 낼 거야.」

첼시는 주먹을 입에 가져다 댄 채 생각에 빠졌다. 그녀는 친구로서 내게 도움이 되는 조언을 해 주려고 애쓰고 있었다. 그와 동시에 연구자로서 고릴라의 고민에 강한 흥미를 보였다. 호기심에 가득 찬 첼시의 푸른색 눈동자가 반짝반짝 빛났다.

"네 말이 맞아. 왔다 갔다 하는 건 안 되겠다. 하지만 내가 보기에 지금 넌 가장 중요한 걸 잊은 것 같은데." 첼시가 의자에서 일어나 내 곁으로 다가왔다. 그러곤 바닥에 나란히 앉아서 내 팔을 쓰다듬었다.

"무엇보다 중요한 건 네가 함께 있고 싶은 상대를 만나는 거야. 특별한 누군가를 만나면 엄마보다 그가 더 소중해질지도 몰라. 이런 고민 따위 할 겨를도 없이 바로 따라나설지도 모르고. 게다가 아무리 아이를 갖고 싶어도 혼자서는 불가능하잖아."

나는 창문 밖에서 불어오는 바람에 흔들리는 커튼을 보며 아이작에 대해 털어놓을지 고민했다. 나는 이미 나와 함께 새로운 무리를 꾸리고 싶어 하는 수컷을 만난 상태였다. 그런데도 좀처럼 결심이 서지 않는 걸 보면 아이작은 내 운명의 상대가 아닌 걸까?

희고 깨끗한 레이스 커튼을 보니 예전 기억이 떠올랐다. 어렸을 때는 여기 오면 항상 커튼에 매달리거나 식탁 밑을 뛰어다니며 놀아서 첼시를 곤란하게 만들곤 했다. 이제는 더 이상 그런 식으로 놀지 않지만, 그래도 여전히 첼시의 방에 오면 그때의 나와 크게 달라지지 않은 것 같은 기분이 들었다.

"로즈 넌 아주 예쁘니까…." 첼시가 오른손으로 내 얼굴을 부드럽게 쓰다듬으며 강조하듯 말했다. "조만간 좋은 상대를 만날 수 있을 거야. 너를 누구보다 소중하게 대해 줄 상대를 말이야."

「알았어.」

아이작에 관해 털어놓지 않기로 한다면 첼시와는 더 이상 할 말이 없었다. 하지만 아직 헤어지고 싶지 않았다. 나는 자리에서 일어나 방구석에 있는 TV 앞으로 가서 「TV 보고 싶어」라고 말했다. 나는 TV 보는 것을 좋아했다. 인간들이 움직이는 모습을 보면 신기하고 재미있었다.

첼시는 웃으며 TV 전원을 켰다. TV에서는 이전에도 몇 번인가 본 적 있는 연애 드라마가 나오고 있었다. 무대는 미국의 한 시골 마을, 주인공은 고등학교에 다니는 10대 소녀였다. 소녀에게 최근 들어 남자친구가 생겼는데 둘 사이에 문제가 생긴 것 같았다. 소녀는 남자친구가 바람을 피우는 건 아닌지 의심하는 듯했다. 첼시가 내 옆으로 와서 앉았다.

「나는 TV를 봐. 첼시는 일 안 해도 괜찮아?」

"그럼. 일은 나중에 하면 되지. 지금은 네 옆에 있고 싶어. 괜찮지?" 첼시가 어리광부리듯 말했다. 나는 첼시를 꽉 껴안았다가 팔을 풀고 그녀의 어깨에 머리를 기대었다.

「이 아이는 왜 화를 내는 거야? 인간 남자는 한 명하고밖에 사귈 수 없어?」

"그러게. 인간은 독점욕이 강해서일까? 보통은 상대가 자기만 사랑해 주길 바라거든. 스스로가 특별하다고 느끼고 싶은 거겠지."

「수컷 고릴라는 여러 마리의 암컷과 무리를 이루어 생활해. 암컷 고릴라는 특별하지 않다는 건가?」

"그렇지 않아. 고릴라는 인간과 다르니까 문화도 다를 뿐이야. 게다가 인간 세계에도 아직 일부다처제 문화가 일부 남아 있기도 하고."

「아직 남아 있다고? 언젠가는 없어지는 거야?」

"미안, 그런 의도로 한 말은 아니야. 단순히 일부다처제 문화가 수적으로 더 적다는 뜻이었어. 그게 더 열등하다거나 사라져야 한다고 생각하는 건 아니야."

「샘과 헤어진 건 첼시가 일부다처제를 안 좋아해서 그런 거야?」

나의 소박한 질문은 첼시를 상처입혔을지도 모른다. 첼시는 내 질문에 답하지 않고 말없이 자리에서 일어나 방 반대편으로 걸어갔다.

「미안해.」 나는 주먹 쥔 오른손으로 가슴 앞에서 원을 그렸다. 하지만 첼시는 내 쪽을 보고 있지 않았다.

첼시는 입을 다문 채 찬장에서 홍차 티백을 꺼내 머그컵에 넣고 전기 포트에 남아 있던 뜨거운 물을 부었다.

"그러게⋯. 우리가 고릴라였다면 아무 문제도 없었을 텐데. 수컷이 다른 암컷을 좋아하게 되는 건 어쩌면 자연스러운 일인지도 모르겠다." 첼시는 두 손으로 머그컵을 감싸 쥐었다. 이번에는 수어를 사용하지 않고 입으로만 말했기 때문에 TV에서 나오는 소리에 가려 잘 들리지 않았다.

"안타깝게도 우리는 인간이기 때문에 아무 일도 없었다는 듯 넘어갈 수는 없었다, 그런 거겠지?"

첼시는 자문자답하며 방 한가운데 있는 의자에 앉아 홍차를 마셨다. 얼그레이 특유의 베르가모트 향이 방 안에 은은하게 퍼졌다. 나는 홍차를 마시지 않는다. 홍차뿐만 아니라 물도 마시지 않는다. 정글에 자라는 풀을 뜯어 먹는 것만으로도 충분한 양의 수분을 섭취할 수 있기 때문이다. 하지만 첼시가 마시는 홍차에서 나는 감귤 향은 좋아했다.

대화를 이어 가고 싶어 하는 내 시선을 느꼈는지 첼시가 TV 전원을 끄고 머그컵을 협탁에 내려놓은 다음 입을 열었다.

"하지만 그건 우리 사이에서는 분명 허용되지 않는 일이었고,

샘도 그걸 아니까 나한테 숨겼던 거야. 어차피 안 될 운명이었던 거지. 그와는 지금처럼 함께 일만 하는 사이가 가장 좋아."

「나는 슬펐어. 두 사람 다 좋아하니까 둘이 헤어져서 마음이 아팠어.」

"어쩔 수 없어. 연애는 잘 안 풀릴 때도 있는 법이니까. 사실은 잘 안 풀리는 경우가 훨씬 더 많지. 로즈 넌 좋은 수컷을 만나면 좋겠다."

「실은 어제 아이작을 만났어.」 나는 큰맘 먹고 첼시에게 고백했다.

"아이작을 만났다고? 그게 정말이야?"

첼시가 황급히 책상 위에 놓인 노트북을 켰다. 그러고는 전원이 들어올 때까지의 몇 초를 기다리기 힘들었는지 반대편 벽으로 성큼성큼 걸어가서 벽에 걸린 정글 지도를 꼼꼼히 살펴보았다. 지도 위에는 연구소에서 관찰 중인 고릴라 무리의 위치를 나타내는 동그란 마그넷들이 붙어 있었다. 각각의 마그넷에는 그 무리가 마지막으로 관찰된 날짜가 펜으로 적혀 있었다. 베르투아 유인원 연구소 바로 옆에 붙어 있는 초록색 마그넷이 바로 내가 속한 에사우의 무리였다. 모리스의 무리를 나타내는 빨간색 마그넷은 훨씬 더 북쪽에 있었다.

고릴라 무리의 행동반경은 그다지 넓지 않다. 지금까지 내가 아이작을 만난 적이 없었던 것도 행동반경이 겹칠 정도로 두 무리가 근접했던 적이 없기 때문이다. 우리는 지금까지 북쪽으로는 거의 이동한 적이 없었고, 내가 아는 한 모리스의 무리가 우리가 있는 남쪽으로 내려온 적도 없었다.

"모리스네 무리가 이 근처까지 내려왔다고? 전에 관측했을 때는 여기서 15킬로미터나 떨어져 있었는데? 이렇게 빠른 속도로 이 정도로 먼 거리를 이동한 적은 없었던 것 같은데…."

「모리스네 무리는 보지 못했어. 아이작은 혼자 있었어.」

"아이작이 혼자였다고? 그러고 보니 슬슬 독립할 때가 되긴 했지. 하지만 혼자서 여기까지 왔다는 건 아무래도 믿기지가 않는데…. 정말로 아이작이 확실해? 다른 고릴라랑 착각한 거 아니고?" 첼시가 노트북에서 고릴라 사진을 찾아 내게 보여 주며 물었다.

「맞아, 이 고릴라였어. 아이작이 확실해. 얼굴에 상처가 나 있긴 했지만.」 아이작의 사진을 들여다보니 왠지 신기한 기분이 들었다. 최근에 찍은 것 같았는데도 어제 만났을 때보다 훨씬 앳되어 보였다. 무리에서 떨어져나온 후 인상이 많이 변한 듯했다.

"상처가 나 있었다고? 다른 무리의 암컷에게 접근하기라도 한 걸까? 그러다가 그 무리의 실버백한테 혼쭐이 난 거겠지. 불쌍해라."

아이작이 나를 만나기 전에 다른 암컷에게도 작업을 걸었을 거라는 첼시의 설명은 아마도 틀리지 않을 것이다. 하지만 그 장면을 상상하자 기분이 나빠졌다.

아까 첼시가 한 말 때문인지도 모르겠다는 생각이 들었다. 한 사람만 아끼고 사랑하며 특별하게 대하는 인간들의 배타적인 연애 감정이 내게도 영향을 미친 게 아닐까. 상대가 나만을 소중히 여겨 준다면 역시 기쁠 것이다. 다른 암컷과 사이좋게 지내는 건 그리 기분 좋은 일은 아니었다. 아이작이 나 말고 다른 암컷을 유혹했을지도 모른다는 생각은 하고 싶지 않았다. 하지만 정글에서 수컷이 한 마리의 암컷하고만 관계를 맺는다는 건 그리 바람직한 일이 아니다. 수컷은 무리를 크게 키워서 안전을 확보해야만 한다. 강한 수컷은 많은 암컷을 거느리며, 새끼를 많이 낳으면 그만큼 무리가 위험에 처할 가능성은 낮아진다. 반대로 수컷이 약하면 암컷은 떠나간다. 나 말고 다른 암컷이 매력을 느끼지 않는 수컷이라면 그건 곧 함께할 가치가 없다는 뜻이었다. 인간의 연애관은 정글에서는 통용되지 않는다.

"그러고 보니 모리스네 무리가 우리 연구소 근처까지 온 적이 있었어. 벌써 10년도 더 된 일이니 로즈 넌 태어나지도 않았을 때지. 그때 모리스네랑 에사우네가 한판 붙었거든. 깜짝 놀랐어. 연구소 가까이에서 싸움이 시작돼서 모리스와 에사우를 비롯한 고릴라들의 비명이 들려왔거든. 두 마리 모두 크게 다쳤고, 모리스는 에사우에게 오른쪽 귀를 뜯겼지. 정말이지 끔찍한 광경이었어. 그 후로 모리스는 이쪽에는 얼씬도 안 했으니까 역시 아이작 혼자 왔을 가능성이 높겠다. 일단 내일은 샘한테 모리스네 무리의 동향을 살펴보고 와 달라고 부탁해 볼게."

첼시는 책상 위에 놓인 메모지에 무언가 끄적였다. 나는 영어를 알아들을 수 있고 수어도 할 수 있지만, 글자는 읽지도 쓰지도 못한다. 글자를 모른다고 해서 딱히 불편한 점은 없었지만 첼시가 종이에 뭐라고 썼는지 궁금했다.

"혹시 아까 무리를 떠날지 말지 고민이 된다고 말한 건 아이작을 만나서 그런 거야?" 첼시가 그제야 이해가 간다는 듯 내 얼굴을 들여다보며 히죽히죽 웃었다.

"다시 제대로 말해 봐. 무슨 일이 있었던 거야?"

「그냥 함께 놀았을 뿐이야. 레슬링도 하고, 숨바꼭질도 하고, 함께 연못에 들어가서 풀뿌리를 씹어먹기도 하고.」

"아이작이 마음에 들었어?"

「그쪽이 날 마음에 들어 한 것 같아. 헤어질 때 자기를 따라와 주길 바라는 눈치였어. 나는 무리로 돌아갔고.」

"그랬구나. 엄마를 혼자 둘 수 없어서 말이지? 로즈는 정말 착한 아이구나. 하지만 너 자신의 행복도 생각해야지. 언제까지고 지금 있는 무리에 남아 있을 수는 없잖아."

「나는 아이작을 다시 만나고 싶어. 그러고 나서 어떻게 할지는 아직 잘 모르겠지만.」

"분명 다시 만날 수 있을 거야. 어제 이 근처에서 만났다면 아직 멀리 가지는 않았을 테니까. 이런 데서 시간 낭비하지 말고 아이작을 찾으러 가는 게 어때? 로즈 넌 스스로를 좀 더 소중히 대할 필요가 있어. 엄마 아빠가 아니라 너 자신의 행복을 생각해."

「고마워.」

나는 첼시를 부드럽게 껴안은 후 오두막을 나왔다. 어제 아이작과 만났던 그루터기 주변은 아침에 이미 살펴보고 왔지만 한 번 더 가 보기로 했다.

그루터기가 있는 장소에 도착했을 때는 이미 해가 중천에 떠 있었다. 강한 햇빛이 호우처럼 쏟아져 내렸다. 햇빛을 피해 그늘을 따라 돌아다니던 나는 아프리카 생강 덤불을 발견하고 일단 그 자리에 앉아 식사를 하기로 했다. 아침부터 아이작을 찾아 돌아다니다가 연구소에 가서 첼시와 이야기하느라 아직 아무것도 먹지 못한 상태였다.

아프리카 생강 줄기를 꺾어 입으로 가져가는 와중에도 계속 주위를 살폈다. 호저가 등에 난 가시를 흔들며 내 눈앞을 지나갔고, 흰색과 검은색 털이 조화롭게 섞인 동부콜로부스 무리가 나무를 타고 어디론가 이동했다. 기다랗고 하얀 털이 마치 코트를 입고 있는 것 같았다. 그중 한 마리는 온몸이 새하얀 털로 뒤덮인 새끼를 안고 있었다.

식사를 마친 후 낮잠은 생략하고 아직 찾아보지 않은 근처 강까지 걸어갔다. 아직 우기가 시작되지 않아서 물이 불어난 상태는 아니었지만 빠르게 흐르는 물살이 바닥의 흙을 퍼올려서 강물은 탁한 연갈색을 띠었다. 큰도마뱀 한 마리가 강가 바위 그늘에 들어가 쉬고 있었고, 근처 나뭇가지에서는 흑백얼룩물

총새 한 쌍이 사이좋게 노닐고 있었다. 강을 따라 걷고 있으려니 흑백얼룩물총새 한 마리가 잽싸게 하늘로 날아올라 그대로 수면을 향해 급강하했다. 첨벙 하고 물보라가 일더니 이내 작은 물고기를 부리에 물고 나타나 원래 있던 곳으로 날아갔다.

불현듯 강한 외로움이 나를 엄습했다. 아이작을 찾느라 잠시 혼자 돌아다녔을 뿐인데 지금까지 쭉 혼자였던 것 같은 느낌이 들었다. 막막한 심정으로 강가에 쪼그리고 앉아 있으려니 예전에 샘이 고릴라 트래킹 방법에 대해 설명해 주었던 것이 기억났다. 당시에는 내가 다른 고릴라를 찾아다닐 일이 생길 거라고는 생각도 하지 못했기 때문에 건성으로 듣고 넘겼다. 그때 제대로 배워 둘 걸 그랬다는 생각이 들었지만 이제 와서 후회해도 소용없었다.

그제야 아이작의 발자국을 따라가면 되지 않을까 하는 생각이 들었지만, 이미 내가 어제 함께 있던 장소를 중심으로 열심히 돌아다닌 후라 무엇이 누구 발자국인지 알아볼 수가 없었다.

외로움에 사로잡힌 나는 하울링을 하기 시작했다. 혹시나 가까이 있을지도 모르는 누군가를 찾아 그렇게 한참을 울다 보니 갑자기 나 자신이 싫어졌다. 내 신세가 서글프고 처량하게 느껴졌다. 나는 아이작을 찾는 것을 포기하고 무리로 돌아가기로 했다.

무리로 돌아가자 예상치 못한 즐거움이 기다리고 있었다. 무리에서 가장 어린 카림이 내게 다가온 것이다. 하루 중 가장 더운 시간을 막 지난 때라 어른들은 모두 낮잠을 자고 있었다. 카림이 앙증맞은 팔다리를 허우적거리며 내 곁으로 뒤뚱뒤뚱 걸어왔다. 카림의 어미인 비비는 선잠이 들었던 것인지 아니면 어미의 감이 발동한 것인지 카림이 자기 품을 벗어나자 바로 눈을 떴다. 졸린 표정이었지만 무슨 일이 생기면 바로 달려올 수 있도록 카림의 일거수일투족을 눈으로 좇고 있었다.

약간 과보호 성향이 있는 비비는 평소 아이 아버지인 에사우를 제외한 다른 고릴라가 카림을 만지는 것을 극단적으로 싫어했지만, 오늘은 웬일인지 카림이 나를 향해 손을 뻗으며 내 등에 올라타려고 하는 것을 땅바닥에 드러누운 채 가만히 지켜보고 있었다. 마치 내게 카림을 잘 부탁한다고 말하는 것 같았다. 비비가 관대한 태도를 보인다는 사실이 믿기지 않았다. 아마도 지금 어지간히 졸린 상태이거나 그게 아니라면 드디어 나를 믿어도 괜찮겠다고 판단한 듯했다.

비비가 무슨 생각인지는 알 수 없지만 지금 내게는 아이작을 잊기 위해서라도 카림이 필요했다. 나는 등 뒤로 팔을 뻗어 카림을 붙잡은 다음 앞쪽으로 데려와서 꽉 껴안았다. 카림은 순순히 내게 안겨 꺅꺅거리며 웃었다. 팔을 좌우로 흔들며 어르자 기분이 좋은지 환성을 질렀다.

카림의 웃음소리를 듣고 낮잠을 자던 무리 중 몇 마리가 고개를 돌려 이쪽을 쳐다보았다. 그들은 나와 카림이 함께 노는 모습을 보고 조금 놀란 듯한 표정을 지었지만 곧 아무 일도 없었다는 듯 다시 눈을 감았다. 비비가 자기 새끼를 다른 고릴라에게 맡기는 것은 흔치 않은 일이었지만, 나는 어린 고릴라 중에서는 가장 나이가 많기 때문에 다들 안심하고 맡겨도 되겠다고 생각한 듯했다.

나는 비비의 시야에서 벗어나지 않도록 주의하며 주위를 천천히 돌아보았다. 나무 덩굴을 작게 잘라 카림에게 내밀자 카림은 냉큼 받아들어 입으로 가져갔다. 카림은 시종일관 기분이 좋아 보였다. 부모 말고 다른 고릴라에게 안기는 건 처음이라 신기해하는 것 같았다.

해가 저물기 시작하자 무리는 다른 장소로 이동했다. 이동 전에 비비가 내 쪽으로 천천히 다가오길래 나는 깨지기 쉬운 물건을 다루듯 조심스레 카림을 건넸다.

이동한 곳에서 평소와 마찬가지로 각자가 잘 침대를 만든 다음 해가 지자 모두 잠자리에 들었다. 하지만 평온한 시간은 오래 가지 않았다.

이번에도 한밤중에 아버지가 나무에서 내려가 드러밍을 하기 시작한 것이다. 아버지는 큰 소리로 부르짖으며 모두를 깨웠다. 이틀 연속해서 한밤중에 이동한 적은 지금까지 한 번도 없었다. 아버지는 아무것도 없는 어둠을 향해 계속 으르렁거렸다. 하지만 정글은 아버지의 소리를 흡수하기만 할 뿐 반대쪽에서는 아무 소리도 들려오지 않았다. 아버지는 무엇을 두려워하는 걸까? 이해가 가지 않았지만 아버지는 모두를 재촉해서 새로운 잠자리를 찾아 다시금 이동하기 시작했다. 아버지는 끊임없이 주위를 두리번거렸다. 평소와 다른 아버지의 모습에 모두가 불안함을 감추지 못했다.

날이 밝았다. 새벽녘에는 맑았던 하늘에 낮이 되면서 짙은 비구름이 끼기 시작했다. 평소에도 어두컴컴한 정글은 한층 더 어둡고 음산한 분위기를 풍겼다. 강하게 몰아치는 바람에 나뭇가지가 흔들리고 나뭇잎은 시끄럽게 떠들었다. 멀리서 천둥이 치고, 무겁게 가라앉은 공기가 우리를 짓눌렀다. 우기가 시작된 것이다.

오늘 아침에도 카림은 비비와 식사를 마치자마자 나에게 놀아 달라며 다가왔다. 카림은 아직 연약한 턱을 쩍 벌려서 나를 물려고 했고, 나는 다소 과장된 몸짓으로 반응해 주었다. 정말로 아픈 척을 하면 카림은 좋아서 어쩔 줄 몰라 했다. 비비는 그런 나를 물끄러미 쳐다보다가 이윽고 어디론가 사라져 버렸다. 카림을 맡겨도 괜찮겠다고 판단한 듯했다. 지금까지도 어린 고릴라들과 자주 함께 놀았기 때문에 동생 돌보는 건 내게 매우 익숙한 일이었지만, 드디어 비비가 나를 믿어 주었다고 생각하니 뛸 듯이 기뻤다.

나는 오늘도 카림을 팔에 안고 콧노래로 자장가를 불러 주었다. 카림을 안고 있으면 행복했다. 아이가 내 품에 안겨 있다는 사실에 마음이 따뜻해졌고, 세상이 반짝반짝 빛나 보였다. 이렇게 작고 연약한 존재에게 이토록 엄청난 힘이 있다는 게 신기했다. 나는 최선을 다해서 카림을 즐겁게 해 주려고 애썼다. 내가 받은 이 행복한 기운을 어떻게든 돌려주고 싶었다. 카림도 내 품 안에서 어제와 마찬가지로 즐겁게 웃었다.

갑자기 굵은 빗방울이 툭 하고 떨어졌다. 후두둑 떨어지는 빗방울이 나뭇가지를 흔들고 카림과 내 등을 적셨다. 곧 큰비가 쏟아질 것 같은 예감이 들어서 비를 피할 장소를 서둘러 찾았다. 무리가 모여 있는 장소 주변을 물색하던 중에 쓰러진 거목한 그루를 발견했다. 이끼가 긴 나무의 몸통에는 카림과 내가 들어갈 수 있을 정도의 구멍이 나 있었다. 나는 등에 업힌 카림이 머리를 부딪히지 않도록 조심하며 천천히 구멍 안으로 들어갔다. 아니나 다를까 얼마 지나지 않아 비가 억수같이 쏟아져 내리기 시작했다. 세찬 빗줄기에 정글 속 온갖 더러움이 다 씻겨나갔고, 지면은 순식간에 진흙탕으로 변했다.

무리의 다른 고릴라들은 비가 쏟아져도 개의치 않고 그대로 맞고 있었다. 고릴라에게 비는 피할 수 없는 자연 현상이다. 젖어서 몸이 축축해지는 게 기분 좋은 일은 아니었지만 어쩔 수 없었다. 고릴라 입장에서는 비가 멎기만을 기다리는 수밖에 없었다. 다만 나는 젖는 게 싫었기 때문에 비가 올 때면 늘 이렇게 나무 구멍을 찾아 들어가 비를 피했다.

나에게 비 피하는 방법을 알려준 사람은 테오였다. 당시 아직 어렸던 나는 관광객들을 안내하던 테오에게 안겨 있었다. 그때 갑자기 소나기가 내리기 시작했고, 잽싸게 바로 옆에 있던 나무 구멍으로 들어간 테오는 다른 사람들에게도 적당한 구멍을 찾아 들어가라고 한 다음 비가 멈추기를 기다렸다. 테오의 행동은 내게 큰 충격이었다. 그때까지 비를 피한다는 생각은 해본 적이 없었기 때문이다.

카림은 흥미진진한 표정으로 구멍 안을 둘러보았다. 부드러운 나무껍질을 벗겨서 입에 넣었다가 바로 뱉었다. 우리가 비를 피하기 위해 여기 들어와 있다는 사실을 이해하지 못하는 것 같았다. 카림은 나와 달리 평범한 고릴라다. 말을 배우지도 않았고, 인간이 하는 행동이 무슨 의미인지 생각하는 일도 없었다.

비는 좀처럼 멈추지 않았고, 우리는 꽤 오랫동안 구멍 안에 숨어 있어야 했다. 비가 멎은 후 밖으로 나오자 정글의 공기가 완전히 달라져 있었다. 빗물이 고여 질척거리는 땅을 밟는 건 싫었지만, 비 온 후에 느껴지는 신선한 공기는 좋았다. 정글에서는 늘 공기 중에 무언가의 짙은 내음이 응축되어 있었다. 동물의 체취, 땅에서 피어오르는 건조한 흙냄새, 풀 냄새와 나무 냄새, 그리고 새콤달콤한 과일 향기. 울창한 나무들이 가득한 정글에서는 공기가 잘 순환되지 않아서 이런 다양한 냄새가 복잡하게 뒤섞인 채 공기 중에 그대로 남아 있었다. 하지만 큰비가 내린 후에는 전체적으로 모든 공기가 한차례 씻겨 내려가기 때문에 잠시나마 신선한 공기를 맛볼 수 있었다. 이렇게 깨끗하고 맑은 공기를 마시면 기분이 좋아졌다.

아마도 엄마를 포함한 다른 고릴라들은 이런 차이를 느낀 적이 없지 않을까 싶었다. 비를 피하지 않고 맞고 있으면 자신이 그대로 주변 환경에 동화되어 버리기 때문이다. 나는 비를 피해 나무 구멍 안에 숨기 때문에 거기서 나왔을 때 이전과는 달라진 공기 중의 변화를 느낄 수 있는 것이다. 언젠가 엄마한테 왜 비를 피하지 않느냐고 물은 적이 있었다. 하지만 태어나서 지금까지 비를 피해야겠다는 생각을 한 번도 해본 적이 없는 엄마는 내 질문 자체를 이해하지 못했다. 엄마는 언어를 구사할 수 있었지만 감각에 관련된 부분은 나보다 다른 고릴라들에 더 가까웠다.

나는 카림을 데리고 비에 홀딱 젖은 무리가 있는 곳으로 돌아갔다. 여기저기 물웅덩이가 생겨서 걸을 때마다 진흙이 사방으로 튀었다. 카림도 이 신선한 공기를 느낄 수 있으면 좋을 텐데 싶었다.

당장은 비가 멎었지만 조만간 또 한바탕 쏟아질 것 같았다. 한 줄기 번개가 어두운 하늘을 가로지르며 정글을 밝게 비췄다. 이어서 우르릉 쾅쾅 천둥 치는 소리가 들렸다. 바람도 잦아들지 않는 걸 보니 역시 또 폭풍우가 휘몰아칠 것 같았다.

그때 정글 안쪽에서 천둥 번개와는 다른 어떤 커다란 소리가 울려 퍼졌다. 그 소리를 듣자 온몸의 털이 바짝 곤두섰다.

다른 무리의 고릴라가 가슴을 두드리는 소리가 북소리처럼 공기를 뒤흔들고 있었다. 드러밍 소리를 들은 것은 나뿐만이 아니었다. 모두가 고개를 들고 소리가 나는 방향을 찾아 주위를 두리번거렸다.

소리는 조금씩 거리를 좁히며 이쪽으로 다가오고 있었다. 아버지 에사우는 무리 바깥쪽을 천천히 돌며 여유 있는 태도를 보임으로써 모두를 진정시키려고 했다. 하지만 점점 더 가까워지는 드러밍 소리에 다들 긴장감을 감추지 못했다.

드러밍 소리에 더해 우렁찬 고함 소리가 들려오기 시작했다. 상대는 한 마리가 아니라 적어도 두 마리 이상이었다. 위협적인 저음과 찢어질 듯한 고음이 동시에 들려왔다.

적의 습격을 알아차린 비비가 잔뜩 겁에 질린 얼굴로 내 곁으로 다가와 내 등에 업힌 카림을 넘겨받았다. 비비는 카림이 자기 배에 매달리자 곧바로 소리가 들려오는 반대쪽으로 도망쳤다.

그 순간 번쩍하고 번개가 쳤다. 순간적으로 주위가 환해지면서 습격자들이 모습을 드러냈다. 실버백 두 마리가 저 멀리 수풀 너머에서 이쪽을 향해 돌진해 오고 있었다. 그들은 우락부락한 팔뚝으로 땅을 짚으며 무서운 속도로 달려왔고, 그들이 지나는 길을 따라 진흙이 온 사방으로 튀었다. 한눈에 보기에도 몸통과 허벅지가 단단해 보였고, 딱 벌어진 어깨는 위압적인 분위기를 풍겼다. 둘 다 체격은 에사우보다 조금 작았지만 결코 만만한 상대가 아니었다.

거리 때문에 얼굴은 제대로 보이지 않았지만 나는 그들이 아이작이 원래 있던 무리의 보스인 모리스와 그의 아들 빅터라는 걸 알아보았다. 빅터는 다 자라서 어엿한 실버백이 되었지만 무리를 떠나지 않은 모양이었다. 모리스는 빅터를 후계자로 삼아 자기 무리를 물려줄 심산인 듯했다. 그리고 지금 모리스와 빅터가 우리 무리를 목표로 삼아 다가오고 있다는 사실은 의심할 여지가 없었다.

에사우는 우리를 지키기 위해 무리의 선두에 서서 가슴을 두드리며 상대를 위협했다. 에사우의 위풍당당한 모습에 압도됐는지 모리스와 빅터가 그 자리에 멈춰 섰다. 에사우와 적들은 10미터 정도 떨어진 위치에서 서로를 노려보았다. 모리스와 빅터는 잔뜩 흥분해서 식식거리며 콧바람을 내뿜었다.

모리스는 에사우에게서 눈을 떼지 않은 채 무리를 에워싸듯 슬금슬금 걸음을 옮겼고, 빅터는 모리스 반대 방향으로 이동했다. 에사우는 어느 쪽을 쫓을지 고민하다가 모리스 쪽으로 가서 더 이상 가까이 다가오지 못하게 막아섰다. 우리 무리에는 빅터를 상대할 수컷이 없었기 때문에 열세에 몰릴 수밖에 없었다.

우리가 할 수 있는 일이라고는 에사우 뒤에 숨어서 일이 굴러가는 상황을 가만히 지켜보는 것뿐이었다. 모리스는 에사우를 도발하듯 꽥꽥 소리를 질러 댔고, 빅터는 이쪽을 덮칠 기회를 노리고 있었다.

일촉즉발의 대치 상태가 이어지는 가운데 다시 비가 쏟아지기 시작했다.

천둥이 치고 번개가 하늘을 가로질렀다. 이 순간을 기다렸다는 듯 빅터가 맹렬한 기세로 이쪽을 향해 달려왔다. 우리는 비명을 지르며 반대쪽으로 도망쳤다. 일부는 겁에 질려 달아나면서 똥을 싸기도 했다. 대부분은 무사히 도망치는 데 성공했지만, 어린 카림을 업은 비비는 혼자 뒤처지고 말았다.

빅터가 비비를 공격하려고 하는 것을 본 에사우는 모리스에게서 시선을 떼고 비비 쪽으로 가려고 몸을 돌렸다. 모리스는 그 순간을 놓치지 않고 뒤에서 에사우를 덮쳤다. 모리스가 강한 턱 힘을 이용해 에사우의 머리를 콱 물자 에사우가 날카로운 비명을 질렀다. 에사우는 모리스를 떼어내려고 두 팔을 마구 휘둘렀지만 모리스는 잽싸게 피하며 에사우의 배를 물어 깊은 상처를 입혔다.

에사우가 모리스에게 공격당하는 사이 빅터는 비비를 따라잡았다. 빅터가 비비의 발목을 잡고 힘껏 끌어당겨 진흙 속에 처박았다. 비비는 공포에 질려 미친 듯이 소리를 지르면서도 모성본능을 발휘해 어린 카림을 품에 꼭 끌어안았다. 잔뜩 흥분한 빅터는 비비의 발목을 잡은 채로 진흙탕 속을 질질 끌고 다녔다.

빅터는 비비를 무리에서 떼어낸 다음 이번에는 비비가 안고 있는 새끼를 빼앗기 위해 팔을 물었다. 비비는 찢어질 듯 비명을 질렀지만 카림을 놓치지 않으려고 필사적으로 팔에 힘을 주었다. 하지만 빅터는 계속해서 집요하게 공격했고, 마침내 아이를 빼앗는 데 성공했다. 그러고는 신이 나서 마구 소리를 질러 댔다.

그 소리를 들은 모리스가 에사우를 향한 공격을 멈추고 빅터가 있는 곳으로 향했다. 에사우 혼자 두 마리를 막는 건 불가능했다. 피투성이에 만신창이가 된 몸으로 모리스와 빅터의 움직임을 눈으로 좇는 게 고작이었다.

모리스는 빅터 옆으로 가서 커다란 손으로 카림을 움켜쥐었다. 그러고는 입을 크게 벌리더니 카림의 머리를 덥석 물었다. 카림이 자지러지게 울었지만 모리스는 아랑곳하지 않고 마치 과일 껍질이라도 벗기듯 카림의 말랑말랑한 두피를 이로 벗겨내어 뱉었다. 모리스의 입에서 새빨간 피가 뚝뚝 떨어졌다. 카림이 숨을 거두기까지는 그리 오랜 시간이 걸리지 않았다.

모리스와 빅터는 승리를 기뻐하며 가슴을 마구 두드려 댔다. 비가 쏟아져 내리는 가운데 두 마리의 드러밍 소리가 무정하게 울려 퍼졌다. 짧지만 치열했던 전투가 끝났음을 알리는 소리를 우리는 절망적인 기분으로 듣고 있었다. 우리는 정신없이 도망치느라 각자 뿔뿔이 흩어진 위치에서 적들로부터 일정한 거리를 유지한 채 상대의 움직임을 주시했다. 모리스와 빅터는 자기들의 힘을 과시하듯 가슴을 쭉 내밀고 주위를 어슬렁거렸다.

비비는 진흙 구덩이 속에서 꼼짝도 하지 않는 새끼를 물끄러미 바라보았다. 잠시 후 천천히 몸을 일으키더니 모리스와 빅터에게로 다가갔다. 비비는 모리스네 무리에 들어가기로 정한 것이다. 새끼가 죽은 것은 모리스의 탓도 아니었고 빅터의 탓도 아니었다. 모든 것은 새끼를 지키지 못한 에사우의 책임이었다. 무리를 지키지 못한 약한 우두머리는 신뢰를 잃고, 암컷은 강한 무리로 옮겨간다. 이것이 고릴라 세계의 법칙이자 정글의 법칙이었다.

이윽고 모리스와 빅터는 비비를 데리고 원래 있던 곳으로 돌아갔다. 두 마리가 시야에서 사라지자 우리는 상처 입은 에사우 주위로 모여들었다. 우리가 경애해 마지않는 무리의 리더는 머리에서 피를 흘리며 땅바닥에 주저앉아 있었다. 오른쪽 귀는 완전히 떨어져 나갔고, 온몸이 상처투성이였다. 정신을 잃고 쓰러지지 않은 것이 신기할 지경이었다.

사방에 철이 녹슨 듯한 피 냄새와 똥 냄새가 진동했다. 모두가 처음 보는 에사우의 패배에 동요하고 있었다. 에사우 주위를 둘러싼 우리는 그의 상태를 살피며 부우부우 울었다. 아버지는 우리의 소리 없는 물음에는 대답하지 않고 그저 거친 숨을 가쁘게 몰아쉴 뿐이었다.

4

　부상당한 아버지의 모습에 충격을 받은 나는 서둘러 연구소로 향했다. 샘과 첼시에게 사정을 설명하고 도움을 요청할 생각이었다. 하지만 두 사람이 해 줄 수 있는 일은 아무것도 없었다. 야생 고릴라, 게다가 무려 실버백에게 다가가 상처를 치료할 수 있는 인간은 존재하지 않았다. 샘은 내게 안타깝지만 지켜보는 수밖에 없다고 말했다.

　비비에게 버림받은 카림의 사체는 아무도 거들떠보지 않았고, 진흙 구덩이 속에 그대로 방치되었다. 더 이상 움직일 수 없게 된 카림은 다른 고릴라들에게 아무 의미도 없었다. 살아가는 데 필요한 것이 아니었기 때문이다. 하지만 나는 도저히 카림을 그렇게 내버려 둘 수 없었다.

　내가 죽은 카림을 안아 들자 엄마가 의아한 눈으로 나를 쳐다보았다. 그런 걸 가져다가 뭐에 쓸 생각이냐고 묻는 듯한 엄마의 표정은 무서울 정도로 차가웠다. 나와 다른 고릴라들 사이엔 깊은 골이 존재한다는 게 그 어느 때보다 생생하게 실감 났다. 우리는 바로 옆에 있으면서도 서로가 서로를 결코 이해할 수 없었다.

왼팔로 카림을 안아 올리자 작은 두 팔이 축 늘어졌다. 이상하게도 살아 있을 때보다 무겁게 느껴져서 코끝이 시큰거렸다.

내가 카림을 안아 올리는 것을 본 샘이 가까이 다가와 어깨에 손을 올리며 말했다.

"아직 어린 새끼였는데 불쌍하기도 하지. 돌아가서 같이 묻어 줄까?"

그 말이 내게는 구원처럼 들렸다. 동료 고릴라들은 아무도 내 마음을 이해하지 못했는데 샘은 내 기분을 정확하게 읽고 내게 공감해 준 것이다. 내 마음은 고릴라보다 인간에 더 가까워져 버린 건지도 모르겠다는 생각이 들었다. 나는 무리에서 빠져나와 샘과 함께 연구소로 향했다.

"모리스네 무리에는 다 자란 암컷이 한 마리도 없었거든." 샘이 연구소 뒷마당에서 삽으로 구덩이를 파며 말했다. 작열하는 태양 볕에 등이 땀으로 흠뻑 젖어 있었다.

"원래 있던 암컷이 어딘가로 떠나 버린 건지 죽은 건지는 모르겠어. 너희 무리를 공격한 건 아마도 암컷을 빼앗아가기 위해서였을 거야."

나는 샘 뒤에 서서 내 품 안에 있는 카림의 사체를 들여다보았다. 작고 검은 고장 난 인형 같아 보였다.

"하지만 어린 새끼를 데리고 있는 어미는 수유 중에는 새로운 새끼를 낳지 못하니까 비비를 데려가는 데 카림이 방해가 되었을 거야. 마운틴고릴라가 다른 고릴라의 새끼를 죽인 사례는 이전에도 보고된 바 있지만 설마 이런 일이 생길 줄이야…." 샘은 적당한 깊이로 구덩이를 판 후 파낸 흙더미에 삽을 찔러 넣고 이쪽을 돌아보았다.

"작별 인사는 마쳤어?"

나는 말없이 고개를 끄덕이며 샘이 판 구덩이 안에 카림을 조심스레 눕혔다. 첼시가 그 위에 연구소 마당에서 꺾어 온 부겐빌리아 꽃을 올려놓았다.

나는 턱 위에 검지를 가져다 대며 첼시에게 「슬프다」고 말했다.

"그러게. 나도 슬퍼. 카림은 참 귀엽고 착한 아이였는데."

샘은 가슴에 성호를 그은 뒤 카림이 잠든 구덩이를 흙으로 덮었다. 카림의 몸이 시야에서 조금씩 사라져 갔다. 내 작은 이복형제가 어딘가 먼 곳으로 떠나 버리는 듯한 기분이 들었다. 어제 처음으로 같이 놀았는데. 내 등을 타고 올라 깍깍거리며 좋아하던 카림이 떠올라서 가슴이 아팠다.

카림은 모리스에게 잔인하게 살해당했고, 어미인 비비는 자기

자식을 죽인 모리스를 따라갔다. 비비는 더 이상 움직이지 않는 카림을 잠시 쳐다보다가 곧바로 포기하고 떠나 버렸다. 물론 무슨 짓을 해도 카림이 다시 살아 돌아오는 일은 없겠지만, 그래도 비비의 행동은 너무도 매정하게 느껴졌다. 자식의 죽음을 슬퍼하는 기색 하나 없이 무리를 떠나 버린 비비가 원망스러웠다. 나는 카림이 죽어서 이렇게나 슬픈데.

하지만 그게 비비의 잘못이 아니라는 건 나도 잘 안다. 고릴라뿐만 아니라 모든 야생 동물에게 동료의 죽음을 언제까지고 슬퍼하고 있을 여유 따위는 없다. 자연은 때때로 우리를 가혹하게 몰아붙였고, 죽음은 항상 가까이에 있었다. 언제나 자기 몸을 지키고 살아남는 것을 최우선으로 생각하지 않으면 안 된다. 비비는 살아남기 위해 무리를 떠난 것이고, 모리스네 무리로 옮겨가기에는 그때가 가장 적절한 타이밍이었다.

우리 무리에 속한 고릴라들은 에사우가 크게 다쳤다는 사실에 다들 동요하고 있었다. 우두머리가 중상을 입는다는 것은 무리의 존망이 달린 심각한 문제였다. 그런 상황에서 어린 카림의 죽음을 슬퍼할 여유가 있을 리 없었다. 하지만 사실 에사우를 위해 우리가 해 줄 수 있는 일이라고는 그저 걱정하는 것뿐이었다.

얼마 지나지 않아 카림의 작은 몸이 흙에 덮여 시야에서 완전히 사라져 버렸다. 두 번 다시 카림을 만날 수 없다는 사실이 그제야 실감 났다. 나는 무의식중에 짧게 탄식했다.

"큰일이네." 샘이 연구소 안으로 들어와 문을 닫으며 혼잣말처럼 중얼거렸다.

모리스네 무리를 찾아 나섰지만 발자국이 비에 다 씻겨 내려가는 바람에 탐색은 헛수고로 끝난 듯했다. 정신없이 돌아다니는 사이에 이미 해가 진 지 오래였고, 희미한 전등불이 방 안을 비추고 있었다. 안쪽 책상에 앉아 있던 첼시가 동의하듯 한숨을 내쉬었다.

"내 말이. 로즈가 우울해하는 걸 보면 안쓰러워 죽겠어. 수컷 고릴라가 새끼 고릴라를 죽이는 경우가 있다는 건 알고 있었지만 설마 여기서도 그런 일이 벌어질 줄이야…"

"아니, 내가 말한 건 에사우에 대해서야."

"상태가 많이 안 좋아?" 첼시가 얼굴을 찌푸렸다.

"안 좋은 정도가 아니야. 저 정도면 언제 죽어도 이상하지 않은 상태라고." 샘은 비에 젖은 우비를 벗어 옷걸이에 걸었다. 소매에서 떨어진 빗물이 똑똑 바닥을 두드리는 소리가 조용한 방 안에 울려 퍼졌다. 첼시는 믿기지 않는다는 듯 손으로 자기 입을 틀어막았다.

"최악의 경우를 생각해 둘 필요가 있을 것 같아."

"그러게. 야운데에 있는 의료팀한테 연락해서 와 달라고 할까?"

"아니, 에사우는 밀렵꾼에게 당한 게 아니니까 자연의 섭리를 따라야지. 정글에서 상처 입은 동물을 우리가 다 치료해 줄 수는 없어." 샘이 문 옆에 있는 선반에서 수건을 꺼내 젖은 머리카락을 닦으며 대답했다. "게다가 에사우는 40대 후반이잖아. 야생 고릴라의 평균 수명은 이미 넘겼으니 지금 치료를 받는다고 해도 수명이 많이 늘어나지는 않을 거야."

샘은 얼굴을 닦은 수건을 벽에 걸고 첼시를 향해 돌아섰다.

"우리에게 최악의 상황은 로즈를 잃는 거야. 에사우가 죽은 후에도 한동안은 무리가 그대로 유지될지도 몰라. 하지만 우두머리를 잃은 고릴라들은 결국 언젠가는 뿔뿔이 흩어져 다른 무리로 옮겨가게 될 테니까." 샘은 첼시 옆에 있는 의자에 털썩 앉았다.

"우리가 로즈를 관찰할 수 있었던 건 에사우의 행동반경이 연구소에서 멀리 떨어지지 않았기 때문이야. 만약 로즈가 향후 모리스네 무리나 다른 먼 곳에 있는 무리로 옮겨가게 된다면 지금까지처럼 연구를 계속하는 건 불가능해질 거야."

샘의 날카로운 시선에 첼시가 몸을 움찔했다.

"로즈를 연구하기 시작한 지 벌써 10년째야. 슬슬 발표해도 되지 않겠어? 수어를 완벽하게 구사할 수 있는 고릴라가 있는데 왜 우리가 다른 연구팀들처럼 고릴라의 똥이나 수집해서 식성이니 행동반경이니 하는 뻔한 논문만 발표해야 하냔 말이야. 로즈의 존재가 세상에 알려지면 얼마나 큰 반향을 불러일으킬지 첼시 너도 잘 알잖아. 대체 언제까지 숨겨 둘 생각이야? 이대로 있다가는 10년 동안 노력해 온 게 죄다 물거품이 돼 버릴지도 모른다고."

샘이 이런 말을 하는 것은 이번이 처음이 아니었다. 이미 몇 년이나 논쟁을 거듭해 온 문제였지만 오늘 샘의 목소리에서는 지금까지와 달리 초조함과 조용한 분노가 느껴졌다. 물론 첼시도 샘의 주장을 이해하지 못하는 건 아니었다. 로즈에 관한 연구를 언제 어떤 식으로 발표할 것인가는 두 사람이 오랜 시간 함께 고민해 온 문제였다.

하지만 첼시가 생각하는 최악의 상황은 지금까지 해 온 연구를 발표하지 못하게 되는 것이 아니었다. 첼시가 무엇보다 두려워하는 건 연구 결과를 부정당하는 것이었다. 무의식중에 첼시의 시선이 책상 위에 놓인 파일로 향했다. 파일에는 『유인원은 문장을 만들 수 있는가』라는 제목의 논문이 들어 있었다. 첼시는 아무 말도 하지 않았지만 샘은 첼시가 무엇을 불안해하는지 바로 알아차렸다.

"아직도 그 문제로 고민하는 거야? 로즈는 님이 아니야. 로즈는 지금까지 인간이 관찰했던 다른 어떤 유인원과도 달라. 그건 네가 가장 잘 알고 있잖아."

인간은 아주 먼 옛날부터 동물과 소통하기를 꿈꿨다. 그리고 70년대 들어서는 많은 학자들이 유인원에게 말을 가르치려고 시도했다. 가드너 부부는 침팬지 와쇼에게, 페니 패터슨 박사는 고릴라 코코에게 각각 수어를 가르쳤다. 그중에서도 허버트 테라스는 가장 고명한 학자였고, 동물의 언어 능력에 관한 연구에서 일인자로 꼽혔다.

당시 언어학에서 가장 뜨거운 화두는 '언어 능력이란 인간만이 지닌 고유하고 선천적인 자질인가, 아니면 학습에 의해 습득할 수 있는 것인가'라는 문제였다. 언어학자 노암 촘스키는 '인간의 뇌에는 타고난 언어 습득 장치가 존재한다'고 주장했고, 이에 대해 심리학자 스키너는 '언어는 학습을 통해 습득할 수 있다'고 반박했다. 스키너의 제자였던 테라스는 촘스키의 주장을 뒤집기 위해, 그를 조롱하는 의미에서 님 침스키라고 이름 붙인 침팬지에게 수어를 가르치는 프로젝트를 진행했다. 테라스와 제자들의 열의가 통했는지 님은 수어를 학습한 것처럼 보였다. 하지만 님에게 수화를 가르침으로써 동물의 언어 능력을 증명하고자 했던 테라스는 자신의 논문 『유인원은 문장을 만들 수 있는가』에서 본인이 세운 가설을 전면 부정했다.

유인원은 문장을 만들 수 없다. 그것이 테라스가 내린 결론이었다.

"나도 알아. 로즈는 '똑똑한 한스' 같은 게 아니라는 걸."

한스는 19세기 말 독일에서 인간만큼 똑똑하다고 해서 화제가 되었던 말이다. 한스는 주인의 질문에 발굽을 구르는 횟수로 대답했다. 지능을 가진 동물로 일약 스타가 되었지만, 사실 한스는 말을 알아들은 것이 아니었다. 그저 천천히 발굽을 구르다가 정답에 가까워질수록 질문자의 표정과 분위기가 바뀐다는 사실을 알아차리고, 질문자가 반응을 보이는 순간 발 구르기를 멈췄을 뿐이었다.

테라스는 100개 이상의 수어를 구사한다고 알려졌던 님도 한스와 다를 바가 없다고 주장했다. 질문자가 무의식중에 보이는 신호에 반응해서 옳은 반응을 보였을 뿐이지 언어를 이해한 것이 아니라는 말이었다. 객관적인 데이터에 근거한 테라스의 결론은 논리적이고 명확했으며, 반대파의 공격에도 끄덕하지 않았다.

그에 비해 동물에게도 지능과 언어 능력이 있다고 주장하는 학자들의 데이터는 객관성이 결여된 경우가 많았고, 결과적으로 동물에게 말을 가르치는 연구는 흐지부지 끝나 버리고 말았다. 현재 학계에서 동물의 언어 능력이라는 연구 주제는 몇십 년 동안 아무런 진척이 없는 불모지나 다름없었다.

물론 로즈만큼 뛰어난 인지 능력과 언어 능력을 갖춘 고릴라의 사례는 지금까지 보고된 바가 없기 때문에 과거의 연구 결과는 얼마든지 뒤집을 수 있다고 확신했지만, 로즈의 능력을 부정당할 가능성을 생각하면 아무래도 망설여졌다.

"나도 뭐 지금 당장 발표하자는 건 아니야. 다만 연구를 계속하기 위해서는 환경을 정비할 필요가 있다는 거지."

첼시의 마음을 읽었는지 샘이 부드럽게 말을 건넸다.

"로즈를 우리가 데리고 있자고? 하지만 고릴라는 무리를 지어 생활하는 동물이잖아. 연구소에서 기르는 게 과연 로즈한테 좋은 일일까? 물론 그렇게 하면 연구는 계속할 수 있겠지만 우리가 편하자고 로즈를 구속하는 건 안 좋다고 봐."

"그건 나도 알아. 아무리 연구가 중요하다곤 해도 우리 둘 다 로즈가 태어났을 때부터 벌써 10년 가까이 옆에서 지켜봐 왔잖아. 로즈는 내 딸이나 마찬가지라고. 이게 다 로즈를 위한 거야."

"로즈를 위한 거라고? 로즈 입장에서 생각했을 때 과연 이 정글에서 누구의 간섭도 받지 않고 자유롭게 사는 것보다 더 큰 행복이 있을까? 설마 로즈한테 연구소에서 제일 가까운 곳에 있는 무리에 들어가 달라고 부탁하겠다는 말은 아니지?"

첼시의 말에 샘은 무슨 말을 하려다가 멈칫하고 주저하듯 시선을 돌렸다. 그러곤 잠시 고민하다가 한차례 길게 심호흡을 하더니 마음을 정한 듯 첼시를 똑바로 쳐다보며 입을 열었다.

"전부터 생각했던 건데 로즈는 수어를 배운 다른 유인원들과 달리 거의 완벽한 미국식 수어를 구사하잖아. 수어를 할 줄 아는 인간과는 대등하게 대화를 나눌 수 있지. 그뿐만 아니라 상대가 하는 말도 다 이해할 수 있고. 그러니까…."

"그러니까?"

"로즈를 미국에 데려가면 어떨까 해."

"미국에 데려가겠다고? 그게 무슨 소리야? 그런 일이 가능할 리가 없잖아. 로랜드고릴라는 멸종 위기종이라고!"

"물론 나도 고릴라가 워싱턴 조약에 의해 보호받는 동물이라는 건 잘 알고 있어. 보호 대상 동물이라 하더라도 번식이나 연구를 위해서라면 국외로 데리고 나갈 수 있다는 사실도 알고 있지."

"연구라면 여기서도 아무 문제 없이 잘해 왔잖아. 번식을 하기에도 여기보다 더 좋은 곳은 없을 거야."

"전 세계 동물원에서 사육 중인 고릴라는 전부 로랜드고릴라니까 번식은 해외에서도 가능해. 게다가 아까도 말했듯이 로즈가 여기 있으면서 연구소에서 멀리 떨어진 무리에 들어가 버리면 더 이상 연구가 불가능해질 거라고."

"맞는 말이야. 하지만 미국에는 이미 많은 로랜드고릴라가 있고, 또 현지에서의 번식에도 성공했잖아. 판다라면 또 모를까 이제 와서 새로운 고릴라를 수입할 이유가…."

"그건 그래. 평범한 고릴라를 수입할 이유는 없지. 하지만 로즈는 평범한 고릴라가 아니잖아. 적절한 상대를 찾아서 제대로 설명할 수만 있다면 분명 도움을 받을 수 있을 거야. 첼시 넌 연구 결과를 부정당할까 봐 걱정된다고 했지? 그렇다면 처음부터 부정당할 여지를 안 남기면 돼. 우리가 먼저 나서서 로즈에 대해 알리는 거지. 전 세계가 로즈의 존재를 알게 되면 우리 연구를 부정하는 놈 따위는 나타나지 않을 거야."

첼시는 갑작스러운 제안에 쉽사리 마음을 정하지 못하고 고민하는 눈치였다.

"걱정 마. 내가 다 알아서 할 테니까."

5

아버지 에사우는 모리스의 공격을 받고 사흘 후에 죽었다.

우리는 땅에 쓰러진 채 차갑게 식어 움직이지 않는 아버지를 아침이 되어서야 발견했다. 아버지는 싸움에서 입은 상처 때문에 나무에 오르지 못했다. 밤에도 땅 위에서 자던 아버지는 무리 한가운데에서 홀로 쓸쓸히 죽어간 것이다.

온몸에 난 상처가 곪아서 악취를 풍겼지만, 평온한 표정으로 눈을 감고 있는 모습은 마치 자는 것처럼 보였다.

나는 서둘러 연구소로 가서 샘을 불러왔다. 샘과 함께 무리가 있는 곳으로 돌아오자 다른 고릴라들이 모두 에사우 주위에 모여 그르렁대고 있었다. 에사우에게 대답하라고 말을 거는 것 같았다.

고릴라 일곱 마리가 우두머리의 사체를 둘러싸고 낮은 소리로 울어 대는 모습이 무언가 신성한 의식 같아 보였는지 샘이

작게 탄성을 내뱉었다.

샘의 얼굴을 올려다보자 그는 눈앞의 광경에 압도된 듯 입을 쩍 벌리고 있었다. 한참을 그러고 있다가 이윽고 정신을 차린 듯 조심스럽게 사진을 몇 장 찍더니 그 자리에 쪼그려 앉았다. 주머니에서 소형 녹음기를 꺼내 마이크를 입에 대고 작은 목소리로 상황을 기록하기 시작했다.

"믿을 수가 없다…. 이런 광경은 난생처음 본다. 에사우가 죽었다는 소식을 로즈에게 전해 듣고 서둘러 무리에 합류했다. 로즈는 아직 내 옆에 있지만, 나머지 일곱 마리는 땅에 드러누운 에사우를 둘러싸고 서 있다. 니농이 오른쪽 손등으로 에사우의 얼굴을 부드럽게 어루만진다. 에사우의 죽음을 슬퍼하는 것인지, 아니면 그냥 깨우려고 하는 것인지 모르겠다. 아직 어린 나딘은 함께 놀아 달라고 조르듯 에사우의 배 위에 올라가 앉아 있다. 평소라면 아침을 먹을 시간이지만 아무도 먹이를 찾아 나서려고 하지 않는다. 에사우를 내려다보는 어른 고릴라들의 표정은 슬퍼 보인다. 마치 장례를 치르고 있는 것 같다."

흥분을 억지로 가라앉히며 낮은 목소리로 속삭이듯 상황을 기록하는 샘을 그 자리에 남겨둔 채 나도 아버지 곁으로 다가갔다. 누구보다도 강하고 위대했던 아버지가 한없이 작아 보였다. 아버지는 최근 며칠 동안 식사를 제대로 하지 못했다. 체내 수분이 부족해져서 몸이 쪼그라든 것일까.

아버지는 내가 태어나기 훨씬 전부터 이 무리를 지켜 왔다.

자신이 태어난 무리를 떠나 아이작처럼 홀로 외로이 정글을 떠돌아다닌 시기도 있었을 것이다. 나는 아버지 몸 곳곳에 남아 있는 부상의 흔적을 보며 아이작의 얼굴에 나 있던 상처를 떠올렸다. 무리에서 나온 수컷 고릴라는 혼자서 고독한 시간을 보내다가 이윽고 다른 무리에서 암컷을 데려와 새끼를 낳고 무리를 크게 키워 간다. 이렇게 번듯한 무리를 꾸리기까지 아버지가 얼마나 고생했을지 생각하니 눈물이 날 것만 같았다. 아마 다른 고릴라들도 비슷한 심정일 것이다. 하지만 확인할 길은 없었다. 고릴라는 울지 않으니까.

가슴이 답답해져서 나도 모르게 샘이 있는 쪽을 돌아보았다. 샘과 시선이 마주치자 양손 검지를 눈가로 가져가 손가락으로 눈물 자국을 그리듯 슥 하고 볼을 쓸어내렸다.

샘이 내 손짓을 보고 천천히 고개를 끄덕였다. 샘의 연민 어린 시선에 마음이 조금 편해졌다. 지금 눈앞에서 무리의 고릴라들이 보이는 행동이 연구자로서 샘에게 대단히 흥미로운 사건이라는 점은 의심할 여지가 없었다. 하지만 동시에 그는 자신이 수십 년간 지켜봐 온 에사우의 죽음을 슬퍼하고 있었다. 샘에게 있어 에사우는 단순한 관찰 대상 이상의 의미를 가지고 있었다.

우리는 아버지의 비호 아래 행복하게 살아왔다. 아버지는 어떤 상황에서도 동요하지 않았다. 다른 무리의 고릴라들과 우연히 마주치더라도 지금까지는 아무 문제도 없었다. 일시적으로 불안한 마음이 들 때도 있었지만, 은색 털로 뒤덮인 아버지의 넓고 탄탄한 등을 보면 안심이 되었다.

지금까지 우리가 얼마나 큰 행운 속에 살아왔는지 새삼 실감이 났다. 나는 더 이상 움직이지 않는 아버지의 팔을 쓰다듬으며 한숨을 내쉬었다. 사실 내 마음 한구석에는 단단한 응어리가 맺혀 있었다. 모두가 아버지의 죽음에 충격을 받고 슬퍼하는 건 이해가 갔다. 하지만 며칠 전 그들이 카림의 죽음을 앞에 두고 보였던 무관심한 반응을 생각하면 강한 위화감이 들었다.

30분 정도 지나자 엄마 오란다를 포함한 다른 고릴라들은 먹을 것을 찾아 뿔뿔이 흩어졌다. 샘은 멀리서 그 모습을 가만히 지켜보다가 에사우와 나만 남기고 모두가 사라지자 내 곁으로 다가왔다.

"로즈, 많이 힘들지? 여기서 고릴라를 관찰하기 시작한 지 20년이 넘었지만 너희 아버지만큼 용감하고 자상한 실버백은 본적이 없어. 로랜드고릴라는 좀처럼 인간에게 마음을 열지 않는데 에사우는 달랐어. 너희 아버지는 내게 처음으로 친구가 되어 준 고릴라였지. 나도 정말 마음이 아파."

나는 손으로 키스를 날리는 시늉을 하며 샘에게 「고마워」라고 말했다.

"이런 상황에서 이런 말을 하는 게 듣기 싫을 수도 있겠지만… 가능한 한 빨리 에사우의 사체를 연구소로 옮겼으면 해. 검시라든지 연구를 위해서 말이야. 이해해 줄래?"

나는 샘의 부탁을 거절하지 못했다. 거절한들 아무 의미가 없었기 때문이다. 내가 거절한다고 해서 아버지가 다시 돌아오는 것은 아니었다. 무리의 다른 고릴라들도 아버지의 죽음을 받아들인 것 같아 보였기에 나는 주먹을 얼굴 옆으로 들어 올린 다음 검지를 세웠다.

「알았어」라는 내 대답을 확인한 샘은 고개를 끄덕인 후 연구소로 돌아갔다.

죽은 아버지를 옮기는 데에는 성인 남성 다섯 명이 동원되었다. 정글에서 고릴라를 찾는 데 뛰어난 능력을 발휘하는 트래커 세 명에 샘과 테오까지 달라붙어서 겨우 아버지를 들어 올릴 수 있었다. 딱히 도울 일은 없었지만 나도 연구소까지 따라갔다. 연구소에서 아버지를 트럭 짐칸에 옮겨 실은 후 카메룬의 수도인 야운데에 위치한 대학으로 데려간다고 했다.

흙먼지를 일으키며 멀어져 가는 트럭을 바라보고 있는데 등 뒤에서 첼시가 다가와 내 어깨에 손을 얹었다.

「우두머리를 잃은 고릴라 무리는 어떻게 돼?」

나는 한 치 앞을 내다볼 수 없는 불안감에 떨고 있었다. 이렇게까지 막막한 기분이 드는 건 처음이었다. 불과 며칠 전까지만 해도 무리를 떠나는 문제로 고민하고 있었건만 지금은 그저 아버지가 죽어서 불안한 마음뿐이었다.

내 질문에 첼시는 잠시 고민하는 듯싶더니 천천히 입을 열었다.

"보통은 시간이 흐르면서 자연스럽게 다른 무리로 흡수되는 경우가 많아. 아마도 여기서 비교적 가까운 모리스나 카봉고네 무리로 가게 되지 않을까? 에사우의 자식들 중 아자라는 아직 무리를 이끌기에는 너무 어리고, 혼자서 단독으로 다른 무리로 옮겨갈 수 있는 건 로즈 너밖에 없으니까. 어른 수컷 고릴라가 없으니 당분간은 니농이나 클로틸트가 중심이 되어 생활하게 될지도 모르겠다. 어쩌면 다른 무리로 옮겨가지 않고…."

이런저런 가능성을 따져보던 첼시가 갑자기 멈칫하더니 말을 멈추었다.

"로즈 네 생각은 어때? 다른 고릴라들은 어떻게 할 것 같아?"

「글쎄. 무리에서 아버지 다음으로 서열이 높은 건 니농이었으니까 니농을 따르게 되지 않을까? 하지만 엄마는 니농이나 클로틸드를 좋아하지 않으니 따로 떨어져나올지도 몰라. 그렇게 되면 나는 아마도 엄마를 따라가게 되겠지.」

나는 잠시 생각한 후에 검지와 중지를 교차해 들어 보였다.

「아니면… 나 혼자 아이작한테 갈 수도 있고.」

내가 그렇게 말한 순간, 첼시의 얼굴이 딱딱하게 굳는 것을 나는 똑똑히 보았다. 수어를 할 때는 손만 사용하는 것이 아니다. 몸짓이나 표정도 문맥 전달에 중요한 역할을 하기 때문에 나는 상대방의 반응을 항상 주의 깊게 살펴보았고, 사소한 표정 변화도 절대 놓치지 않았다.

"실은 앞으로의 일과 관련해서 로즈 너한테 할 말이 있어. 어쩌면 너를 미국에 데려갈 수 있을지도 몰라. 미국에서 살게 되면 어떨 것 같아?"

「미국?!」

나는 귀를 의심했다. 첼시의 말이 믿기지가 않아서 오른손과 왼손을 깍지 낀 상태로 가슴 앞에서 한 바퀴 돌렸다.

「미국이라고? 정말? 가 보고 싶어!」

나는 생각지도 못한 제안에 흥분을 감추지 못하고 첼시를 꽉 끌어안았다.

"아직 정해진 건 아니야. 이것저것 조정 중이거든. 아무튼 네가 좋아해서 다행이야." 첼시도 안심했는지 웃으면서 나를 쓰다듬었다.

미국은 내게 꿈의 나라였다. TV 드라마나 영화에서 본 도시는 내가 사는 정글과는 전혀 다른 별세계였다. 첼시와 샘이 고릴라에게 관심이 있듯이 나는 인간에게 관심이 있었다. 정글에서는 만날 수 있는 사람이 한정되어 있다. 다양한 인종과 민족이 공존하는 미국에서의 삶이 얼마나 즐겁고 재미있을지 상상도 되지 않았다. 거기에서는 어떤 사람들을 만나게 될까.

내 머릿속은 순식간에 미국 생각으로 가득 찼고, 그에 비하면 아이작과 함께 정글에서 사는 것은 한없이 지루하게 느껴졌다. 나는 첼시에게서 떨어져 원을 그리듯 주위를 펄쩍펄쩍 뛰어다녔다. 몸을 움직여서 에너지를 발산하지 않으면 심장이 터져 버릴 것만 같았다.

"로즈, 잠깐만. 네가 좋아하니 다행이긴 한데 아직 내 얘기는 끝나지 않았어." 첼시는 내가 지나치게 흥분한 것을 보고 조금 당황한 듯했다.

"만약 미국에 가게 된다면 너도 거기서 지낼 곳이 필요하잖아. 고릴라가 아파트를 빌려서 살 수는 없으니까 아마도 어딘가의 동물원에 들어가게 될 거야. 오란다도 같이 데려갈 수 있으면 좋겠지만 아직 어떻게 될지 알 수 없는 상황이야. 나는 당연히 같이 갈 거고, 아마 샘도 같이 가게 될 거야. 그리고 넌 특별한 고릴라니까 다른 고릴라들보다는 좋은 대우를 받게 될 거야. 이 정도면 괜찮겠니?"

「물론이지! 언제 가는데?」

"이동 시기는 샘이 조정하고 있는데 아무리 빨라도 내년은 돼야 할 거래. 그러니까 마음 느긋하게 먹고 기다려 보자."

「나는 빨리 가고 싶은데.」

"알았어. 최대한 빨리 갈 수 있도록 노력해 볼게." 첼시가 웃으며 대답했다.

"너한테 한 가지 부탁이 있어. 미국에 가기 전까지는 멀리 가지 않았으면 해. 되도록 연구소 가까이에 있어 줄래? 미국에 가려면 다른 사람들의 도움을 받아야 하는데 그들을 직접 만나야 할 수도 있으니까 항상 네가 어디 있는지 파악해 둘 필요가 있거든. 무슨 말인지 알겠니?"

「응! 미국에 갈 수 있다면 뭐든 할게.」

가슴이 두근거렸다. 아버지의 죽음으로 한 치 앞도 내다볼 수 없는 불안한 상황이었는데 어쩌면 미국에 가게 될지도 모른다는 새 소식에 기분이 날아갈 것만 같았다.

그 후 남겨진 무리는 우리가 예상했던 대로 니농이 이끌게 되었다. 어른 고릴라는 암컷인 니농과 클로틸드뿐이고, 그 아래로 하마두와 아자라, 어린 나딘과 라자르 총 여섯 마리로 이루어진 불안정한 무리였다. 엄마는 역시나 니농을 따르기는 싫다며 나와 함께 연구소 근처에서 지내게 되었다. 다들 별일은 없는지 걱정이 됐지만, 샘과 첼시 말에 따르면 잘 지내고 있는 듯했다. 모리스와 빅터는 비비를 데리고 원래 있던 곳으로 돌아갔기 때문에 두 무리가 다시 맞닥뜨릴 우려는 없어 보였다. 무엇보다 이미 우두머리인 에사우를 잃은 무리가 다른 무리로부터 공격을 받을 가능성은 희박했다. 암컷과 새끼들은 누구에게도 위협적인 존재가 아니었고, 만약 다른 무리와 마주치게 된다면 그대로 흡수될 가능성이 높았다.

엄마와 나는 연구소 근처에서 생활했다. 행동 범위는 좁았지만 애초에 인간이 있는 곳 근처까지 접근하는 동물도 거의 없기 때문에 먹을 것을 구하기는 수월했다. 우리는 매일 연구소에서 많은 시간을 보냈지만 샘과 첼시는 항상 뭔가를 하느라 바빴고, 우리를 가장 반겨 주는 사람은 리디였다.

나는 리디를 졸졸 따라다니며 일하는 모습을 구경했다. 리디
는 작은 몸을 바지런히 놀리며 청소와 세탁과 요리를 했고, 그
와중에도 쉴 새 없이 수다를 떨고 노래를 불렀기 때문에 함께
있으면 지루할 틈이 없었다. 일하다 짬이 나면 나와 함께 술래
잡기나 간지럼 태우기를 하며 놀기도 했다.

나는 예전보다 더 집중해서 TV를 보게 되었다. 지금까지는
TV 화면을 통해 보이는 것들이 나와 아무 상관도 없는 별세계
이야기라고만 생각했다. 하지만 미국에 가게 될지도 모른다고
생각하니 모든 것이 달라 보였다. 앞으로는 영화나 드라마에 나
오는 등장인물처럼 나도 도시에서 살게 되는 것이다. 지면은 흙
이 아니라 콘크리트로 덮여 있고, 정글에서처럼 크고 울창한
나무도 보이지 않는다. 공원이나 길가에 나무가 심겨 있기는 하
지만 과실수는 찾아보기 힘들다. 그리고 도시에는 고릴라를 비
롯한 야생 동물이 살지 않는다. 도시에서 만날 수 있는 동물은
인간이 기르는 개나 새뿐이다. 그 대신 수만에서 수십만 명에
이르는 인간들이 살고 있다.

나와 같은 로랜드고릴라가 많이 사는 동물원으로 가게 될 거
라고 듣기는 했지만 그래도 불안감이 가시지 않았다. 도시에 사
는 고릴라는 정글에 사는 고릴라와 다를까? 내가 과연 동물원
에서 잘 살아갈 수 있을까?

하루빨리 미국에 있는 고릴라들과 만나보고 싶었다.

미국행에 대한 기대와 불안으로 잠도 제대로 못 이루는 나와

는 달리 엄마는 평소와 똑같았다. 아직 실감이 나지 않아서인지 아니면 도시 생활에 대한 기대치가 낮아서인지 알 수 없었다. 애초에 엄마는 나와는 달리 TV를 좋아하지 않았고, 인간들의 문화에도 별로 관심이 없었다. 첼시와 샘은 그런 엄마를 보고 영상 학습 능력이 떨어진다는 결론을 내렸다. 기본적으로 동물은 영상을 통해 학습하지 않는다. 내가 드문 사례인 것이다.

내가 TV를 보는 동안 엄마는 리디가 일하는 것을 방해하거나 연구소에서 기르는 개 페티와 함께 놀거나 낮잠을 잤다. 밤이 되면 함께 정글로 돌아가서 가까이 있는 나무 위에 올라가 잤다.

「미국에는 언제 가?」 하고 내가 똑같은 질문을 수도 없이 반복하며 샘과 첼시를 귀찮게 하던 어느 날, 연구소에 손님이 찾아왔다.

전날 샘이 지시한 대로 아침부터 연구소에서 기다렸지만, 테드 매카시가 베르투아 유인원 연구소에 도착한 것은 해가 질 무렵이었다. 트럭에서 내리는 테드를 보자마자 나는 그가 마음에 들었다. 땅딸막하고 통통한 체형에 고릴라처럼 배가 볼록 나와서 친근감이 느껴졌기 때문이다. 얼마 남지 않은 검은 머리가 정수리를 덮고 있었고, 동그란 안경 아래로 보이는 두 눈은 온화해 보였다. 테드는 나를 발견하고 부드럽게 미소 지으며 이쪽으로 다가와 손을 붕붕 흔들었다. 손에는 갈색 가죽 장갑을 끼고 있었다.

「안녕? 네가 로즈구나? 나는 테드라고 해. 만나서 반갑다.」

놀랍게도 그는 내게 미국식 수어로 인사했다. 하지만 정말로 놀랄 일은 그다음에 벌어졌다.

"안녕? 네가 로즈구나? 나는 테드라고 해. 만나서 반갑다."

수어 인사를 마치고 한 박자 늦게 목소리가 들려왔는데 신기하게도 테드의 입은 전혀 움직이지 않았다. 어딘지 모르게 억양이 어색하고 부자연스러운 느낌이 들었다. 나는 깜짝 놀라 한 발 뒤로 물러섰다.

「놀라게 해서 미안하구나. 내 목소리는 기계음이란다. 나는 선천적으로 귀가 들리지 않아서 말도 못 하거든.」

테드가 수어로 말하자 이번에도 방금 전과 마찬가지로 한 박자 늦게 목소리가 들려왔다.

"놀라게 해서 미안하구나. 내 목소리는 기계음이란다. 나는 선천적으로 귀가 들리지 않아서 말도 못 하거든."

「깜짝 놀랐어. 나는 로즈. 만나서 반가워.」 나는 당황했지만 애써 태연한 척하며 예의 바르게 인사했다. 내가 수어를 하는 것을 보고 이번에는 테드가 놀란 표정을 지었다.

「로즈 너 정말로 수어를 할 수 있구나? 네가 하는 수어는 내가 생각했던 것보다 훨씬 더 정확해서 알아듣기가 아주 쉬운 걸.」 테드가 수어로 대답했지만 이번에는 기계음이 들리지 않았다.

「고마워. 당신이 하는 수어도 아주 정확해서 알아듣기 쉬워.」
내가 똑같은 말로 칭찬하자 테드는 소리 없이 웃었다. 그는 내
눈을 가만히 들여다보더니 내 바로 앞까지 천천히 다가왔다. 그
러고는 양손에 끼고 있던 장갑을 벗어서 내게 내밀었다. 나는
손가락으로 조심스레 장갑을 집어 들었다.

「이건 마법의 장갑이란다. 이 장갑을 끼고 수어를 하면 안에
들어 있는 작은 컴퓨터가 손의 움직임을 읽어서 너 대신 말을
해 주지. 나는 이걸 개발한 사람이고.」

그렇게 말하는 테드의 표정은 자신감과 자부심으로 가득 차
있었다.

「멋지다! 나는 이런 게 있는 줄도 몰랐어.」

「너한테도 특별히 하나 만들어 주마. 이것만 있으면 수어를
모르는 사람과도 대화가 가능해질 거다.」

「정말? 고마워! 나는 당신이 정말 좋아!」 나는 환호하며 테드
를 꽉 끌어안았다.

테드는 깜짝 놀라 비명을 질렀지만 곧 내게 적의가 없음을
알아차리고는 두 팔을 벌려 나를 마주 끌어안았다.

테드는 바로 다음 날부터 장갑 제작에 착수했다. 나와 엄마
를 연구소로 불러 양손의 크기를 재고 각각의 손가락이 움직이
는 범위를 꼼꼼히 체크한 후, 특수 카메라로 3D 데이터를 만들
어 미국에 있는 본사로 보냈다. 테드가 말하기로는 앞으로 약 2
주 정도면 우리 손에 딱 맞는 장갑을 받을 수 있을 거라고 했

다.

「우선 너희가 하는 수어의 특징을 기계에 입력해서 저장할 거야. 당분간은 단순 작업이 이어져서 조금 지루할 수도 있겠지만 장갑을 만들기 위해서는 꼭 필요한 작업이니 잘 따라와 주면 좋겠구나.」

테드는 엄마와 나를 방 한가운데에 나란히 앉힌 다음 우리의 손끝과 손가락 관절에 구슬 모양의 마커를 하나씩 붙여 나갔다. 팔에도 테이프를 칭칭 감아서 뭔가 재미있는 놀이를 하는 것 같았다. 내가 신이 나서 그 자리에서 펄쩍펄쩍 뛰자 테드는 화들짝 놀라 내 손을 놓고 한 발 뒤로 물러섰다.

마음에 안 드니? 불편해? 테드가 불안한 표정으로 내게 물었다.

「아니, 괜찮아. 재밌어.」

「다행이구나. 그럼 시작해 볼까? 내가 하는 수어를 잘 보고 그대로 따라 해보렴. 알파벳, 숫자, 단어 순으로 진행할 거란다.」

테드는 의자와 책상을 가져와 우리랑 마주 보고 앉은 다음 작업을 시작했다. 테드가 A부터 Z까지 알파벳을 차례대로 수어로 나타내 보이면 우리가 그대로 따라 하는 식이었다. 테드는 나와 엄마의 손가락이 올바른 모양을 가리키고 있는지 확인한 후 책상 위에 놓은 노트북 컴퓨터에 무언가를 입력했다. 그는 시종일관 진지한 표정으로 우리의 수어를 지켜보다가 J와 Z에서 눈썹을 살짝 찌푸렸다. 다른 알파벳은 모두 손과 손가락의 모양으로 나타내지만, J와 Z는 움직임을 수반한다.

「아무래도 너희 둘 다 손가락을 움직일 때 손을 좀 떠는 습관이 있는 것 같구나. 걱정할 필요는 없어. 그런 습관까지 다 포함해서 기계에 저장될 테니까 너희는 앞으로도 지금까지와 똑같이 하면 된단다.」

알파벳과 숫자를 확인한 후에는 기본적인 단어를 하나씩 체크해 나갔다.

기쁘다, 슬프다, 외롭다, 인간, 친구, 가족, 음식, 더, 적다, 시간, 이해, 요구하다, 물, 언제, 누가, 고맙다, 미안하다, 천천히, 돕다, 집, 만약, 살다, 많이, 남자아이, 여자아이, 기억하다, 이름, 쓰다, 학교, 그녀, 당신, 나, 일, 한 번 더, 달리다….

무작위로 선정한 단어를 테드가 하나씩 수어로 나타내 보이면 우리가 그대로 따라 했다. 오랜 시간을 들여 단순 작업을 끊임없이 반복하는 것은 지루하기 짝이 없었지만, 미국에서 장갑을 만들어 보내 주기만 하면 모두와 자유롭게 대화할 수 있게 될 거라는 생각에 꾹 참았다. 이곳에서 수어로 말할 수 있는 상대는 첼시와 샘과 엄마뿐이었다. 미국에 가면 수어를 할 줄 아는 사람이 지금보다는 늘어나겠지만 그래도 수어를 할 줄 모르는 사람이 훨씬 더 많을 것이다. 수어를 모르는 사람과도 스스럼없이 대화를 나누는 내 모습을 상상하면 가슴이 두근거렸다.

처음 며칠 동안은 쉬운 단어를 확인하는 작업이 끝도 없이 이어졌다. 나는 초인적인 인내심을 발휘해 참았지만, 엄마는 결국 참지 못하고 양손에 붙은 마커를 잡아 뜯더니 연구소를 뛰쳐나가 정글로 돌아가 버렸다. 작업의 절반을 중단할 수밖에 없는 상황에 테드는 난처해했다. 테드의 풀 죽은 모습을 보니 나도 마음이 아팠다. 바깥세상에 그다지 관심이 없는 엄마를 대신해 나는 계속해서 테드 곁을 지켰다.

「빨리 내 목소리를 들어보고 싶어. 계속하자.」

「그렇게 말해 주니 고맙구나. 그래, 우리 둘만이라도 열심히 해보자.」 테드는 한숨을 내쉬며 부드럽게 미소를 지었다.

그 후로도 우리는 계속해서 단어를 입력해 나갔다. 조만간 완성될 마법의 장갑이 나를 대신해서 제대로 말할 수 있게 하려면 내 움직임을 기계에 완벽하게 숙지시켜야만 했다.

허가하다, 받아들이다, 거의, 고독, 동물, 분노, 언쟁, 태도, 형제, 책, 교실, 의심하다, 영어, 예를 들어, 일어나다, 중요한, 목숨, 지다, 우유, 돈, 숫자, 문제, 곧바로, 봄, 이야기, 소원, 젊다….

기계 학습은 순조롭게 진행되었고, 5일째 되는 날에는 지금까지와는 반대로 내가 하는 수어를 기계가 알아듣고 단어로 출력할 수 있는지 확인해 보기로 했다. 엄마는 지루한 훈련을 견디지 못하고 도망쳐 버렸기 때문에 이날 연구소에 온 것은 나뿐이었다. 나는 평소와 마찬가지로 방 한가운데 앉아 테드가 무작위로 뽑은 단어를 수어로 표현했다.

주다, 종이, 놀다, 닫다, 반대하다, 공항, 평균, 기본, 피하다, 혼란에 빠지다, 멀리, 포함하다, 편지, 쾌적하다, 병, 자다, 어제, 뜨겁다, 매일, 화장실, 앉다, 의미하다….

20분 정도 지났을 때, 테드가 한쪽 손을 들어 작업을 중단했다.

「이제 그만해도 되겠다. 여기까지 정답률이 95%가 넘으니 이걸로 충분할 것 같구나. 다음으로 네 목소리를 골라 보자. 어떤 목소리가 좋겠니?」

「글쎄, 어떤 목소리가 좋을까?」

「우리가 가지고 있는 여자 목소리의 샘플은 200개가 넘어. 발음도 영국식, 미국식, 호주식 중에서 고를 수 있고.」

「미국에 갈 거니까 발음은 미국식이 좋겠어.」

「오케이. 미국인 샘플은 80개 정도야. 첼시가 말하길 너는 성숙한 여성이라고 했으니 20대에서 50대까지의 샘플 중에서 골라 보자.」

나는 노트북 컴퓨터를 조작하는 테드를 뚫어지게 쳐다보았다. 난생처음 내가 하는 말을 소리로 듣게 되는 기념비적인 순간이었다. 원래 자기 목소리를 자기가 직접 고르는 사람은 거의 없다. 80개나 되는 목소리 중에서 어떤 식으로 내 목소리를 고르면 좋을지 감이 오지 않았다.

「다 됐다. 제일 먼저 알리의 목소리부터 들어 보자. 아무 말이나 해볼래?」

나는 두근거리는 심장을 애써 진정시키며 팔을 움직였다. 무슨 말을 해야 할지 모르겠어서 간단히 자기소개를 했다. 손을 내린 후에도 아무 소리도 들리지 않아서 조금 불안해졌다. 하지만 바로 다음 순간, 목소리가 들려왔다.

"안녕하세요. 내 이름은 로즈. 카메룬 출신의 고릴라입니다."

하마터면 그 자리에서 벌떡 일어나 방방 뛸 뻔했다. 흥분과 감격으로 심장이 터질 지경이었다. 만약 참지 못하고 마음 가는 대로 움직였다면 양팔에 붙이고 있는 마커는 물론 마커와 연결된 컴퓨터까지 다 망가뜨려 버렸을 것이다.

"성공이야, 테드. 내가 말했어. 굉장하다. 믿기지가 않아." 나도 모르게 탄식이 흘러나왔다. 내가 얼마나 감동했는지를 테드에게도 알려주고 싶었지만 샘플 음성은 어디까지나 이성적이고 무미건조한 말투를 유지했다. 스스로 이뤄낸 성과가 믿기지 않을 정도로 기뻤지만, 그와 동시에 감정은 전달되지 않는다는 사실이 답답해서 미칠 것만 같았다.

「어때? 알리 목소리가 마음에 들어?」 테드가 내 표정을 살폈다.

알리의 목소리는 곱고 가늘었다. 여성스럽고 예쁜 목소리이긴 하지만 내가 생각했던 것보다 훨씬 더 여리고 높은 톤이었다. 나는 잠시 눈을 감고 알리의 모습을 상상해 보았다. 마른 체형에 자그마한 얼굴, 찰랑찰랑한 금발 생머리가 어깨까지 내려오는 얌전한 요조숙녀 스타일의 수줍음 많은 여학생이 떠올랐다. 내가 생각하는 내 모습과는 상당한 괴리가 있었다. 나는 더 강한 이미지를 원했다.

"다른 목소리를 들어 볼래."

「오케이. 원하는 타입이 있으면 말해 줄래?」

"알리는 너무 어린 것 같아. 더 침착하고 강한 느낌이었으면 좋겠어."

테드는 내 말을 듣고 잠시 고민하다가 키보드를 두드렸다.

「이번에는 나탈리의 목소리야. 한번 말해 봐.」

나는 아까와 마찬가지로 자기소개를 했다. 곧이어 들려온 목소리는 확실히 강한 느낌이었다. 나탈리의 목소리는 자기 자신에게 확신을 가지고 있는 여성의 목소리였다. 그 점은 마음에 들었지만, 몇 가지 귀에 거슬리는 요소가 섞여 있었다.

내 머릿속에 떠오른 나탈리는 대기업 임원이었다. 짧게 자른 회색빛 머리에 전체적으로 여성스러움은 조금 부족한 대신 머리끝부터 발끝까지 빈틈이라고는 찾아볼 수 없는 철의 여인. 나탈리는 부하들이 무서워하는 강한 상사였다. 자신감 넘치는 분위기는 마음에 들었지만, 내가 원하는 건 더 밝고 다정한 목소리였다.

"더 밝은 목소리면 좋겠어." 내 반응을 기다리는 테드에게 새로운 요구사항을 전달했다. 테드는 조용히 고개를 끄덕이더니 다시금 키보드를 두드렸다.

「다음은 에밀리의 목소리야. 이번에는 네 마음에 들면 좋겠다.」

세 번째도 불합격이었다. 다정한 목소리면 좋겠다 싶었는데

에밀리는 지나치게 다정했다. 에밀리는 머리를 화려한 색으로 염색하고 있을 것 같았다. 갈색으로 태운 피부에 살이 다 드러나는 옷을 입고 파티에 가는 것을 좋아하는 여자아이. 어쩌면 댄서일지도 모른다. 운동 신경이 뛰어난 편이고, 이상적인 몸매를 유지하고 있을 것이다. 하지만 애교 섞인 혀 짧은 소리는 계속해서 듣고 싶은 목소리는 아니었다.

"에밀리랑은 좋은 친구가 될 수 있을 것 같지만 나와는 타입이 좀 다른 것 같아." 테드가 내 말을 듣고 웃었다.

「다음은 신시아의 목소리를 들어보자. 내 동료들은 모두 마음에 들어 한 목소리란다.」

신시아는 또박또박한 말투로 분명하게 발음해서 알아듣기가 쉬웠다. 확실히 누구나가 좋아할 법한 이지적인 목소리였다. 아마도 연구자나 학교 선생님일 것 같았다. 윤기가 흐르는 검은 머릿결에 안경 속 눈동자는 호기심에 반짝이고, 쉬는 날에는 집에서 클래식 음악을 들으며 책 읽기를 좋아하는 타입. 신시아는 분명 멋진 여성이었지만 나는 더 활기찬 느낌을 원했다. 이번에는 아무 말도 하지 않고 테드를 향해 가만히 고개를 저어 보였다. 테드는 조금도 실망한 기색을 보이지 않았다. 목소리를 고른다는 게 쉽지 않은 일이라는 걸 잘 알고 있는 듯했다. 이 장갑을 사용하고자 한 사람들은 모두 나와 같은 고민에 빠졌을 것이다. 테드는 이전에도 비슷한 상황을 여러 차례 경험했을 터였다.

목소리를 고르는 작업은 생각보다 난항을 겪었다. 테드는 내가 무슨 말을 해도 싫은 표정을 짓지 않고 군소리 없이 맞춰 주었다. 처음에는 내가 직접 수어로 발화한 내용을 목소리로 전환하는 방식을 취했지만, 나중에는 지쳐서 각각의 목소리로 하는 자기소개를 듣기만 했다. 페티는 말이 늘어지는 경향이 있다, 케이트는 화난 목소리다, 완다의 목소리는 너무 낮다, 조이의 목소리는 너무 가볍다, 안젤라는 너무 딱딱하다, 올리비아는 아줌마 같다, 크리스티는 말이 너무 빠르다, 나이마는 말투가 너무 경박하다.

「목소리는 언제든지 바꿀 수 있어. 한번 정했다고 해서 평생 그 목소리를 사용해야 하는 건 아니야.」

테드가 방에 불을 켜며 내게 말했다. 어느샌가 저녁이 되어 해가 지고 있었다. 나중에라도 바꿀 수 있으니 그냥 적당히 고르라는 말일까. 테드의 심정도 이해는 갔지만 나는 적당히 타협하고 싶지 않았다. 일단 한번 정하고 나면 그게 내 목소리라고 인식하게 될 테니까. 비록 선택지가 한정되어 있기는 하지만 그중에서 가장 납득할 수 있는 것을 선택하고 싶었다.

「물론 나는 로즈 네가 마음에 드는 목소리를 찾을 때까지 얼마든지 기다릴 수 있어.」

내 표정이 안 좋아 보였는지 테드가 서둘러 덧붙였다. 테드의 배려가 고마웠다. 언제까지고 불평만 늘어놓고 있을 수는 없었다.

「다음은 샹탈이야.」

수십 개가 넘는 샘플을 들었지만 이거다 싶은 목소리는 찾지 못했다. 마음에 쏙 드는 목소리 같은 건 처음부터 존재하지 않는 게 아닐까. 그렇게 생각하니 기분이 우울해졌다.

"안녕하세요. 내 이름은 로즈. 카메룬 출신의 고릴라입니다."

그 순간 들려온 아름다운 목소리에 나는 헉하고 숨을 들이마셨다. 머릿속에 샹탈의 모습이 선명하게 그려졌다. 샹탈은 내 털처럼 검은 피부와 칠흑같이 검은 머리를 가졌다. 한 걸음 내디딜 때마다 구불구불한 머리카락이 부드럽게 찰랑이고, 지나가던 사람들은 모두 걸음을 멈추고 그녀를 돌아본다. 샹탈의 목소리를 더 들어보고 싶었다.

나는 팔을 움직여 샹탈의 목소리를 이끌어 냈다.

"미국에 가는 것은 이번이 처음입니다. 다양한 사람들과 만나 대화를 나누고 친구가 되어서 인간에 대해 더 많이 알고 싶습니다."

샹탈의 목소리는 내 마음을 다른 누구보다도 더 정확하게 전달해 주는 기분이 들었다. 적당한 깊이와 울림이 느껴지는 목소리는 오래 들어도 질리지 않을 것 같았다. 아니, 오히려 계속 듣고 있고 싶었다. 샹탈의 목소리에서는 차분함과 유쾌함이 동시에 묻어났다. 기본적으로 착실하고 진지한 성격이지만 가끔은 시답잖은 농담도 자연스럽게 주고받을 수 있을 것 같았다. 다정하면서도 주관이 뚜렷한, 자립한 여성의 강인함이 느껴졌다.

"테드, 드디어 내 목소리를 찾았어. 너무 마음에 들어. 고마워."

테드는 내 말을 듣고 안도의 한숨을 내쉬었다. 그제야 나는 한 가지 사실을 깨달았다. 테드에게는 줄곧 아무 소리도 들리지 않았던 것이다. 그는 내가 고민하는 이유를 이해하기 어려웠을 것이다. 테드에게 너무 미안했다. 동시에 그는 어떻게 자기 목소리를 골랐을지가 궁금해졌다.

"테드, 당신은 어떻게 자기 목소리를 고른 거야?" 나는 힘들게 찾은 내 목소리에 금방 익숙해졌다. 꾸밈없이 밝고 정직한 목소리였다.

「내 목소리는 아내가 골라 줬단다. 내 이미지에 딱 들어맞는 목소리라고 하더구나. 어차피 나는 내 목소리를 들을 일이 없으니 뭘로 하든 크게 상관없지만 말이다.」

나와 테드 사이에는 목소리가 필요하지 않았고, 샘과 첼시도 수어를 하기 때문에 테드는 연구소 안에서는 목소리를 끄고 있었다. 하지만 나는 테드와 처음 만났을 때 들었던 목소리를 기억하고 있었다.

"맞아, 정말로 당신 이미지에 딱 맞는 목소리였어. 내 목소리만큼이나 좋은 목소리였고."

테드는 내 말을 듣고 쑥스러운 듯 미소를 지었다. 테드는 내게 목소리를 주었다. 의심할 여지 없이 지금까지 내가 받은 것 중 최고의 선물이었다. 하지만 테드는 자신의 목소리도, 내 목소리도 들을 수 없었다. 테드에게 미안한 마음이 들었다.

"테드, 나는 내 목소리가 정말로 마음에 들어. 이 목소리로 남들과 얘기할 수 있다고 생각하면 너무 기뻐. 당신은 내게 이렇게 멋진 선물을 줬는데 나는 당신한테 아무것도 해 줄 게 없어. 내가 할 수 있는 일이 있다면 말해 줘. 뭐든 할 테니까."

「그거라면…」 테드는 말을 하다 말고 입을 다물었다. 무언가를 망설이는 듯한 표정으로 뒷머리를 긁적이며 시선을 피하다가 다시 입을 열었다.

「실은 이미 샘과 얘기가 다 됐단다. 로즈 네가 내가 만든 장갑을 사용하는 것. 나는 그거면 충분하거든. 네가 나의 또 하나의 목소리가 되는 셈이지.」

"내가 테드의 목소리가 된다고? 어떻게?"

「내가 만든 장갑은 현재 시제품 단계거든. 아직 시장에서 정식으로 유통되는 건 아니라는 말이지. 이번에 샘을 통해 네 이야기를 듣고 많이 놀라기도 했지만 동시에 강한 확신이 들더구나. 만약 고릴라가 이 장갑을 끼고 말을 한다면 제품을 홍보하는 데 이보다 더 효과적인 방법은 없을 거라고 말이다.」 테드는 멋쩍게 웃으며 대답했다.

"잘됐다. 내가 할 수 있는 일이 있다면 뭐든지 할게. 테드에게 도움이 되고 싶어. 장갑 광고를 찍어도 좋아."

「그렇게 말해 주니 고맙다. 여기까지 온 보람이 있구나.」 테드가 기뻐하는 모습을 보니 나도 기분이 좋아졌다.

「아직 테스트할 게 몇 가지 남았지만 나머지는 내일 하자꾸나. 네게 딱 맞는 목소리를 찾은 것만으로도 오늘은 충분하니까. 너희 엄마도 너만큼만 협조적이면 좋을 텐데 말이다.」

"내가 엄마한테 잘 말해 볼게. 내 목소리를 들으면 엄마도 의욕이 생길지도 몰라."

테드가 내 손가락에 붙은 마커를 하나씩 천천히 떼어 낸 다음 나를 끌어안았다. 나는 테드의 배에 머리를 비비적거리며 내게 주어진 행운에 감사했다. 나는 세상에서 가장 운이 좋은 고릴라였다. 엄마와 샘과 첼시는 내게 말을 가르쳐 주었고, 테드는 내게 목소리를 주었다. 평범한 고릴라에게는 꿈도 꿀 수 없는 일이다. 내 세계는 말을 배움으로써 더 넓어졌고, 앞으로 인간과의 교류를 통해 더 깊어질 터였다.

나는 테드와 한참을 껴안고 있다가 이윽고 포옹을 풀고 「안녕. 내일 봐」라고 말했다. 마커를 떼어 냈기 때문에 목소리가 들리지 않는다는 게 아쉬웠다. 하지만 테드는 목소리가 들리지 않아도 내 인사를 알아듣고 대답해 주었다.

일주일 후, 미국에서 내 전용 장갑이 도착했다. 드디어 컴퓨터와 연결되어 있지 않아도 자유롭게 목소리를 낼 수 있게 된 것이다. 해방감에 가슴이 벅차올라 밤에 잠도 잘 오지 않을 정도였다. 내 장갑이 도착할 즈음에는 엄마의 장갑 제작도 거의 마무리 단계에 들어섰다.

내 목소리가 정해지고 처음으로 엄마에게 들려줬을 때, 나는 엄마가 나와 함께 기뻐해 줄 거라고 믿어 의심치 않았다. 하지만 엄마의 반응은 시큰둥했고, 딱히 훈련에 의욕을 보이지도 않았다. 우리는 더 이상 함께 훈련을 받지 않았다. 우선 내가 오전 중에 최종 점검 작업을 실시하고, 그 후에 엄마가 기계 조정 작업을 진행하는 나날이 이어졌다.

엄마는 왜 나와 함께 훈련을 받지 않기로 한 걸까? 모를 일이었다. 어쩌면 엄마보다 수어를 더 잘하게 된 나를 질투해서였는지도 모른다. 엄마가 나를 대하는 태도는 훈련할 때 빼고는 평소와 똑같았기 때문에 진짜 이유가 무엇인지 확인할 방법은 없었다.

엄마는 나처럼 자신의 목소리를 심사숙고해서 고르지도 않았다. 처음에 들은 목소리로 바로 정해 버린 모양이었다. 예전에 내가 듣고 너무 어리고 가늘다고 느낀 알리의 목소리였다. 알리의 목소리가 엄마한테 어떻게 들리는지는 모르겠지만, 적어도 내가 보기에는 엄마에게 딱 맞는 목소리는 아니었다. 엄마는 인간의 언어를 알아듣기는 하지만 목소리가 가지고 있는 뉘앙스의 차이는 인지하지 못하는 것 같았다. 엄마 목소리가 훨씬 더 어린 톤이다 보니 엄마와 내가 대화를 하면 뭔가 영 어색한 느낌이 들었다.

미국에서 보내온 상자를 테드가 개봉하는 모습을 옆에서 지켜보고 있자니 심장이 미칠 듯이 두근거렸다. 상자 안에는 테드 것보다 두 배는 더 커 보이는 장갑이 들어 있었다. 테드가 상자에서 장갑을 꺼내는 그 짧은 시간이 영겁처럼 길게 느껴졌다. 나는 잔뜩 흥분해서 빨리 장갑을 내게 달라고 테드의 옆구리를 쿡쿡 찔렀다. 테드는 「잠깐만 기다리렴. 사용 전에 먼저 확인할 게 있거든. 얌전히 안 있으면 안 줄 거야.」 하고 웃으면서 나를 타일렀다.

테드는 새 장갑을 컴퓨터에 연결한 다음 지금까지 오랜 시간을 들여 기계에 입력한 내 움직임의 특징에 관한 데이터를 동기화했다. 그동안 나는 테드 뒤에 얌전히 앉아서 작업을 지켜보았다. 장갑의 성능을 확인하려 모인 샘과 첼시가 내 옆에 나란히 서 있었다. 하지만 엄마는 이 자리에 없었다. 모두가 새 장갑을 앞에 두고 흥분을 감추지 못하고 있는 가운데, 엄마는 조금의 관심도 없다는 듯 평소와 다름없이 밖에서 일하는 리디를 따라다니며 귀찮게 하고 있었다.

이윽고 동기화와 초기 설정이 완료되자 테드는 나를 향해 돌아서더니 양손을 앞으로 내미는 시늉을 했다. 내가 손을 앞으로 내밀자 내 손에 조심스레 장갑을 끼워 주었다.

「이제 다 됐다. 시험해 볼래?」

나는 장갑을 낀 손을 물끄러미 내려다보았다. 내 털색과 같은 검은색 장갑은 매우 가볍고 부드러울 뿐만 아니라 통기성도 좋아 보였다. 사이즈도 딱 맞고 편해서 오래 끼고 있어도 불편하지 않을 것 같았다.

"예쁘다. 테드, 정말 고마워. 지금까지 받은 선물 중에서 제일 마음에 들어."

소리의 울림이 지금까지와는 조금 달랐다. 지금까지는 내가 수어를 하면 내 손의 움직임에 맞춰서 테드의 컴퓨터에 달린 스피커에서 소리를 내보냈다. 지금은 내 손에서 소리가 났다. 물론 엄밀히 말하자면 목에서 나는 소리와는 다르지만, 내가 하고 싶은 말을 내 몸에서 바로 소리로 내보낸다는 것은 지금까지 한 번도 경험해 보지 못한 특별한 감각이었다. 나는 진정한 의미에서 내 목소리를 손에 넣은 것이다. 소리를 내보낼 때마다 스피커가 탑재된 장갑의 손등 부분이 미세하게 떨렸다. 그 부드러운 진동이 바로 내 목소리의 정체였다.

첼시는 내 목소리를 듣고 감격한 나머지 양손으로 입을 틀어막은 채 눈물을 뚝뚝 흘렸다. 샘이 옆에서 첼시의 어깨를 끌어안으며 장하다는 표정으로 나를 쳐다보았다.

「마음에 든다니 다행이구나. 나도 네 목소리를 들을 수 있으면 좋았을 텐데. 비록 목소리는 듣지 못하지만 나 역시 너만큼이나 기쁘고 설렌단다. 내가 만든 물건이 얼마나 큰 가능성을 지니고 있는지 이렇게 내 눈으로 직접 보면서도 좀처럼 믿기지가 않는구나.」

테드의 말이 과장이 아니라는 건 그의 표정을 보면 알 수 있었다. 오동통한 뺨이 붉게 달아올라 흥분한 기색이 역력했다. 얼굴이 붉어진 것은 아프리카의 더위 때문만은 아닌 듯했다.

"샘이랑 첼시도 정말 고마워. 두 사람이 아니었으면 엄마도 나도 그냥 평범한 고릴라로 살았을 거야. 언어라든지 인간의 문화 같은 건 전혀 모른 채 말이야."

첼시는 목소리로 변환되는 시간을 기다릴 것도 없이 내 수어를 보자마자 가까이 다가와 나를 꼭 끌어안았다. 바닥에 무릎을 대고 내게 쓰러지듯 기대어 오는 첼시를 마주 끌어안았다.

"이게 다 로즈 네가 열심히 노력한 덕분이야. 네가 이렇게 많은 단어를 학습하고 정확한 수어를 구사할 수 있게 되리라고는 아무도 예상하지 못했어. 네 존재 자체가 기적이라고." 샘은 그렇게 말하면서 테드를 돌아보았다.

"앞으로 전 세계가 놀라게 될 거야. 모두가 너를 만나고 싶어 할 거고, 너를 보기 위해 몰려든 사람들로 장사진을 이루겠지. 너는 당대 최고의 유명인이 될 거야. 아니, 유명 고릴라인가." 샘은 확신에 찬 표정으로 단언했지만 나는 이해가 가지 않았다.

"그게 무슨 소리야? 왜 사람들이 몰려드는데?"

"원래 그런 거야. 너랑 너희 엄마는 인간과 비슷한 수준으로 대화할 수 있는 유일한 동물이니까. 너희에게 관심을 갖는 사람은 학자뿐만이 아니야. 일반인, 유명인 가릴 것 없이 모두가 너희가 하는 말을 듣고 싶어 할 거야."

"정말 그럴까?" 샘이 하는 말이 믿기지 않았다.

"그렇다니까. 기대해도 좋아. 걱정 마, 다 잘될 테니까." 샘이 자신만만하게 대답했다.

문득 감사 인사를 전할 상대가 한 명 더 떠올랐다. 사실은 여기 같이 있어 주길 바랐지만 엄마는 밖에 있었다.

"잠깐만. 엄마한테도 보여 주고 올게." 나는 세 사람에게 양해를 구하고 연구실 문을 향해 돌아섰다.

성큼성큼 걸어가 문손잡이를 잡으려고 손을 뻗은 순간, 등 뒤에서 찢어질 듯한 비명 소리가 들렸다.

비명을 지른 사람은 테드였다. 그는 눈을 크게 뜬 채 벌린 입을 다물지 못했다.

「왜 그래? 무슨 일이야?」 나는 엄지와 새끼손가락만 뻗은 오른손을 턱 아래 갖다 댔다. 하지만 내가 기대한 목소리는 나오지 않았다.

「뻔히 다 알면서 놓치고 말았어. 이런 한심한 실수를 하다니 믿을 수가 없군.」 테드는 양손으로 머리를 쥐어뜯으며 그 자리에 털썩 주저앉았다.

나는 아무 소리도 나지 않는 장갑을 내려다보았다. 지금까지와 달라진 것은 아무것도 없어 보였다.

「혹시 망가진 거야?」 나는 테드를 쳐다보며 물었다.

「미안하다. 네가 고릴라라는 사실을 잊고 있었어. 옆에서 계속 널 보고 있었으면서 말이다.」 조금 전까지만 해도 기운이 넘치던 테드가 풀 죽은 목소리로 대답했다.

「왜 망가진 건데?」

「너희 고릴라들은 주먹을 땅에 대고 걷는다는 사실을 깜박했어. 네 움직임을 감지하는 센서가 장갑의 손등 부분에 붙어 있거든. 정교한 칩이 네 체중을 버티지 못하고 부서져 버린 거야. 센서 위치를 바꿔서 장갑을 새로 만들어야겠다.」

"장갑을 새로 만든다고? 괜찮겠어? 로이드 상원의원이 다음 주에 오기로 되어 있다고." 샘이 당황한 목소리로 물었다. 나는 로이드 상원의원이 누군지도 몰랐다. 샘은 내가 모르는 일들을 이것저것 계획하고 있는 듯했다.

「걱정 마. 그때까지는 어떻게든 맞춰 볼 테니까.」 테드가 천천히 몸을 일으키며 대답했다.

내 장갑을 처음으로 선보이는 자리는 예기치 못한 사고로 인해 순식간에 끝나 버렸다. 물론 아쉬웠지만 어쩔 수 없었다. 센서를 손등에 다는 게 불가능하다면 각 손가락의 측면에 부착하는 수밖에 없었다. 물건을 잡거나 나무에 오를 때 강한 압력이 가해지는 손바닥에 달 수는 없는 노릇이니 말이다. 사실 손가락 측면에 센서를 달면 모든 문제가 해결되는 것인지도 확신할 수 없었다. 나만 해도 평소 내 손가락에 어떤 식으로 힘이 가해지는지 지금까지 한 번도 생각해 본 적이 없었으니까.

미국에서 예비용으로 같이 보내온 두 번째 장갑의 배선을 테드가 손봐 준 덕분에 나는 장갑을 낀 상태로 이동할 수 있게 되었다. 다만 당연하다면 당연한 일이지만 예비용 장갑은 내가 하는 수어에 제대로 반응하지 않았다.

「다시 처음부터 새로 조정해야 해. 미안하구나, 로즈.」테드가 고개를 숙이며 내게 사과했다.

「괜찮아. 목소리를 얻을 수만 있다면 난 뭐든지 할 수 있어.」

「이해해 줘서 고맙다. 우선은 배선 상태에 문제가 없는지 확인해야 하니까 오늘 하루는 장갑을 낀 상태로 지내 볼래? 센서에 이상이 없다고 확인되면 바로 내일부터 조정 작업을 시작할 수 있을 거야.」

우리는 새 장갑이 고릴라의 움직임을 버텨 낼 수 있는지 확인하기 위해 밖으로 나가 정글 안으로 들어갔다. 진흙 속을 뒹굴고, 열매를 따 먹고, 나무에 올랐다. 연못에 들어가 식물 뿌리를 캐 먹고, 배가 부르면 낮잠을 잤다. 그러다가 저녁이 되어 엄마와 함께 나무 위에 올라가 침대를 만들고 누웠다. 테드와 헤어지고 나니 장갑이 멀쩡한지 걱정이 되었다. 부드럽고 내 손에 딱 맞는 장갑은 생활하는 데 전혀 걸리적거리지 않았다. 오히려 평소보다 더 움직이기 편하다고 느낄 정도였다.

하지만 장갑에 이상이 없는지 확인하기 위해서는 테드가 필요했다. 만약 오늘 하루 내가 생활하는 과정에서 장갑에 손상이 갔다면 장갑의 구조를 처음부터 다시 다 뜯어고쳐야 할 거고, 그렇게 되면 내가 목소리를 손에 넣을 날은 그만큼 늦어질 터였다. 최악의 경우, 모든 계획이 여기서 중단될 가능성도 있었다. 그런 생각을 하면 나도 모르게 행동을 조심하게 되었다. 테드는 내게 평소처럼 행동해 달라고 했지만 나무를 오르거나 열매껍질을 벗길 때는 손가락 사이에 힘을 주지 않으려고 노력했다. 연못에 들어가기 전에는 장갑이 방수가 되는지부터 확인했다. 만약 물이 닿으면 안 되는 재질이었다면 물 근처에는 얼씬도 하지 않았을 것이다.

한번 손에 넣었다고 믿었던 만큼 잃는 것이 더 두려워졌다. 수많은 사람들과 자유롭게 대화하는 날이 오기만을 기다려 왔기에 이대로 다른 고릴라들처럼 정글에서 평범하게 살다가 죽을지도 모른다고 생각하면 참을 수가 없었다. 나는 나뭇가지로 만든 침대 위에 누워 양손을 배 위에 올린 채 뜬눈으로 밤을 지새웠다. 자다가 실수로 장갑에 충격을 가하게 될지도 모른다는 생각에 꼼짝도 할 수 없었다.

길었던 밤이 지나고 마침내 찾아온 아침, 연구소로 돌아가 확인해 보자 장갑의 기능에는 아무 문제도 없는 것으로 나타났다. 나는 안도의 한숨을 내쉰 후 기계 학습을 재개할 준비를 하고 있던 테드에게 양해를 구하고 정글로 돌아갔다. 밤새 신경을 곤두세우고 있었기 때문에 당장이라도 쓰러질 것만 같았다.

나는 정글 초입에 발을 들이자마자 키 작은 나무들이 모여 있는 수풀 옆에 쓰러지듯 드러누워 그대로 오후 늦게까지 죽은 듯이 잤다.

6

두 번째 손님인 로이드 상원의원이 베르투아 유인원 연구소를 찾아온 것은 그로부터 일주일 뒤였다. 이번에는 샘과 첼시가 야운데에 있는 은시말렌 국제공항까지 마중을 나갔다.

샘의 말에 따르면 로이드 상원의원은 나의 미국행에 가장 핵심적인 역할을 하는 사람이라고 했다. 샘은 내가 인간을 공격하지 않는다는 사실을 누구보다 잘 알고 있었지만 그래도 걱정이 되는지 로이드 상원의원 앞에서는 예의 바르게 행동해야 한다고 내게 거듭 주의를 주었다.

"미국에 가고 싶으면 로이드 상원의원이 너를 좋아하게 만들어야 해."

"나를 싫어하는 사람은 없어. 나는 착한 고릴라니까." 지프차에 올라타는 샘에게 자신 있게 대답했지만, 사실은 내심 불안했다. 나는 샘과 첼시가 돌아오기 30분 전부터 연구소 앞에 나가 앉아서 로이드 상원의원을 어떻게 맞이할지 고민했다.

　내가 아는 인간은 샘, 첼시, 테드, 테오, 리디, 그리고 테오가 데려오는 관광객들뿐이다. 연구소 사람들은 가족이나 다름없고, 관광객들은 애초에 고릴라를 보기 위해 아프리카까지 온 사람들이다. 그러니 지금까지 내가 만난 사람 중에 나를 싫어하는 사람이 한 명도 없었던 것은 어찌 보면 당연한 일이었다. 상원의원처럼 지위가 높은 사람을 만나는 것은 처음이었기 때문에 과연 그가 나를 보고 어떤 반응을 보일지 예상이 되지 않았다. 정치인은 뉴스에서밖에 본 적이 없었다. 친구처럼 대하는 게 좋을지 적당히 거리를 두는 게 좋을지도 판단이 서지 않았다.

　연구실 마당에는 강렬한 햇살이 내리쬐고 있었고, 지면에서 올라오는 뜨거운 열기에 숨이 막힐 지경이었다. 정글 너머로 보이는 하늘은 짙은 비구름으로 뒤덮여 당장이라도 큰비가 쏟아져 내릴 것만 같았다. 나는 상원의원이 도착할 때까지만이라도 날씨가 버텨 주기를 간절히 바랐다. 폭우에 쫄딱 젖기라도 한다면 내 첫인상도 엉망이 되어 버릴 테니까.

　저 멀리서 흙먼지를 날리며 다가오는 검은색 지프차가 보였다. 나는 차가 연구소 앞에 멈춰 선 것을 확인한 후 주먹을 짚고 일어나서 두 다리로 섰다.

　조수석에서 내린 사람은 키가 훤칠한 초로의 남자였다. 젤을 발라 깔끔하게 넘긴 짧은 회색 머리에 주름 하나 없이 빳빳하게 다린 셔츠와 카고팬츠. 강한 햇빛을 가리기 위해 선글라스를 쓰고 있었지만 연구소 앞에서 기다리던 나를 발견하고는 바로 선글라스를 벗어서 셔츠 주머니에 넣고 호기심에 가득 찬 눈으로 나를 쳐다보았다. 그의 눈동자는 짙은 푸른색을 띠고 있었다.

"이게 자네가 말한 그 고릴라인가?" 로이드 상원의원이 샘을 돌아보며 물었다.

"처음 뵙겠습니다, 의원님. 저는 로랜드고릴라인 로즈라고 합니다. 이렇게 만나 뵙게 되어 영광입니다." 샘이 대답하기 전에 내가 먼저 인사를 건넸다.

등 뒤에서 들려온 내 목소리에 로이드 상원의원이 화들짝 놀랐다. 나는 눈을 둥그렇게 뜨고 이쪽을 쳐다보는 상원의원을 향해 말을 이었다.

"먼 길 오시느라 고생하셨습니다. 의원님께서는 예전에 아프리카에 살았던 적이 있으시다고 들었습니다. 오랜만에 아프리카를 다시 찾은 소감은 어떠신가요?"

상원의원은 자기 눈을 믿지 못하겠다는 듯 샘을 돌아보았다. 마치 샘이 나를 조종하고 있는 게 아닌지 의심하는 듯한 표정이었다.

"로이드 의원님, 소개드리겠습니다. 여기 있는 고릴라가 바로 로즈입니다. 제가 왜 만나 달라고 했는지 이제 아시겠습니까?" 샘이 차 문을 닫으며 의기양양하게 말했다.

"미안하구나. 얘기를 듣기는 했지만 설마 네가 이렇게까지 유창하게 말을 할 수 있는 줄은 몰랐거든. 내 실례를 용서해 주겠니? 나야말로 만나게 되어 영광이구나."

로이드 상원의원은 그제야 나를 대화 상대로 인정했는지 내게로 한발 다가와 오른손을 내밀었다. 나는 그의 오른손을 양손으로 감싸 쥐고 가볍게 흔들었다. 내가 자연스럽게 악수에 응한 게 신기했는지 상원의원이 껄껄 웃었다.

"왜 웃으시죠?" 내가 무슨 실수라도 한 게 아닌가 걱정이 되었다.

"아니, 아무것도 아니란다. 이 모든 게 다 꿈만 같아서 말이야. 내가 너한테 익숙해지려면 시간이 좀 필요할 것 같구나. 악의가 있어서 그러는 건 아니니 이해해 주렴."

"충분히 이해합니다. 저도 이 목소리를 얻게 된 지 얼마 되지 않았거든요. 처음에는 스스로도 영 어색해서 적응하기 힘들었는데 이제 겨우 익숙해진 참이에요. 그보다 많이 피곤하시죠? 계속 서서 얘기하기도 뭐하니 일단 안으로 들어가시죠." 나는 앞장서서 연구소 문을 열고 안으로 들어갔다.

로이드 상원의원은 그 자리에 가만히 서서 넋을 잃고 나를 쳐다보기만 했다.

"지금은 우기예요. 계속 거기 계시다가는 물에 빠진 생쥐가 되어 버릴 겁니다." 내가 문을 잡고 서서 얘기하자 로이드 상원의원은 다시금 한바탕 크게 웃더니 고개를 절레절레 저으며 방 안으로 들어왔다.

나는 가장 깨끗한 의자를 끌어와 로이드 상원의원에게 앉으라고 권했다.

"연구소라고는 하지만 실제로는 햇빛과 비를 피할 수 있는 오두막에 가깝습니다. 의원님을 이런 누추한 곳으로 모시게 되어 송구스러울 따름입니다."

평소와 달리 점잖기 그지없는 내 말투에 이번에는 첼시와 샘이 웃음을 터뜨렸다. 의원님 앞에서 예의 바르게 행동하라고 한 사람은 자기면서 무슨 재미난 구경거리라도 생긴 듯 웃는 샘을 보니 약이 올랐다.

"샘, 손님한테 마실 거라도 내와야 하지 않겠어?"

내가 지적하자 샘은 멋쩍은 듯 머리를 긁적이며 방 안쪽에 있는 싱크대 쪽으로 사라졌다.

"너는 수어만 할 줄 아는 게 아니라 손님을 어떻게 대접해야 하는지도 잘 알고 있는 모양이구나." 로이드 상원의원이 내가 권한 의자에 앉으며 말했다. "오늘은 정말 놀랄 일뿐이로군. 너에 대해 좀 더 말해 주겠니? 수어는 어디서 배웠지?" 로이드 상원의원의 눈빛은 온화하면서도 진지했고, 상대를 압도하는 강한 카리스마가 느껴졌다. 눈가와 입가에는 나이에 걸맞은 주름이 깊게 새겨져 있었지만 눈동자에는 생기가 넘쳤다.

"어머니께 배웠습니다. 샘과 첼시가 가르쳐 주기도 했고요."

"어머니한테 배웠다고?" 상원의원의 눈썹이 꿈틀했다.

"로즈의 어미인 오란다에게 수어를 가르친 것이 모든 일의 시작이었습니다." 첼시가 내 옆에 의자를 가져와 앉으며 이야기에 끼어들었다.

"저는 대학 때 미국식 수어를 배웠거든요. 태어났을 때부터 몸이 약했던 오란다는 얼마 지나지 않아 폐렴에 걸리는 바람에 무리에서 버림받았고, 어쩔 수 없이 저희가 일단 연구소로 데려와서 돌봤습니다. 그러다가 가끔 심심해지면 함께 놀이를 하듯 오란다에게 수어를 가르쳤죠. 하지만 설마 정말로 할 수 있게 될 줄은 몰랐습니다."

"그랬군. 로즈가 어떻게 수어를 배우게 된 건지는 알겠네." 로이드 상원의원이 샘에게서 커피잔을 받아들며 말했다. "내가 이해가 가지 않는 건 왜 자네들의 존재가 세상에 알려지지 않았는가 하는 점일세. 지금은 누구네 집 고양이가 하품만 해도 그 영상이 순식간에 전 세계로 퍼져나가는 시대야. 인간의 언어를 이해하고 구사할 수 있는 고릴라가 두 마리나 있는데 어떻게 전혀 화제가 되지 않을 수 있지? 뭔가 이유라도 있는 건가?"

상원의원의 물음에 샘과 첼시가 망설이는 듯한 표정으로 눈짓을 교환했다.

"설명하기가 조금 복잡합니다만." 샘이 헛기침을 두어 번 하더니 입을 열었다. "인간과 동물의 의사소통에 관한 과거의 연구들이 저희 발목을 잡았습니다. 과거 70년대에 많은 연구자가 동물과 소통하기 위해 다양한 방법을 시도했지만 모두 반대파에게 강한 비판을 받았습니다. 아직까지 이 분야에서 성공한 학자는 아무도 없다고 해도 과언이 아닙니다. 저희가 발표를 주저하는 것도 바로 그 때문입니다. 하지만 딱히 비밀로 하고 있는 것은 아닙니다. 드야 동물 보호구역에 고릴라를 보러 오는 관광객들에게는 로즈와 오란다에 대해 소개하고 있습니다."

로이드 상원의원은 진지한 표정으로 샘의 설명에 귀를 기울였다.

"흠, 그런 거였나. 과거의 연구가 도움이 되기는커녕 방해가 된다니 안타까운 일이로군. 이런 기적과도 같은 고릴라의 존재를 극소수의 사람들밖에 모르고 있다니 말이야." 상원의원은 바닥에 앉아 있는 내 어깨를 부드럽게 쓸어내렸다.

"너는 미국에 가기를 희망한다고 들었는데 미국이 어떤 나라인지는 알고 있니?"

"자유의 땅, 용기 있는 자들의 고향." 내가 미국 국가의 1절 가사를 인용해 대답하자 상원의원은 흐뭇한 미소를 지으며 못 당하겠다는 듯 양손을 살짝 들어 보였다.

"자네들이 어떻게 교육했는지는 모르겠지만." 상원의원이 샘과 첼시를 번갈아 쳐다보며 말했다. "아무래도 로즈는 내 손주들보다도 더 똑똑한 것 같군. 고릴라가 이렇게까지 높은 지능을 갖고 있다니 정말이지 믿기 어려운 일이야. 실제 아이큐가 어느 정도인지 알 수 있나?"

"각종 테스트 결과에 따르면 로즈의 아이큐는 평균적인 고등학생 수준인 것으로 나타났습니다. 엄마인 오란다는 다섯 살 수준이고요. 어릴 때부터 엄마가 가르쳐서 그런지 학습 능력은 로즈가 오란다보다 더 뛰어난 편입니다." 첼시의 설명을 듣고 상원의원이 고개를 끄덕였다.

"흠흠. 만약 네가 정말로 미국에 가게 된다면 국기에 대한 맹세도 외워야 할 거다." 상원의원이 농담처럼 말하며 내 머리를 토닥였다. 나를 아이 취급하는 것이 마음에 들지 않아 살짝 골려주고 싶어졌다.

"지금 바로 외워 볼까요?"

"뭐라고!" 상원의원은 내 말이 진짜라고 믿었는지 의자에서 벌떡 일어나며 소리쳤다.

"죄송합니다. 그냥 농담한 거예요." 첼시가 옆에서 끼어들었다. "로즈는 농담을 좋아하거든요. 국기에 대한 맹세는 아직 가르친 적이 없어요."

"하하하, 이거 내가 한 방 먹었구나." 상원의원은 껄껄대며 웃었다. 뭔가 조금 안심한 것 같기도 했다. 나는 조만간 국기에 대한 맹세를 완벽하게 외워서 앞으로 만나는 미국인을 모두 깜짝 놀라게 만들고야 말겠노라고 다짐했다.

"이렇게 예의 바르고 똑똑한 데다가 유머 감각까지 뛰어나니 미국에서 인기 스타가 되는 건 시간 문제겠군." 상원의원이 무릎을 탁 쳤다. "좋아, 자네들이 미국에 갈 수 있도록 내가 돕도록 하지. 필요한 건 뭐든지 말하게."

그 말을 들으니 지금까지의 긴장이 탁 풀렸다. 나는 감격한 나머지 자리에서 벌떡 일어나 상원의원의 품에 달려들었다. 예기치 못한 돌발 상황에 상원의원은 놀라서 작게 비명을 질렀지만 나를 마주 안고 등을 쓰다듬어 주었다.

"허허, 네가 좋아하는 걸 보니 내 마음도 흐뭇하구나."

"감사합니다, 의원님. 이 은혜는 평생 잊지 않겠습니다."

"프랑스에서의 휴가를 도중에 반납하고 카메룬까지 온 보람이 있군그래. 이렇게 멋진 친구가 새로 생겼으니 말이야. 하지만 지금은 아쉽게도 시간이 별로 없어서 오늘 밤 비행기로 돌아가야 한단다."

"벌써 돌아가신다고요? 방금 오셨으면서…." 나는 상원의원과 더 이야기를 나누고 싶었다.

"걱정하지 마라. 네가 미국에 오면 언제든지 다시 만날 수 있을 테니까. 하지만 너를 미국까지 보내는 건 그리 쉬운 일이 아니야. 너도 잘 알겠지만 고릴라는 멸종 위기 동물이니까 말이야. 앞으로는 국가 간 협상을 통해 세부사항을 정해 나가게 될 거다. 어쩌면 네가 카메룬과 미국 간의 연대를 강화하는 매개체 역할을 하게 될지도 모르겠구나. 말하자면 친선대사 같은 거지. 카메룬에서 아메리카로 보내는 친선대사. 정글에서 인간 사회로 보내는 친선대사. 앞으로가 기대되는군."

"그런 생각은 해본 적이 없어요. 제가 그렇게 중요한 역할을 해낼 수 있을까요? 저는 지금까지 정글 밖으로 나가 본 적도 없고, 카메룬에 대해서도 잘 모르는데요." 상원의원의 말을 들으니 갑자기 불안해졌다. 역시 상원의원이 바라보는 세계는 내가 바라보는 세계와는 전혀 다르구나 하는 생각이 들었다. 과연 내가 그들의 기대에 부응할 수 있을지 자신이 없었다.

"걱정할 필요 없단다. 지금 모습 그대로의 너를 보여 주면 되니까. 바뀌는 건 아무것도 없을 거야. 이제 시간이 얼마 없구나. 나는 여기 있는 두 사람과 잠시 할 얘기가 있으니 너는 밖에서 놀다 오는 게 어떻겠니? 돌아가기 전에 인사는 나눌 수 있을 거야."

나는 밖에 나가지 않고 모두와 함께 있고 싶었다. 하지만 상원의원의 말에서는 거부할 수 없는 힘이 느껴졌다. 내가 있으면 곤란한 이야기인 듯했다. 나는 마지못해 밖으로 나갔다.

정글에 가서 엄마를 찾아볼까 하다가 아무래도 신경이 쓰여서 건물 뒤편으로 돌아갔다. 역시 예상했던 대로 벽에 난 창문이 열려 있어서 세 사람의 대화를 엿들을 수 있었다.

"…내 눈으로 직접 봤으면서도 믿기지가 않네. 고릴라가 저렇게 유창하게 말을 할 수 있다니. 자네 메일을 받고 반신반의했는데 정말 세상에는 아직 우리가 모르는 것이 많은 것 같군. 마치 기적을 목격한 기분이야. 로즈가 가져올 경제 효과는 어마어마할 걸세. 다만 이미 몇 번이나 확인했네만 정말로 인간에게 위해를 가할 가능성은 없는 건가? 아까는 갑자기 내게 달려들어서 심장이 멎는 줄 알았네."

"죄송합니다." 첼시가 나 대신 사과했다. "이번 일로 자신의 오랜 꿈이 이루어지게 되어서 다소 흥분했던 것 같습니다. 평소에는 그런 돌발적인 행동을 하는 일은 거의 없습니다. 물론 인간에게 위해를 가하는 일도 없고요. 만에 하나라도 문제 생기는 일이 없도록 제가 다시 한번 잘 말해 놓겠습니다."

나는 벽에 등을 붙이고 주저앉아 세 사람이 하는 이야기를 들으며 조금 전 내가 했던 행동을 반성했다.

"음, 뭐 그런 거라면 괜찮을 것 같긴 하네만 혹여라도 문제가 생기면 큰일이니까 말이야. 아무리 똑똑하다고 한들 동물은 동물이지 않나. 이번 일이 성사되려면 로즈가 절대로 인간에게 위해를 가하지 않는다는 것이 대전제가 되어야 하네. 거친 모습을 보이는 것만으로도 문제가 될 수 있어. 인간과 대화를 나눌 수 있을 정도이니 욕이나 말대답도 할 수 있는 거 아닌가?"

"아니요, 로즈는 농담은 좋아하지만 욕은 하지 않습니다. 천성이 순하고 착해서 말대답하는 일도 없고요. 다만 이곳에서 로즈는 늘 보호받고 사랑받는 존재였기 때문에 처음 보는 수많은 사람들 앞에서, 혹은 자신에게 악의를 가지고 대하는 상대 앞에서 로즈가 어떤 반응을 보일지는 솔직히 저희도 예측이 불가능합니다."

"흠, 듣고 보니 그렇군. 본인에게는 악의가 없더라도 상대나 상황에 따라서 반응이 달라질 수 있을 테니 말이야. 미국에서는 로즈 옆에 항상 누가 붙어 있는 게 좋겠군. 그러고 보니 로즈의 어미도 수어를 할 수 있다고 했던 것 같은데 그쪽은 지금 어디 있나?"

"죄송합니다. 오란다는 성격이 좀 까다로운 편이라 저희 뜻대로 따라 주지 않을 때가 많습니다. 특히 미국행에 관해서는 별로 관심이 없는지 지금도 정글에 있습니다. 아마 멀리 가지는 않았을 텐데…."

"알겠네. 수어를 할 수 있다면 어미도 함께 미국으로 데려가는 게 좋겠지. 로즈의 어미가 로즈에게 말을 가르쳤다고 했지? 그럼 로즈나 로즈의 어미가 새끼를 낳으면 그 아이도 수어를 할 수 있게 되는 건가?"

"솔직히 말씀드리면 알 수 없습니다." 이번에는 샘이 대답했다. "로즈가 자기 새끼에게 수어를 가르친다면 새끼가 이를 학습할 가능성은 있습니다. 하지만 어느 수준까지 도달할 수 있을지에 대해서는 단언하기 어렵습니다. 왜냐하면 로즈가 어떻게 지금처럼 높은 지능과 인지 능력을 갖추게 되었는지 알 수 없기 때문입니다. 비교 대상이 존재하지 않기 때문에 현재로서는 가설을 세워서 추측할 따름입니다. 어쩌면 어미에게 배운다는 사실이 중요할 수도 있고, 정글에서 고릴라 본연의 모습으로 생활하는 것이 언어 습득에 필수 불가결한 요소일지도 모릅니다. 저희는 로즈의 개성이 가장 중요한 요인이라고 보고 있습니다."

"개성?" 상원의원이 물었다.

"고릴라를 관찰하다 보면 각각의 개체가 저마다 다른 개성을 가지고 있다는 사실을 알 수 있습니다. 어찌 보면 당연한 얘기입니다만, 경계심이 강한 고릴라가 있는가 하면 호기심이 강한 고릴라도 있습니다. 로즈는 어려서부터 호기심이 왕성했고, 주변 사물에 대한 관심도가 다른 고릴라들과는 비교도 되지 않을 정도로 높았습니다. 말을 배우고부터는 인간의 아이와 마찬가지로 눈에 보이는 모든 것에 의문을 가지고 뭐든 다 알고 싶어 했지요. 반면 어미인 오란다는 저희가 가르친 내용을 배우기는 했지만 저희에게 질문을 한 적은 한 번도 없습니다. 게다가 로즈는 영상 학습이 가능합니다. 오란다나 다른 고릴라들은 영상을 보더라도 그것을 통해 무언가를 배우거나 하지는 못합니다. 왜 이런 차이가 존재하는지 이유는 알 수 없습니다만, 아무튼 이 또한 로즈의 개성인 거겠지요."

"흠흠. 로즈가 왜 다른 고릴라보다 더 똑똑한지는 알 수 없다, 로즈의 새끼가 로즈만큼 똑똑할지도 알 수 없지만 만약 로즈가 새끼에게 수어를 가르친다면 이를 학습할 가능성은 있다는 말이군."

"맞습니다."

"알겠네. 이건 특히나 중요한 문제라네. 로즈를 미국으로 데려간다면 카메룬이 미국에 대여하는 형태가 될 텐데 향후 로즈가 미국에서 새끼를 낳을 경우, 그 새끼는 어느 나라에 속하는지를 미리 정해 둬야 하거든. 수어를 할 가능성이 높다면 새끼도 미국에서 키우겠다는 조항을 넣어야겠군."

새끼라니! 너무 놀라서 하마터면 소리를 지를 뻔했다. 나는 미국에 갈 수 있다는 사실만으로도 충분히 만족하고 있었는데 주위의 기대는 내가 생각한 것보다 훨씬 더 크다는 사실을 깨달았다. 친선대사, 경제 효과, 장차 태어날 새끼의 귀속처…. 내가 모르는 곳에서 많은 일이 결정되고 있었다. 테드 때도 마찬가지였다. 테드가 만든 장갑이 내게 필요한 건 사실이지만, 내가 테드네 회사의 광고탑이 되는 것은 내가 알기도 전에 이미 결정되어 있었다.

로이드 상원의원은 내게 지금 모습 그대로의 나를 보여 주면 된다고 했지만, 그들은 저마다 내게 무언가를 기대하고 있었다. 내가 광고탑이 되더라도 어쩌면 테드네 회사에 피해를 입히게 될지도 모른다. 미국에 가더라도 아무도 내게 관심을 갖지 않을지도 모른다. 그러면 나는 어떻게 되는 걸까. 장갑을 반납하고 다시 정글로 돌려보내지는 걸까.

"그리고 로즈가 사용하는 장갑을 만든 회사에서 로즈의 동영상을 광고에 사용하기로 했다고?"

"네, 담당자는 SL테크의 테드 매카시 대표입니다. 로즈의 장갑을 만드는 동안 여기서 지내다가 지난주에 캘리포니아에 있는 본사로 돌아갔습니다."

"로즈의 동영상을 사용한 광고를 내보내면 전 세계적으로 큰 화제가 되겠지. 로즈의 존재가 유명해질수록 카메룬 정부와의 협상에는 불리하게 작용할 걸세. 그러니 협상이 마무리될 때까지 동영상은 비공개로 해 주면 좋겠군. 반대로 협상이 마무리된 후라면 광고를 통해 엄청난 홍보 효과를 기대할 수 있을 거야. 연계해서 움직이면 서로 윈윈할 수 있다는 거지. SL테크의 테드 매카시 대표라고 했나? 나중에 연락처를 알려주게. 내 쪽에서 연락해 볼 테니까."

"알겠습니다. 의원님에게서 연락이 갈 거라고 그쪽에도 전달해 놓겠습니다."

"그렇게 해 주게. 마지막으로 기본적인 사항을 몇 가지 확인하고 싶은데 고릴라의 수명은 어느 정도지? 로즈와 오란다가 동물원에서의 생활에 적응할 수 있을 것 같나?"

"야생 고릴라의 수명은 30~40년 정도입니다. 일반적으로 동물원에서 사육되는 경우에는 이보다 수명이 조금 더 늘어나며, 50년 이상 사는 예도 적지 않습니다. 정글에서 살던 평범한 고릴라가 어느 날 갑자기 동물원으로 보내지면 적응하는 데 어려움을 겪겠지만, 로즈와 오란다는 동물원으로 가는 것에 동의했습니다. 물론 모든 것은 실제로 가봐야 알겠지만 로즈와 오란다는 자기 의견을 말할 수 있으니 얼마든지 조정이나 개선이 가능하리라 봅니다. 특히 로즈는 예전부터 미국행을 꿈꿔 왔으니 어느 정도의 불편은 감수할 겁니다."

"흠, 생각보다 오래 사는군. 대여 기간을 10년으로 할지 15년으로 할지 그 부분은 좀 더 고민해 봐야겠는걸. 연장에 관한 조항도 추가해 두는 게 좋겠군."

대여 기간이라니! 나는 그냥 미국에 가는 게 아니라 카메룬이 미국에 빌려주는 거라는 뜻이었다. 아까는 나한테 친구라고 말했으면서. 사람들이 나를 물건처럼 취급하는 것 같아서 기분이 좋지 않았다. 나는 미국에 가더라도 언젠가는 이곳으로 다시 돌아와야만 하는 운명인 것이다. 내 의사와는 상관없이, 미국이 나를 필요로 하지 않게 되면 가차 없이 돌려보내질 터였다.

게다가 만약 내 아이들이 미국에 귀속된다면, 그리고 내가 카메룬으로 돌려보내진다면 우리는 두 번 다시 만나지 못하게 될 거라는 얘기였다.

처음 첼시에게 미국에 갈 수 있을지도 모른다는 말을 들었을 때는 모든 것이 그저 꿈만 같았다. 하지만 막상 꿈이 현실로 다가오자 그 이면에 복잡하게 얽혀 있는 것들이 보이기 시작했다. 나의 미국행을 결정하는 것은 정작 나와는 아무 상관도 없는 인간들의 이해관계였다.

이게 정말 내가 원한 것일까?

물론 내가 받아들이든 받아들이지 않든 미국에 가려면 이 방법밖에 없다. 나는 멸종 위기종인 고릴라니까. 개나 고양이처럼 쉽게 국외로 반출할 수 있는 동물이 아니니까. 워싱턴 조약이 야생 동물을 보호하기 위해 체결된 조약이라는 건 알고 있지만, 지금 이 순간만큼은 내 자유를 억압하는 족쇄처럼 느껴져서 숨이 막혔다.

뒤에서 무슨 일이 벌어지고 있는지 더 이상 알고 싶지 않았다. 알아 봤자 마음만 불편할 테니까. 나는 조용히 창문에서 떨어져 정글로 향했다.

지금까지 나는 엄마가 자기 인생에 지나치게 무관심하다고 생각했다. 하지만 어쩌면 엄마가 옳았을지도 모른다. 지나친 기대는 실망과 배신감을 낳을 뿐이다.

로이드 상원의원은 두 시간 정도 더 이야기를 나눈 후 공항으로 돌아갔다. 샘이 운전하는 지프차는 억수같이 쏟아지는 비를 뚫고 순식간에 시야에서 사라져 버렸다.

7

    로이드 상원의원이 베르투아 유인원 연구소를 다녀간 후에도 우리의 생활에는 아무런 변화도 없었다. 연구소에는 테드가 만들어 준 장갑 두 켤레가 남아 있었지만 내가 그것을 사용할 일은 거의 없었다. 첼시와 샘은 수어를 하니 굳이 내 목소리를 들을 필요가 없었기 때문이다. 리디는 수어를 하지 못하지만 기계가 내 목소리를 내보내기까지 걸리는 시간을 기다릴 수 있을 만큼 인내심이 강하지도 않았다. 리디에게 대화란 의미를 주고받는 것이라기보다는 일종의 음악에 가까웠다. 대화의 리듬이 깨지는 것이 싫었는지 수어 인식에서 발화까지 소요되는 1~2초를 기다리지 못하고 자기 할 말만 계속했다. 결국 예전과 다름없이 리디는 혼자 열심히 떠들고 나는 듣기만 하니 장갑은 필요 없었다.

    나는 장갑을 첼시에게 맡겼다. 첼시는 내 장갑을 자기 책상 서랍에 보관했고, 나는 장갑의 존재가 꿈이 아니었다는 사실을 확인하기 위해 거의 매일 첼시에게 서랍 안을 보여 달라고 부탁했다. 매일 아침 장갑이 거기 있다는 사실을 확인한 후에야 비로소 하루를 시작할 수 있었다. 당연히 귀찮고 번거로웠을 텐데 첼시는 매번 싫은 기색 하나 없이 흔쾌히 서랍을 열어 장갑을 보여 주었다. "봤지? 네 장갑이라면 여기 잘 있으니 걱정 마."

로이드 상원의원과의 만남은 내게 복잡한 감정을 안겨 주었다. 하지만 그로부터 반년 정도는 마치 모든 일이 꿈이었던 것처럼 지루한 나날이 이어졌다. 손님이 찾아오지도 않았고 준비할 것도 없었다. 우리가 할 수 있는 일은 오직 기다리는 것뿐이었다. 시간은 아주 천천히 흘렀다.

과거 아버지가 살아 계셨을 때처럼 무리를 지어 생활하고 있었다면 이렇게까지 지루하다고 느끼지는 않았을 텐데. 무리의 어린 고릴라들과 함께 놀고, 정글 안을 자유롭게 돌아다니고, 매일 조금씩 장소를 이동하며 새로 발견한 과일 열매를 따 먹고, 밤이 되면 한데 모여 나무 위에서 잠을 잤을 것이다. 하지만 엄마와 나는 샘과 첼시의 요청에 따라 연구소 가까이에서 거의 이동하지 않고 지냈기 때문에 매일 어제와 같은 하루가 반복될 뿐이었다.

그러던 어느 날, 샘이 니농과 다른 고릴라들의 소식을 전해 주었다. 니농네 무리는 근처에 있던 카봉고네 무리에 흡수되었다고 했다. 벽에 붙은 지도를 확인해 보니 카봉고네 무리는 현재 연구소에서 그리 멀지 않은 곳에 있었다. 이 정도 거리라면 아침 일찍 출발하면 저녁때까지는 돌아올 수 있을 것 같았다. 나는 지루하고 따분한 생활에 지쳐가고 있었고, 오랜만에 모두의 얼굴을 보고 싶었다. 마지막으로 본 것이 벌써 반년 전이니 라자르와 나딘도 많이 컸을 터였다.

다음 날, 나는 지도에 표시된 위치를 목표 삼아 짧은 여행을 떠나 보기로 했다. 익숙한 장소이니 길을 헤맬 염려도 없었고, 한나절 정도 모습이 보이지 않는다고 해서 샘이나 첼시가 알아챌 것 같지도 않았다.

정글 안쪽으로 들어갈수록 주변 공기가 밀도와 무게감을 더해 가는 것이 느껴졌다. 진한 풀 내음과 꽃향기가 사방에 진동하고, 주먹으로 땅을 짚을 때마다 진흙이 튀면서 특유의 흙냄새가 피어올랐다. 무엇보다 나를 기쁘게 한 것은 정글에 사는 동물들의 반가운 기척과 울음소리였다. 비록 오래 머물 수는 없지만 오랜만에 그리운 옛집을 찾아온 기분이었다.

흰 수염을 기른 긴꼬리원숭이 무리가 나무 위에서 나를 내려다보며 끽끽 떠들어 댔다. 그 옆에 있는 나무에서는 카멜레온한 마리가 납작 엎드려 벌레가 가까이 다가오기만을 기다리고 있었다. 시냇물이 졸졸 흐르는 바위틈에서는 왕도마뱀이 잠을 자고 있었고, 고사리 덤불 속에서는 청개구리들이 목청껏 노래를 불렀다.

미국에 가게 되면 언제 다시 정글에 돌아올 수 있을지 모른다. 문득 그런 생각이 들었다. 가슴이 아프게 죄어들어와 나는 그 자리에 못 박힌 듯 멈춰 섰다. 정글의 풍경, 소리, 공기, 냄새, 모든 것이 더할 나위 없이 사랑스럽게 느껴졌다.

나는 천천히 주변을 둘러보았다. 지금 보이는 모든 것을 하나도 놓치지 않고 전부 눈에 담아 가고 싶었다. 숨을 깊이 들이마시며 상쾌하고 향기로운 정글의 냄새를 기억에 새겨 넣었다.

정글은 내가 태어난 장소이자 지금까지 자라온 고향이었다. 나는 이곳에서 엄마 품에 안겨 아버지의 보호를 받으며 무리와 함께 생활해 왔다. 이제부터 그들을 만나러 가는 것이다. 떠나기 전에 모두에게 제대로 인사하지 않으면 나중에 후회할 것 같았다. 아침에 연구소를 출발할 때만 해도 가벼운 마음이었는데 지금은 긴 여행길에 오르기 전 반드시 치러야 하는 중요한 의식처럼 느껴졌다.

나는 사방이 온통 초록으로 물든 길을 헤치며 계속 나아갔다. 눈에 비치는 모든 풍경이 낯익었다. 모두와 함께 놀던 바위, 테오에게 안긴 채 관광객들과 인사를 나눈 공터, 아버지가 내게 먹을 수 있는 열매와 먹을 수 없는 열매를 가르쳐 준 숲. 정글 곳곳에 추억이 깃들어 있었다. 지금까지의 인생을 되돌아보는 듯한 기분이었다. 아름답게 반짝이는 수많은 기억들이 내 발목을 붙잡았다. 행복했던 정글을 떠나 다른 인생을 살고자 하는 것이 과연 옳은 선택인지 망설여졌다.

지난 시절에 대한 향수에 젖어 있던 나는 커다란 동물의 기척에 퍼뜩 정신을 차렸다. 근처 수풀에서 부스럭거리는 소리가 났다. 무성하게 자란 풀을 밟으며 무언가가 이쪽으로 오고 있었다.

나는 신경을 곤두세운 채 소리가 들려오는 쪽을 가만히 응시했다. 언제든지 도망칠 수 있는 자세로 상대가 모습을 드러내기를 기다렸다.

이윽고 수풀을 헤치고 나타난 것은 한 마리의 고릴라였다. 게다가 그냥 평범한 고릴라가 아니었다. 그는 반년 전 내가 그토록 찾았지만 결국 만나지 못했던 아이작이었다. 오랜만에 만난 아이작은 전보다 키도 더 크고 덩치도 더 우람해진 것 같았다. 예전과 달리 당당하고 자신감 넘치는 모습은 아버지가 살아 계셨을 때만큼이나 믿음직스러워 보였다.

아이작을 나를 보고 천천히 다가왔다. 어두운 정글 속에서 나뭇잎 사이로 새어드는 햇빛을 받으며 성큼성큼 걸어오는 아이작에게서는 위엄과 카리스마가 느껴졌다. 등에 난 털은 검은색에서 은색으로 바뀌어 가는 중인 듯했다. 지금 눈앞에 있는 상대가 예전에 나와 함께 놀았던 바로 그 고릴라라는 사실이 믿기지 않았다. 아이작은 늠름하고 듬직한 수컷 고릴라로 성장해 있었다.

나는 갑작스러운 재회에 당황했다. 물론 아이작을 만난 것은 기뻤다. 그때 아이작을 다시 만나지 못한 것이 내내 마음에 걸렸기 때문이다. 하지만 과거에 그랬듯이 그가 다시 나를 자기 무리에 초대하더라도 지금의 나는 응할 수 있는 상태가 아니었다. 나는 미국에 갈 예정이었고, 그것은 더 이상 나 혼자만의 문제가 아니었다.

아이작은 내 앞에 다가와 낮게 그르렁댔다. 기분 좋아 보이는 목소리에 나도 반갑게 화답했다. 반년 전 심하게 다쳤던 이마의 상처는 다 나아서 흐릿해졌고, 어렴풋이 남은 흉터에서는 관록이 느껴졌다. 나를 바라보는 따뜻한 시선에 괜히 마음이 두근거렸다.

예전처럼 함께 정글을 쏘다니고, 나무 열매를 따 먹고, 낮잠을 자고 싶었다. 하지만 내가 먼저 놀자고 하기는 부끄러웠다. 아이작은 누가 봐도 어엿한 어른이 되어 있었기 때문이다. 그는 말없이 내 주위를 천천히 돌며 나를 찬찬히 살폈다.

아이작은 내 주위를 한 바퀴 빙 돌고 난 후 짧게 킁킁거리더니 아까 나타난 수풀 쪽으로 걸어갔다. 수풀 너머로 사라지기 전에 이쪽을 향해 다시 한번 짧게 소리를 내며 내게 따라오라는 신호를 보냈다. 아이작이 가는 방향은 내가 가려고 하는 방향이 아니었기 때문에 조금 망설여졌지만 일단은 아이작을 따라가 보기로 했다. 카봉고네 무리에 합류한 니농과 어린 고릴라들을 찾는 일은 그 후에 해도 늦지 않을 것이다.

5분 정도 아이작 뒤를 따라가자 넓은 늪지대가 나타났다. 아이작은 걸음을 멈추지 않고 그대로 늪으로 들어갔고, 나도 따라 들어갔다. 물속에 몸을 담그는 것은 오랜만이었다. 차가운

물이 부드럽게 내 몸을 어루만졌다. 물결을 따라 넘실거리는 털의 움직임마저 반갑게 느껴졌다. 아이작은 허리까지 물에 잠긴 채 바닥에 손을 뻗어 물풀의 뿌리를 쑥 잡아 뽑았다. 나도 옆에서 같이 물풀을 씹어 먹었다. 최근에는 연구소 주변에 있는 식물과 나무 열매만 먹었기 때문에 오랜만에 맛보는 신선한 물풀의 아삭아삭한 식감에 기분이 좋아졌다. 이윽고 식사를 마친 아이작이 만족스러운 표정으로 크게 트림을 했고, 나도 거기에 대답하듯 트림을 했다. 잃어버린 야생의 감각을 되찾은 느낌이었다. 최근 반년 동안 잔뜩 긴장해 있던 온몸의 근육들이 서서히 풀려 가는 것이 느껴졌다.

자연 속에서 자유롭게 살아간다는 것은 얼마나 멋진 일인가. 이렇게 아이작과 함께 있으니 정글에는 내가 필요로 하는 모든 것이 완벽하게 갖추어져 있다는 생각이 들었다. 로이드 상원의원이 바라보는 세상과는 정반대의 세상. 타인의 생각이나 입장을 신경 쓰지 않아도 되고, 정치 이념이나 경제 논리에 휘둘릴 일도 없이, 그저 마음 가는 대로 시간을 보내면 된다. 물론 자연에는 자연 나름의 무서움이 존재한다. 도시에서는 찾아볼 수 없는 위험이 존재하고, 까닥 잘못하면 목숨을 잃을 수도 있다. 하지만 뛰어난 우두머리와 많은 동료들로 구성된 무리에 속해 있다면 그러한 위험은 대부분 피할 수 있다.

고릴라 본연의 자연스러운 삶에 대해 이런저런 생각을 하다가 문득 고개를 들어 보니 또 다른 고릴라 한 마리가 늪가에서 있었다. 천천히 어깨를 살랑이는 우아하고 유연한 움직임을 보고 나는 상대가 누구인지 바로 알아차렸다. 무리에서 나와 가장 사이가 좋았던 아미나였다. 나보다 조금 위인 아미나는 항상 나를 잘 챙기고 함께 놀아주는 좋은 언니였다. 사이가 좋았던 만큼 아미나가 우리를 떠나 포포레의 무리로 옮겨갔을 때는 정말 슬펐다. 포포레의 무리가 평소 활동하는 지역은 여기서 멀리 떨어져 있어 마주칠 일이 전혀 없었기 때문에, 우리가 만나는 것은 그때 이후로 처음이었다.

나는 반가운 마음에 물 밖으로 뛰쳐나가 아미나에게로 다가 갔다. 아미나도 나를 보고 기쁨에 찬 목소리로 인사를 건넸다. 나는 과거에 그랬던 것처럼 아미나의 허리에서 등까지를 오른손으로 부드럽게 쓰다듬었다. 아미나도 내 머리를 가볍게 토닥였다. 우리는 그렇게 한참을 서로의 몸을 간지럽히다가 그 자리에 벌렁 드러누워 장난치며 놀았다.

하고 싶은 말이 많았다. 아미나에게 전하고 싶은 말이 산더미처럼 쌓여 있었다. 아미나가 무리를 떠났을 때 많이 슬펐다는 것. 셋이서 함께 놀던 요아킴도 그 후 무리를 떠나 홀로서기에 나섰다는 것. 비비가 카림이라는 귀여운 새끼를 낳았다는 것. 모리스가 우리 무리에 쳐들어와 카림을 죽였다는 것. 아버지에사우가 죽었다는 것. 그리고 내가 곧 미국으로 떠날 예정이라는 것. 물론 말을 모르는 아미나에게는 그중 무엇 하나 전할 길이 없었다. 동시에 아미나가 우리 무리를 떠나 포포레의 무리로 들어간 후 지금까지 어떻게 지내 왔는지도 알 도리가 없었다. 고릴라에게 언어가 없다는 사실이 너무 답답하고 안타까웠다. 아미나는 나와 달리 그저 단순히 오랜만의 재회를 기뻐할 뿐이었다. 속으로는 나와 비슷한 답답함을 느끼고 있을지도 모르지만 그것은 우리가 결코 공유할 수 없는 감각이었다.

아미나의 윤기 흐르는 털을 쓰다듬으며 문득 이상하다는 생각이 들었다. 아미나가 포포레의 무리에 속해 있다면 지금 여기 있을 리가 없었다. 연구소에 걸린 지도에 따르면 포포레의 무리는 여기보다 훨씬 더 서쪽에 있었으니까. 혼자서 무리를 빠져나와 여기까지 왔다고 생각하기는 어려웠다.

그 사이에 포포레의 무리에서 카봉고의 무리로 옮겨가기라도 한 걸까. 포포레의 무리에 들어간 지 2년도 더 되었으니 현재는 다른 무리에 있다고 해도 이상한 일은 아니었다. 만약 그게 사실이라면 지금 이 근처에 카봉고의 무리가 있다는 말이었다. 어쩌면 생각보다 빨리 니농과 동생들을 만날 수 있을지도 모르겠다는 생각이 들었다.

하지만 다음 순간 아미나가 취한 행동을 보고 나는 내가 큰 착각을 하고 있었다는 사실을 깨달았다.

한참을 나와 놀던 아미나는 이윽고 자리에서 일어나 늪으로 들어갔다. 그러고는 아이작 옆에 몸을 바싹 기대고 앉더니 그의 어깨에 손을 얹었다. 두 마리의 친밀한 모습을 본 순간, 모든 것이 분명해졌다. 아미나는 포포레의 무리에서 나왔다. 하지만 카봉고의 무리로 들어간 것은 아니었다. 아미나는 아이작의 반려가 된 것이다. 아이작이 예전과 달리 당당하고 자신감 넘치는 고릴라로 거듭나게 된 데에는 아미나의 존재가 큰 영향을 미쳤을 것이다.

갑자기 가슴이 답답해져서 물속에 있는 두 마리에게서 고개를 돌렸다. 등 뒤에서 두 마리가 사이좋게 인사를 나누는 소리를 들으니 뭔가 배신당한 듯한 기분이 들었다. 괜히 속이 부글부글 끓고 짜증이 나서 서둘러 그 자리를 빠져나왔다. 아이작에게서 멀리 떨어지고 싶었다. 방금 보고 들은 것들을 전부 다 잊어버리고 싶었다.

아까 왔던 길을 되돌아가며 나는 내 마음속 응어리가 분노로 변해 가는 것을 느꼈다. 나는 아미나에게 분노하고 있었다. 어느 날 갑자기 우리를 버리고 무리를 떠나간 것과 내게서 아이작을 빼앗아간 것에 대해서. 아이작에게도 화가 났다. 내게 그렇게 노골적으로 호감을 드러냈으면서 사실은 이미 아미나와 함께 지내고 있었다니. 물론 아이작과 나는 무언가를 약속한 사이는 아니었다. 과거 아이작의 초대를 거절한 것은 오히려 내 쪽이었다. 지금 자신이 말도 안 되는 억지를 부리고 있다는 사실을 머리로는 알고 있었지만 둘을 향한 분노는 좀처럼 사그라들 기미를 보이지 않았다.

어쩌면 아미나는 아이작의 새끼를 배고 있을지도 모른다. 그런 생각을 하면 참을 수 없이 분하고, 슬프고, 화가 치밀어올랐다. 감정을 제어할 수가 없었다. 나는 아무것도 생각하지 않으려고 노력하며 미친 듯이 정글을 내달렸다. 안 좋은 감정을 이 자리에 버리고 도망칠 수 있으면 얼마나 좋을까. 하지만 아무리 빨리 달려도 부정적인 감정은 나에게 딱 들러붙어 떨어지지 않았다.

조금 전까지만 해도 나는 정글에서의 삶을 꿈꾸고 있었다. 고릴라는 야생에서 살아가는 것이 가장 자연스러운 삶의 방식이라고, 그것이야말로 진정한 행복이라고 생각했다. 하지만 나는 알아 버렸다. 평범한 고릴라로 살아가는 것은 내게는 불가능한 일이었다. 아미나와 아이작이 사이좋게 지내는 모습을 보는 게 너무 힘들었다. 질투라는 말의 뜻을 비로소 알게 된 것 같았다.

고릴라는 보통 한 마리의 수컷이 여러 마리의 암컷과 함께 생활한다. 그래야만 무리를 안전하게 유지할 수 있기 때문이다. 하지만 나는 그 사실을 도저히 받아들일 수가 없었다. 아이작이 나 말고 다른 암컷과 함께 있는 모습은 생각하기조차 싫었다.

왜 이렇게 아무것도 아닌 일로 화가 나는지 스스로도 이해가 가지 않았다. 지금이라면 샘과 헤어진 첼시의 마음을 알 것도 같았다. 언어를 습득했기 때문인지 아니면 인간의 문화에 너무 익숙해진 탓인지는 모르겠지만 아무튼 나는 어느샌가 인간과 마찬가지로 감정에 휘둘리게 되었다. 생존 본능보다 개체로서의 감정을 우선하게 된 것이다.

한참을 달리다가 지쳐서 쓰러지듯 바닥에 드러누웠다. 하늘을 올려다보니 저 높은 곳에서 빽빽한 나뭇잎이 바람에 흔들리고, 그 사이로 비쳐드는 가느다란 햇살이 어스름한 정글 안을 비추고 있었다. 나는 빛의 기둥이 하늘하늘 흔들리는 모습을 가만히 바라보며 숨을 골랐다.

스스로의 감정을 주체할 수가 없었다. 한 가지 확실한 사실은 내가 더 이상 정글에서는 살 수 없다는 것이었다. 무리 생활의 기본인 일부다처제를 받아들일 수 없다면 혼자 사는 수밖에 없는데, 정글에서 암컷 고릴라가 무리에 들어가지 않고 혼자 살아가는 것은 불가능했다.

나는 야생 고릴라로는 살 수 없다. 그렇다고 인간으로 살 수도 없다. 미국에 가더라도 나는 동물원에서 살게 될 터였다. 과연 동물원에서 내 자리를 찾을 수 있을까. 동물원에서도 고릴라는 무리를 지어 생활할 것이다. 내가 새로운 환경에 적응할 수 있을까? 아니, 적응해야만 한다. 적어도 미국에 가게 된다면 그곳에는 나를 이해해 주는 사람이 있을 것이다. 오늘 일을 첼시에게 말하면 첼시도 내 마음을 알아줄 것이다.

나는 고릴라가 아니다. 그리고 인간도 아니다. 나는 고릴라와 인간 사이에서 방황하는 무언가였다.

나에게는 나를 이해해 주는 사람이 필요했다. 내 심정을. 내 고독을.

죽은 듯이 땅에 너부러져 있는 나를 비웃듯 나무 위에서 모나원숭이들이 소란스럽게 떠들어 댔다. 뺨이 금빛 털로 덮인 귀여운 동물이지만 영역을 주장하는 개처럼 시끄럽게 짖어 대는 목소리는 전혀 원숭이 같지 않았다. 개중에는 나무 열매를 잔뜩 욱여넣었는지 뺨이 터질 듯이 부풀어 오른 녀석도 있었다. 서른 마리가 넘는 큰 무리였다. 길고 검은 꼬리를 뱀처럼 꿈틀거리며 이동하는 원숭이들을 물끄러미 쳐다보고 있으려니 내 마음도 서서히 안정을 되찾아갔다.

나는 고릴라도 인간도 아니다. 아무려면 어떤가.

그러니까 내가 특별한 것이다. 바로 그렇기 때문에 로이드 상원의원이 말했듯이 내게 가치가 있는 것이다. 정글이 내가 있을 곳이 아니라고 해도 상관없었다. 나를 필요로 하는 사람들이 있고, 나를 보고 싶어 하는 사람들이 있다. 그렇다면 그들이 원하는 대로 살아가자.

사람들이 원하는 대로, 그들의 기대에 부응할 수 있도록 노력하자. 그곳이 내가 있을 곳이니까.

나는 정글과 아이작에 대한 미련을 훌훌 털어 버리고 연구소로 돌아갔다.

그로부터 일주일 후, 우리가 미국에 가는 날이 정해졌다. 샘의 말에 따르면 로이드 상원의원이 여러 지인들의 도움을 받아 양국 간 협상을 잘 마무리 지은 모양이었다. 나의 미국행에 가장 중심적인 역할을 한 사람은 로이드 상원의원이었기 때문에 내가 미국에서 지내게 될 곳은 그의 정치적 기반인 오하이오주에 있는 클리프턴 동물원으로 정해졌다. 클리프턴 동물원은 고릴라 사육에 특히 힘을 쏟고 있는 동물원으로, 개원 이래 50마리가 넘는 고릴라 출산 경험을 보유하고 있었다. 모두들 내가 새끼를 낳기를 기대하고 있었다. 그런 기대가 조금 부담스럽기는 했지만 새끼를 안전하게 낳아 기를 수 있는 환경이라는 말을 들으니 안심이 되는 것도 사실이었다.

엄마는 뉴욕에 있는 브롱스 동물원으로 가게 되었다. 서로 떨어져 지내는 편이 각자 새로운 무리에 적응하기 쉬울 거라는 이유 때문이었다. 브롱스 동물원에는 수컷 어른 고릴라가 많으니 출산 가능성이 높다는 점도 중요한 고려사항이었다. 브롱스 동물원도 클리프턴 동물원과 마찬가지로 고릴라 출산에 있어 풍부한 경험을 자랑하는 곳이었다. 만에 하나 문제가 생길 경우에 대비해서, 엄마와 내가 이동할 때는 샘과 첼시가 24시간 붙어 있을 예정이었다. 그러다 보니 엄마는 나보다 1년 더 늦게 이동하게 되었다. 내가 클리프턴 동물원에 도착한 후 1년이 지나면 엄마가 뉴욕으로 오게 되는 것이다. 그때쯤이면 나도 클리프턴 동물원에서의 생활에 익숙해져 있을 터였다.

솔직히 말해서 나는 오하이오보다 훨씬 더 번화한 도시인 뉴욕으로 가게 된 엄마가 부러웠다. 하지만 그보다도 나는 최대한 빨리 미국에 가고 싶었다. 출발은 2주 뒤였지만 이미 반년이나 기다렸기 때문에 2주 정도는 금방 지나갈 것 같았다.

내 출발에 맞춰서 테드네 회사 광고도 내보내기로 정해졌다. 테드의 부탁으로 내가 촬영에 협조한 것이 이미 반년도 더 전의 일이었고, 이후 완성된 영상도 보지 못했기 때문에 나 역시 어떤 내용일지 궁금했다. TV 광고는 스포츠 생중계 도중에 나가게 될 거라고 했지만 우리는 그 경기를 볼 수 없기 때문에 나중에 회사 홈페이지에 업로드된 영상을 따로 확인하기로 했다.

광고는 테드네 회사인 SL테크의 로고와 함께 시작되었다. 회사 로고가 빛을 반사하듯 환하게 빛나더니 테드가 화면에 나타나서 장갑을 낀 상태로 제품에 대해 설명하기 시작했다. 청각 장애인의 목소리를 세상에 전하고 싶다, 한 사람 한 사람의 인생의 가능성을 넓혀 주고 싶다고 말하는 테드의 표정에서는 진정성이 느껴졌다. 이어서 테드가 장갑을 사용해 여자아이와 대화를 나누는 형식으로 제품 시연이 진행되었다.

그러고 나서 내게는 너무나 익숙한 베르투아 유인원 연구소로 화면이 전환되었다. 마침 촬영이 진행되었던 장소에서 광고를 보고 있던 우리는 환호성을 내질렀다.

"저희 제품은 수어를 사용하는 모두에게 목소리를 전달합니다. 이곳에는 벽이 존재하지 않습니다. 국경과 인종을 초월해서 누구든지 저희 제품을 사용할 수 있습니다. 그뿐만 아니라 저희에게는 종마저도 아무런 문제가 되지 않습니다." 테드가 말을 마치는 것과 동시에 내 모습이 화면에 등장했다. 나는 흥분해서 씩씩 콧바람을 불어 댔다.

"안녕하세요, 여러분. 저는 고릴라 로즈입니다. SL테크의 장갑은 제게도 목소리를 주었습니다. 저는 이것을 사용해서 여러분과 대화를 나눌 수 있습니다. 여러분을 만나 다양한 이야기를 나누는 것이 제 꿈입니다."

"안녕, 로즈. 우리가 만든 장갑을 사용해 본 소감을 말해 주겠니?"

"내가 하고 싶은 말을 정확하고 신속하게 목소리로 바꿔 주니 너무 좋아. 고마워, 테드."

광고는 우리 둘이 서로 끌어안는 장면에서 막을 내렸다.

「이게 다야? 내가 한 다른 말들은?」

내가 나오는 장면이 너무 짧아서 놀랐다. 촬영 당시에는 분명 30분도 넘게 찍었던 것 같은데 실제 광고에서는 내 대사가 조금밖에 되지 않는다는 사실이 너무 실망스러웠다.

부루퉁한 나를 보고 샘과 첼시가 쓴웃음을 지었다.

"원래 촬영이라는 게 다 그런 거야. 대신 아주 귀엽게 나왔으니까 그걸로 만족하렴. 존재감도 장난이 아니었다고. 이 광고를 본 사람들은 모두 너에 대해 궁금해할 거야."

이해가 잘 가지 않았다. 애초에 테드가 엄마와 내가 사용할 전용 장갑을 개발한 것은 회사와 제품을 홍보하기 위해서라고 했다. 하지만 실제 광고에서 내가 나오는 시간은 20초 정도밖에 되지 않았다. 고작 이 20초를 위해 테드는 카메룬까지 날아와서 2주나 머물며 우리에게 장갑을 만들어 주었다는 말이었다.

내가 보기에는 이 광고가 그 정도로 가치가 있다고는 생각되지 않았다. 테드가 만든 장갑이 얼마나 대단한 것인지, 내가 얼마나 만족하고 있는지 열심히 설명했는데 그 부분은 왜 다 빼 버린 걸까. 아마 여기에도 내가 모르는 복잡한 이유가 숨어 있는 것 같았다.

다음 날, 테드에게서 연락이 왔다.

"반응이 폭발적이야." 테드가 격앙된 어조로 말했다. 모니터 너머에서 평소보다 크고 빠른 동작으로 수어를 쏟아 내는 그의 표정과 움직임을 보면 그가 지금 얼마나 흥분했는지 알 수 있었다.

"정말이지 믿기지 않을 정도야. 첫 광고가 나간 이후, 광고를 본 사람들로부터 문의가 쇄도하고 있어. 사무실 전화통에는 불이 났고, 쏟아져 들어오는 문의에 응대하느라 업무가 마비 상태라고."

"테드, 곤란한 상황이야?" 나는 테드가 걱정되었다. 모니터 너머로는 내가 하는 수어가 잘 보이지 않을 수도 있기 때문에 장갑을 끼고 물었다.

"아니, 당연히 기쁘지. 그만큼 모두가 주목하고 있다는 얘기니까. 제품에 대해 묻는 사람도 있지만 질문의 99%는 너에 관한 내용이야. 다들 네가 실제로 존재하는 고릴라인지 궁금해하고 있어."

"내가 실제로 존재하느냐고? 물론 존재한다고 분명하게 대답해 줬지?"

테드가 나의 어리둥절한 표정을 보고 미소를 지었다.

"우리 대답은 정해져 있어. '제품에 대한 문의를 제외한 기타 문의 사항에는 답변드릴 수 없습니다'라고 말이야. 로이드 상원 의원이 너에 대해 아무 말도 하지 말라고 신신당부했거든."

"왜? 이해가 안 돼. 나는 여기 이렇게 존재하는데 그것조차 말하면 안 된다고? 로이드 상원의원은 대체 무슨 생각인 거야?" 나는 화가 나서 으르렁댔다.

"로즈, 진정하렴. 의원님 말에 따르면 이번 광고는 영화의 예고편 같은 거라고 하더구나. 모두가 네 존재를 궁금해하게 만들어서 기대치를 한껏 끌어올려 놓아야 한다고 말이야. 처음부터 모든 정보를 다 공개해 버리면 다들 그걸로 만족해 버릴 테니까. 사람은 원래 정체를 알 수 없는 상대에게 더 끌리는 법이거든. 비밀을 남겨 둘 필요가 있다는 거지."

나는 테드가 하는 말을 믿지 않았지만 TV를 보면 그들이 옳다는 사실을 인정할 수밖에 없었다. 그날 저녁에 방영된 뉴스와 토크쇼에서는 온통 나에 관한 이야기뿐이었다.

뉴스에는 유인원 전문가가 나와서 광고에 나오는 고릴라는 실제 살아 있는 고릴라 같아 보인다고 말했지만, 이어서 나온 영상제작회사 대표는 인위적으로 만들어진 영상임이 분명하다고 단언했다. 인터넷상에서도 의견이 분분했다. 전체의 70% 정도는 잘 만들어진 CG라고 보았고, 20% 정도는 로봇일 거라고 했으며, 나머지는 특수분장이라고 주장했다. 정말로 고릴라가 수어를 정확하게 구사할 수 있을 거라고 생각하는 사람은 아무도 없었다. 저마다 의견은 달랐지만 광고에 대한 반응은 대체로 호의적이었다. 사람들은 테드네 회사가 왜 굳이 실제로 존재하지도 않는 고릴라를 만들어가면서까지 광고에 등장시켰는지 의아해하면서도 제품의 사회적 의의에는 대부분 공감했고, 광고는 성공적이었다는 평가를 받았다.

"지금 단계에서는 이 정도면 충분해." 로이드 상원의원에게서도 연락이 왔다.

"SL테크의 주가는 연일 상승세를 이어가고 있고, 투자자들도 좋아하고 있어. 회사 입장에서는 여기저기서 쏟아져 들어오는 문의와 연락을 처리하느라 바쁘겠지만 자네들은 걱정할 필요 없네. 로즈의 정체나 연구소의 위치가 밝혀질 일은 없을 테니까 말이야. 광고 영상에 촬영 장소를 특정할 수 있는 정보가 들어있지는 않은지 몇 번이나 확인했으니 다들 아무 걱정 말고 미국에 올 준비나 열심히 하게."

광고를 본 사람들이 나를 로봇이나 CG라고 말하는 건 마음에 들지 않았지만 다들 이걸로 되었다고 하니 나로서는 중론을 따르는 수밖에 없었다.

개인적으로 불만이 전혀 없는 것은 아니었지만 광고에 대한 반응이 나쁘지 않다는 사실에 안심이 되어서인지 그날 밤은 푹 잤다.

하지만 이 모든 상황이 완전히 뒤바뀌기까지는 그리 오랜 시간이 걸리지 않았다.

다음 날 아침 일찍 상원의원에게서 다시 연락이 왔다. 미국은 아직 새벽 3시밖에 되지 않은 시각이었기 때문에 우리는 모두 깜짝 놀랐다.

"문제가 생겼네. 로즈의 정보가 샜어. 베르투아 유인원 연구소에 대해서도 이미 소문이 퍼졌으니 그쪽으로 기자들이 쳐들어갈지도 몰라. 당장 카메룬 정부에 연락해서 경비 인력을 파견해 달라고 요청할 계획이네. 아마 조만간 그쪽에도 전화와 문자가 쇄도할 텐데 아무 대답도 하지 말게. 모든 책임은 다 내가 질 거야. 다들 잘 알고 있겠지만 무엇보다 안전에 유의해야 하네. 오늘은 무슨 일이 생길지 아무도 예측할 수 없어."

상원의원은 더 자세히는 설명해 주지 않았지만 뉴스를 보니 대충 어떤 상황인지 짐작이 갔다. 관광객이 촬영한 내 영상이 공개된 것이다.

"수어를 해석해서 음성으로 변환하는 웨어러블 기기를 개발한 벤처 기업 SL테크의 광고가 큰 화제를 모으고 있습니다." 밝은 파란색 정장을 입은 뉴스 캐스터 뒤에 보이는 화면에 내 모습이 흘러나오고 있었다. 나는 사람들이 내게 이렇게까지 큰 관심을 보인다는 사실이 아직도 믿기지가 않았다.

"광고에 등장하는 고릴라가 실제로 존재하는지 아닌지를 놓고 열띤 논쟁이 벌어졌습니다만, 이 논쟁을 종결시킬 증거가 발견되었습니다. 이쪽을 봐 주십시오. 다음은 시청자 제보 영상입니다."

화면에 보이는 것은 드넓은 정글, 바로 이곳 드야 동물 보호 구역의 전경이었다.

"저기 보이는 게 방금 제가 말씀드린 로즈입니다. 수어를 할 수 있는 고릴라죠." 갑자기 들려온 익숙한 목소리에 화들짝 놀랐다. 카메라가 잠시 테오를 비추었다가 휙 하고 방향을 틀었다. 그러자 카메라를 향해 어슬렁거리며 다가오는 내가 보였다. 등에 업힌 나딘이 내 어깨 너머로 고개를 내밀고 있었다. 머릿속에 그날의 일이 선명하게 떠올랐다. 내가 아이작을 처음 만난 날이었다.

나는 테오를 향해 수어로 말을 걸었다. 하지만 테오는 수어를 모르기 때문에 자기 좋을 대로 해석해 버렸다.

"어머! 진짜로 수어를 하네요? 지금 뭐라고 한 거예요?" 영상 촬영자로 추정되는 여성이 테오에게 물었다.

"'정글에 오신 것을 환영합니다'라고 하네요." 테오가 천연덕스럽게 대답했다. 화면 속의 내가 하는 수어를 보고 나는 그제야 사태의 심각성을 깨달았다.

"지금은요? 이번에는 뭐래요?" 여자가 다시 물었다. 계속 보고 있기가 두려웠다. 뒤에 이어지는 내용을 똑똑히 기억하고 있었기 때문이다.

"제 가족에게 별일이 없는지 물어보네요. 신경 써 줘서 고마워, 로즈. 애들은 다 건강한데 집사람이 많이 아파서 걱정이야…" 테오는 언제나처럼 관광객들에게 팁을 받기 위해 있지도 않은 가족들 이야기를 지어냈고, 나는 그가 알아듣지 못한다는 생각에 대놓고 수어로 그의 거짓말을 지적하며 비아냥거렸다. 하필이면 이런 장면을 찍히다니 운이 나빴다고밖에 할 수 없었다.

영상은 거기서 끝나고, 화면이 다시 스튜디오로 전환되었다.

"방금 보신 것은 반년 전에 촬영된 영상입니다. 그럼 여기서 전문가를 모시고 이야기를 들어보도록 하겠습니다. 오늘 스튜디오에는 시내에서 수어 교실을 운영 중인 마크 캐시디 원장님과, 오랜 기간에 걸쳐 고릴라를 연구해 온 스탠 크리거 박사님이 나와 계십니다."

"저 개자식이!" 캐스터가 패널들을 소개하자 샘이 버럭 소리를 질렀다.

"샘!" 첼시가 내 앞에서 욕을 한 샘에게 날카롭게 주의를 주었다.

"아는 사람이야?" 내가 묻자 첼시와 샘이 동시에 고개를 끄덕였다.

"콩고에 있는 비룽가 국립공원에서 마운틴고릴라를 연구하고 있는 재수 없는 놈이야. 저 자식은 이 연구소에 대해서도, 우리에 대해서도 다 알고 있는데 괜찮을지 모르겠군. 어이, 조용히 닥치고 있으라고! 한마디라도 했다가는 그날로 끝인 줄 알아!

다음번 학회에서 만났을 때 엉덩이를 걷어차 줄 테다!" 샘이 조마조마해하는 게 느껴져서 나까지 덩달아 불안해졌다.

이쪽 상황을 알 리 없는 뉴스 캐스터는 담담하게 진행을 이어갔다.

"우선 크리거 박사님, 영상에서 가이드가 고릴라를 로즈라고 부르는 장면이 나오는데요, SL테크의 광고에 나오는 고릴라와 로즈가 같은 고릴라라고 보십니까?"

"저희 연구자들이 각 개체를 구별할 때 기준으로 삼는 것은 비문, 즉 코의 형태입니다. 사람마다 지문이 다른 것처럼 고릴라의 경우에는 저마다 코의 모양이 다 다릅니다." 정글에서 찍은 영상과 광고 영상에서 내 코 부분을 따서 확대한 사진이 화면에 나왔다. 나란히 놓인 코 두 개가 화면을 가득 채우고 있는 것을 보니 왠지 창피해서 코가 간질간질했다.

"두 사진을 잘 보면 양쪽 다 코가 완벽한 팔자 형태를 띠고 있습니다. 코 주변이나 콧구멍 모양도 일치하니 이것만 놓고 보아도 같은 고릴라일 가능성이 높습니다. 또 여기 정수리 부분을 자세히 살펴보면 주황색에 가까운 밝은색 털이 나 있는 것을 알 수 있습니다. 이러한 특징들을 종합해 봤을 때 두 사진 속 고릴라는 같은 고릴라가 확실합니다." 화면 속 고릴라 연구자는 신이 나서 떠들어 댔다. 거들먹거리는 태도가 영 마음에 들지 않았다.

"그럼 다음으로 캐시디 원장님께 여쭙겠습니다. 이 고릴라가 하는 수어가 제대로 된 것인지, 그리고 지금 무슨 말을 하고 있는지 알 수 있을까요?"

"두 영상에서 고릴라는 정확한 미국식 수어를 구사하고 있습니다. 미국식 수어를 하는 사람이 이 영상을 보면 고릴라가 하는 말을 아마 다 알아들을 겁니다. 고릴라는 처음에 주먹 쥔 두 손을 위아래로 맞부딪친 다음 검지와 중지를 구부려서 한 번 더 부딪쳤습니다. 가이드에게 '열심히 일하고 있네'라고 한 겁니다."

"'열심히 일하고 있다'라고요? 영상 속에서 가이드는 '정글에 오신 것을 환영합니다'라는 뜻이라고 하던데요."

"네, 이 가이드는 사실 수어를 모르지만 관광객들 앞이라서 알아듣는 척하고 있는 겁니다. 고릴라도 그 사실을 아는지 '수어를 좀 배우는 게 어때? 벌이가 훨씬 나아질 텐데'라고 하네요."

"인간이 고릴라에게 조언을 듣고 있다는 말씀이시군요." 캐스터가 테오를 놀리듯 말하자 다들 한바탕 크게 웃었다.

"맞습니다. 또 가이드는 고릴라가 자신에게 가족의 안부에 대해 물었다면서 아내가 아프다는 이야기를 하고 있는데 이것 역시 사실과 다릅니다. 이어지는 고릴라의 대답이 걸작입니다. '거짓말쟁이. 테오는 독신이잖아. 다 알고 있다고'라고 하네요." 원장의 말을 듣고 캐스터가 웃음을 터뜨렸다.

"하하하, 대단하네요. 가이드는 고릴라가 자신을 놀리고 있는 줄은 꿈에도 모르겠죠? 한편 이 영상을 제공한 제보자의 말에 따르면 촬영 현장은 카메룬에 있는 드야 동물 보호구역이라고 합니다. 카메룬의 고릴라가 어떻게 미국식 수어를 배우게 되었을까요? 크리거 박사님, 어떻게 생각하십니까?"

"드야 동물 보호구역 가까이에 베르투아 유인원 연구소라는 시설이 있습니다. 오래전부터 사무엘 윌러와 첼시 존스라는 두 명의 연구자가 고릴라에 대해 연구하고 있는 곳인데, 어쩌면 이들이 고릴라에게 수어를 가르쳤을지도 모르겠네요."

"그 두 분은 고릴라에게 수어를 가르치는 연구를 하고 계신 건가요?"

"아니요, 제가 알기로는 그곳에서 딱히 이렇다 할 연구는 이루어지지 않고 있습니다. 연구자로서의 실적도 미미한 편이고요." 크리거 박사가 깔보는 듯한 말투로 말했다.

"뭐라고? 이 새끼가!" 이번에는 첼시가 TV를 향해 욕을 퍼부었다.

"첼시!" 아까와는 반대로 이번에는 샘이 첼시에게 주의를 주었다. 나는 첼시가 욕하는 모습을 처음 보았기 때문에 깜짝 놀라 샘과 얼굴을 마주 보았다.

"큰일이네. 의원님 말처럼 오늘은 각오를 단단히 해야겠는 걸." 샘이 TV 전원을 끄며 말했다.

바로 그 순간, 전화벨이 울렸다. 이렇게 이른 아침에 연구소로 전화가 걸려오는 일은 거의 없기 때문에 모두가 재빠르게 시선을 교환했다. 안 좋은 예감이 들었다.

"네, 베르투아 유인원 연구소입니다. 네, 그런데요, 누구시죠?" 샘이 긴장된 표정으로 전화를 받았다.

"아니요, 그 질문에는 대답할 수 없습니다. 죄송하지만 취재는 불가능합니다." 샘이 일방적으로 전화를 끊었다.

"우리 연구소를 취재하고 싶다고 하네. 오늘은 이런 쓸데없는 전화가 많이 오겠는걸." 말이 끝나기가 무섭게 다시 전화벨이 울렸다.

"네, 베르투아 유인원 연구소입니다. 아니요, 그런 고릴라는 여기 없습니다. 뭔가 착각하신 것 같네요." 샘은 빠르게 전화를 끊더니 이번에는 아예 전화선을 뽑아 버렸다. 그러고는 내게 들리지 않도록 작은 목소리로 욕설을 내뱉으며 뒤통수를 긁적였다.

"아까 의원님이 경비 인력을 보내 주겠다고 했지? 그들이 도착할 때까지 오늘은 밖에 나가지 않는 게 좋겠어. 오란다도 이리로 불러서 지금 상황을 설명해 줘야겠다."

샘과 나는 둘이서 엄마를 찾기 위해 정글로 향했다. 숲속 나무 사이에 누워 있던 엄마를 발견해 함께 연구소로 돌아오다 경비 차량인 듯한 회색 지프차 한 대가 이쪽으로 오는 것을 보았다. 차는 연구소 앞에 멈춰 섰고, 국방색 군복을 입은 덩치 큰 남자 두 명이 차에서 내렸다.

"야운데 시큐리티의 시릴 아바칼이라고 합니다. 사무엘 윌러 박사님 되십니까?" 지프차와 같은 색 베레모를 쓴 남자가 무뚝뚝한 말투로 물었다. 샘은 굳은 표정으로 고개를 끄덕였다.

"대통령님의 허가를 받아 제 부하 두 명이 이 길 끝에서 도로를 통제하고 있습니다. 허가받지 않은 자는 들여보내지 않을 겁니다. 드야 동물 보호구역도 당분간 일반 여행객의 출입을 금지할 예정입니다. 저희 둘이 이곳 경비를 맡게 되었으니 필요한 게 있으시면 제게 말씀해 주십시오."

남자가 샘에게 명함을 건넸다.

"이렇게 빨리 와 주셔서 정말 감사합니다. 하지만…." 샘이 두 남자의 어깨에 걸린 총을 뚫어지게 쳐다보며 말했다. "이렇게까지 할 필요가 있을까요?"

"그건 저희가 판단할 문제가 아닙니다. 저희는 대통령님 명령을 받아 움직일 뿐입니다. 대통령님께 필요 없다고 전해 드릴까요?" 남자가 샘을 위압하듯 내려다보며 말했다.

"아닙니다. 기왕 오셨으니 부탁 좀 드리겠습니다." 우리는 두 남자를 밖에 남겨 둔 채 연구소 안으로 들어갔다.

처음에는 너무 요란 떠는 게 아닌가 싶었지만 그로부터 1시간도 채 지나지 않아 이것이 꼭 필요한 조치였음을 알게 되었다. 각 신문사와 방송국에서 파견한 기자들이 연구소로 떼를 지어 몰려온 것이다. 아무리 물고 늘어져도 통행 허가를 받지 못한 기자들 중에는 그대로 얌전히 돌아간 사람도 있었다. 하지만 드야 동물 보호구역 전역에 울타리가 쳐져 있는 것은 아니기 때문에 개중에는 독자적으로 현지인을 고용해서 일부 봉쇄되지 않은 곳을 통과해 보호구역 내로 침입한 기자도 적지 않았다.

"드야 동물 보호구역에는 현재 들어갈 수 없다고 설명했습니다. 로즈는 더 이상 이 정글에 살고 있지 않으니 들어가더라도 만날 수 없을 거라고도 했고요." 테오가 흥분해서 떠들어 댔다. "그런데도 기자들은 현장 사진이 필요한가 보더라고요. 다른 고릴라 사진이라도 찍으려는 걸까요? 물론 저는 거절했지만 마을 사람들 입장에서는 짭짤한 수입을 올릴 수 있는 흔치 않은 기회이다 보니 수락한 사람도 많아요. 그것도 꼭 고릴라 트래킹 같은 건 해본 적도 없는 놈들이 이런 일에 앞장서서 나선다니까요."

테오는 우리를 걱정해서 연구소까지 찾아와 준 것이었지만 나는 수어로 그를 놀렸던 것이 미안해서 테오의 얼굴을 똑바로 쳐다볼 수가 없었다.

"저처럼 평소에도 여행 가이드를 하는 사람이라면 정글에 익숙하니까 걱정할 필요 없지만, 정글에는 들어가 본 적도 없는 반투족이 돈에 눈이 멀어 기자들을 안내하고 있으니 불안하네요. 모르고 고릴라 같은 야생 동물을 자극하기라도 한다면 목숨이 위험할 수도 있으니까요."

테오가 걱정할 만도 했다. 우수한 가이드가 붙어 있으면 관광객들도 고릴라를 만났을 때 어떻게 대처해야 하는지 배울 수 있다. 하지만 정글의 법칙을 전혀 모르는 아마추어 가이드가 정글에서의 올바른 행동 요령이나 안전 대책을 숙지하고 있을 거라고는 기대하기 어려웠다. 특히 고릴라처럼 예민하고 힘도 센 동물을 놀라게 하면 큰 사고로 이어질 가능성이 높다.

"그러니까 로즈는 정글에 들어가지 않는 게 좋을 거예요. 두 분이 로즈한테 잘 설명해 주세요. 그런 놈들 눈에 띄었다가는 무슨 짓을 당할지 몰라요. 경비대가 지키고 있으니까 여기 있으면 안전할 겁니다." 테오가 내 어깨를 부드럽게 쓰다듬으며 말했다.

"테오, 미안." 나는 장갑을 낀 후 테오를 보며 사과했다.

"응? 뭐가?" 테오가 어리둥절한 표정으로 되물었다.

"TV에 나온 거. 테오는 내 소중한 친구인데 수어를 모른다고 바보 취급했어. 정말 미안해."

"아아, 그거? 그 영상 덕분에 나 완전 유명해졌잖아. 밖에 나가면 사람들이 다 TV에서 봤다면서 알은척을 한다니까? 사과할 필요 없어. 오히려 내가 고맙다고 절이라도 하고 싶은 심정인걸."

테오의 해맑은 미소에 구원받은 듯한 기분이 들었다. 솔직히 지금 나를 둘러싸고 벌어지고 있는 소동에 대해서는 아무 관심도 없었다. 기자들이 쳐들어오든 총으로 무장한 경비대가 배치되든 그런 건 나와는 상관없는 일이었다. 내게는 테오를 놀리는 영상이 TV를 통해 공개되었다는 사실이 가장 큰 문제였다. 테오가 이걸 보면 나를 싫어하게 될지도 모른다. 어쩌면 소중한 친구를 영영 잃게 될지도 모른다. 이보다 더 심각한 문제는 존재하지 않았다.

"뭐 정 미안하면 다음에 TV에 나올 일이 있을 때 내 이름이라도 언급해 줘. 드야 동물 보호구역에서 가장 유능한 가이드라고 소개해 주면 더 좋고."

"알았어. 약속할게. 내가 꼭 테오의 잃어버린 명예를 되찾아 주겠어." 나는 그렇게 말하며 테오의 품에 달려들었다. 테오는 언제나처럼 내 등을 가볍게 토닥이며 웃었다.

오후가 되어 미국이 아침을 맞이했을 무렵, 샘이 로이드 상원 의원에게 현재 상황을 보고했다. 일반인의 출입을 금지한 정글에 기자들이 몰래 침입했다는 소식을 들은 상원의원은 바로 조치를 취하겠노라고 약속했다.

상원의원의 조치는 예상보다 훨씬 더 빠르게 이루어졌다. 자신의 각종 SNS 공식 계정에 나와 함께 있는 영상을 업로드한 것이다. 해당 영상은 세간에 공개되자마자 엄청난 관심을 모으며 빠르게 퍼져나갔고, 상원의원은 저녁에 기자회견을 열겠다고 발표했다.

기자회견에서 상원의원은 엄마와 나에 대해 알고 있는 사실을 모두 밝히고, 2주 후에 내가 클리프턴 동물원으로 올 거라는 소식도 전했다. 미국과 카메룬이 협상을 통해 향후 10년간 대여 계약을 맺었다는 것. 나와 엄마가 새끼를 낳을 경우, 태어 난 새끼는 그대로 미국에 머물게 된다는 것. 모두 나로서도 처 음 듣는 이야기였지만 그건 내가 굳이 알고 싶지 않아서 아무 에게도 묻지 않았기 때문이었다.

기자회견 자리에는 클리프턴 동물원의 홉킨스 원장도 동석했 다. 홉킨스 원장은 원내 고릴라 사육 공간인 고릴라 파크에 대 해 소개한 후 클리프턴 동물원이 고릴라의 출산 및 육아와 관 련해 풍부한 경험을 가지고 있다는 점을 강조했다. 그리고 다소 긴장된 어조로 직원 모두가 내가 오기만을 기다리고 있으며, 정 글에서 자란 내가 동물원 생활에 잘 적응할 수 있도록 지원을 아끼지 않을 예정이라고 덧붙였다. 진정성이 느껴지는 원장의 말을 들으니 가슴이 두근거렸다. 미국에서 나를 기다리는 사람 이 있다는 사실이 이루 말할 수 없이 기뻤다.

한 기자가 클리프턴 동물원에서는 나를 어떻게 '전시'할 예정 이냐고 묻자 원장은 아직 고민 중이라고 대답했다. 가능하면 방 문객과 대화를 나눌 수 있는 자리를 마련하고 싶지만 가장 중 요한 것은 내 의사이니 내가 미국에 오면 직접 물어본 후 정하 겠노라고 했다. 나를 존중해 주는 원장의 태도에 더욱 호감이 갔다.

이어서 다른 기자가 날카로운 질문을 던졌다.

"고릴라 로즈의 미국행은 로이드 상원의원이 중심이 되어 추 진했다고 들었습니다만, 이번 일이 두 달 후에 있을 선거에 유리하게 작용할 거라고 보십니까?"

로이드 상원의원은 여유로운 미소를 지으며 천천히 대답했다. 자기는 오하이오를 위해 지금까지 몸 바쳐 일해 왔다고. 이 일이 아니더라도 자신이 재선에 실패하는 일은 없을 거라고.

하지만 나는 지금 상황이 모두 상원의원의 지시대로 움직인 결과라는 사실을 알고 있었다. SL테크는 내가 등장하는 광고를 만들어서 내보냈지만 나에 대해서는 입도 뻥끗하지 못했다. 상원의원의 지시 때문이었다. 상원의원은 사람들의 흥미를 자극하고, 화제를 만들고, 결과적으로 이번 소동을 불러일으켰다. 어디선가 내 영상이 새어 나가 드야 동물 보호구역과 베르투아 유인원 연구소의 존재가 드러나게 될지도 모른다는 것 역시 예상하고 있지 않았을까.

비록 한바탕 소동이 벌어지기는 했지만 상원의원이 신속하게 움직여 준 덕분에 실제 피해는 전무했다. 사태는 금방 수습되었고, 모두의 관심이 상원의원 한 사람에게 쏠리며 끝이 났다.

내가 미국에 갈 수 있는 것은 모두 다 상원의원 덕분이다. 하지만 내가 그에게 이용당했다는 것 역시 분명한 사실이었다.

나는 인간을 좋아하고, 인간에 대해 더 자세히 알고 싶다. 하지만 가끔은 인간이 무섭다고 느껴질 때도 있었다.

정글에서는 적을 조심해야 한다. 하지만 인간들의 세계에서 조심해야 하는 상대는 적뿐만이 아니었다.

8

나의 참을성은 한계에 다다랐다. 기나긴 기다림 끝에 겨우 미국에 왔건만 도착한 후에도 또다시 기다려야 할 줄은 몰랐다.

우리는 저녁 무렵 트럭을 타고 연구소를 출발해 야운데 은시말렌 국제공항으로 향했다. 야생 동물 수송에 반드시 필요한 조치라고 해서 나는 우리에 들어가야 했다. 사람들은 그것을 우리가 아니라 크레이트*라고 불렀지만 누가 뭐라고 부르든 철제 울타리로 둘러싸인 그것은 우리일 뿐이었고, 평생을 정글에서 살아온 나는 졸지에 죄수가 된 기분이었다. 우리는 에어프랑스의 밤 비행기를 타고 야운데를 출발해 이튿날 아침 샤를 드골 국제공항에 내렸고, 숨 돌릴 틈도 없이 바로 델타항공으로 갈아타서 신시내티/노던 켄터키 국제공항에 도착한 것이 오후

---

* crate. 운송용 대형 상자.

1시였다.

"첫 비행은 어땠어?" 샘은 오랜만에 미국에 와서 그런지 기분이 좋아 보였다.

"몰라. 끊임없이 덜컹덜컹 흔들리는 시끄러운 방에 계속 갇혀 있었을 뿐인걸. 한숨도 못 자서 머리가 아파."

"그래, 고생 많았어. 그래도 염원하던 꿈이 드디어 이루어졌잖아. 미국에 온 소감은 어때?"

샘의 말을 듣고서야 나는 지금 내가 있는 곳이 미국이라는 사실을 깨달았다. 주위를 둘러봤지만 딱히 미국이라는 느낌은 들지 않았다. 야운데 공항에 비해 더 크고 화려한 것 같기는 했다. 흙냄새나 나무 냄새는 나지 않았고, 공기 중에서는 지금까지 한 번도 맡아 본 적 없는 냄새가 났다.

"모르겠어. 미국에 왔다는 실감이 안 나. 피곤해."

클리프턴 동물원까지는 공항에서 트럭을 타고 30분 정도 더 가야 했다. 동물원에 도착했을 때는 기진맥진해서 쓰러지기 일보 직전이었기 때문에 그 후에 있었던 일은 거의 기억이 나지 않는다. 유일하게 기억나는 사실이라고는 많은 사람들이 마중을 나와 있었고, 곧바로 내가 쉴 곳을 마련해 주었다는 것뿐이다. 흰색 콘크리트 벽이 그대로 드러나 있는 살풍경한 방이었지만, 조용하고 시원하고 흔들리지 않는다는 것만으로도 감지덕지했다. 나는 정글에서 낮잠을 잘 때처럼 짚이 깔린 바닥에 벌렁 드러누웠다. 이윽고 조명이 꺼지고 나는 그대로 기절하듯 잠이 들었다.

　얼마나 시간이 지났을까. 한숨 푹 자고 일어나니 긴 여행으로 소진된 기력이 어느 정도 회복되었는지 몸이 한결 가볍게 느껴졌다. 빨리 미국에서 태어난 고릴라들을 만나보고 싶었다. 앞으로 어떤 곳에서 살게 될지, 누구와 함께 생활하게 될지, 그런 것들을 생각만 해도 가슴이 벅차올랐다.

　하지만. 내가 일어났다는 사실을 알아차린 샘과 첼시가 방으로 들어와 믿기 어려운 소식을 전해 주었다.

　앞으로 한 달 동안은 이 좁고 살풍경한 방에서 나갈 수 없다는 것이었다.

　"미안해, 로즈. 마지막으로 야생 고릴라가 미국에 온 건 50년도 더 전의 일이다 보니 이것저것 확인해야 할 게 많은가 봐. 정글에서 지내던 네가 동물원에 있는 다른 동물들한테 안 좋은 균을 옮길 수도 있기 때문에 적어도 한 달은 격리해서 생활해야 한대. 불편하겠지만 샘이랑 나는 계속 네 곁에 있을 거야. 그러니 조금만 참아 줄래?" 첼시가 미안해하며 말했지만 내 기분은 조금도 나아지지 않았다.

　천신만고 끝에 겨우 미국에 왔는데 여기서 또 한 달을 기다려야 한다니! 도저히 더 이상 참을 수가 없었다.

　"이미 동물원까지 왔는데 어째서 이런 좁은 방에서 한 달이나 더 지내야 한다는 거야? 나는 빨리 다른 고릴라들을 만나고 싶어. 너무 화가 나." 최대한 과장된 몸짓으로 내가 얼마나 화가 났는지를 전하고자 했지만, 기계에서 흘러나오는 목소리는 시종일관 담담하고 차분했다. 나는 어떻게든 내 분노를 전하기 위해서 평소에는 절대로 하지 않는 짓을 했다.

오른손 검지와 새끼손가락을 펴서 쇠뿔 모양을 취한 상태에서 왼손을 오른쪽 팔꿈치에 대고 주먹을 쥐었다 폈다 하면서 소가 똥 싸는 제스처를 취했다*.

"이런 건…." 그것은 내가 아는 최고의 욕이었지만 테드가 만들어 준 장갑은 그 말을 번역하지 않았다. 만일의 경우에 대비해서 장갑에는 나쁜 말은 번역하지 않는 기능이 탑재되어 있었기 때문이다.

샘은 내 동작을 보고 웃음을 터뜨렸지만 첼시는 표정이 딱딱하게 굳었다.

"로즈, 사람들 앞에서는 그런 짓 하면 안 돼. 절대로."

나는 거기서 만족하지 않고 한 가지 동작을 더 추가했다. 양손 중지를 세워서 마구 흔드는 것이었다. 이 동작의 의미를 이해하는 데 수어 관련 지식은 전혀 필요하지 않다. 물론 장갑은 이 말도 번역하지 않았다.

"로즈, 너 정말 이럴래? 방에서 혼자 반성하도록 해. 이런 짓 안 하겠다고 약속할 때까지 절대로 못 나올 줄 알아!"

나는 왼손을 주먹 쥔 다음 그 안에 오른손 중지를 찔러 넣었다. 첼시는 그걸 보고 어깨를 부들부들 떨다가 방문을 박차고

---

* 영어권에서 흔히 쓰는 욕 bullshit의 수어 표현. 문맥상 우리말로는 '제기랄', '지랄' 정도의 의미가 된다.

나가 버렸다. 샘은 뒤따라 나가면서 "신께 맹세컨대 내가 가르쳐 준 건 아니야"라고 농담처럼 중얼거렸다.

첼시를 화나게 만드는 데 성공한 건 기뻤지만 방에 있는 과일을 먹으며 앞으로 한 달 동안 여기서 살아야 한다고 생각하니 기분이 우울해졌다. 정글에서 미국에 갈 날만을 학수고대하며 지냈을 때보다 더 길고 힘든 시간이 될 것 같았다.

다음 날이 되자 홉킨스 원장이 인사를 하러 왔다. 지난번 기자회견 때 TV에서 보고 사람 좋아 보인다고 생각했던 미소는 그때나 지금이나 변함이 없었다. 딱히 카메라 앞이라고 좋은 사람인 척 연기한 건 아닌 듯했다. 정수리 부분은 머리가 다 빠졌고, 배는 불룩 튀어나와 있었다.

동그란 안경테 속 검은 눈동자가 이쪽을 보고 있었다. 인간의 눈은 고릴라의 눈과 달리 흰자 부분이 넓어서 시선을 통해 많은 것을 알 수 있다. 정글에 온 관광객들이 나를 쳐다보는 시선에서는 호기심과 불안이 느껴졌지만 홉킨스 원장은 달랐다. 그는 내 앞에서 전혀 긴장하지 않았으며 시선은 따뜻하고 부드러웠다. 눈동자를 가만히 들여다보면 그의 마음이 차분하게 가라앉아 있다는 걸 알 수 있었다.

홉킨스 원장의 느긋한 움직임과 나를 배려하는 태도를 보니 아직 한 마디도 나누지 않은 상태였지만 신뢰할 수 있는 상대라는 확신이 들었다. 그는 방에 들어온 후에도 바로 가까이 다가오지 않고 조금 떨어진 곳에 가만히 서서 내게 적응할 시간을 주었다. 동물의 마음을 얻기 위해서는 어떻게 해야 하는지 잘 아는 사람이었다.

나는 홉킨스 원장이 마음에 들었다. 모든 미국인이 홉킨스 원장 같지는 않을 것이다. 오히려 홉킨스 원장 같은 사람은 드문 편에 속할지도 모른다. 그래도 미국에 와서 처음 만나는 사람이 홉킨스 원장이어서 다행이라고 생각했다. 그런 내 마음이 전해졌는지 홉킨스 원장이 내 쪽으로 한 걸음씩 다가왔다. 적의가 없음을 온몸으로 표현하는 듯한 조심스러운 움직임이었다. 그는 내 눈앞까지 오더니 무릎을 굽혀 나와 시선을 맞추었다.

"안녕, 로즈. 클리프턴 동물원에 온 것을 환영한다. 이렇게 답답한 공간에서 혼자 지내게 해서 미안하구나. 나도 하루빨리 너를 우리 고릴라 파크에 있는 모두에게 소개하고 싶단다."

"안녕하세요, 저는 로즈라고 합니다. 만나 뵙게 되어 영광입니다. 미국에 온 것은 기쁘지만 가능한 한 빨리 여기서 나가고 싶습니다." 나는 어제 첼시에게 한 행동을 반성하며 최대한 정중하게 인사했다. 홉킨스 원장의 침착한 태도를 마주하니 내 마음도 따라서 차분해졌다.

"그래, 그렇겠지. 이렇게 좁은 곳에 갇혀서 많이 심심하지? 네 마음을 모르는 건 아니지만 그래도 이건 꼭 필요한 절차란다. 고릴라 파크에는 현재 열 마리의 고릴라가 살고 있는데 다들 여기서 태어나서 한 번도 밖에 나가 본 적이 없는 녀석들뿐이거든. 내게는 가족이나 다름없는 존재이기 때문에 행여나 누가 병

이라도 걸리면 너무 슬플 것 같구나. 무슨 말인지 알겠니? 내게
는 이곳에 있는 동물들이 전부란다. 모두를 위해서 조금만 참
아 주렴."

신기하게도 그 말을 들으니 내 안에 쌓여 있던 분노와 불안
이 순식간에 사라져 버렸다. 마치 홉킨스 원장이 내 마음속에
들어와 지저분한 방을 깨끗하게 청소라도 해 준 것 같았다. 나
는 남은 격리 기간 동안 불평하지 않고 동물원의 규칙을 잘 따
르겠노라고 다짐했다.

"알겠습니다. 모두를 위해서라면 어쩔 수 없죠. 정글에서 고
릴라는 생존을 위해 무리를 이루어 살아갑니다. 지금은 생존을
위해 떨어져 있어야 한다는 말씀이시죠? 모두를 위해 제가 잘
견뎌 보겠습니다."

홉킨스 원장이 놀라서 눈이 휘둥그레지는 것을 보니 마음이
흡족했다.

"이것 참… 놀랍군. 나는 평생을 동물을 돌보는 데 바쳤단다.
어릴 때부터 동물을 좋아했거든. 매일같이 동물들의 상태를 살
피고 조금이라도 더 좋은 환경을 제공하기 위해 노력해 왔지.
동물은 말을 못 하니까 인간인 내가 그들의 행동을 보고 거기
서 마음을 읽어 내야만 해. 여기 사는 동물들을 둘러보며 무슨
문제는 없는지 꼼꼼하게 살피는 것이 내 일과란다."

원장은 잠시 말을 끊고 내 눈동자를 가만히 들여다보았다. 조
금 전까지의 부드럽기만 한 시선과는 달리 강한 의지가 느껴졌

다.

"하지만 너는 말을 할 수 있어. 그게 얼마나 엄청난 일인지, 방금 네가 한 말을 듣고 내가 얼마나 감격했는지 알겠니? 아마 넌 상상도 못 할 거다."

홉킨스 원장은 안경을 벗고 흘러내리는 눈물을 손으로 닦았다. 이번에는 내가 놀랄 차례였다. 원장이 이렇게 감정적인 모습을 보일 거라고는 생각도 못 했다.

"너는 믿기 어렵겠지만 세상에는 동물한테는 마음이 없다고 생각하는 사람들도 있단다. 동물은 인간보다 열등한 존재라고 생각하는 사람도 많고. 하지만 내 생각은 달라. 동물에게도 당연히 마음이 있고, 단지 인간과 소통이 불가능한 것뿐이라고 믿어 왔단다."

쪼그린 자세가 불편했는지 원장은 무릎을 꿇고 바닥을 내려다보았다.

"네가 하는 말을 들으면 인간에게 뒤지지 않는 지성을 가지고 있다는 사실을 알 수 있어. 게다가 너는 남을 배려할 줄도 알고, 규칙을 존중하고 그에 따르고자 하는 도덕심도 갖추고 있지. 이건 마치… 지금까지 내가 살아온 인생에 대한 대답처럼 느껴지는구나. 역시 내 생각이 옳았다고 말이다."

원장이 나를 향해 미소지었다. 그의 뺨에 반짝이는 눈물이 내 가슴을 울렸다.

"원장님 말이 맞습니다. 저희에게는 마음이 있어요. 인간과는 다른 환경에서 인간과 다른 규칙을 따르며 다른 외모를 가지고 살아가지만, 저희에게도 인간과 마찬가지로 마음이라는 게 존재해요."

나는 두 팔로 원장을 끌어안았다. 그는 내 품 안에서 감격에 겨워 말을 잇지 못하다가 이윽고 소리 내어 웃었다.

"하하, 이것 참 부끄럽구나. 내가 울었다는 건 다른 사람들에게는 비밀로 해 주겠니?"

원장은 눈물을 닦은 후 손으로 바닥을 짚으며 자리에서 일어났다.

"원장님을 보면 제 아버지가 생각납니다. 가족을 아끼고 사랑하는 용감한 리더셨죠. 저희 아버지는 가족을 지키기 위해 싸우다가 돌아가셨습니다. 원장님은 이 동물원에 있는 모든 동물들의 우두머리이신 거잖아요. 좋은 우두머리가 있는 동물원에 오게 되어 기쁩니다."

"그래, 그렇게 말해 주니 고맙구나. 너도 이제 이 동물원의 일원이 되었으니 무슨 일이 있으면 바로 내게 얘기해 주렴. 너라면 우리 동물원에 잘 적응할 수 있을 거라 믿어 의심치 않는다만 네가 여기서 최대한 편히 지낼 수 있도록 우리도 최선을 다하겠다고 약속하마."

원장은 내게 그렇게 말하고는 처음 왔을 때처럼 느린 걸음으로 방에서 나갔다.

홉킨스 원장과의 만남은 내게 좋은 기분전환이 되어 주었다.

난생처음 경험하는 장거리 이동 끝에 미국에 왔다는 사실을 실감할 새도 없이 곧바로 격리가 시작되었고, 극심한 피로와 스트레스와 불안감이 나를 좀먹어 들어가고 있었다. 그러다 보니 가장 소중한 친구인 첼시에게까지 해서는 안 될 짓을 해 버렸다. 짧은 시간이었지만 원장과 대화를 나누면서 이곳에서 나를 필요로 하고 있다는 사실을 확인할 수 있었고, 내가 누군가의 마음을 움직일 수 있는 존재임을 깨닫게 되었다. 그러고 나니 마음이 한결 편해졌다. 부정적인 감정에 사로잡혀 우울해하고 있을 때가 아니었다. 나는 마음을 다잡고 하루빨리 새로운 환경에 적응해야겠다고 결심했다.

마음을 굳게 먹어야겠다고 다짐했지만 현실은 녹록하지 않았다. 방은 비좁았고, 정글과는 전혀 다른 냄새에 도저히 익숙해지지가 않았다. 매일 제공되는 과일도 지금까지 먹어 온 것들과는 맛이 전혀 달랐다.

처음 일주일 동안은 스트레스가 쌓여서 끊임없이 설사를 했다. 내가 심심해하지 않도록 다양한 장난감이 제공되었지만, 시간을 보내기에 가장 효과적인 수단은 TV였다. 나는 주로 예전에 방영되었던 드라마를 몰아서 보거나 영화를 보면서 시간을 보냈다.

특히 인상적이었던 작품은 샘이 추천한 〈킹콩〉과 〈혹성탈출〉이었다. 샘은 앞으로 내가 사람들을 만나게 되면 다들 이 작품에 대해 언급할 테니 반드시 봐 두어야 한다고 했다. 두 영화 모두 시리즈로 만들어졌고 나중에 리메이크되기도 했지만 나머지는 다 사족이니 오리지널만 보면 된다는 샘의 조언에 따라 맨 처음에 만들어진 본편만 보았다. 두 작품 모두 꽤 재미있었다.

하지만 샘이 추천한 다른 영화들은 다 별로였다. 〈콩고〉는 나처럼 수어를 하는 고릴라가 나와서 반갑기는 했지만 살인 고릴라와 싸운다는 설정이 마음에 들지 않았다. 〈정글 속의 고릴라〉는 내가 본 것 중 최악의 영화였다. 특히 영화의 결말이 너무 비참했기 때문에 이런 영화를 보라고 한 샘이 원망스러웠다.

격리 생활은 내가 태어나서 처음 경험하는 고행이었다. 그저 기다리기만 하는 시간은 마치 영원처럼 길게 느껴졌다. 하지만 사실 기다림을 강요당한 것은 나뿐만이 아니었다. 세상도 나를 목이 빠지게 기다리고 있었다. 내가 클리프턴 동물원에 와 있다는 사실은 이미 다 알려져 있었다. 사람들은 기자회견을 요청했지만 홉킨스 원장이 거절했다. 격리 생활로 인한 스트레스 때문에 힘들어하는 나를 사람들 앞에 세우는 것은 좋지 않다고 판단한 것이다. 동물원의 홍보를 위해서는 하루빨리 나를 공개하고 싶었겠지만 내 건강을 우선적으로 배려한 결과였다.

홉킨스 원장은 내가 할 일이 없어서 심심해하고 사람을 만나고 싶어 한다는 사실도 잘 알고 있었기 때문에 격리 생활이 2주째에 접어들면서부터는 유명인들과 만날 수 있도록 자리를 마련해 주었다. 제일 먼저 만난 사람은 오하이오주지사였고, 이어서 이 지역에서 활동하는 공화당과 민주당 소속의 정치인들이 찾아왔으며, 대통령도 가족과 함께 동물원을 방문했다. 신기하게도 정치인들은 하나같이 로이드 상원의원과 비슷한 느낌이었다. 입고 있는 옷이나 말투, 행동 같은 게 다들 똑같았다. 대통령과의 만남은 나도 기대를 많이 했는데 막상 만나고 보니 아무래도 진짜 친구가 되기는 어렵겠다는 생각이 들었다. 인간들에게는 훌륭한 리더일지 모르겠지만 내가 보기에는 홉킨스 원장 쪽이 훨씬 더 믿음이 갔다.

정치인들이 다녀간 후에는 기업 총수, 배우, 예술가, 뮤지션, 운동선수, 작가 등 다양한 분야의 유명인들이 찾아왔다. 유명인을 만나 함께 이야기를 나누는 것은 정치인과 대화하는 것보다 훨씬 더 즐거웠다. 다들 내 가능성에 큰 기대를 걸고 있었다. 예술가는 내가 세계를 어떻게 인식하는지에 관심을 보였고, 운동선수는 내 신체적 능력의 한계가 어디까지인지를 알고 싶어 했다.

너는 그림을 그려야 한다, 너라면 영화에서 주연을 맡을 수 있을 거다, 너는 운동을 해야 한다, 나와 함께 연주를 하자. 사람들은 저마다 내게 요구하는 바가 다 달랐고, 그 사실이 재미있기도 했지만 사실 나로서는 그런 걸 고민할 여유 따위는 없었다. 나는 그저 고릴라로서 하루라도 빨리 새 가족을 만나 친해지고 싶었다.

테드와 다시 만났을 때는 유명인을 만났을 때보다 훨씬 더 기뻤다. 테드는 내게 새로운 기능이 추가된 장갑을 선물해 주었다.

「미국은 정글과는 다르니까 말이야. 네 존재가 일반에 공개되면 어떤 일이 생길지 알 수 없거든. 그러니 네가 필요할 때 언제든지 도움을 요청할 수 있도록 연락 수단을 확보해 둘 필요가 있단다.」

새 장갑은 이전 것보다 조금 더 크고, 휴대 기기를 넣을 수 있는 주머니가 달려 있었다.

「핸드폰은 첼시가 네게 주는 선물이란다. 작지만 튼튼하고 기능도 심플해서 전화와 문자만 가능하지. 사용법도 간단해. 전화를 걸고 싶으면 '핸드폰, 전화, 전화하고 싶은 상대의 이름'을 순서대로 수어로 입력하면 돼. 핸드폰에 저장되어 있지 않은 번호라면 상대방 이름 대신 전화번호를 넣으면 되고. 샘, 첼시, 나, 홉킨스 원장의 번호는 이미 네 핸드폰에 저장해 뒀으니 시험 삼아 나한테 한번 전화를 걸어 보겠니?」

내게 핸드폰이 생겼다는 사실이 믿기지가 않았다. 아무 때나 내가 원하는 상대에게 연락해서 이야기를 나눌 수 있다니 지금까지는 상상도 하지 못했던 일이다. 나는 오른손 검지로 볼을 톡톡 친 다음 이어서 양손 검지를 구부린 상태로 오른손을 왼손에 가져다 댔다. 그러고 나서 테드의 이름 철자를 손가락으로 하나씩 나타냈다.

"휴대폰, 전화, 테드." 장갑에서 내 목소리가 들리고 이어서 다른 여자 목소리로 "테드에게 전화할까요?"라는 질문이 들려왔다.

「'네.'라고 대답하렴.」 테드의 말에 나는 고개를 끄덕이며 오른손 주먹으로 노크하는 시늉을 해 보였다.

"테드에게 전화합니다." 다시 한번 여자 목소리가 들리더니 테드가 자기 바지 주머니에서 핸드폰을 꺼냈다. 그러고는 통화 버튼을 누르고 전화를 받았다.

"안녕, 로즈. 이제 언제든지 나한테 전화할 수 있겠지? 장갑에 문제가 생기면 전화로 알려주겠니?"

테드가 수어로 대답하자 내 장갑 주머니 속 핸드폰에서 테드의 목소리가 들려왔다. 나는 너무 기뻐서 그 자리에서 펄쩍펄쩍 뛰었다.

"테드, 고마워! 당신은 만날 때마다 나한테 생각지도 못했던 선물을 주네. 당신 아내는 정말 행복할 거야."

"그렇게 말해 주니 고맙구나. 참고로 전화를 끊을 때는 '전화, 끊는다'라고 한 다음 기계의 질문에 '네'라고 대답하면 된단다. 간단하지?"

나는 테드가 가르쳐 준 대로 전화를 끊었다.

「다음으로 문자를 보낼 때는 '핸드폰, 문자, 문자를 보내고 싶은 상대의 이름'을 입력한 다음 보내고 싶은 내용을 쓰고 마지막으로 '보낸다'를 입력하면 돼. 할 수 있겠지? 누구라도 쉽게 사용할 수 있도록 만들었으니까.」

나는 문자 기능도 바로 테스트해 보기로 했다. 방구석으로 가서 테드가 보지 못하도록 벽을 향해 선 다음 수어로 문자를 보냈다.

"테드, 정말 고마워. 당신 덕분에 내 인생이 완전히 바뀌었어." 문자를 보낸 다음 테드 곁으로 돌아갔다. 테드는 자기 핸드폰을 확인하더니 싱긋 웃었다.

「로즈 네 인생이 좋은 방향으로 바뀐 거라면 좋겠구나. 너는 눈치채지 못했을지도 모르겠지만 너 역시 내 인생을 크게 바꾸어 놓았단다. 네 광고가 나가기 전까지 나는 그저 성공을 꿈꾸는 수많은 엔지니어 중 한 명일 뿐이었어. 수어용 웨어러블 기기를 개발 중인 팀은 우리 말고도 많이 있거든. 우리는 우연히 그 시점에 남들보다 조금 앞서 나가고 있었을 뿐이고. 기술을 추월당하는 건 금방이기 때문에 매일 전전긍긍하고 있었지. 하지만 그 광고 덕분에 '수어용 웨어러블 기기는 SL테크'라는 이미지가 확실하게 정착되었고, 우리한테 투자하고 싶다는 사람들이 줄을 서게 되었어.」

테드가 흥분한 말투로 자기 이야기를 쏟아 냈다. 테드의 이런 모습은 처음이었다.

"잘됐다. 내가 조금이라도 도움이 되었다니 정말 다행이야."

「우리 회사는 그날을 기점으로 완전히 다시 태어난 거나 마찬가지야. 그전까지는 언제 경쟁 기업에 업계 선두 자리를 빼앗길지 몰라 불안해했지만 이제는 달라. 보유한 기술은 비슷할지 몰라도 주목도가 전혀 다르거든. 위협이 될 만한 기업은 조만간 인수 합병으로 흡수해 버릴 계획이야. 요즘은 매일같이 전 세계에서 문의가 쏟아져 들어오고 있어. 이미 미국에서는 제품을 판매하기 시작했고, 앞으로는 전 세계 언어학자들과 협력해서 미국 수어뿐만 아니라 다른 지역의 수어에도 대응할 수 있는 제품을 만들어 나갈 예정이야. 수어용 기기는 원래 틈새시장이지만 전 세계를 상대로 한다고 생각하면 결코 작은 규모가 아니거든. 게다가 기술을 다른 분야에 확대 적용할 수 있다면 시장은 더욱 커지겠지. 어쩌면 우리도 머지않아 유니콘이 될 수 있을지도 몰라.」

"그게 무슨 소리야? 잘 못 알아듣겠어. 이제 경쟁 기업은 하나도 없는 거야? 그리고 유니콘은 상상 속의 동물이잖아." 나는 내 머리 위에 손으로 유니콘의 뿔을 만들어 보이며 웃었다. 테드는 농담을 하고 있는 걸까?

「미안하다, 내 설명이 부족했구나. 유니콘 기업이라는 건 단기간에 모두가 깜짝 놀랄 정도로 크게 성장한 기업을 가리키는 말이야. 그리고 경쟁 기업은 조만간 다 사라질 거고. 음, 그러니까 예를 들자면 우리 회사는 원래 정글에 있는 작은 무리 중 하나에 불과했지만 갑자기 엄청나게 강해져서 다른 무리를 전부 흡수할 수 있게 되었다는 말이란다.」

"테드도 정글에 살았던 적이 있는 거야? 전혀 몰랐어. 세상

참 좁네." 나는 반가운 마음에 코를 킁킁거렸다.

「맞아, 우리는 모두 정글에서 살고 있지. 그리고 지금의 나는 정글의 제왕인 셈이고. 로즈 너는 정글을 떠나왔다고 생각할지도 모르겠지만 사실은 다른 정글로 옮겨왔을 뿐이란다. 이곳은 네가 모르는 규칙이 존재하고 생각지도 못한 위험이 도사리고 있는 정글인 거지. 그래서 네게도 핸드폰이 필요할 거라고 판단한 거란다. 네가 곤란에 처했을 때 믿을 수 있는 상대에게 바로 연락을 취할 수 있도록 말이야.」

테드는 마지막으로 나를 힘껏 끌어안고 다시 한번 「언제든 연락하렴.」이라고 말한 뒤 돌아갔다.

나는 방에서 나가는 테드의 뒷모습을 바라보며 뭐라 설명하기 어려운 감정에 휩싸였다. 가슴 한구석이 답답했다. 테드는 내게 무척 소중한 사람이었다. 내게 목소리를 주었고, 이번에는 멀리 떨어져 있는 상대와도 연락할 수 있는 수단을 마련해 주었다. 그는 늘 온화한 미소로 나를 반겨 주고 존중해 주었다. 나는 처음 만났을 때부터 테드가 좋았다. 하지만 내가 아는 테드는 극히 일부분에 지나지 않았다.

라이벌을 전부 자기 무리로 흡수할 수 있다는 테드의 말을 듣고 나는 깜짝 놀랐다. 그렇게 강한 고릴라는 전 세계를 다 뒤져도 찾기 힘들 것이다. 테드가 그 말을 했을 때, 나는 모리스를 떠올렸다. 모리스는 아들인 빅터와 함께 우리 무리를 공격해 암컷 비비를 빼앗아갔다. 그런 모리스조차 정글 전체를 자기 것으로 만드는 건 불가능하다. 어쩌면 내가 눈치채지 못했을 뿐 테드의 내면에는 모리스보다 더 거칠고 공격적인 성향이 존재할지도 모르겠다는 생각이 들었다. 그는 청각 장애인을 위한 기기를 개발했다. 그것은 사회적으로 큰 의의가 있는 제품이고, 테드의 회사는 세상을 더 좋게 바꾸어 나갈 것이다. 하지만 아마도 그 과정에서 테드는 경쟁 기업을 공격하고, 없애고, 결과적으로 수많은 적을 만들게 될 터였다. 내 앞에서 부드럽게 미소짓는 테드와 라이벌 회사를 무자비하게 공격하는 테드. 어느 쪽이 테드의 진짜 모습인지 알 수가 없었다.

나는 우리가 언어로 연결되어 있다고 믿었다. 지금까지 인간과 고릴라를 연결하는 튼튼한 다리 역할을 해 주던 언어가 갑자기 무너져 내리는 것만 같았다.

어쩌면 인간과 동물 사이에는 언어보다 훨씬 더 크고 깊은 간극이 존재하는 게 아닐까 하는 생각이 들었다.

"멋지다! 아주 야생적이야!" 릴리 조가 손에 들고 있던 핸드폰에서 시선을 거두어 나를 보며 말했다. 나는 그날 오전 테드가 한 말에 계속 정신이 팔려 있었기 때문에 어리둥절한 표정으로 되물었다.

"무슨 소리야?"

"참지 않고 싸는 거 말이야. 보통 남 앞에서는 참잖아. 하지만 싸고 싶을 때 싸는 건 자연스러운 일이니까 나는 좋다고 봐. 자유로워 보이기도 하고."

그제야 나는 내가 지금까지 사람들 앞에서도 아무렇지 않게 배설을 해 왔다는 사실을 깨달았다. 샘과 첼시 입장에서는 눈앞에서 고릴라가 배변하는 것은 지극히 자연스러운 일이었고, 그걸 가지고 내게 주의를 주는 사람은 아무도 없었다. 지금까지 나를 찾아온 사람들은 모두 아무 말도 하지 않았다. 어쩌면 보고도 못 본 척한 것인지도 모른다.

"미안. 지금까지 전혀 생각도 하지 못했어. 어쩌면 대통령 앞에서도 쌌을지도 몰라."

내가 과거의 기억을 더듬으며 불안한 표정으로 중얼거리자 릴리는 박장대소하며 데굴데굴 굴렀다.

"로즈 넌 정말 최고야! 지금까지 내가 들었던 말 중에 제일 웃기다. 그 자리에서 똥을 집어 던지기까지 했으면 더 좋았을 텐데! 난 그 자식이 정말 싫거든." 릴리는 무언가를 집어 던지는 시늉을 하며 말했다.

"왜 싫은데?"

"교양 있는 척 거들먹거리는 꼴이 재수 없잖아. 그런 놈을 좋아하는 건 허구한 날 픽업트럭 끌고 다니면서 컨트리 송이나 듣는 백인 할아버지들뿐이야. 특히 나 같은 사람들은 다 싫어해."

릴리 조는 한국계 젊은 래퍼로, 젊은 세대에게 인기가 많다고 들었다. 그녀는 내 방에 들어와 나와 함께 사진을 찍은 후에는 벽에 등을 기대고 앉아 계속 핸드폰만 만지고 있었다. 내게 별로 관심이 없는 건가 싶었는데 내가 대통령 앞에서 똥을 쌌다는 이야기가 어지간히 마음에 들었는지 갑자기 눈이 초롱초롱해졌다.

"나 같은 사람들이라니?"

"나는 한국계잖아. 그러니까 이민자나 유색 인종 말이야."

"유색 인종? 색이 있는 사람? 색이 없는 사람도 있어?"

"그래, 너도 보면 알잖아. 피부가 검거나 갈색이거나 아니면 나처럼 노란색인 사람을 유색 인종이라고 하는 거야."

나는 바로 옆에 놓인 바나나를 집어 들어서 릴리의 얼굴 가까이 가져갔다.

"릴리는 노랗지 않은데."

"그야 바나나만큼 노랗지는 않지만 보통 아시아계를 황인종이라고 불러." 릴리가 눈썹을 찡그리며 대답했다.

"미안. 계속 정글에서만 살아서 그런지 차이를 잘 모르겠어." 내가 사과하자 릴리는 내 눈을 가만히 들여다보았다.

"그거 정말 부러운걸. 편견이 없다는 거잖아. 너처럼 깨끗한 눈으로 세상을 보면 뭐가 보일까? 궁금하다."

"나는 세상을 보고 있지 않아. 미국에 온 이후 이 방에서 한 발짝도 나간 적이 없다고."

"불쌍하기도 하지. 그래도 이제 얼마 안 남았지? 조만간 여기서 나가 다른 고릴라들과 함께 살게 될 거라고 들었어."

"맞아, 다음 주부터는 그렇게 될 거야."

"불안하지 않아? 정글과는 다른 점이 많을 텐데. 과연 다른 고릴라들이랑 친해질 수 있을지라든지."

"그야 물론 불안하지만 애초에 그들을 만나려고 여기 온 거니까. 사실 내 경우에는 그보다 미국에 와서 다양한 사람들을 만나 보고 싶다는 마음이 더 크긴 했지만."

"대통령도 만나고 한국계 래퍼도 만났으니 이미 충분히 다양한 사람들을 만난 것 같은데? 미국인을 직접 만나 보니 어때?"

"잘은 모르겠지만 대화 상대로는 대통령보다 래퍼 쪽이 더 재밌어."

내가 솔직하게 대답하자 릴리는 내 말을 듣다 말고 갑자기 눈을 반짝이며 물었다.

"잠깐만! 지금 수어로 이렇게 한 건 무슨 뜻이야?" 릴리가 양손 검지와 새끼손가락을 편 상태로 가슴 앞에서 앞뒤로 움직였다.

내가 같은 동작을 하자 장갑에서 나오는 목소리가 "랩"이라고 정답을 말해 주었다.

"정말? 이게 랩이라고? 누가 생각해 냈는지는 모르겠지만 멋진데? 정말로 랩 같잖아. 즐기는 느낌이 나서 아주 딱이야!"

릴리는 랩을 나타내는 수어가 어지간히 마음에 들었는지 같은 동작을 몇 번이고 반복했다.

"수어 재밌네. 나한테도 가르쳐 줄래?"

"좋아. 뭘 알고 싶은데?"

"욕이랑 악담이랑 비속어." 릴리의 눈동자가 호기심에 가득 차서 반짝거렸다.

"가르쳐 줄 수는 있는데 소리는 안 날 거야. 나쁜 말은 기계가 번역하지 못하게 되어 있거든."

"말도 안 돼! 그건 검열이잖아. 뭔가 잘못됐어. 로즈 넌 네가 하고 싶은 말을 할 자유가 있다고."

"어쩔 수 없어. 수어를 할 수 있는 고릴라는 엄마랑 나뿐이니까 우리 둘이 고릴라를 대표하는 거잖아. 어쩌면 사람들은 우리가 고릴라뿐만 아니라 야생 동물 전체를 대표한다고 생각할 수도 있고. 적어도 홉킨스 원장은 나를 그런 식으로 대하는 것 같았어. 로이드 상원의원도 내가 정글에서 인간 사회로 보내는 친선대사 같은 거라고 했고. 다들 나한테 많이 기대하고 있으니까 그만큼 책임이 따른다는 거겠지. 나는 그 기대에 부응할 수 있도록 최대한 예의 바르게 행동해야 해."

"우엑, 나라면 그런 중압감은 도저히 견디지 못할 거야. 나도 일단 미국에서는 소수파니까 말이야. 예전에 비하면 많이 나아진 편이라지만 지금도 이상한 눈으로 쳐다보는 사람들이 있거든. 학교 같은 데서 아시아계 애들하고만 어울리면 주위에서 FOB라고 놀려. Fresh off the Boat, 배에서 막 내린 사람들, 아직 이 나라에 적응하지 못한 이민자라는 거지. 반대로 백인처럼 행동하면 화이트워싱이라고 비난하지. 정말이지 뭘 어쩌라는 건지 모르겠다니까. 미국에서는 나를 한국계, 아시아계로만 보는데 한국에 가면 나 보고 미국인이래. 그래서 이제는 남이 나를 어떻게 생각하는지는 신경 쓰지 않기로 했어." 릴리는 심각한 표정으로 잔뜩 인상을 쓴 채 말했다. 뭔가 과거에 안 좋았던 일이 생각난 듯했다.

"조금 유명해지니까 사람들이 나한테 아시아계로서의 의견을 묻기도 하고, 내가 한국계를 대표한다고 생각하는 사람도 있더라. 그 정도로도 충분히 부담스러운데 로즈 너는 야생 동물 전체를 대표한다고? 그래도 너무 부담 갖지는 마. 나답게 살지 않으면 결국에는 마음이 더는 버티지 못하고 꺾이게 되거든.

너는 분명 유명해질 테니까 지금 미리 알려 줄게. 네가 아무리 열심히 노력해도 아무 이유 없이 너를 싫어하는 사람은 반드시 있을 거야. 네가 고릴라처럼 행동하면 바보 취급할 거고, 인간처럼 행동하면 그건 그것대로 뭐라고 하겠지. 그런 놈들이 하는 말은 하나도 신경 쓸 필요 없어."

"고마워. 릴리는 상냥한 사람이구나."

"당연하지. 몰랐어? 나는 상냥하고 품위 있는 여자라고. 자, 그럼 이번에는 최고로 천박한 욕을 가르쳐 줄래? Fuck은 뭐라고 해?"

내가 중지를 세워서 릴리의 눈앞에 쑥 내밀자 릴리는 무릎을 치며 폭소했다.

"아아, 이건 나도 알아! 내가 유일하게 아는 수어라고! 그럼 제기랄은?"

나는 얼마 전 첼시를 화나게 한 동작을 다시 해 보였다. 오른손으로 쇠뿔 모양을 만든 상태에서 왼손으로 똥 싸는 동작을 표현하자 릴리는 미친 듯이 웃으며 눈가에 맺힌 눈물을 닦았다.

"멍청이는?"

나는 왼손 엄지와 검지를 말아서 동그라미를 만든 다음 오른손 검지로 원 가장자리를 어루만졌다. 릴리는 배를 잡고 웃었다.

"쌍년은?"

나는 오른손을 펼친 상태로 손등이 릴리 쪽을 향하게 들어올렸다. 그리고 왼손 엄지와 약지를 말아서 동그라미를 만든 다음 오른손 엄지부터 시작해 검지, 중지 순으로 다섯 손가락에 차례대로 꽂았다.

이 동작은 내가 앞서 선보인 다른 간단한 동작들과는 달리 조금 복잡했기 때문에 릴리도 고개를 갸웃거렸다.

"지금 그건 무슨 뜻이야?"

"오른손의 다섯 손가락은 다섯 남자의 성기를 뜻하고, 왼손은 여자를 뜻해. 여자가 계속해서 남자를 갈아탄다는 거지."

내 설명을 들은 릴리는 눈이 동그래지더니 진심으로 감탄한 듯 우아하게 박수를 쳤다.

"멋지다. 이걸 생각해 낸 사람은 천재인 게 분명해. 국가에서 훈장을 줘야 한다고. 손동작만으로 이렇게까지 사람을 모욕할 수 있을 거라고는 생각도 못 했어. 나도 일단 랩으로 먹고사는 사람인지라 욕하는 게 내 일이고 어디 가서 욕으로 누구한테 밀릴 일은 없다고 생각했는데 정신이 번쩍 드네. 덕분에 욕에는 아직도 무궁무진한 가능성이 있다는 사실을 깨달았어. 수어 재밌다. 나도 제대로 한번 배워 볼까?"

"수어를 배우는 건 쉬운 일이 아니지만 릴리라면 금방 배울 수 있을 거야. 릴리는 머리가 좋은 것 같으니까."

"그나저나 로즈 넌 험한 말 사용은 금지당했다면서 이런 건 다 어디서 배운 거야? 고릴라에 대해 연구한다는 그 깐깐한 언니가 가르쳐 줬을 것 같지는 않은데."

"나한테 수어를 가르쳐 준 선생님은 두 명이었거든. 좋은 선생님이랑 나쁜 선생님."

"원래 나쁜 선생님이 제일 좋은 스승인 법이지. 아무튼 오늘은 네 덕분에 진짜 많이 웃었어. 고마워."

릴리는 바닥에서 일어나 양손으로 바지 엉덩이를 털었다. 슬슬 돌아갈 채비를 하는 듯했다. 하지만 나는 아직 릴리와 헤어지고 싶지 않았다. 릴리와 함께 있으면 다른 사람들과 이야기할 때와는 다른 즐거움을 느낄 수 있었다.

"그 옷…." 나는 릴리가 작별 인사를 꺼내기 전에 먼저 입을 열었다. 릴리는 내 쪽을 보고 서서 이어질 말을 기다렸다.

"예쁘다. 컬러풀해서 릴리한테 잘 어울려."

"고마워. 실은 이거 친구가 만들어 준 거야. 자기 브랜드를 낸

지 얼마 안 돼서 내가 광고탑 역할을 해 주고 있는 거지. 나도 좋아하는 스타일이라서 그 친구가 보내 주는 옷은 공연이나 촬영 때 자주 입는 편이야."

"아까 얘기한 거 있잖아. 내가 아무 데서나 자유롭게 배변한다는 거. 앞으로 사람들 앞에 설 일이 많아질 텐데 가능하면 안 보이게 하고 싶어. 우리 고릴라는 스트레스에 약해서 설사를 자주 하거든. 하지만 남들 앞에서 기저귀 찬 모습을 보이는 건 좀 부끄러우니까 나도 릴리처럼 예쁜 옷을 입고 싶어. 기저귀도 가릴 겸."

릴리는 턱을 짚은 채 잠시 생각에 빠졌다.

"이 옷이 마음에 들면 내가 물어봐 줄까? 네 사이즈에 맞는 옷을 만들 수 있는지 물어볼게. 로즈 네가 입어 준다면 내가 입는 것보다 훨씬 더 주목도도 높을 테니까."

릴리는 그 자리에서 바로 누군가에게 전화를 걸었다.

"내가 지금 어디에 있을 것 같아? 틀렸어, 신시내티야. 몰랐어? 신시내티는 지금 세계의 중심이라고. 나 지금 로즈랑 같이 있어. 맞아, 그 고릴라. 그런데 로즈가 네가 만든 옷이 마음에 든대. 그래, 얼마 전 네가 보내 준 재킷이랑 배기팬츠를 입고 왔는데 로즈도 같은 걸 갖고 싶다네? 이거 고릴라 사이즈도 가능해? 생각해 보고 말고 할 게 어딨어, 바로 오케이 해야지. 다른 일정은 다 취소하고 지금 바로 이쪽으로 와. 가게? 네 그 코딱지만한 가게는 너희 아버지한테 맡기고 오면 되잖아. 어차피 할 일도 없으실 텐데. 도착하면 연락해. 끊는다."

릴리는 일방적으로 자기 할 말만 하고 전화를 끊었다. 상대방의 목소리는 들리지 않았지만 전화를 받은 상대가 당황해하는 모습이 눈에 보이는 것만 같았다.

"됐다. 네 옷도 만들어 주겠대. 잘은 몰라도 아마 2~3일이면 여기 도착할 거야."

내가 보기에는 아무래도 릴리가 상대의 대답을 듣기도 전에 전화를 끊은 것 같았지만 릴리는 자신 있게 단언했다.

"다음번에 올 때는 친구랑 같이 올 테니까 기대해. 로즈 너한테 연락할 일이 생기면 누구를 찾으면 돼? 아까 그 첼시라는 언니?"

"나도 핸드폰을 갖고 있으니까 나한테 바로 전화하면 돼. 이 장갑에는 글자를 감지해서 소리로 변환해 주는 기능도 있으니까 문자를 보내도 되고."

나는 당당하게 대답했다. 오전에 테드에게 받은 핸드폰을 이렇게 빨리 사용하게 될 줄은 몰랐다. 역시 핸드폰은 인간들과의 관계를 유지하는 데 있어 없어서는 안 되는 필수 아이템이었다.

"핸드폰도 있어? 굉장하다! 그럼 내 번호도 저장해 둘래?"

"…어떻게 저장하는지 몰라. 오늘 받았거든." 나는 기어들어가는 목소리로 대답했다. 조금 전까지의 자신감은 온데간데없이 사라져 버렸다. 아직 배워야 할 것들이 산더미였다.

"그럼 내 번호를 말할 테니까 이 번호로 전화를 걸어 볼래? 전화 거는 법은 알아?"

나는 고개를 끄덕인 후 전화를 걸기 시작했다. 수어로 '핸드폰', '전화', 그리고 릴리의 번호를 차례대로 입력했다. 그러자 릴리의 스마트폰이 울렸다. 릴리는 화면에 뜬 번호를 확인하더니 전화를 받지도 않고 끊어 버렸다.

"이게 네 번호인 거지? 저장해 둘 테니까 너도 나중에 내 번호 저장해 둬. 그럼 또 보자."

릴리는 가볍게 손을 흔들며 문 쪽으로 걸어갔다. 나는 릴리를 이대로 돌려보내고 싶지 않았다. 조금 더 오래 함께 있고 싶었다. 하지만 릴리는 조만간 또 올 예정이었고, 언제든지 전화도 할 수 있었다. 이게 끝이 아니다. 그렇게 생각하니 안심이 되었다.

"아, 그리고." 릴리는 문손잡이를 잡은 상태로 몸을 틀어 내쪽을 쳐다봤다. "나한테 넌 말하는 고릴라도 아니고 야생 동물의 대표도 아니야. 넌 그냥 내 친구야. 그러니까 나랑 얘기할 때는 책임감 같은 건 느끼지 않아도 돼."

그러고는 내 대답도 듣지 않고 방에서 나가 버렸다. 릴리는 아마 늘 이런 식일 것이다. 처음부터 끝까지 한결같이 일방적이고 제멋대로인 그녀가 나는 너무 좋았다.

"고마워. 릴리를 만나서 정말 다행이야." 한 템포 느리게 발화된 내 목소리는 나밖에 없는 방 안에 허무하게 울려 퍼졌다.

릴리는 내가 미국에 와서 처음으로 사귄 친구였다.

"정말로 괜찮은 거야? 가까이 가도 위험하지 않아?"

릴리가 유나라는 친구를 데려온 것은 그로부터 사흘 후였다. 나는 최대한 정중하게 인사했지만 유나는 지금까지 만난 사람들 중에서 가장 나를 무서워했다. 상대가 아무 이유도 없이 자신을 두려워한다는 건 그다지 기분 좋은 일은 아니다.

"야! 지금 내 친구를 못 믿겠다는 거야? 로즈는 완전 착한 아이라고. 잔말 말고 빨리 줄자로 사이즈나 재. 그러려고 온 거잖아." 내 마음을 읽기라도 했는지 릴리가 호통을 쳤다.

"미안하지만 릴리 네가 주선했던 그 소개팅 후로 네 친구라는 사람들을 도무지 믿을 수가 없게 돼서 말이야."

유나의 말에 릴리는 과장된 몸짓으로 두 팔을 활짝 벌리며 하늘을 올려다보았다.

"그 일이라면 내가 백번도 넘게 사과했잖아! 미안해, 그 자식은 진짜 개쓰레기였어. 잘 알지도 못하면서 너한테 소개해서 정말 미안해. 하지만 신께 맹세컨대 로즈는 네 엉덩이에 이상한 걸 꽂아 넣으려고 하지 않을 테니까 걱정 마. 로즈, 이제부터 유나가 네 사이즈를 잴 거니까 팔을 조금 들어 볼래?"

나는 릴리가 시범 보이는 것을 보고 똑같이 따라서 양팔을 옆으로 들어 올렸다. 유나는 조심스럽게 내게 가까이 다가와 내 팔에 줄자를 가져다 댔다. 유나는 리디만큼은 아니지만 체

구가 작은 편이었고, 반짝반짝 윤기가 흐르는 길고 검은 생머리
가 어깨를 덮고 있었다. 화장이나 복장은 화려하지만 실제로는
수줍음이 많고 내성적인 성격인 것 같았다. 물론 그저 단순히
고릴라를 무서워하는 걸 수도 있겠지만.

"와아…." 유나는 내 팔 길이를 재더니 그대로 내 팔을 가볍
게 쓸어내렸다. "예쁘다…." 유나의 눈빛에서 더 이상 공포나 두
려움 같은 부정적인 감정은 느껴지지 않았다. 그녀는 내 털에
반한 듯 넋을 잃고 내 팔을 들여다보았다.

"이렇게 예쁜데 이 위에 옷을 입겠다고? 너무 아깝다." 유나
는 내 팔을 쓰다듬으며 혼잣말처럼 중얼거렸다.

"로즈한테는 그럴 만한 사정이 있어. 사람들 앞에서 똥 싸는
모습을 보이고 싶지 않대. 그렇다고 기저귀만 찰 수는 없으니까
기저귀를 가리기 위해서 옷을 입겠다는 거지." 릴리는 이 방에
처음 들어왔을 때처럼 벽에 기대앉아 스마트폰을 만지작거리고
있었다.

"아무 옷이나 입기는 싫어. 나도 릴리처럼 멋진 옷을 입고 싶
어."

"그렇대. 잘됐네. 하나 뚝딱 만들어 줘. 어차피 네가 맨날 만
드는 거에서 크기만 좀 커질 뿐이잖아." 릴리가 내 쪽을 슬쩍
쳐다보며 웃었다.

"내가 플러스 사이즈니까 로즈 너는 슈퍼 플러스 사이즈겠
다."

"슈퍼 플러스 사이즈 아니야. 보통 고릴라 사이즈야."

유나는 한 발 뒤로 물러나 내 주위를 한 바퀴 빙 돌며 나를 찬찬히 살펴보았다.

"이게 그렇게 말처럼 쉬운 일이 아니야. 무조건 크게만 만든다고 되는 게 아니라고. 기저귀를 가리는 용도라면 바지가 좀 헐렁해야 하는데 그렇다고 통이 너무 넓으면 걷다가 밟혀서 넘어질 수도 있어. 고릴라의 보행법은 인간과는 다르잖아. 신체 구조라든가 몸을 움직이는 방식이 사람과 다르다 보니 사람 옷을 입으면 분명 움직일 때 불편하거나 걸리적거리는 부분이 있을 거야. 그리고 소재도 잘 골라야 해. 나는 고릴라에 대해서는 아는 게 거의 없지만 혹시라도 특정 소재로 만든 옷을 입었을 때 체온이 너무 올라간다거나 하는 일이 생기면 큰일이잖아. 게다가 가능하면 혼자서 입고 벗을 수 있는 형태로 만드는 게 좋을 테고. 으음, 고민이네. 만들면서 조금씩 고쳐 나가야 할지도 모르겠다."

"어차피 당분간은 여기서 나가지도 못하겠다 로즈한테는 남는 게 시간인데 뭐가 문제야? 일단 시제품을 몇 개 만들어 봐. 다음번에 모였을 때는 우리 셋이서 로즈의 패션쇼를 열자."

9

미국에 온 지 한 달이 지났고 내 격리 기간은 끝났다. 그사이에 한 차례 건강검진도 받았는데 다들 내가 지시에 얌전히 따르는 것을 보고 놀라워했다. 물론 동물원에서는 모든 고릴라에게 건강검진을 수월하게 진행하기 위해 필요한 최소한의 훈련을 시켰지만, 검진 대상과 말이 통하면 일이 엄청나게 수월해진다는 사실에 모두가 감격한 듯했다.

나는 홉킨스 원장을 따라 기나긴 격리 기간을 보낸 방을 나왔다.

"전에도 말했듯이 우리 동물원에는 고릴라 파크라고 하는 고릴라 전용 거주 구역이 있고, 그중 네가 생활하게 될 구역에는 여섯 마리의 고릴라가 살고 있단다. 무리의 우두머리인 실버백 오마리는 5년 반 전에 텍사스주 브라운즈빌 동물원에서 옮겨왔는데 아주 착한 녀석이야. 오마리에게는 카비디와 커닝가라는 암컷이 있어. 두 마리 다 웬드의 딸이고, 크면서 우리가 원래 있던 무리에서 분리시켰지. 웬드는 여기서 태어난 고릴라고 올해 나이는 마흔일곱이야. 웬드네 무리와는 생활하는 공간이 다르니까 신경 쓰지 않아도 돼. 카비디에게는 마시나라는 아들과 라이사라는 딸이 있고, 커닝가에게는 사렝게라는 아들이 있어.

오마리가 육아에 적극적으로 참여하는 모습은 관람객들에게 아주 인기가 많단다. 너라면 모두와 금방 친해질 수 있을 것 같지만 서두를 필요는 없어. 네가 무리에 익숙해질 때까지 고릴라 파크는 비공개로 유지할 예정이거든. 그러니까 조바심내지 않아도 돼. 어느 정도 익숙해지면 관람객들과 함께 어울릴 기회를 조금씩 늘려 나갈 생각이란다. 하지만 일단 지금은 아무 걱정할 필요 없어. 그저 어떻게 하면 새 친구들과 사이좋게 지낼 수 있을지 그것만 생각하렴."

"저는 괜찮아요. 오히려 조바심을 내고 있는 건 원장님이잖아요." 나는 지난번에 만났을 때보다 훨씬 굳어 있는 홉킨스 원장의 긴장을 풀어 주기 위해 농담을 건넸다.

"하하, 이거 한 방 먹었는걸. 로즈 너한테는 숨길 수가 없구나. 내 마음이 조급한 건 사실이란다. 나로서는 네가 이 동물원에 잘 적응할 수 있도록 최대한 일을 천천히 진행하고 싶지만 언론에서 너를 빨리 취재하게 해 달라고 하도 성화를 부려서 말이다. 매일같이 수도 없이 밀려드는 취재 요청을 거절하고 있단다. 아무튼 네가 안심하고 생활할 수 있는 환경을 만드는 게 가장 중요하니까 뭐든 필요한 게 있으면 바로 얘기해 주렴."

우리는 고릴라 파크 안에 있는 직원용 통로를 걸어가고 있었다. 홉킨스 원장이 갑자기 아무것도 없는 벽 앞에서 걸음을 멈췄다.

"여기서부터는 너 혼자 가야 해. 마음의 준비는 됐니?"

무슨 말인가 싶어 잠시 어리둥절했다. 원장은 여기서부터는 혼자 가라고 했지만 우리가 있는 곳은 막다른 길이었기 때문이다.

"마음의 준비는 됐어요. 하지만 문이 없는걸요. 다른 고릴라들은 어디 있죠?"

원장은 내 말을 듣고 자기 이마를 탁 쳤다.

"어이쿠, 미안하다. 내 설명이 부족했구나. 문은 따로 없으니 이 아래에 난 구멍을 통해 밖으로 나가면 된단다. 다들 거기 있을 거다."

입구는 내가 생각했던 것과는 전혀 달랐다. 인간이 사용하는 일반적인 형태의 문이 아니라 고릴라용 입구였던 것이다. 이런 형태의 입구는 처음 보았기 때문에 깜짝 놀랐다. 이 좁은 구멍의 반대편에는 다른 세계가 펼쳐져 있을 거라고 생각하니 가슴이 두근거렸다.

"그럼 다녀올게요. 행운을 빌어 주세요." 나는 원장에게 인사를 건넨 뒤 구멍 안으로 들어갔다. 하지만 첫걸음을 떼기도 전에 중요한 사실을 잊고 있었다는 걸 깨달았다.

"장갑은 이제 필요 없어요. 맡아 주시겠어요?" 구멍 밖으로 고개를 내밀고 묻자 원장은 웃으며 고개를 끄덕였다. 나는 양손에 낀 장갑을 벗어 원장에게 내밀었다. 원장은 장갑을 받아든 다음 손을 흔들며 나를 배웅했다.

고릴라 파크로 이어지는 통로는 그다지 길지 않았다. 벽을 통과하자 바로 밖이었다. 벽 하나만을 사이에 둔 구멍의 이쪽과 저쪽은 양쪽 다 야외였지만 이쪽에 내리쬐는 햇빛이 훨씬 더 눈부시게 느껴졌다.

그곳은 그야말로 별세계였다. 하지만 낯선 느낌은 아니었다. 내게는 익숙하기 그지없는 정글의 숨결이 느껴졌다. 시간이 지나면서 어느샌가 희미해져 가던 고향의 기억이 되살아나는 듯한 기분이 들었다. 익숙한 흙내음, 나뭇잎 바스락거리는 소리, 힘차게 흐르는 물소리. 무엇보다 공기 중에서 선명하고 뚜렷한 고릴라 냄새가 났다.

나는 오감을 통해 정글을 느낄 수 있었다. 눈앞에 울창하게 우거진 숲이 보이는 것만 같았다.

하지만 정글은 존재하지 않았다. 정글과 비슷하긴 했지만, 정글은 아니었다. 바위가 있고, 흙과 풀과 연못이 있고, 강이나 폭포처럼 끊임없이 흐르는 물이 있었다. 중앙에는 커다란 나무가 서 있었다. 하지만 하늘을 빽빽하게 덮은 수많은 나뭇가지는 보이지 않았다. 햇빛을 가려 주고 우리에게 잘 곳을 마련해 주는 나무의 수가 정글에 비해 현저히 적었다. 여기저기 나무가 심겨 있기는 했지만 대부분 정글에 있는 거목과는 비교도 되지 않을 만큼 작은 나무뿐이었다.

나는 앞으로 몇 걸음 걸어가서 주위를 빙 둘러보았다. 눈앞은 경사진 언덕이었고, 언덕 아래에는 물이 고여 있었다. 맞은편은 10미터 높이의 콘크리트 벽으로 가로막혀 있었다. 그 위에 동물원을 찾아온 관람객들이 우리를 내려다볼 수 있는 전망대가 있는 듯했지만 현재는 짙은 회색 천으로 가려진 상태였다. 홉킨스 원장이 설명했듯이 내가 이곳에 사는 고릴라 무리에 적응할 때까지 대중에게는 공개하지 않을 예정인 듯했다. 하지만 천 너머로 사람들의 말소리가 희미하게 들려왔다. 물론 모습은 보이지 않았고 흐르는 물소리에 가려 말소리도 거의 들리지 않았지만 저 너머에는 분명 사람이 있었다. 나는 조금 긴장했다.

그 순간, 검은 그림자가 내 눈앞을 휙 가로지르는 바람에 나는 깜짝 놀라 그 자리에 주저앉았다. 그림자는 나를 보더니 그 자리에 멈춰 서서 이쪽을 뚫어지게 응시했다. 아직 어린 고릴라였다. 윤기가 흐르는 검은 털을 가진 다섯 살 정도 되어 보이는 수컷 고릴라. 홉킨스 원장이 내게 미리 이곳에 사는 고릴라들의 사진을 보여 주었기 때문에 나는 지금 눈앞에 있는 고릴라가 마시니라는 사실을 알아보았다.

마시니는 커다란 눈동자로 신기하다는 듯 나를 쳐다보았다. 갑자기 자기 눈앞에 나타난 처음 보는 고릴라가 누구인지 궁금해하는 것 같았다. 나는 수상한 자가 아니라는 사실을 증명하기 위해 낮은 목소리로 그르렁대며 반갑게 인사를 건넸다. 하지만 마시니는 아무 반응도 보이지 않았다. 그저 내게 시선을 고정한 채 꼼짝도 하지 않았다. 마시니가 무슨 생각을 하고 있는지 알 수 없었다. 무리의 다른 고릴라들에게 어떻게 접근해야 할지도 전혀 감이 오지 않았다.

처음부터 친근한 척 다가가는 게 좋을까? 하지만 만약 상대가 나를 위험한 존재라고 판단한다면 한번 정해진 첫인상을 다시 바꾸기는 어렵다. 그렇다고 해서 이대로 마시니를 무시해도 되는 걸까? 정글에서 지내던 당시에도 몇 번인가 다른 무리와 맞닥뜨린 적이 있었다. 하지만 그때는 아버지나 다른 어른 고릴라들이 하는 것을 보고 그대로 따라 하면 됐다. 혼자서 다른 무리에 들어간다는 건 지금까지 한 번도 경험해 보지 못한 일이었다.

어서 빨리 다른 고릴라들과 만나게 되기만을 바랐는데 막상 그 상황이 되고 보니 어떻게 하면 좋을지 막막하기만 했다. 교착 상태에서 먼저 행동에 나선 것은 마시니였다. 내가 움직이지 않자 마시니는 흥미를 잃었는지 반대편으로 뛰어가 버렸다.

멍하니 시선을 움직여 뒤를 좇으니 그쪽에는 다른 고릴라들이 모여 있었다. 중앙의 커다란 나무 아래 실버백 오마리와 암컷 카비디가 앉아 있었고, 카비디의 품 안에서 아직 어린 라이사가 꼼지락거리고 있었다. 또 다른 암컷 커닝가는 조금 떨어진 곳에서 낮잠을 자는 중이었고, 커닝가의 아들 사렝게는 아래쪽 물웅덩이에서 물놀이를 하고 있었다.

이들이 앞으로 내 가족이 될, 아직은 나에 대해 아무것도 모르는 고릴라들이었다. 지금 이 상황이 너무도 당혹스러웠다. 말이 통하면 상황을 설명할 수 있다. 카메룬의 정글에서 왔다고 나 자신을 소개하고, 가족이 되고 싶다고 말하면 된다. 하지만 여기 있는 고릴라들은 말이 통하지 않았다. 이들에게 나는 그저 처음 보는 낯선 고릴라일 뿐이었다. 어떻게 하면 새로운 무리에 들어갈 수 있는지, 나는 방법을 알지 못했다.

아니, 아는 것이 전혀 없지는 않았다. 그러고 보니 예전에 샘이 고릴라에게 자연스럽게 다가가는 기술에 대해 말해 준 적이 있었다. "고릴라 무리에 자연스럽게 섞여 들기 위해서 필요한 게 뭐냐 하면 말이지…" 그때 샘이 했던 말이 머릿속에 떠올랐다.

"제일 중요한 건 이쪽에 적의가 없다는 걸 알리는 거야. 그러고 나서 나도 너희와 같은 고릴라라고 믿게 만들어야 하지. 뭔가 좀 이상한 녀석 같기는 하지만 대충 넘어가자고 여길 수 있게 말이야."

샘은 자기 말마따나 '이상한 놈'이었다. 고릴라 무리를 관찰할 때는 일단 조심스럽게 접근한 다음 무리의 경계심을 누그러뜨리기 위해 자기도 고릴라인 척하며 풀 뜯어 먹는 시늉을 했다. 몇 시간이고 진흙탕 속에 가만히 앉아서 고릴라들과 직접 시선이 마주치는 것을 피하며 곁눈질로 관찰을 이어 갔다. 그런 샘을 보고 있노라면 나도 모르게 웃음이 났지만 생각해 보면 무리의 고릴라들은 어느샌가 샘의 존재를 자연스럽게 받아들이고 있었다. 무리 근처에서 풀이나 뜯어 먹는 무해한 동물이라고 판단한 듯했다. 아버지 에사우는 가끔 샘에게 가까이 다가가서 같이 놀자는 사인을 보내기도 했다.

동족인 고릴라들에게 다가가기 위해 인간인 샘에게 배운 기술을 사용한다는 게 좀 이상하긴 했지만 달리 방법이 없었다.

나는 마시니의 뒤를 따라 천천히 걸음을 옮겼다. 장갑 없이 걷는 것도 오랜만이었고, 흙을 밟는 것도 오랜만이었다. 손등이 직접 땅에 닿는 감촉이 신선하게 느껴졌다.

무리 가까이 다가가자 고릴라들이 내 존재를 알아채고 이쪽을 쳐다보았다. 나는 그들이 이쪽으로 고개를 돌린 순간 재빨리 걸음을 멈추고 시선을 피했다. 그러고는 아무렇지도 않게 주변에 난 풀을 뜯어 입에 넣고 씹었다. 내가 계속 딴청을 피우자 그들은 이내 흥미를 잃고 시선을 원위치로 돌렸다. 나는 아무도 이쪽을 보고 있지 않을 때를 틈타서 무리 쪽으로 한 걸음 더 다가갔다. 그런 식으로 거리를 조금씩 좁혀 나가다가 이윽고 땅바닥에 벌러덩 드러누웠다. 적의가 없다는 사실을 전하기란 쉽지 않은 일이었다.

마시니가 다시금 내게 다가왔다. 마시니는 나를 자세히 살펴보려는 듯 내 주위를 빙글빙글 돌았다. 마시니가 흥분한 게 느껴져서 나도 신이 났다. 정글에서 어린 동생들과 함께 놀던 기억이 떠올랐다. 마시니도 심심해서 나랑 놀고 싶어 하는 것 같았다.

내가 마시니에게 손을 뻗자 조금 떨어진 곳에서 날카롭게 포효하는 소리가 들렸다. 낮잠을 자던 커닝가가 이쪽으로 달려오고 있었다. 나와 놀고 싶어 하는 게 아니라는 건 분명했다. 커닝가는 외부에서 온 침입자인 나를 쫓아내려고 하는 것이다. 나는 겁을 먹고 그대로 뒤로 돌아 도망치기 시작했다.

나는 언덕을 내려가 아래쪽에 있는 물웅덩이까지 도망쳤지만 커닝가는 계속해서 쫓아왔다. 커닝가는 나를 한쪽 구석으로 몰아넣었다. 도망칠 곳을 잃은 나는 속수무책으로 두드려 맞을 수밖에 없었다. 내가 왜 이런 일을 당해야 하는지 이해가 되지 않았다. 슬프고 억울했다. 겨우 틈을 노려 빠져나가 다시 언덕 위로 도망쳤다. 커닝가는 소리를 지르며 쫓아왔다.

나는 죽을힘을 다해 달렸다. 오로지 커닝가에게서 도망쳐야 한다는 생각뿐이었는데, 정신을 차리고 보니 실버백 오마리가 바로 내 눈앞에 있었다. 무리의 우두머리에게 최악의 첫인상을 심어 주고 말았다는 생각에 후회가 밀려왔다.

그 순간, 오마리가 몸을 벌떡 일으키더니 내 쪽으로 달려왔다. 오마리는 200킬로그램이 넘는 거대한 실버백이다. 나는 실버백의 엄청난 존재감에 완전히 압도당했다. 그 자리에 그대로 얼어붙어 꼼짝도 할 수 없었다.

오마리는 내 앞에 멈춰 서서 나를 물끄러미 쳐다보았다. 뒤따라온 커닝가가 오마리 옆으로 끼어들어 나를 다시 공격하려고 했다. 하지만 오마리가 커닝가의 어깨를 탁 치며 그만하라는 듯 으르렁댔다. 커닝가는 콧김을 내뿜으며 불만을 나타냈지만 이내 포기한 듯 어디론가 사라졌다.

오마리의 중재 덕분에 추격에서 벗어난 나는 그제야 숨을 돌릴 수 있었다. 나는 그에게 인사를 건넸다. 오마리도 내게 반갑게 인사했다. 그러고는 품평하듯 나를 지그시 바라보았다. 어디선가 느닷없이 나타난 암컷이 신기한 듯했다. 내 주위를 천천히 돌며 주의 깊게 살피는 모습이 먼 기억 속 아이작을 떠올리게 했다. 하지만 오마리는 아이작과는 전혀 달랐다. 아이작보다 몸집도 더 크고 나이도 더 많았지만 오마리의 몸엔 상처가 하나도 없었다.

오마리에게서는 여유가 느껴졌고, 자신감 넘치는 표정은 더할 나위 없이 아름다웠다. 하지만 나는 그런 오마리를 보며 큰 상처를 입고 고독감에 시달리던 아이작을 떠올렸다. 아이작도 동물원에 살았으면 그렇게 고생하지 않아도 됐을 텐데. 반대로 오마리가 정글에서 살았다면 이렇게 무사하지는 못했겠지.

오마리는 내 존재를 인정한 듯 기분 좋게 고개를 끄덕여 보이더니 천천히 나무 아래로 돌아갔다. 나는 무리의 우두머리에게 합류를 허락받은 것이다.

그로부터 일주일 후에 고릴라 파크를 가리고 있는 천을 걷게 되었다. 일주일 사이에 나는 무리에 완벽하게 적응했다. 커닝가와 카비디는 초반에는 나를 경계하는 기색을 보였지만 오마리가 나를 인정했기 때문에 노골적으로 공격하는 일은 없었다. 그리고 시간이 지나면서 둘의 새끼인 마시니, 사롕게와 내가 잘 노는 모습을 보고 커닝가와 카비디도 나를 받아들이기로 한 듯했다.

　제막식에 맞추어 열린 기자회견 자리에는 홉킨스 원장과 함께 나도 참석했다. 동물원 안에 마련된 기자회견장에 우리가 모습을 드러내자 여기저기서 카메라 플래시 세례가 쏟아졌다. 나는 엄청나게 긴장했지만 그 와중에도 자신감을 잃지 않고 당당하게 행동할 수 있었던 것은 유나가 맞춤으로 만들어 준 옷 덕분이었다. 릴리를 처음 만났을 때 그녀가 입고 있던 것과 동일한 붉은색 재킷과 배기팬츠가 내게 자신감을 심어 주었다. 그 옷을 입고 있으면 사람들 앞에서 제대로 복장을 갖추고 있다는 확신이 들었다. 유나가 밤낮없이 제작에 매달린 결과, 다행히 기자회견 날짜에 맞춰 내게 딱 맞는 옷이 완성된 것이다.

　기저귀도 나한테 맞춰서 새로 만들어야 할 거라고 생각했는데 릴리가 마트에서 사다 주었다. 내게 맞는 사이즈가 있다는 사실에 놀랐는데 릴리의 말에 따르면 더 큰 것도 있다고 했다.

　먼저 홉킨스 원장이 마이크를 들고 입을 열었다. 이렇게 기자회견을 하게 되어 기쁘다, 우리 동물원에 로즈를 맞이하게 되어 영광이다, 관계자 여러분께 감사드린다, 가능한 한 빨리 여러분께 보여드리고 싶었지만 우선은 로즈가 동물원에 적응할 시간을 충분히 확보할 필요가 있었다 등등. 원장은 평소와 다름없이 정중하고 신사적인 어조로 말을 이어 나갔지만, 벌겋게 달아오른 뺨을 보면 그가 매우 흥분한 상태라는 사실을 알 수 있었다.

이윽고 원장이 내 이름을 불렀다. 내가 자기소개를 할 차례가 된 것이다.

"미국에 계신 여러분, 안녕하세요. 처음 뵙겠습니다. 로랜드고릴라인 로즈입니다."

내가 인사하자 기자석이 술렁였다.

"저는 카메룬의 드야 동물 보호구역에서 태어나고 자랐습니다. 보호구역 내에 있는 베르투아 유인원 연구소의 첼시 존스 박사와 저희 어머니께 수어를 배웠고요. 저희 어머니도 첼시 박사에게 수어를 배웠다고 합니다. 저는 작년까지 정글에 살았지만 아버지의 죽음을 계기로 미국에 오게 되었습니다. 제가 이렇게 수어로 여러분 앞에서 말할 수 있는 것은 SL테크에서 만든 장갑 덕분입니다. 많은 분들이 물심양면으로 도와주신 덕분에 지금 제가 이 자리에 있을 수 있는 것입니다. 이 자리를 빌려 다시 한번 도움을 주신 모든 분들께 감사드립니다. 한 달간의 격리 기간을 거쳐 지금은 이곳 클리프턴 동물원의 고릴라 파크에서 오마리네 무리와 함께 생활하고 있습니다. 오마리는 좋은 리더이고, 무리에 속한 모두와 사이좋게 잘 지내고 있습니다. 클리프턴 동물원에 오게 되어 정말 기쁩니다. 여러분과 만날 날을 손꼽아 기다리고 있습니다. 부디 저를 만나러 와 주세요. 감사합니다."

내가 인사를 마치자 다음 순서인 질의응답으로 넘어갔다. 정면에 앉은 기자 몇 명이 손을 들었고, 원장이 한 사람씩 지명해서 순서대로 질문을 받았다.

"수어를 구사하는 것에 놀랐습니다. 배우는 게 힘들지는 않았나요?"

"수어는 제가 태어났을 때부터 항상 저와 함께 있었습니다. 매일같이 첼시 박사와 어머니가 때로는 엄하게 때로는 자상하게 수어를 가르쳐 주었기 때문에 제게 있어서 수어를 배운다는 것은 지극히 자연스러운 일이었습니다. 새로운 말을 하나 배울 때마다 세상이 그만큼 넓어진다는 사실이 기뻐서 딱히 힘들다는 생각은 하지 않았습니다." 나는 첫 번째 질문에 대답했다.

"옷을 입고 있는 모습은 오늘 처음 본 것 같은데요, 평소에 생활할 때도 옷을 입고 있나요? 옷을 입는다는 것은 동물원 측에서 낸 아이디어인가요, 아니면 당신이 스스로 원한 건가요?"

"제 친구인 릴리 조를 처음 만났을 때, 그녀가 동물원에 입고 온 옷을 보고 저도 이런 옷을 입고 싶다고 생각했습니다. 그 옷이 굉장히 마음에 들었기 때문에 릴리의 옷을 만든 곳에 연락해서 제게도 똑같은 옷을 만들어 달라고 부탁했습니다. 보레알리스는 릴리의 친구인 유나 강이 론칭한 브랜드입니다. 아마 앞으로도 제 옷은 이쪽에 부탁하게 될 것 같습니다. 물론 다른 고릴라들과 함께 있을 때는 옷을 입지 않습니다. 사람들 앞에 설 일이 있을 때만 입을 예정입니다. 이건 어디까지나 제가 원한 것이지 동물원 측의 아이디어는 아닙니다."

두 번째 기자의 질문에 대답하면서 릴리와 유나의 이름을 언급할 수 있어서 기뻤다. 두 사람에게 조금이나마 은혜를 갚은 것 같았다.

"고릴라 파크에서 생활한 지 일주일 정도 되었다고 들었는데 시설은 마음에 드나요? 다른 고릴라들은 어떤가요?"

"고릴라 파크는 처음 본 순간부터 마음에 들었습니다. 제 고향이랑 분위기가 굉장히 비슷하거든요. 우두머리인 오마리는 성격이 온화하고 너그러워서 무리 안에서 분쟁이 발생하면 바로 중재에 나섭니다. 언제든 의지할 수 있는 든든한 리더입니다. 카비디는 아직 어린 라이사를 잘 돌보고 있고, 커닝가도 좋은 엄마입니다. 마시니와 사렝게는 사내아이들답게 씩씩하고 놀기를 좋아합니다. 좋은 무리에 들어오게 되어 감사하게 생각하고 있습니다."

"미국에 대한 인상은 어떤가요? 정글이 그립지는 않나요?"

"미국에 왔다고는 하지만 저는 아직 이 동물원밖에 모릅니다. 다만 지금까지 만난 사람들은 모두 좋은 사람들이었습니다. 그리고 고릴라 파크에는 고릴라가 살아가는 데 필요한 모든 것이 갖추어져 있지만 그래도 정글은 아니기 때문에 가끔은 정글이 그리워지기도 합니다. 그럴 때면 저는 같은 동물원 부지 내에 있는 정글 트레일 구역을 찾아갑니다. 정글 트레일 구역에는 콜로부스 원숭이, 오랑우탄, 보노보를 비롯해 총천연색의 아름다운 새들이 살고 있습니다. 그곳에 가면 마치 정글에 온 듯한 기분이 듭니다. 아이들이 놀 수 있는 장소도 마련되어 있으니 꼭 한번 가 보시길 추천해 드립니다. 오늘 오신 기자 여러분도 돌아가시기 전에 동물원을 한번 둘러보고 가시기 바랍니다. 이곳에는 다른 데서 쉽게 볼 수 없는 희귀한 동물이라든가 귀여운 동물이 아주 많거든요."

"오마리와 사이가 좋은 것 같은데 둘 사이에서 새끼를 기대해도 될까요?"

이어지는 기자의 질문을 듣고 내 귀를 의심했다. 이 사람은 지금 자기가 나한테 무슨 질문을 했는지 알고는 있는 걸까. 무례한 질문자에게 제대로 한 방 먹여 줘야겠다는 생각이 들었다.

"당신이 다른 기자분들 앞에서 당신의 성생활에 대해 말해 준다면 그걸 들은 후에 대답하도록 하겠습니다." 내 대답을 듣고 그 자리에 있던 사람들이 일제히 폭소를 터뜨렸다.

"죄송합니다. 질문을 철회하겠습니다." 질문을 한 기자는 무안한 표정으로 입을 다물었다.

"오마리는 훌륭한 아버지이고 저도 아이를 원합니다. 제가 말

쏟드릴 수 있는 건 여기까지입니다."

"사람들에게 하고 싶은 말이 있나요?"

"클리프턴 동물원은 아주 훌륭한 동물원이니 다들 꼭 와 보시기 바랍니다. 또 제 고향은 동물 보호구역으로 지정되어 있지만 현재 전 세계적으로 숲이 사라지면서 동물들이 살 곳이 줄어들고 있습니다. 사람들이 동물에게 조금만 더 관심을 가져 주면 좋겠습니다. 실제로 정글에 가 봄으로써 비로소 깨닫게 되는 것들도 있다고 생각합니다. 제 고향 드야 동물 보호구역도 아주 멋진 곳입니다. 현지 가이드인 테오에게 부탁하면 안전하게 야생 고릴라를 관찰할 수 있도록 안내해 줄 겁니다."

테오와 한 약속을 지킬 수 있어서 다행이었다. 나는 그의 이름을 무사히 언론에 소개했다는 사실에 만족했다. 보다 많은 사람들이 정글에 가서 야생 동물이 사는 모습을 두 눈으로 직접 보게 된다면 너무 좋을 것 같았다. 사람들이 동물의 목숨에 조금만 더 관심을 가져 준다면 세상은 지금보다 훨씬 더 살기 좋은 곳이 되지 않을까.

질의응답을 마친 후에는 샘과 첼시가 로즈 고릴라 연구기금에 대해 소개했다. 기금의 목적은 고릴라에 관한 연구를 지속하는 것, 다시 말해 샘과 첼시의 생활비를 마련하는 것이었다. 기부자에게는 기부 금액에 따라 혜택이 주어졌다. 돈을 내면 나와 대화를 나눌 수 있다는 것 같았다.

즉 앞으로 나는 출자자들과 사이좋게 지내야 한다는 말이었다. 다른 동물들과 달리 나에게는 책임감 있는 행동이 요구되었다. 나는 얼마든지 잘할 자신이 있었기 때문에 딱히 문제 될 것은 없었다.

기자회견은 홉킨스 원장의 감사 인사와 함께 무사히 마무리되었다. 원장은 내 대답이 아주 훌륭했다고 칭찬해 주었고, 나는 어깨가 으쓱했다.

동물원에서의 생활은 즐거웠다. 나는 고릴라 파크에서 오마리를 비롯한 다른 고릴라들과 함께 생활하면서 매일 몇 팀씩 관람객들을 만나 대화를 나눴다. 동물원에서 일하는 직원도 관람객도 모두 다 상냥하고 예의 바른 사람들뿐이었기에 나는 신시내티에서의 삶에 대단히 만족했다. 만약을 위해 샘과 첼시가 동물원에 대기하고 있었지만 내가 그들을 필요로 하는 일은 생기지 않았다. 필요한 것이 있으면 동물원 직원들에게 부탁했고, 친구와 수다를 떨고 싶을 때는 릴리에게 전화했다.

기자회견을 마치고 보름쯤 지났을 무렵, 동물원 전체를 들썩이게 만드는 소식이 전해졌다. 이번에 동물원에서 새로 태어난 아기 하마의 이름이 정해진 것이다. 이름을 공모한 결과, 전 세계에서 수많은 의견이 접수되었다고 했다.

동물원에서는 관람객의 참여를 유도해서 모두가 함께 즐길 수 있도록 다양한 이벤트를 진행하고 있었다. 솔직히 아기 하마가 조금 부러웠다.

홉킨스 원장에게 그 이야기를 하자 그렇다면 내게는 이미 이름이 있으니 성을 공모해 보자고 했다. 원장과 내가 라이브 방송을 진행하며 의견을 모집하자 순식간에 댓글이 몰려 서버가 터져 버렸다. 나를 만나고 싶어도 동물원까지 직접 찾아올 수는 없는 사람이 이렇게나 많다는 사실을 그때 처음 깨달았다. 이렇게 많은 사람들이 화면 너머에서 나를 보고 있다. 내 이름을 함께 생각해 주고 있다. 그렇게 생각하니 가슴이 터질 것만 같았다.

댓글 창에 올라온 이름을 전부 다 확인하지는 못했지만, 우연히 눈에 띈 이름이 마음에 쏙 들었다.

너클워커*.

이름을 본 순간, 이거다 싶었다. 독특하고 멋있었다. 이름만 들어도 바로 상대가 고릴라임을 알 수 있는 이름. 누가 봐도 내 이름이었다. 그날부로 나는 로즈 너클워커가 되었다.

내가 생각보다 훨씬 더 빠르게 동물원에 적응한 덕분에 엄마의 미국행이 반년 정도 앞당겨지게 되었다. 샘과 첼시는 일단 카메룬으로 돌아가 엄마를 데리고 뉴욕에 있는 브롱스 동물원으로 간 다음 거기서 1년 동안 엄마와 함께 지내며 적응을 도울 예정이었다. 즉 나와는 1년 반이나 떨어져 있게 된다는 말이었다. 하지만 전혀 불안하지 않았다. 나는 이미 완벽하게 클리프턴 동물원의 일원이 되어 있었기 때문이다.

---

* 손가락 관절을 뜻하는 너클(knuckle)과 걷는 사람이라는 뜻의 워커(walker)을 합성한 것. 주먹을 쥔 채 관절이 있는 손등으로 지면을 누르며 네 발로 움직이는 고릴라의 보행 방식을 너클워킹(Knuckle-walking)이라고 한다.

클리프턴 동물원은 관람객에게 볼거리를 제공하는 동시에 동물들도 즐길 수 있는 이벤트를 준비하는 데 능했다. 예를 들어 무더운 여름철에는 꽝꽝 언 과일이 담긴 통을 여기저기 놓아두었다. 난생처음 얼린 과일을 맛보게 된 나는 눈이 휘둥그레져서 좀처럼 녹지 않는 얼음과 씨름하며 차가운 과일을 열심히 꺼내 먹었고, 관람객들은 언덕 위 전망대에서 우리를 내려다보며 즐거워했다.

10월이 되자 동물원은 온통 핼러윈 분위기로 물들었다. 우리에게는 해골처럼 속을 파내고 눈, 코, 입을 도려낸 호박이 제공되었다. 호박 안은 우리가 좋아하는 과일로 가득 차 있었고, 우리가 호박에 손을 뻗으면 사람들은 손뼉을 치며 좋아했다.

사람들이 가장 좋아하는 것은 우리 사이의 관계성이 드러나는 순간이었다. 예를 들어 천방지축 말썽꾸러기인 사렝게와 마시니가 막내인 라이사를 데리고 놀다가 라이사를 다치게 만들어서 아버지인 오마리에게 혼이 나면 사람들은 그 모습을 보며 환호성을 질렀다. 형제끼리 싸우다가 부모한테 혼나는 것이 인간과 크게 다르지 않다고 느끼는 듯했다. 카비나 오마리가 라이사를 안고 있는데 라이사가 품에서 벗어나려고 버둥거리는 모습을 보면 인간이나 고릴라나 자식 키우기가 힘들기는 마찬가지라며 웃었다. 사람들은 우리에게서 자기와 닮은 점을 찾아냈고, 그 부분에 공감했다. 아버지의 위엄, 어린아이의 장난기, 어머니의 애정. 그런 것들이 사람들의 마음에 어떤 감정을 불러

일으키는 것 같았다.

그리고 나 역시 이곳의 고릴라들과 함께 지내는 시간이 길어지면서 이들이 과거 내가 속했던 무리와 크게 다르지 않다는 사실을 깨닫게 되었고, 그 속에서 편안함을 느꼈다. 나는 늠름하고 의젓한 오마리에게 끌렸다. 오마리는 다정했고, 나를 소중히 대해 주었다. 나는 오마리가 좋았다. 오마리뿐만 아니라 여기 있는 모두가 나의 새로운 가족이 되었다.

이제 내게 필요한 것은 오마리와 나 사이의 아이뿐이었다. 그리고 나는 좋아하는 남자의 관심도 끌 줄 모르는 어리숙한 여자가 아니었다.

10

"헤이, 오랜만. 요즘은 어때? 뭐 재밌는 일 없었어?" 한 달 만에 찾아온 릴리가 나를 가볍게 끌어안았다. 릴리의 말투는 무뚝뚝하고 단도직입적이었지만 나는 오랜만에 친구의 목소리를 들을 수 있다는 것만으로도 충분히 기뻤다. 우리는 다른 관람객들에게 방해받지 않기 위해 예전에 내가 격리 기간 동안 생활했던 방에서 만났다.

"그러고 보니 얼마 전에 좀 이상한 일이 있었어. 아프리카계 흑인으로 보이는 사람이 나한테 깜둥이라고 했어."

"하하하, 그것 참 재밌네. 그래서 넌 어떻게 했는데?"

"어차피 난 그런 말을 할 수도 없고, 그 남자한테도 그런 말은 하면 안 된다고 했어."

"로즈는 착한 아이구나. 너다운 반응이라고 생각해. 그랬더니 뭐래?"

"그 사람 말로는 아프리카계 흑인들끼리 사용하는 건 괜찮대. 나는 지금까지 한 번도 내가 아프리카계라고 생각해 본 적이 없기 때문에 깜짝 놀랐어. 물론 내가 아프리카에서 온 건 사실이고, 그렇게 따지면 모든 고릴라는 아프리카계라는 말이 되겠지만…. 나는 깜둥이가 아니라고 했더니 그가 말하길 '넌 까맣잖아. 그리고 아프리카에서 왔고. 그럼 당연히 우리랑 같은 깜둥이지'라고 했어."

"하하, 영광이네. 그 사람은 너를 친구라고 생각했다는 말이니까. 이거 참 재밌는걸. 그 사람한테는 네가 고릴라라는 사실보다 검다는 사실이 더 중요했다는 거잖아."

"잘은 모르겠지만 흑인들이 특히 더 나를 허물없이 대하는 것 같기는 해. 털색 때문에 내게 친근감을 느끼는 걸까? 기분 탓일 수도 있겠지만 아시아인들도 나를 좋아하는 것 같아."

"아, 그건 알 것 같아. 로즈 넌 유나가 만든 옷만 입고 나랑도 사이가 좋잖아. 그런 모습을 보면 아무래도 아시아인 입장에서는 네가 좀 더 가깝게 느껴지겠지."

"흑인들은 나를 흑인이라고 생각하고, 아시아인들은 나를 아시아인이라고 생각한다는 거야? 나는 고릴라인데 내 털색이나 내가 입은 옷을 가지고 '인종'을 구분한다고? 친구라고 생각해 주는 건 고맙지만 그건 좀 아닌 것 같은데…."

"네 말이 맞아. 인간은 제멋대로니까. '우리'를 정의하는 기준을 남한테도 그대로 적용하는 거지. 뭐 네가 신경 쓴다고 해서 바뀔 문제도 아니니까 너도 그 앞에서는 그냥 친구인 척해."

"응. 하지만 어째서 다들 고릴라를 보러 왔으면서 내 안에서 인간을 보려고 하는 걸까? 사실은 나를 보러 오는 게 아니라 각자가 보고 싶은 걸 보러 오는 것 같아."

"원래 다 그런 거야. 실망했어?"

"아니, 인간들은 정말 재밌어. 저마다 머릿속에서 상상하는 게 다 다르니까 자기 눈에 보이는 것도 다른 거잖아. 고릴라와는 다르게."

"로즈 넌 정말 어른이구나. 다른 고릴라들이랑은 사이좋게 지내고 있어?"

"응, 많이 친해졌어. 어린 고릴라들이랑은 자주 같이 놀고, 오마리랑도 거리가 많이 좁혀진 것 같아."

"그래? 오마리랑 무슨 일 있었어?"

"교미했어."

"뭐?! 정말? 대박. 다들 알고 있어?" 릴리는 눈이 휘둥그레져서 호들갑을 떨었다.

"아직 아무한테도 얘기하지 않았지만 동물원 직원들은 눈치챈 것 같아. 사람들한테 괜한 기대를 심어 주면 곤란하니까 아마 동물원 측에서도 임신이 확실해질 때까지 언론에는 알리지 않을 것 같아."

"그래? 그렇다면 다행이고. 그나저나 어떻게 된 거야? 오마리가 꼬셨어? 자세히 좀 말해 봐." 릴리가 히죽히죽 웃으며 나를 쿡쿡 찔렀다.

"주위에서 잘 안 보이는 곳에 우리 둘만 있을 때 내가 꼬셨어."

릴리는 내 말을 듣고 입을 헤 벌린 채 눈만 깜빡이다가 이윽고 정신을 차리고는 손뼉을 치며 웃었다.

"역시! 너라면 할 수 있을 줄 알았어. 멋지다!" 그러면서 오른손을 높이 들어 보였다. 나는 릴리의 손에 내 손을 갖다 댔다.

"나는 강한 여자야. 하지만 고릴라는 원래 다 그래. 보통은 여자가 주도권을 쥐고 있어."

"정말? 고릴라는 내가 생각했던 것보다 훨씬 더 멋진 동물이구나? 수컷이 엄청 강해 보이니까 암컷은 얌전히 복종할 거라고만 생각했어."

"암컷 고릴라는 굉장히 자유로워. 기본적으로는 자기가 속한 무리의 우두머리에게 복종하지만, 우두머리가 못 미덥거나 마음에 들지 않으면 언제든지 다른 무리로 옮겨갈 수 있어."

"흐음, 좋네. 뭐가 됐든 자유로운 게 최고야. 아무튼 오마리랑 짝짓기를 했다는 건 아이작에 대한 미련은 버렸다는 거지?"

릴리에게는 아이작에 관해 이야기한 적이 있었다. 내가 미국에 오지 않았다면 아마도 아이작과 함께 살았을 거라고. 아이작은 아주 매력적인 고릴라였다고.

"아이작은 카메룬에 있으니까 더 이상 만날 수 없고, 나는 오마리의 무리 안에서 행복해지기로 마음먹었어. 오마리는 아주 다정하고 나를 소중히 여겨 줘. 좋은 반려이자 강하고 믿음직스러운 리더니까 다른 수컷을 찾을 필요는 없어. 나는 이 동물원에 오게 돼서 정말 행복해."

"엄마, 저기 고릴라가 있어. 물놀이하나 봐."

얼마 전 네 살이 된 니키는 난생처음 방문한 동물원에서 흥분을 감추지 못했다. 저녁이 다 되어가는 시간이라 전체적으로 관람객이 많이 줄기는 했지만 고릴라 파크 주변에는 여전히 사람이 많았다. 사람들은 로즈가 보이지 않는다는 사실에 실망했지만 대신 오마리와 다른 고릴라들을 보며 즐거워했다.

"그러게, 고릴라가 정말 크네." 안젤리나는 아이를 쳐다보지도 않고 대답했다. 앤드류가 걷기 싫다고 떼를 쓰는 바람에 계속 안고 다니느라 니키를 신경 쓸 여유가 없었다. 사내아이 둘을 데리고 동물원을 돌아다니는 것은 쉬운 일이 아니었다. 피로가 한계치에 달해 고릴라 따위는 보고 싶지도 않았다. 신이 나서 여기저기 뛰어다니는 니키를 놓치지 않기 위해 쫓아가는 게 고작이었다.

"엄마, 나도 고릴라랑 같이 물놀이하고 싶어! 안에 들어가도 돼?" 니키는 평소에도 에너지가 넘치는 아이였지만 특히나 지금처럼 다양한 동물들을 만나 감동과 흥분이 절정에 달한 상태에서는 더더욱 감당이 되지 않았다.

"당연히 안 되지. 울타리 안으로 들어가면 절대 안 돼." 품에 안은 앤드류가 자꾸 보채서 니키가 어떻게 하고 있는지 일일이 확인하기도 귀찮았다.

"나 들어갈래."

"엄마가 안 된다고 했지!" 안젤리나는 버럭 짜증을 냈다.

"고릴라랑 놀 거야." 니키는 들은 척도 하지 않았다.

"똑같은 말 반복하게 하지 말고 이리 와. 집에 가자." 안젤리나는 그제야 니키 쪽을 돌아보며 말했다. 억지로라도 끌고 돌아갈 생각이었다.

하지만 방금 전까지 아이가 있던 자리에는 아무도 없었다.

"니키?"

그 순간, 옆에 있던 사람들이 웅성거리기 시작했다.

"큰일이다! 남자아이가 떨어졌어!" 바로 옆에 있던 남자가 소리쳤다.

"니키! 니키!" 안젤리나가 울타리 너머로 몸을 내밀고 아래를 내려다보자 10미터쯤 떨어진 절벽 아래에 낯익은 파란색 셔츠가 보였다. 니키가 틀림없었다. 니키는 물속에 얼굴이 잠긴 채 둥둥 떠 있었다.

도저히 믿기지 않는 현실에 안젤리나의 얼굴에서 핏기가 가셨다. 니키가 죽었다. 잠깐 눈을 뗀 사이에 아이가 울타리를 넘어가 절벽에서 떨어져 버린 것이다. 다리에 힘이 풀려서 그 자리에 털썩 주저앉고 말았다.

"살아 있어! 아이는 아직 살아 있다고! 물 위에 떨어진 덕분에 목숨을 건졌나 봐!" 아까 그 남자가 다시 외쳤다.

아직 살아 있다고? 안젤리나는 정신을 차리고 다시 울타리 너머로 몸을 내밀어 니키를 찾았다. 니키는 정말로 살아 있었다. 물웅덩이 한가운데 우두커니 서서 울기 시작했다.

"니키! 엄마 여기 있어!" 안젤리나는 목청껏 외쳤다. 고개를 숙인 니키가 들을 수 있도록 계속해서 소리를 질렀다. 하지만 그것은 좋은 판단이 아니었다.

사람들의 비명이 고릴라의 신경을 건드렸고, 팽팽하게 긴장된 분위기가 고릴라들에게도 그대로 전해졌다. 오마리는 지금 이 소란의 중심이 절벽 아래 물웅덩이에 있는 소년이라는 사실을 알아채고 소년에게 천천히 다가갔다.

"큰일이다! 고릴라가!"

"빨리 직원한테 전해! 남자아이가 고릴라 우리 안으로 떨어졌다고! 게다가 고릴라가 아이한테 접근하고 있다고!"

오마리가 소년에게 가까이 다가가자 사람들의 흥분은 최고조에 달했다. 오마리는 사람들이 떠드는 소리에 놀라 소년의 팔을 꽉 붙잡더니 반대쪽으로 도망쳤다. 아이는 이렇다 할 저항도 하지 못한 채 물속을 이리저리 끌려다니다가 콘크리트에 머리를 부딪쳤다.

안젤리나는 정신을 차릴 수가 없었다. 만약 앤드류를 안고 있지 않았다면 자신도 울타리를 넘어 니키가 있는 곳으로 뛰어내렸을 것이다. 하지만 실제로는 압도적인 공포에 온몸이 얼어붙어서 손가락 하나 까딱할 수 없었다.

"니키, 엄마가 많이 사랑해! 엄마 여기 있어!" 안젤리나가 할 수 있는 일이라고는 니키를 향해 소리치는 것뿐이었다.

홉킨스 원장이 사건을 보고받은 것은 오후 4시가 조금 넘은 시각, 사건 발생 시점으로부터 2분이 지나서였다. 아이가 고릴라 우리 안으로 떨어졌고, 오마리가 아이를 질질 끌고 다니고 있다는 사실을 전해 들은 원장은 자신이 해야 할 일을 직감적으로 깨달았다. 그는 비서에게 사격팀을 부르라고 지시했다.

"사격팀에게 진정제를 준비하라고 할까요?" 비서가 사무실 안쪽 자리에 있는 원장에게 물었다.

"아니, 실탄도…. 진정제랑 같이 실탄도 가져오라고 전해 주게."

홉킨스 원장과 사격팀이 고릴라 파크에 도착한 것은 사건 발생 후 10분이 지나서였다. 오마리는 여전히 잔뜩 흥분한 상태로 아이를 붙잡고 있었다. 다른 고릴라들은 직원들이 우리 밖으로 데리고 나간 상태였다. 큰 소리를 내서 오마리를 자극하는 일이 생기지 않도록 고릴라 파크 주변에 있던 사람들도 모두 이동시켰다.

오마리는 혼란스러워하고 있었다. 오마리에게 소년을 해칠 의도가 없다는 건 분명했다. 하지만 오마리가 소년을 잡은 손에 조금만 힘을 주어도 아이는 뼈가 부러질 거고, 팔을 붙잡고 휘두르기라도 한다면 그대로 목숨을 잃을 가능성이 높았다. 홉킨스 원장에게는 고민하고 있을 시간이 없었다.

"실탄이다. 부탁하네." 원장은 지시를 기다리는 사격팀에게 전했다. 명령을 전달받은 남자는 총을 들고 오마리를 조준했다. 남자는 이런 상황에 대비해 훈련을 거듭해 온 프로였다.

"신이시여, 부디 용서를…."

원장의 기도에 답한 것은 신이 아니라 한 발의 총탄이었다. 귀를 찢는 듯한 날카로운 총성이 한차례 울려 퍼진 후, 모든 상황이 종결되었다.

"그래서 아이 이름은 뭘로 할지 정했어?" 릴리가 장난스럽게 물었다.

"아직 거기까지는 생각 안 해 봤어. 릴리는 성격이 너무 급해. 아직 임신도 안 했는데 무슨 소리야."

"급하긴. 몇 번 합방하다 보면 애는 금방 생길걸. 여자아이면 내 이름을 가져다 써도 좋아."

"친구 이름이랑 자식 이름이 똑같으면 헷갈릴 것 같으니까 다른 이름으로 할래." 아이 이름에 대해서는 한 번도 생각해 본 적이 없었다. 내 안에서 그건 아직 먼일이었으니까.

"아들이랑 딸 중에서 어느 쪽이 좋아?" 릴리가 계속해서 물었다.

"글쎄. 어느 쪽이든 다 좋을 것 같은데." 릴리와 이야기를 나누다 보니 이제 곧 아이를 갖게 될 거라는 실감이 나기 시작했다. 아이를 갖고 싶다는 생각은 아주 예전부터, 카메룬에 있을 때부터 해 왔지만 막상 그 상황이 되자 뭔가 신기한 기분이 들었다.

"내가 아이를 갖는다니 기분이 이상해. 나도 아직 애 같은데…."

그 순간, 어디선가 탕! 하는 소리가 들렸다. 갑자기 들려온 큰 소리에 우리 둘 다 화들짝 놀라 얼굴을 마주 보았다.

나는 소리가 난 쪽을 돌아보았다. 말이 나오지 않았다.

"방금 그 소리는 뭐지? 총 쏘는 거 같지 않았어?"

릴리는 총소리 같다고 했지만 나는 총소리를 들어본 적이 없기 때문에 대답할 수 없었다.

하지만 안 좋은 예감이 들었다.

무언가 굉장히 안 좋은 예감에 가슴이 꽉 조여들었다.

"어쩌면 누가 동물원 안에서 발포했는지도 모르겠다. 밖에 나가면 위험하니까 일단은 여기 있는 게 좋겠어." 나는 릴리의 말에 고개를 끄덕였다.

얼마 지나지 않아 홉킨스 원장이 내 핸드폰으로 전화를 걸어 왔다. 나는 조금 전 들린 총소리에 대해 물었지만 원장은 아무것도 가르쳐 주지 않았다. 다만 내게 긴히 할 말이 있으니 지금 당장 고릴라 파크로 와 달라고 했다. 이제는 안전하다면서. 원장이 갑자기 나를 찾는다는 게 이상했다. 나는 불안한 마음에 릴리한테 같이 가 달라고 부탁했다.

고릴라 파크 주변에는 기이한 긴장감이 감돌고 있었다. 아직 폐원 시간도 되지 않았는데 관람객이 한 명도 보이지 않았고, 정체를 알 수 없는 고요함이 나를 한층 더 불안하게 만들었다. 나는 릴리에게 밖에서 기다려 달라고 한 뒤 사육사용 통로를 통과해 우리 안으로 들어갔다.

이상하게도 고릴라 파크 안에는 고릴라가 한 마리도 없었다. 홉킨스 원장은 절벽 아래에 있었고, 그 외에는 몇몇 직원들뿐이었다.

홉킨스 원장은 나를 보더니 내 쪽으로 가까이 다가와 아무 말도 하지 않고 나를 꽉 끌어안았다. 나는 영문을 알 수가 없어서 혼란스러웠지만 잠자코 원장이 이 상황을 설명해 주기만을 기다렸다.

"로즈, 네가 없는 사이에 사고가 있었단다. 미안하구나. 설마 이런 일이 생길 줄이야… 고릴라 파크가 생긴 후 지금까지 38년 동안 이런 사고는 한 번도 일어난 적이 없었는데 말이다."

언제나 이성적이고 침착한 홉킨스 원장이 평정심을 잃고 있었다. 좀처럼 본론으로 들어가지 않고 계속 횡설수설하는 원장에게 짜증이 났다.

"대체 무슨 일이 있었던 거죠? 가르쳐 주세요."

"남자아이가 울타리를 넘어서 우리 안으로 들어와 절벽에서 떨어졌어."

"이 높이에서요? 아이는 무사한가요?" 나는 깜짝 놀랐다. 어린아이라면 죽을 수도 있는 높이였기 때문이다.

"아이는 무사해. 그런데 오마리가 그 아이를 붙잡았어. 위쪽에서 사람들이 비명을 질러대는 걸 보고 많이 놀랐는지 아이의 한쪽 팔을 붙잡고 질질 끌고 다닌 모양이야."

나는 할 말을 잃었다.

"그래서 우리는 아이의 목숨을 구하기 위해 오마리를 총으로 쐈단다. 쏠 수밖에 없었어." 원장은 내게서 시선을 피하며 말했다. 목소리가 너무 작아서 거의 들리지 않았다.

"오마리는 어떻게 됐어요? 지금쯤이면 마취가 풀리지 않았을까요? 아직 못 움직이나요?" 오마리가 무사한지 걱정이 돼서 견딜 수가 없었다.

"진정제를 쓸 수 있는 상황이 아니었어. 그래서 실탄을 쐈다. 미안하구나…" 그렇게 말하는 원장의 시선이 한쪽 구석으로 향했다. 시선 끝에는 파란색 비닐 시트가 깔려 있었다. 시트가 기묘한 형태로 불룩 튀어나와 있어서 그 아래에 무언가 있다는 사실을 멀리서도 알 수 있었다.

나는 비닐 시트 쪽으로 천천히 다가갔다. 시트 모서리를 걷어서 그 아래 놓인 것을 확인했다.

예상했던 대로였다. 거기에는 내가 사랑한 고릴라가 누워 있었다. 피투성이이긴 했지만 표정은 마치 잠든 것처럼 평온해 보였다. 나는 아무 생각도 할 수가 없어서 그저 한참 동안 그 자리에 우두커니 서서 오마리의 사체를 내려다보았다. 홉킨스 원장이 내 옆으로 와서 어깨에 손을 올렸다.

"정말 미안하다. 나로서는 아이의 목숨을 우선할 수밖에 없었단다. 이곳에 있는 다른 동물들을 지키기 위해서는 다른 방법이 없었어. 네게 이해해 달라고는 하지 않으마. 지금은 그냥 오마리를 위해 함께 기도하자."

나는 원장에게 아무 말도 하지 못했다. 하지만 지금 해야 할 일이 기도라고는 생각하지 않았다. 나한테는 해야 할 일이 있었다. 하지만 그게 무엇인지 알 수가 없었다. 예상치 못한 돌발 상황에 사고가 정지되어서 아무 생각도 할 수 없었다.

내가 사랑하는 오마리가 살해당했다. 나는 무언가를 해야만 했다. 내가 무슨 생각을 하고 있는지 나조차도 알 수 없었다. 하지만 무의식중에 손이 저절로 움직였다.

"핸드폰, 전화…." 나는 전화를 걸고자 했다. 하지만 누구한테? 샘과 첼시는 카메룬에 있다. 릴리에게 전화한다고 해서 해결될 문제도 아니었다.

답은 정해져 있었다.

"핸드폰, 전화, 경찰." 내 손의 움직임을 감지한 장갑에서 여자 목소리가 들렸다. "경찰에 전화할까요?" 나는 경찰에 전화를 걸었다. 그게 이 상황에서 가장 올바른 판단이었다. 남편이 살해당했다. 그러니 경찰을 불러야 했다.

"로즈, 기다려! 그럴 필요 없어. 경찰한테는 우리가 이미 연락했으니 곧 올 거야." 홉킨스 원장이 나를 저지하려 했지만 내게는 그의 목소리가 들리지 않았다.

"네, 신시내티 경찰서입니다. 무슨 일이신가요?" 경찰서 직원이 침착한 목소리로 전화를 받았다.

"남편이 사살당했어요. 지금 당장 경찰관을 보내 주세요. 네, 사태는 진정되었고 저도 안전해요. 장소는 클리프턴 동물원, 고릴라 파크 안입니다."

사건은 큰 반향을 불러일으켰다. 미국뿐 아니라 전 세계의 언론사들이 클리프턴 동물원에서 일어난 비극을 앞다투어 보도했다. 각 분야의 전문가들이 나와서 저마다의 의견을 피력하며 사건의 책임이 누구에게 있는지를 밝히고자 했다.

가장 먼저 비난의 화살이 향한 곳은 동물원이었다. 고릴라 파크 주위에 설치된 울타리는 높이가 90센티미터 정도밖에 되지 않았다. 어린아이도 쉽게 넘어갈 수 있는 높이였기 때문에 사람들은 동물원의 안전 대책에 문제가 있다고 입을 모아 지적했다.

멸종 위기에 처한 동물을 죽이기로 결정한 원장의 선택을 비난하는 사람도 있었다. 인터넷상에서는 오마리가 아이를 해치려고 한 게 아니라 오히려 아이를 지키려고 한 거라는 의견이 대세를 이루었다. 오마리는 그저 절벽 위에서 시끄럽게 소리 지르는 사람들로부터 아이를 멀리 떨어뜨려 안전한 곳으로 데려가려고 했을 뿐이라는 거였다.

클리프턴 동물원은 신속하게 기자회견을 열었다. 홉킨스 원장은 남자아이가 병원으로 옮겨져 치료를 받았고 다행히 큰 상처는 발견되지 않았다는 소식을 전하면서 이번 사건에서 가장 중요한 사실은 바로 이 점이라고 거듭 강조했다. 울타리 높이에 관해서는 미국 전역의 동물원에 동일하게 적용되는 기준을 따르고 있다고 대답했다. 고릴라 파크가 만들어진 후 38년 동안 이와 비슷한 사건이 일어난 적이 한 번도 일어난 적이 없다는 점을 강조하는 한편, 집이나 차의 문을 열쇠로 잠그더라도 도둑이 열려고 마음먹으면 얼마든지 열 수 있는 것처럼 모든 사고를 미연에 방지하는 것은 불가능하다고 설명하는 홉킨스 원장의 말에는 설득력이 있었다.

그리고 실탄을 사용하게 된 경위에 대해서도 알기 쉽게 설명했다. 실제로 오마리에게는 아이를 해칠 의도가 전혀 없었을 수도 있다. 하지만 당시 오마리는 극도로 흥분한 상태였고, 무슨 짓을 할지 예측이 불가능한 상황이었다. 장성한 실버백의 완력은 상상을 초월할 정도로 강하기 때문에 설령 고릴라에게 상대를 죽이고자 하는 의도가 없더라도 힘 조절을 조금만 잘못하면 인간은 한순간에 목숨을 잃을 수도 있다. 원장은 언제나처럼 차분한 어조로 설명을 이어 나갔다. 진정제를 사용할 경우, 오마리가 기절할 때까지 아주 짧은 시간이기는 하지만 아이의 목숨이 위험할 수 있었다. 특히 총에 맞은 순간, 오마리가 충격과 고통으로 인해 격하게 반응할 가능성이 매우 높았다. 그렇게 말하는 원장은 평소와 달리 굳은 표정을 하고 있었다. 당시 상황을 최대한 솔직하고 자세하게 전하고자 하는 그의 진지한 얼굴에서는 깊은 고뇌가 묻어났다.

오마리가 자신을 비롯한 동물원 직원들에게 얼마나 사랑받는 존재였는지 설명하는 원장을 보고 있으면 오마리를 실탄으로 쏜다는 것이 그에게 얼마나 힘겨운 선택이었는지 알 수 있었다.

기자회견을 계기로 클리프턴 동물원에 쏟아지던 비난이 동정으로 바뀌자 다음으로 화살이 향한 곳은 아이의 엄마인 안젤리나였다. 사람들은 아이가 혼자서 울타리를 넘어가도록 내버려 둔 것은 부모의 잘못이라고 탓했다. 실제로 그날 아이 엄마가 아이를 제대로 챙기지 않았고, 아이가 우리 안으로 들어가겠다고 분명하게 말했음에도 불구하고 막지 못했다는 사실이 당시 현장에 있던 목격자들의 증언을 통해 밝혀졌다. 인터넷상에서는 아이 엄마를 욕하는 여론이 들끓었으며, 당시 현장에 있지도 않았고 이번 사건과는 아무런 관계도 없는 아이 아버지의 과거 범죄 경력이 까발려지고 안젤리나와 같은 이름을 가진 동명이인에게 협박장이 날아드는 등 사태는 걷잡을 수 없이 번져 나갔다.

한편 안젤리나에게 형사 책임을 물어야 한다는 청원에 30만 건이 넘는 서명이 모이면서 경찰도 움직이지 않을 수 없게 되었다. 무더운 날씨에 아이를 차 안에 방치한 부모가 아동 학대로 처벌당하는 것처럼 아이가 고릴라 우리 안으로 떨어지도록 내버려 둔 부모 역시 처벌받아야 한다는 논리였다. 안젤리나는 경찰 조사를 받았지만 물론 실제로 처벌당하는 일은 벌어지지 않았다.

그날 나는 현장에 도착한 경찰관에게 상황을 설명하려고 했다. 하지만 경찰관은 내가 고릴라인 것을 보더니 내가 아니라 옆에 있는 홉킨스 원장에게 설명을 요청했다. 내가 느낀 슬픔과 분노는 갈 곳을 잃어버렸다. 어둡고 부정적인 감정이 내 마음을 안쪽에서부터 갉아먹어 들어가는 것만 같았다.

전 세계에서 보도되는 수많은 기사 중 내 마음을 대변하는 것은 하나도 없었다. 물론 많은 매체에서 나를 취재하고 싶다고 했지만 지금까지와 마찬가지로 홉킨스 원장이 모두 거절했다. 다 너를 위한 거야. 원장은 그렇게 말했다. 내가 구경거리가 되도록 내버려 두지 않겠다고, 반드시 나를 지켜 주겠다고. 원장의 진심을 의심하는 것은 아니었지만 나는 보호받을 필요를 느끼지 못했다. 나에게는 내 목소리를 내야 할 책임이 있다고 생각했다. 내가 정확히 뭘 할 수 있을지는 모르겠지만 오마리를 잃은 슬픔을 사람들과 공유할 수는 있을 것 같았다.

사건 이후 클리프턴 동물원 밖에서는 매일같이 오마리를 추도하는 집회가 열렸다. 수십 명이 모여서 오마리의 죽음을 슬퍼하는 그 자리에 나는 샘과 함께 참석해서 한 명 한 명과 포옹하고 오마리와의 추억을 이야기했다. 그리고 나는 아이 엄마인 안젤리나를 욕하는 것은 잘못됐다고 말했다. 육아는 중노동이며 아이의 돌발적인 행동을 막는 것이 얼마나 어려운 일인지는 나도 모르는 바가 아니었기 때문이다.

"그럼 오마리는 누구 때문에 죽은 거죠? 로즈, 그는 아무런 잘못도 하지 않았잖아요. 대체 이번 사건에서 나쁜 놈은 누구라는 겁니까?" 집회 참가자가 눈물을 흘리며 내게 따지듯 물었다. "부모는 잘못이 없다, 아이는 잘못이 없다. 그럼 오마리는 왜 죽어야만 했던 겁니까? 대체 누구 탓이냐고요!"

누구의 탓도 아니다. 나는 그렇게 말하려고 했다. 하지만 도저히 그 말을 입 밖으로 낼 수가 없었다. 나 역시 그와 같은 의문을 안고 있었기 때문이다.

어째서 내 남편은 죽어야만 했던 걸까.

나는 오마리의 아이를 낳아서 이곳에서 가족들과 함께 행복하게 살아갈 예정이었는데.

그 일이 있은 후 동물원에서 진행한 검사를 통해 내가 임신하지 않았다는 사실이 확인되었다.

릴리와 함께 수다를 떨면서 아이가 태어나면 이름을 뭐라고 지을지 고민했던 게 어제 같은데 그 꿈마저 빼앗긴 것이다.

나는 동물원과 싸우기로 결심했다.

로이드 상원의원과 상의해 변호사인 유진을 소개받았다.

상원의원은 내게 유진에게 맡기면 안심해도 될 거라고 했다.

하지만 유진은 별 도움이 되지 않았고, 결국 패소했다.

우리는 법원을 둘러싼 기자들로부터 도망치듯 차를 몰아 동물원으로 향했다.

아무도 나를 이해해 주지 않는다.

이제 어떻게 해야 할지 그저 막막하기만 했다.

11

"로즈, 괜찮아? 시간이 많이 지났는데….'

차 문을 연 첼시가 뒷좌석에 멍하니 앉아 있는 나를 보고는 걱정스러운 표정을 지었다. 생각지도 못한 패소에 내 마음은 당장이라도 무너져 내릴 것만 같았지만 시간이 지나면서 어느 정도 평정심을 되찾은 덕분에 첼시에게는 괜찮다고 대답할 수 있었다. 나는 밴에서 내려 첼시 옆에 나란히 섰다. 클리프턴 동물원의 주차장은 내게 익숙한 장소였지만 가능한 한 빨리 이곳에서 벗어나고 싶었다.

"다른 동물원은 구해졌어?" 내가 바로 옆에 있는 샘을 올려다보며 묻자 샘은 난감한 표정을 지었다.

"아직. 찾는 데 시간이 좀 걸릴 것 같아. 로즈 네가 '정의는 인간에게 지배당하고 있다'고 한 말이 인터넷을 통해 빠르게 퍼지고 있거든. 넌 너를 돌봐 주던 동물원을 고소했고, 재판에서 패소하자 이번에는 사법 제도에 문제가 있다고 비판했잖아. 그것 때문에 네 이미지가 상당히 안 좋아졌을 거야. 여기 말고 너를 받아 줄 동물원이 있을지 모르겠다. 오늘 바로 들어갈 수 있는 곳은 규모도 작고 시설도 열악할 가능성이 높아. 너도 어느 정도 마음의 준비는 해 두는 편이 좋을 거야."

"왜 일이 이렇게 되었는지 모르겠어. 내가 뭘 잘못한 거지?" 나는 도움을 청하는 눈빛으로 첼시를 쳐다보았다.

"로즈 넌 잘못한 거 하나도 없어!" 첼시는 힘주어 말하면서 땅에 무릎을 꿇고 나를 꽉 끌어안았다. "넌 나쁘지 않아. 이건 누가 잘못해서 생긴 일이 아니야. 그저 비극이 일어났을 뿐이지. 하지만 우리가 어떻게든 해결할 거야. 무슨 일이 있어도 우리 둘은 항상 네 편이니까."

첼시의 말은 고마웠지만 그다지 믿음직스럽지는 않았다. 자꾸만 한숨이 나왔다. 샘이 말한 것처럼 아무리 열악한 환경이라도 받아들일 각오를 하는 수밖에 없을 것 같았다.

그때 샘이 바지 주머니에서 핸드폰을 꺼내 귀에 가져다 댔다.

"여보세요? 네, 그런데요…. 정말입니까? 지금 농담하시는 거 아니죠? 언제요? 네…." 전화를 받은 샘은 상대방과 통화하며 놀라고, 의심하고, 웃었다. 전화를 받으면서 우리에게서 조금씩 멀어져 갔기 때문에 통화 내용이 잘 들리지 않았다. 나는 어리둥절한 표정으로 첼시와 얼굴을 마주 보았다.

"어휴, 깜짝 놀랐네. 좋은 소식이야. 아니, 좋은 소식 맞나? 아무튼 로즈 너를 받아들이고 싶다는 단체가 나왔어." 통화를 마친 샘이 우리가 있는 곳으로 돌아와 눈썹을 찌푸리며 복잡한 표정으로 말했다.

"그렇다면 당연히 좋은 소식이지! 로즈를 받아 주는 동물원이 있다면 그것보다 더 좋은 일이 어디 있겠어!" 첼시가 눈가에 고인 눈물을 닦으며 대답했다.

"아니, 그게 말이지…." 샘이 머뭇거리며 말을 꺼냈다.

"동물원은 아니고 WWD야."

"WWD? WWF* 같은 단체인가?"

"아니, WWD는…." 샘이 망설이듯 머리를 긁적였다.

"WWD는 월드 레슬링 도미네이션, 미국에서 가장 큰 프로 레슬링 단체야."

"프로 레슬링? 지금 프로 레슬링이라고 했어? 그게 무슨 소리야? 농담이지?" 첼시가 어이없다는 듯 격앙된 어조로 외쳤다.

"그게… 농담은 아닌 것 같더라고. 나도 처음에는 긴가민가했는데 개빈 그레이엄 본인이 직접 전화를 걸어 왔다니까? 진짜 믿기지가 않네. 자기가 그 고릴라를 슈퍼스타로 만들어 주겠다며 호언장담을 하더라."

샘은 잔뜩 흥분해서 떠들어 댔다. 우리가 공감해 주기를 바라는 것 같았지만 우리는 샘이 하는 말을 한마디도 알아듣지 못했다.

---

* 세계자연기금. 세계 최대 규모의 비영리 자연보전기관으로, 생태 및 환경 보호와 지속 가능한 개발을 목표로 활동한다.

"개빈 그레이엄이라니까? 알지? 지미 더 자이언트, 다크 프리처, 개빈 앤젤리버 등 프로 레슬링계의 거물은 전부 다 이 사람이 키워 냈다고. 설마 모르는 거야?"

"미안하지만 지금 말한 이름 중에 아는 사람은 한 명도 없어." 첼시가 고개를 저으며 대답했다.

"음, 아무튼 개빈이 직접 나서서 스타로 만들겠다고 한 선수는 정말로 모두 대스타가 됐어. 그 수완 좋은 매니저가 이번에는 로즈한테 꽂혔다는 거야."

"하지만 로즈는 프로 레슬러가 되려고 미국에 온 게 아니잖아. 우리도 연구를 계속하기 위해서 로즈랑 같이 있는 거고. 프로 레슬러의 수행원이 되기 위해서가 아니라." 첼시는 팔짱을 끼고 화난 표정으로 샘을 노려보았다.

"하지만 현재로서는 다른 선택지가 없어. 그리고 이건 우리가 아니라 로즈가 결정할 문제잖아. 안 그래? 로즈 네 생각은 어때?"

나는 흥분한 샘과 화가 난 첼시 사이에 껴서 난감해하고 있었다. 나를 쳐다보는 두 사람의 시선이 따갑게 느껴졌다. 하지만 분명한 것은, 이 감정을 뭐라고 설명하면 좋을지 모르겠지만, 아무튼 처음에 샘이 프로 레슬링이라는 말을 꺼냈을 때부터 내 가슴이 간질간질하고 두근두근했다는 사실이다.

"나는 관심이 있어. 상대방의 이야기를 들어 보고 싶어. 어째서 나를 마음에 들어 하는지 궁금하기도 하고. 그 사람이 무슨 생각으로 전화를 걸어 온 건지 물어보고 싶어." 첼시한테는 미안했지만 나는 솔직하게 대답했다.

"역시! 너라면 그럴 줄 알았어. 개빈은 지금 당장이라도 너랑 영상통화를 하고 싶대. 분명 다른 동물원으로 옮기는 것보다 훨씬 더 재미있을 거야." 샘은 활짝 웃으며 어린애처럼 좋아했다. 첼시는 내 결정을 존중하지만 샘이 좋아하는 건 마음에 들지 않는다는 듯 뚱한 표정으로 서 있었다.

우리는 밴의 뒷좌석에 나란히 앉아서 샘의 노트북으로 개빈에게 전화를 걸었다.

"어어, 내가 좋아하는 고릴라는 거기 있나? 연락 고맙네, 샘. 자네라면 바로 연락해 올 줄 알았지." 화면에 등장한 남자는 숱이 적은 금발이었고, 커다란 선글라스가 얼굴의 절반을 가리고 있었다. 반짝거리는 머리카락 색과는 대조적으로 턱수염은 솜사탕처럼 새하얬다. 자기 사무실에 있는 것 같은데 왜 저렇게 커다란 선글라스를 쓰고 있는 걸까. 입가에 띤 엷은 미소는 천박해 보였고, 목에 건 금목걸이에서는 졸부 티가 풀풀 났다.

"안녕하세요, 그레이엄 씨. 오늘 전화 주셔서 감사합니다. 지금 바로 로즈를 바꿔 드리겠습니다." 샘이 정중하게 말하면서 노트북 화면을 내 쪽으로 돌렸다.

"개빈이라고 부르게. 점잔 빼는 건 딱 질색이거든. 오, 자네가 로즈인가? 화면 너머로도 잘 보이는군. 자네는 정말 멋진 몸을 갖고 있군그래. 음, 아주 좋아. 반갑네, 나는 개빈이라고 하네.

프로 레슬링계에서는 나름 유명인인데 인터넷에서 자네 동영상을 본 순간 바로 감이 오더군. 자네는 스타가 될 자질을 갖추고 있어. 어떤가, 슈퍼스타가 돼 보지 않겠나?"

"처음 뵙겠습니다, 개빈. 당신이 유명한 사람이라는 건 지금 알았지만 지미 더 자이언트가 누군지는 알고 있어요."

"뭐?" 샘과 첼시가 깜짝 놀라 끼어들었다.

"예전에 샘이 프로 레슬링 동영상을 보여 준 적이 있잖아. 그는 내가 아는 사람 중에서 제일 커. 그리고 아주 강했어."

"지미는 최고였지. 그를 뛰어넘는 사람은 이제껏 본 적이 없어. 하지만 어쩌면 자네라면 지미 이상의 존재가 될 수 있을지도 모르겠다는 생각이 들더군."

"나는 평범한 고릴라일 뿐이에요. 그런데 당신은 왜 그런 생각을 하는 거죠?"

"로즈, 내가 유일하게 믿는 게 뭔지 아나? 돈이야. 나는 돈을 숭배하고, 사람들이 큰돈을 내고라도 보고 싶어 하는 게 뭔지 잘 알고 있어. 사람들은 자기와는 다른 것, 평범하지 않은 것, 희한하고 별난 것을 좋아하지. 자기들이 어떻게 대해야 할지, 어떻게 받아들여야 할지 알 수 없는 것 말이야. 나는 그런 것들에 알기 쉬운 캐릭터를 부여해서 사람들을 즐겁게 하는 데 뛰어난 재능이 있지."

이 남자를 믿어도 될지 확신이 서지 않았다. 초면인 나에게 대고 다짜고짜 '희한하고 별나다'고 하는 것을 어떻게 받아들여야 할지 알 수가 없었다.

"자네가 '정의는 인간에게 지배당하고 있다'라고 말하는 장면
도 봤지. 그건 아주 멋진 퍼포먼스였어. 내가 왜 그 말을 듣고 감
탄했는지 알겠나? 그건 자네가 진실을 말했기 때문이야. 정의
는 언제나 인간에게 지배당하고 있지. 그것도 극히 일부의 인간
들에게. 프로 레슬링의 세계도 마찬가지야. 한쪽에는 정의의 사
도가 있고 다른 한쪽에는 힐이라고 불리는 악역이 있어서 둘이
서 권선징악의 스토리를 풀어 나가지. 정의는 불공평하다는 말
을 들으면 사람들은 어떻게 반응해야 할지 몰라 당황할 수밖에
없어. 대부분의 사람들은 진실을 받아들일 수 있을 정도로 강하
지 못하거든. 하지만 프로 레슬링의 세계에서라면, 내가 만든 이
야기 속에서라면 자네의 주장이 사람들의 지지를 받을 수 있을
거야. 내가 보장컨대 자네는 세계 최고의 대스타가 될 거라고."

화면을 사이에 두고 잠시 이야기를 나누었을 뿐이지만 앞으
로도 개빈이 좋아질 것 같지는 않았다. 개빈은 테드나 홉킨스
원장과는 달랐다. 그는 나를 좋아하지도, 존중하지도 않았다.
그에게서 느껴지는 감정이라고는 그저 나를 이용해서 돈을 벌
고 싶다는 욕망뿐이었다. 확실히 남을 속이는 재주는 뛰어날지
도 모른다. 그의 말은 허황되지만 달콤했고, 듣는 이의 욕망을
자극했다. 하지만 나는 그에게 속지 않을 자신이 있었다. 오히
려 내가 그를 이용해 주겠노라고 마음먹었다. 지금까지처럼 세
상 물정 모르는 여자애로 남아 있을 수는 없었다. 오마리의 비

극과 재판이 나를 완전히 바꿔 놓았다.

"어때, 프로 레슬링을 해보지 않겠나?" 개빈은 주름투성이 입술을 씰룩거리며 기분 나쁜 미소를 지었다.

"좋아요, 해볼래요." 내 대답을 듣고 개빈이 손뼉을 치며 환호성을 질렀다.

"좋았어, 새로운 스타의 탄생이다! 그럼 이것저것 물어볼 게 있으니 지금 바로 코네티컷주 스탬퍼드에 있는 본사까지 와 줄 수 있겠나? 고릴라를 관리하는 데 필요한 법적인 절차 같은 것도 확인해야 하고 조건도 정해야 하니까 말이야."

"알겠습니다. 바로 출발하겠습니다." 샘이 손목에 찬 시계를 내려다보며 대답했다. "내일 저녁 전에는 도착할 겁니다. 괜찮으실까요?"

"알겠네. 혹시 모르니 내일은 하루 종일 일정을 비워 두도록 하지. 근처에 오면 연락하게. 오늘은 만나서 즐거웠네." 개빈은 그렇게 말하고는 연결을 끊었다.

"지금부터? 코네티컷까지?" 첼시가 당혹스럽다는 표정을 지었다.

"어쩔 수 없잖아. 로즈가 클리프턴 동물원에는 있기 싫다고 하니까."

"지금 바로 출발하려면 도로 통행 허가를 신청할 시간도 없잖아. 로즈가 함께라는 걸 잊은 거야?"

"물론 잊지 않았어. 로즈, 이제부터 밴을 타고 내일 오후까지 계속 달릴 거야. 아무한테도 들키면 안 되니까 너는 계속 뒷좌석에 있어야 할 텐데 괜찮겠어?" 나는 샘의 질문에 고개를 끄덕였다.

"프로 레슬링 같은 허무맹랑한 이야기를 들고 오는가 싶더니 이번에는 무허가 이동이라니. 샘, 당신 제정신이야? 누구한테 들키면 어쩌려고 이래?"

"첼시 당신이야말로 무슨 생각인 거야? 아까 로즈한테 한 말은 뭔데? 우리 둘은 무슨 일이 있어도 로즈 편이라고 하지 않았나?" 샘이 받아치자 첼시는 말문이 막힌 듯했다.

"그럼 정해진 거지? 자, 나랑 같이 드라이브 갈 사람?" 샘이 한쪽 손을 들어 올리며 말했다. 나는 손을 번쩍 들어 샘과 하이파이브를 했다.

"자, 그럼 바로 출발하자고. 가다가 가게가 보이면 과일을 잔뜩 사야겠는걸." 샘은 나를 뒷좌석에 앉히고 안전벨트를 매 준 다음 운전석으로 이동했다.

"이동 허가 신청은 나중에 잘 얘기해서 수정해 달라고 하면 돼. 아무 문제 없을 테니까 걱정 마." 샘이 달래듯 다정하게 말을 건넸다. 첼시는 부루퉁한 얼굴로 조수석에 앉아 안전벨트를 매고 그대로 밤이 될 때까지 한마디도 하지 않았다.

"오해하지 않았으면 좋겠는데." 우리가 사무실에 도착하자 개빈은 인사도 하는 둥 마는 둥 바로 본론으로 들어갔다.

"나는 원래 스카우트 같은 건 하지 않아. 안 그래도 WWD에서 활약하고 싶다는 놈들이 널렸으니까. 그런 놈들은 데뷔하기 위해 양성소에 다니거나 선발로 뽑히려고 노력하지. 기본적으로 내 쪽에서 먼저 스카우트 제의를 하는 일은 없어. 그리고 자네가 말하는 고릴라여서 관심을 갖는 것도 아니야. 재판 전부터 자네 존재를 알고는 있었지만 딱히 주목은 하지 않았지." 개빈은 턱수염을 만지작거리며 말을 이어 나갔다.

개빈은 말투는 특이했다. 중간에 말을 멈춰도 아직 그의 이야기가 끝나지 않았다는 게 은연중에 느껴져서 끼어들 수가 없었다. 말하지 않는 동안에도 말이 이어지고 있는 듯한 느낌이 들었다. 상대방을 자기 페이스로 끌어들이는 기술이 아주 뛰어난 사람이었다. 오늘도 커다란 선글라스를 끼고 있어서 시선이 어디를 향하고 있는지 짐작하기 힘들었다.

"내가 제일 좋아하는 영화가 뭔지 아나?" 개빈이 나를 보고 그렇게 질문했지만, 딱히 내 대답을 기다리는 게 아니고 그대로 이야기를 계속 이어 나가리라는 것을 알 수 있었다. 그는 이 자리의 분위기를 완전히 장악하고 있었다. 대통령을 만났을 때도 이렇게까지 압도당하는 기분은 들지 않았다.

"바로 〈혹성탈출〉이야. 물론 찰턴 헤스턴이 주연을 맡은 첫 작품에 한해서지만. 그 영화에서 유인원이 인간에 대해 이런 말을 하는 장면이 나오지. '인간을 조심하라. 그들은 악마의 앞잡이다. 우리와 같은 영장류지만 그들은 탐욕에 눈이 멀어 신의 창조물을 유희로 살해한다. 땅을 차지하기 위해 형제를 살해한다.' 맞는 말이라고 생각하지 않나?"

"법전은 진실을 말하고 있죠." 샘이 개빈의 말에 동의하는 동시에 자신도 그 영화의 팬임을 밝혔다.

"이거 놀랍군. 〈혹성탈출〉을 좋아하는 고릴라 연구자가 있었다니. 그런데 알고 있나? 영화의 결말은 원작과는 다르다는 사실 말일세. 소설에는 조각상이 나오지 않는 대신 샤를 드골 공항이 나오지. 원작자가 프랑스인이거든."

"그건 몰랐습니다. 다음에 한번 읽어 봐야겠네요."

"원작도 나쁘지 않지만 역시 나는 로드 설링이 쓴 각본이 할리우드 스타일이라서 마음에 들더라고. 아무튼 내가 무슨 말을 하고 싶은 거냐 하면 말이지, '정의는 인간에게 지배당하고 있다'라는 자네의 말을 들은 순간, 영화 〈혹성탈출〉이 떠오르더군. 인류에게 반기를 든 고릴라, 좋은 캐릭터라고 생각하지 않나? 본질적으로는 악역이지만 인간의 악행을 지적한다는 점에서 자네야말로 정의라고 보는 관객도 있을 수 있겠지. 다면적인 캐릭터라니 정말 매력적이지 않나? 그래서 내가 자네한테 제안을 한 걸세. 원래대로라면 자네도 다른 사람들과 마찬가지로 양성소에서부터 시작해서 적성을 판단할 필요가 있지만 특별히 자네한테는 큰 무대를 준비해 주겠노라고 이 자리에서 미리 약속하지. 내가 자네에게 얼마나 큰 기대를 걸고 있는지 이 정도면 설명이 되겠나?"

나는 묵묵히 고개를 끄덕였다. 개빈은 아직 뭔가 더 할 말이 남아 있는 듯했다. 쓸데없는 잡담을 즐기는 타입 같아 보이지는 않았다.

"좋아, 그럼 내게 고릴라를 관리하는 방법에 대해 가르쳐 주게. 동물 보호단체와는 이미 몇 번이나 부딪쳐 왔지만 가능하면 분쟁은 피하고 싶으니까 말이야."

"가장 먼저 고릴라처럼 덩치가 큰 동물을 이동시킬 때는 대형 우리를 준비해야 하고, 어디를 통과할 예정인지 미리 당국에 보고할 필요가 있습니다."

"그런가. 이번에는 급하게 준비하느라 힘들었겠군." 개빈은 그렇게 말하고는 눈썹을 살짝 찡그린 채 나를 빤히 쳐다보았다. 이동할 때는 우리가 필요한데 왜 내가 지금 우리에 들어가 있지 않은지 생각하고 있는 듯했다.

"아, 이번 건은 갑자기 정해진 일이라… 아직 신청하지 못했습니다." 샘이 주저하며 대답하자 개빈이 껄껄 웃었다.

"하하, 신경 쓰지 말게. 그 말을 들으니 자네들이 더 마음에 드는군. 사람은 때에 따라 유연하게 움직일 줄 알아야 하는 법이지. 원리원칙만 따지는 답답이들이 아닌 것 같아 안심했네. 나도 필요에 따라 유연해질 수 있는 사람이라 잘 알지."

이야기가 너무 길어져서 지루했다. 옆에서 나누는 이야기를 건성으로 흘려들으며 나는 오래전 일을 떠올렸다. 샘이 보여 준 프로 레슬링 동영상을 보고 프로 레슬러들의 화려한 움직임에 눈이 휘둥그레졌던 일이라든지 다른 형제들과 함께 정글을 쏘다니며 프로 레슬링 흉내를 내고 놀았던 일들을. 이제 진짜 프로 레슬링 무대에 서게 되는 것이다. 나는 재판에 대해서는 모두 잊고 앞으로의 인생을 즐겨야겠다고 마음먹었다. 언제까지고 끙끙 앓고 있는 건 나답지 않았다.

생각해 보면 항상 그랬다. 무리가 습격을 당해서 아버지가 돌아가셨을 때도 얼마 지나지 않아 미국행을 준비하기 시작했고, 오마리가 죽었을 때도 그저 주저앉아 슬퍼하기만 한 게 아니라 다시 일어나 싸웠다. 재판에서 졌다고 해서 내 인생이 끝난 것은 아니다. 패소 판결 직후에 바로 이렇게 새로운 기회가 찾아오지 않았나. 나는 새로운 곳에서 나답게 싸울 것이다.

"로즈, 자네가 생각하는 조건은 뭔가? 뭐든 좋으니 자유롭게 말해 주게."

생각에 빠져 있던 나는 갑작스러운 질문에 당황했다. 이야기를 전혀 안 듣고 있었기 때문이다.

"내 의상은 유나 강에게 부탁하고 싶어요. 지금까지 내 옷은 다 그녀가 만들었거든요. 내가 가장 움직이기 쉬운 옷을 만들어 주죠."

"그게 다인가? 일단 우리 쪽에서 항상 부탁하는 의상팀이 있기는 하지만 고릴라 옷은 만들어 본 적이 없을 테니 서로 협력해서 일을 진행할 수 있도록 얘기해 두겠네. 앞으로 잘 부탁하네, 레이디 콩!"

"레이디 콩? 그게 내 이름인가요?" 나는 개빈의 안이한 작명 센스에 할 말을 잃었다.

"왜 마음에 안 드나? 다른 걸로 바꿀까? 나는 원래 퀸 콩으로 할까 했는데 동명의 B급 영화가 있다고 해서 말이야. 그럼 뭐가 좋으려나. 위도우 콩? 엠프레스 콩? 프린세스 콩은 너무 약해 보이니까…."

"과부는 싫고, 여제는 너무 거창해요. 프린세스는 촌스럽고요. 그중에서 고르라면 퀸 콩이 좋겠네요."

"알겠네, 어떻게든 해보지. 자네는 지금부터 퀸 콩이야. 앞으로 코치를 붙여서 다양한 움직임과 기초 지식 같은 걸 가르쳐 줄 테니까 열심히 배우게. 3개월 후와 6개월 후에 각각 큰 시합이 예정되어 있으니 늦어도 반년 후에는 시합에 나갈 수 있도록 준비해야 해. 열심히 해보자고. 자네한테 거는 기대가 아주 크니까." 개빈이 히죽히죽 웃으며 말했다. 커다란 선글라스 뒤에 감춰진 탐욕스러운 눈동자가 보이는 것 같았다.

"헬로! 여기는 텍사스주 휴스턴에 있는 토요타 센터입니다. 금요일 밤은 언제나 〈트라이얼 바이 파이어〉! 오늘 밤도 WWD가 자랑하는 역대급 스타 브라이언 킹이 메인 이벤트를 장식할 예정입니다. 과연 연전연승을 이어가고 있는 다크 프리처에게서 챔피언 자리를 빼앗아올 수 있을까요? 이곳에 있는 1만 5천 명의 관중이 그 역사의 증인이 돼 줄 겁니다. 또 오늘은 초대형 신인 퀸 콩과 샬럿 더 할롯이 무적의 아나콘다 시스터즈, 아이린과 재니스에게 도전장을 내밀었습니다. 대전표만 봐도 심장이 뛰고 손에 땀을 쥐게 하는 슈퍼 빅매치! 바로 금요일 밤의 〈트라이얼 바이 파이어〉입니다!"

경기장이 떠나가라 질러 대는 함성을 들으며 나는 무대 옆에 서서 내 차례를 기다리고 있었다. 예전에는 시합을 앞둔 상태일 때 늘 잔뜩 긴장했지만, 그것도 반년쯤 지나니 그냥 일상의 한 부분이 되었다. 매번 하는 일은 정해져 있었다. 차례가 되면 경기장으로 들어가서 관중을 즐겁게 할 인사말을 늘어놓는다. 나는 대사가 거의 다 정해져 있어서 다른 출연자들에 비하면 편한 편이었다. 링에 올라 어떻게 움직일지도 정해져 있었고, 오늘 밤에는 우리가 이기는 것도 이미 다 정해져 있었다.

지금 생각하면 동물원에서 관람객들을 만나 이야기를 나누는 쪽이 훨씬 더 복잡한 일이 아니었나 싶기도 하다. 그때는 실제로 만나기 전까지는 어떤 사람을 상대하게 될지도 알 수 없었고, 무슨 대화를 나눌지도 정해져 있지 않았다. 반면 지금은 모든 것이 정해져 있었다. 우리는 미리 만들어진 시나리오에 따라 움직일 뿐이었다. 프로 레슬러는 격투가라고 생각했는데 실제로는 배우에 더 가까웠다.

나는 아직 신인이지만 다른 신인들과는 비교도 되지 않을 정도로 많은 팬을 거느리고 있다. 그중에는 지금까지 프로 레슬링을 한 번도 본 적이 없었다는 사람도 많았다. 내가 WWD의 새로운 팬층 확보에 일조한 셈이다. 모든 것이 1년 전 개빈이 약속한 대로였다. 나는 처음에는 악역이었지만 서서히 다른 악역들과 싸우는 일이 많아졌다. 언제부터인가 피규어라든지 티셔츠 같은 캐릭터 상품이 만들어지기 시작했고, 이것들이 꽤 높은 판매고를 올리고 있는 모양이었다.

나는 인기 스타였다. 말하는 고릴라로 미국에 처음 왔을 때보다 싸우는 고릴라가 된 후에 훨씬 더 많은 주목을 받았다. 이렇게 큰 경기장에서 실제로 팬을 앞에 두고 싸우기 때문에 더 그렇게 느끼는 건지도 모르겠다. 아무튼 나는 누구도 부정할 수 없는 슈퍼스타로의 길을 걸어가고 있었다.

나는 행복하다. 누구보다도 행복하다. 경기 중 궁지에 몰린 상황에서 관중들이 나를 응원하는 소리를 들었을 때, 경기에서 이긴 후 드러밍을 하는 나를 보고 관중석이 뜨겁게 달아오를 때, 나는 내가 누구보다 위대하다고 느꼈다.

나는 행복하다. 누구보다도 행복하다. 사랑하는 남편이 죽은 것은 비극이지만 나는 이렇게 다시 일어섰다. 모두의 앞에 나서서 내가 살아 있다는 사실을 증명해 보이고 있다.

나는 행복하다. 누구보다도 행복하다. 계속 그렇게 되뇌지 않으면 이대로 쓰러져서 두 번 다시 일어나지 못하게 될 것만 같았다.

정신을 차리고 보니 내 테마곡이 경기장 내에 큰 소리로 울려 퍼지고 있었다. 객석에 있는 내 팬들이 노래에 맞춰 합창하는 소리가 들렸다. 나는 사족보행으로 통로 중앙까지 달려나갔다. 내 팔다리는 굵은 쇠사슬에 연결되어 있고, 그것을 건장한 남자 네 명이 사방에서 끌어당기고 있었다. 그들이 내 괴력에 당해내지 못하고 꼼짝없이 경기장 안으로 끌려 들어온다는 설정이었다. 비명을 지르며 나를 손가락으로 가리키는 관중들 앞에서 묶여 있던 사슬이 풀리고 자유를 되찾은 나는 기세 좋게 드러밍을 해 보였다. 사람들이 환호성을 지르고, 일부는 야유를 보냈다. 링에 오르자 음악이 서서히 잦아들고 내가 말하기 시작했다. 모두 늘 하던 대로였다.

"1년 전 나는 재판에서 졌다. 하지만 그것은 내 잘못이 아니다. 정의가 인간에게 지배당하고 있기 때문이다. 이곳 〈트라이얼 바이 파이어〉에서는 법의 심판을 받는 것은 내가 아니다. 내가 당신들 인간을 심판할 것이다. 우리의 법전에 적혀 있듯이 인간은 위험한 짐승이다." 내가 법전이라고 말하자 팬들이 미친 듯이 환호했다. 내가 〈혹성탈출〉에 나온 대사를 인용하면 팬들도 따라서 함께 대사를 읊었다.

'인간을 조심하라. 그들은 악마의 앞잡이다. 우리와 같은 영장류지만 그들은 탐욕에 눈이 멀어 신의 창조물을 유희로 살해한다. 땅을 차지하기 위해 형제를 살해한다.' 나는 수어를 하면서 경기장 안을 한 바퀴 둘러보았다. 내가 그려진 셔츠를 입은 사람이 있는가 하면 직접 만든 플래카드를 들고 있는 사람도 있었다. 나는 마음을 진정시키며 계속해서 대사를 이어 갔다.

나는 행복하다…, 정말로 행복하다.

나는 시합이 시작되기 전에 장갑을 벗었다.

"뭐야, 저게!"

첼시는 TV 화면을 가득 채운 흥분한 관중들을 보며 소리쳤다. 첼시는 로즈가 프로 레슬러가 되는 것에 끝까지 반대했다. 1년이라는 시간이 지나면서 어느 정도 마음이 정리됐기에 오늘 샘의 집에서 로즈가 나오는 경기를 함께 보기로 한 거였지만 역시나 게임이 시작되기가 무섭게 온몸으로 극렬한 혐오감을 드러냈다.

"봤어? 저 여자가 지금 시합 개시 공이 울리기도 전에 로즈를 때렸다고! 로즈가 너무 불쌍해. 얼마나 아플까. 세상에 이런 걸 보고 즐기는 사람들이 있다니!"

로즈의 대전 상대에게 화를 내는 동시에 로즈를 걱정하느라 표정이 시시각각으로 변하는 첼시를 보며 샘은 재미있다는 듯 웃었다. 샘은 TV 앞 소파에 첼시와 나란히 앉아 두 사람이 연인이었던 시절을 떠올렸다. 그때에 비하면 두 사람 다 나이가 들었지만 TV에서 눈을 떼지 못하는 첼시의 옆모습은 여전히 아름다웠다.

"공이 울리기 전에 공격하는 건 자주 있는 일이야. 로즈는 괜찮을 거야, 상대도 프로니까."

"프로니까 괜찮다니 그게 무슨 소리야? 게다가 저 심판은 뭐 하는 거야? 경기 시작 전에 때리는 건 반칙이잖아! 대체 눈이 어디 달린 거야? 심판 제대로 보라고!" 첼시가 진심으로 화를 내는 모습이 너무 웃겨서 샘은 한바탕 웃음을 터뜨리며 눈가에 비어져 나온 눈물을 닦았다.

샘은 자신이 평생을 바쳐 연구해 온 로즈가 프로 레슬링을 하고 있다는 사실이 믿기지 않았다. 로즈는 상대의 공격을 받고 고통스러워하며 링 바닥에 나뒹굴었다. 얼굴에 화려한 페인트칠을 한 상대 선수가 잽싸게 로즈를 붙잡더니 로즈의 머리와 왼팔을 잡고 그대로 기술을 시전했다.

"오오! 아나콘다 시스터즈의 필살기, 아나콘다 바이스가 터져 나왔습니다! 아이린이 퀸 콩을 꽉 붙들고 놓아 주지 않네요! 퀸 콩, 경기 시작 직후부터 고전을 면치 못하고 있습니다!"

로즈는 비어 있는 오른팔로 상대의 얼굴을 가격해서 간신히 기술에서 빠져나왔다. 하지만 상대의 움직임은 민첩했다. 로즈가 자세를 바로잡기 전에 가슴에 강한 일격이 가해졌고, 로즈는 그대로 뒤로 넘어가 버렸다. 아이린은 그 틈을 놓치지 않고 로즈의 배 위에 올라앉아 검은 털로 덮인 거구를 매트리스에 짓눌렀다.

뒤로 넘어간 로즈를 상대로 아이린이 굳히기에 들어갔다. 심판이 두 사람 쪽으로 달려가 매트리스를 손바닥으로 치며 숫자를 카운트하기 시작했다.

"원, 투…." 관중들도 하나가 되어 숫자를 세는 가운데 로즈는 쓰리가 되기 직전에 몸을 크게 회전시켜 아이린에게서 벗어났다.

"와아, 로즈도 완전히 프로 레슬러가 다 됐네. 이런 움직임이 가능할 줄은 몰랐는데." 샘이 감탄하며 말했다.

"지금 그런 말 하고 있을 때가 아니잖아. 조금만 늦었어도 질 뻔했다고! 당신도 응원 제대로 해!" 첼시는 조금 전까지 프로 레슬링을 욕했으면서 어느샌가 소녀처럼 눈을 빛내며 경기에 집중하고 있었다. 샘은 프로 레슬링이 미리 짜인 각본에 따라 움직이는 쇼라는 것을 알고 있었지만, 첼시의 눈에는 진짜 싸우는 것처럼 보이는 모양이었다. 샘은 첼시의 그런 순진함이 부러웠다. 아이의 시선으로 프로 레슬링을 볼 수 있다면 얼마나 흥분되고 재미있을까. 지금 이 순간에도 손에 땀을 쥐고 조마조마한 마음으로 이 승부를 지켜보고 있는 아이들이 있을 것이다. 그런 생각을 하면 로즈가 한없이 자랑스러웠다.

로즈가 천천히 몸을 일으켜 세우자 상대는 공포에 질린 표정으로 한 발 뒤로 물러섰다. 로즈는 상대를 코너로 몰아넣은 다음 기다란 두 팔을 마구 휘둘러 따귀를 때리기 시작했다.

"샘, 당신 로이드 상원의원이 했던 말 기억해? 정말로 로즈가 인간에게 위해를 가할 가능성이 없느냐고 물었던 거 말이야. 그 때는 로즈가 이런 일을 하게 될 거라고는 상상도 못 했어." 두 사람은 서로를 쳐다보며 웃었다. 둘이서 10년 넘게 보살펴 온 마음씨 착한 로즈가 1만 5천 명이 지켜보는 가운데 공포로 얼어붙은 여자를 머리로 들이받는 광경이 도저히 현실처럼 느껴지지 않았다. 아이린은 로즈의 맹공격에서 간신히 벗어나 반대쪽 코너로 가서 여동생 재니스와 교대했다. 선수 교체 후 링 위에 올라온 여자는 곧바로 로즈의 등 뒤로 가서 양팔로 로즈를 꽉 껴안은 뒤 그대로 뒤로 메다꽂는 수플렉스를 시전했다. 로즈가 바닥에 거꾸로 내던져지자 첼시는 양손으로 입을 막고 비명을 질렀다.

"와, 대단하다. 로즈가 100킬로그램쯤 될 텐데 가볍게 들어 올리네." 샘이 상대의 화려한 기술을 보고 저도 모르게 감탄하자 첼시가 옆에서 울먹거렸다.

"우리 로즈 어떡해! 이러다 죽을지도 몰라! 목뼈가 부러졌을 수도 있다고!"

로즈는 잠시 바닥에 쓰러져 있었지만 곧 아무 일도 없었다는 듯 다시 일어섰다. 재니스는 로프에 뛰어들었다가 반동을 이용해 튕겨져 나오면서 로즈를 향해 달려들었다. 오른팔을 도끼처럼 쳐들고 로즈의 목을 노렸지만, 래리어트가 들어가기 전에 로즈의 긴 팔이 재니스의 뺨을 힘껏 후려쳤다. 재니스의 몸이 한 바퀴 돌아가더니 그대로 뒤로 쓰러졌다. 서커스에서나 볼 수 있을 법한 아크로바틱한 움직임이었다. 샘은 열심히 싸우는 상대 선수에게 찬사를 보내고 싶었지만 첼시를 화나게 만들고 싶지 않았기 때문에 얌전히 박수만 쳤다.

"다음에 로이드 상원의원을 만나면 거짓말을 해서 미안하다고 사과해야겠는걸. 로즈는 아무도 손댈 수 없는 사나운 맹수야. 방금 그 따귀는 인류에 대한 위협이라고."

로즈가 쓰러진 재니스에게 다가가자 재니스는 아이린과 터치해서 다시 한번 선수 교체가 이루어졌다. 아이린은 링에 오를 때 커다란 주머니 하나를 들고 들어왔다. 아이린이 링 중앙에 주머니를 내려놓고 입구에 묶인 줄을 풀자 그 안에서 거대한 뱀이 튀어나왔다.

"아니, 이게 어떻게 된 일이죠! 아나콘다 시스터즈의 아이린이 링 위에 진짜 아나콘다를 풀어 놓았습니다! 성질이 사납기로 유명한 아나콘다가 사냥감을 앞에 두고 혀를 날름거리고 있습니다. 이건 좀 위험할 것 같은데요! 뱀을 본 퀸 콩은 서둘러 코너로 도망쳤습니다." 실황 중계 아나운서가 시끄럽게 떠들어 대자 첼시가 설명을 요청하듯 샘을 돌아보았다.

"아나콘다라고? 저건 그물무늬비단뱀이잖아. 대체 왜 뱀을 풀어 놓는 거야? 저런 건 프로 레슬링이라고 할 수 없지 않나?" 첼시가 날카롭게 지적하자 샘이 더듬거리며 대답했다.

"음, 그러니까… 그런 거지. 일종의 쇼 같은 거야."

뱀을 피해 도망친 로즈가 코너 기둥 앞에 쪼그려 앉자 노가드 상태인 로즈의 등에 아이린이 연속 발차기를 날렸다.

"퀸 콩은 정글에서 태어나 정글에서 자랐기 때문에 뱀의 무서움은 너무도 잘 알고 있습니다. 같은 무리에 있던 고릴라 한

마리도 뱀의 공격을 받아 죽었다고 합니다. 무적인 줄만 알았던 퀸 콩이 아나콘다 시스터즈에게 생각지도 못한 약점을 잡혔습니다." 아나운서는 침착하게 해설을 이어 갔지만 그의 말이 거짓임을 아는 첼시는 분통을 터뜨렸다.

"무슨 소리를 하는 거야? 아나콘다도 그물무늬비단뱀도 아프리카에서는 찾아볼 수 없다고! 로즈네 무리에서 뱀한테 물려 죽은 고릴라도 없고. 지금 나랑 농담하자는 거야?"

"아니, 그러니까 이게 다 쇼라니까." 샘이 난처한 표정으로 대답했다.

로즈는 적의 발차기를 가까스로 피한 후 반대쪽 코너로 달려가 파트너인 샬럿과 터치했다. 섹시한 비키니 차림의 샬럿은 무서운 속도로 링을 가로질러 달려가더니 아이린에게 멋진 날아차기를 선사했다. 샬럿은 상대가 쓰러진 틈을 타서 맨손으로 뱀을 잡아 다시 주머니에 넣은 다음 링 밖으로 던졌다. 링 위에서 뱀이 사라짐과 동시에 기운을 되찾은 로즈는 샬럿에게 다가가 터치한 후 링으로 돌아왔다.

다시 링 위에 오른 로즈와 아이린은 서로를 노려보며 기회를 노렸다. 아이린이 먼저 어퍼컷을 날렸다. 로즈는 턱을 세게 얻어맞았지만 꿈쩍도 하지 않고 아이린의 배에 펀치를 꽂아 넣었다. 로즈는 바닥에 쓰러진 아이린은 그대로 둔 채 천천히 옆에 있는 코너 기둥을 잡고 올라가 관중석을 향해 포효했다. 경기장을 가득 채운 관중들이 호응하듯 환호성을 질렀다. 로즈는 뒤로 돌아 링 위에 뻗어 있는 아이린을 내려다보았다.

"퀸 콩이 함성을 질렀습니다. 설마 여기서 퀸 콩의 필살기가 나오는 걸까요? 경기장에 있는 모두가 퀸 콩의 움직임에 주목하고 있습니다. 퀸 콩이 몸을 뒤로 젖혔다가… 날았다! 나왔습니다, 다이빙 고릴라 프레스!"

로즈가 코너 기둥을 박차고 뛰어오른 순간, 샘과 첼시는 할 말을 잃었다. 지금 두 사람의 눈앞에 있는 것은 그들이 알던 고릴라 로즈가 아니었다. 프로 레슬러 퀸 콩이었다. 지금까지 한 번도 본 적 없는 우아하고 화려한 움직임이었다. 그들은 한순간에 마음을 빼앗겨 버렸다. 퀸 콩의 거대한 몸이 공중에 그린 포물선은 마치 뛰어난 예술 작품처럼 보는 이의 마음을 뒤흔들었다. 지친 정신이 활력을 되찾고, 가슴속에서 빛바랜 채 시들어 가고 있던 희망이 다시 반짝이기 시작했다.

퀸 콩은 아이린 위에 뛰어내려 그대로 아이린을 짓누른 채 셋을 셌다. 퀸 콩의 눈부신 승리의 순간을 목격한 샘과 첼시는 저도 모르게 눈물을 글썽였다. 미리 짜인 각본이 존재한다는 사실은 중요하지 않았다. 중요한 것은 그것이 사람의 마음을 움직이는 퍼포먼스였다는 점이었다. 두 사람은 좁은 방이 떠나가라 환호성을 지르며 서로를 끌어안았다.

퀸 콩의 활약을 칭송하는 아나운서의 호들갑스러운 코멘트가 두 사람을 현실로 돌아오게 만들었다. 두 사람은 서로에게서 팔을 풀자 어색한 침묵이 흘렀다. 아나운서의 목소리는 흥분해서 점점 더 높아져 갔지만 샘과 첼시는 말없이 서로의 시선을 피했다.

"와인 한 병 더 딸까?" 잠시 후 샘이 묻자 첼시가 고개를 끄덕였다.

"다 지난 일이긴 한데…." 샘이 첼시의 잔에 와인을 따르며 입을 열었다. "나 진심으로 후회하고 있어. 그때 내가 제대로 사과를 했었나?"

"아니. 당신은 변명만 했지. 미안하다는 말은 한 번도 안 했어." 첼시가 퉁명스럽게 대답하며 잔에 담긴 와인을 단숨에 들이켰다.

"그랬나. 그럼 많이 늦었지만 지금이라도 사과할게. 정말 미안해. 당신을 상처입힐 생각은 없었어."

"됐어. 이제 와서 뭘. 당신 말마따나 다 지난 일이잖아." 첼시는 잔 바닥에 남은 붉은 액체를 내려다보았다. 분명히 다 마셨다고 생각했는데 잔을 흔들어 보면 바닥에 마지막 한 방울이 남아 있다. 끝났다고 생각한 관계가 아직 끝나지 않은 경우도 있는 것처럼.

"첼시 당신은 지금도 내게 소중한 사람이야. 그냥 단순한 공동 연구자가 아니라고. 그 사실은 예나 지금이나 변함없어." 샘이 와인을 한 모금 마시고 말했지만 첼시는 아무 말도 하지 않았다.

"실은 예전부터 생각했던 건데…." 샘이 첼시를 쳐다보며 진지한 표정으로 입을 열었다. 하지만 다음 순간, 생각지도 못한 방해가 끼어들었다.

TV 화면이 로즈의 경기 하이라이트에서 다른 장면으로 바뀐 것이다. 로즈와 파트너 샬럿이 경기장 복도를 걸어가고 있는 영상이었다. 두 사람은 사이좋게 대화를 나누며 대기실로 돌아가는 길이었다. 로즈의 목소리가 들려오자 샘과 첼시의 시선은 자연스럽게 TV 화면으로 향했다. 커다란 선글라스를 낀 개빈이 복도 맞은편에서 걸어오다가 로즈와 샬럿을 보고 멈춰 서서 방금 전 경기의 승리를 축하하는 인사를 건넸다.

그 순간 불현듯 세 사람 앞에 '동물 학대 금지!'라고 적힌 피켓을 든 무리가 나타났다.

"당신들이 하는 짓은 동물 학대야! 고릴라는 착하고 긍지 높은 동물이라고. 그런 고릴라를 인간의 오락거리로 삼기 위해 싸움판에 끌어들이다니 용서할 수 없어!" 누군가가 그렇게 외치더니 바로 앞에서 개빈에게 날달걀을 던졌다. 개빈의 이마에 명중한 달걀이 비싸 보이는 양복 위로 흘러내렸다. 개빈의 표정이 일그러지자 로즈가 그 사람들을 위협하듯 막아섰다.

"오늘 시합에서 동물은 다치지 않았어. 상처를 입은 건 약하고 어리석은 인간뿐이야." 로즈는 악당처럼 윽박지르며 동물보호단체 일행 중 건장한 체구의 남자를 벽에 밀쳤다. 사람들이 겁에 질려 입을 다물자 개빈은 보란 듯이 크게 웃었다. 그러고는 TV 화면이 다시 경기장으로 바뀌었다.

"방금 그건 뭐야?" 첼시가 낮은 목소리로 조용히 분노하며 샘에게 물었다.

샘은 난처한 듯 뒤통수를 긁적이며 "백스테이지 영상이라는 거야"라고 조그맣게 대답했다.

"저것도 쇼의 일부인 거야?"

"그런 셈이지. 동물 보호단체에서 클레임을 걸어올 게 뻔하니까 이쪽에서 먼저 선수를 쳤나 보네." 샘이 마지못해 인정하자 조금 전까지만 해도 얌전했던 첼시가 분노를 터뜨렸다.

"그럼 저것도 다 개빈이 짠 연극이라고? 나쁜 놈, 절대로 용서 못 해! 썩어빠진 개자식! 동물 보호가 장난인 줄 알아? 미친 거 아냐?"

샘의 눈에는 아까 마신 와인이 휘발유가 되어 첼시 안에서 불타오르는 모습이 보이는 것만 같았다. 첼시는 개빈에게 온갖 험한 욕을 다 퍼부어 댔다. 첼시가 고래고래 소리를 질러대는 통에 술이 다 깰 정도였다. 옆집에서 시끄럽다고 항의가 들어오는 건 아닐까 샘은 걱정스러워졌다.

"이건 악몽이야, 유인원 학자의 악몽인 게 틀림없어. 고릴라가 동물 보호단체를 상대로 폭력을 휘두르다니 있을 수 없는 일이라고. 그냥 지금 당장 나를 죽여 줘. 로즈가 이런 짓을 하다니…" 첼시가 울먹이며 말했다.

"첼시, 로즈는 야생 동물 보호에 반대한 게 아니야. 자기 보스한테 행패를 부린 사람들을 물리친 것뿐이라고. 걱정 마. 지금 그 영상을 보고 진지하게 받아들일 사람은 아무도 없어. 다들 그냥 웃고 넘길 거야."

"진지하게 받아들이지 않는 게 문제라고! 말도 안 돼. 로즈가 프로 레슬러로 열심히 활동하고 있는 줄 알았더니 사실은 이런 저급한 연극에 가담하고 있었다니." 첼시는 결국 울음을 터뜨렸다.

소파 위에서 어깨를 들썩이며 우는 첼시를 보며 샘은 아까 와인을 주지 말걸 그랬다고 후회했다. 샘은 TV 전원을 끄고 첼시 옆에 앉아 그녀가 진정할 때까지 어깨를 토닥여 주었다.

"아까 무슨 말 하려고 했어?" 이윽고 첼시가 울음을 그치고 휴지로 코를 풀며 물었다.

"언제? 내가 뭐라고 했었나?"

"백스테이지 영상이 나오기 직전에. 예전부터 생각했던 게 있다고 하지 않았어?"

"아아…, 아무것도 아니야."

샘은 첼시를 침대에 재우고 자기는 소파에서 자기로 했다. 순간적으로 분위기에 휩쓸릴 뻔했던 자신이 부끄러웠다. 하지만 아까 갑작스러운 해프닝에 방해받지 않았다면 지금쯤 어떻게 됐을지 생각하면 좀처럼 잠이 오지 않았다.

"짱이다! 아빠, 지금 그거 봤어요?" 아들 라일리가 TV 앞에서 잔뜩 흥분해서 폴짝폴짝 뛰는 것을 보고 피터는 부엌에 가서 저녁 준비를 도우라고 시켰다. 아내 맥이 메인 요리인 비프 스튜를 식탁에 내려놓았다. 오늘만 식사 중에 TV를 보게 해 달라고 조르는 라일리를 엄한 목소리로 꾸짖자 그제야 부루퉁한 얼굴로 수저와 그릇을 옮기기 시작했다.

라일리 대신 전원을 끄려고 TV 앞으로 가니 화면에 고릴라가 인간을 때려눕히는 장면이 나오고 있었다. 속이 부글부글 끓었다. 피터는 원래부터 프로 레슬링을 싫어했다. 고릴라가 인간을 다치게 하는 장면을 방송에 내보내는 사람들이 제정신인지 의심스러웠다. 이런 걸 좋아하는 사람과는 친해지기 어렵겠다는 생각을 하며 리모컨을 들어 TV를 껐다.

"라일리, 프로 레슬링 같은 건 보면 안 돼. 폭력은 이유를 막론하고 나쁜 거니까."

라일리는 아빠에게 뭔가 하고 싶은 말이 있어 보였지만 결국 아무 말도 하지 않고 체념한 듯 시선을 떨구었다. 얌전히 알았다고 대답하는 아들을 보며 피터는 만족스러운 미소를 지었다.

"알겠니? 살아가다 보면 싸움을 피할 수 없을 때도 있어. 하지만 언제 어느 때든 폭력 말고 다른 방법을 찾아야만 해. 폭력은 해결책이 될 수 없어. 그저 증오를 낳을 뿐이지. 신은 우리에게 시련을 주시지만 해결책은 언제나 기도와 성서 안에 있단다. 사랑과 자비로 다른 사람을 대하면 온갖 고난 속에서도 신이 우리를 구원해 주실 거다. 인간은 신의 뜻을 따르는 종이란다. 라일리, 이 점을 절대로 잊어서는 안 된다."

"네, 아버지." 피터는 순종적으로 대답하는 아들의 머리를 다정하게 쓰다듬었다. 라일리는 어려서부터 부모 말을 잘 듣는 착한 아이였다. 물론 그것은 아버지인 피터가 엄하게 훈육한 덕분이었다.

미국에는 아이들을 악의 구렁텅이로 잡아끄는 유혹이 너무도 많았다. 라일리를 올바르게 키우는 것은 부모로서 피터가 마땅히 해야만 하는 일이었다. 아까 TV에 나온 프로 레슬링 같은 천박하고 저급한 세계로부터 라일리를 지켜야만 했다.

피터는 아까 본 고릴라를 떠올리며 얼마 전 직장 동료가 한 말을 기억해 냈다. 클리프턴 동물원에 있던 수어를 하는 고릴라가 재판에서 지고 프로 레슬러로 데뷔했다는 이야기였다. 동물이 인간을 공격하다니 그런 건 있을 수 없는 일이다. 인간은 신을 본따 만들어진 존재다. 한낱 짐승에 불과한 고릴라 따위가 감히 인간에게 대적하는 것을 신께서 용서할 리가 없었다.

피터는 아내가 만든 스튜를 먹으며 고릴라를 향한 증오를 불태웠다.

언젠가 신이 저 고릴라를 심판할 것이다.

하지만 만에 하나 내게 기회가 주어진다면, 하고 피터는 생각했다.

신을 대신해서 내가 기필코 저놈을 단죄하고 말 것이다.

12

"너 이 자식, 프로 레슬링이 장난인 줄 알아? 대체 뭐냐, 어제
의 그 거지 같은 퍼포먼스는!"

개빈은 내가 그의 사무실에 발을 들이기가 무섭게 버럭 소리
를 질렀다. 그러고는 손바닥으로 책상을 탕 치면서 자리에서 일
어나더니 내 쪽으로 걸어와 얼굴을 들이밀었다. 당연히 나를 칭
찬하려고 부른 줄 알았는데 다짜고짜 욕을 퍼부어 대니 어이가
없었다.

"어제 시합이 왜? 실수도 안 했고 관중들도 좋아했잖아."

"실수를 안 했다고? 대체 언제까지 신인처럼 굴 생각이야?"

나는 어제 경기에 만족했다. 〈트라이얼 바이 파이어〉는 대성
공이었고, 시합이 끝난 후에는 오랜만에 샘에게서 문자도 받았
다. 문자에는 첼시와 둘이서 TV로 중계된 내 시합을 잘 봤다고
적혀 있었다. 나는 기분이 좋았고, 다른 사람들도 다 나와 마찬

가지일 거라고 생각했다.

"당신은 내 질문에 대답하지 않았어. 뭐가 문제였다는 거지?" 개빈의 태도는 거칠고 무례했지만 나를 위축시키려고 일부러 그러는 것 같았다. 나는 아무것도 잘못하지 않았다. 나를 억누르기 위한 수단에 불과하다고 판단한 나는 개빈에게 지지 않을 만큼 강하게 밀고 나갔다.

"뭐가 문제였냐고? 전부야. 전부 다 문제였다고. 기술은 맥아리가 없고 퍼포먼스에서는 열정이 느껴지지 않는 데다가 무엇보다 가장 큰 문제는 네놈의 얼굴이야. 패잔병처럼 얼빠진 그놈의 얼굴이 문제라고!" 개빈이 소리를 지르며 책상 위에 놓인 서류를 바닥에 집어 던졌다. 입에서 침이 튀었다. 이렇게 상스러운 인간은 처음이었다.

"나는 잘못하지 않았어. 어제 시합은 훌륭했어. 우리는 이겼어. 그리고 당신이 고릴라 얼굴에 대해서 뭘 알아?"

"이겼다고? 착각하지 마. 네가 이긴 건 내가 그렇게 정했기 때문이야. 설마 네 실력이 뛰어나서 이겼다고 생각하는 거냐? 네가 멋있어 보이는 건 네가 잘나서 그런 게 아니라 상대가 그렇게 보이도록 만들어 준 덕분이란 말이다. 아나콘다 시스터즈는 베테랑이야. 기술을 거는 것도 받는 것도 일류라고. 그에 비해 너는 주먹으로 때리고 머리로 박고 몸을 날려서 덮치는 게 고작이지. 그런 식의 단순한 동작밖에 하지 못하는 주제에 큰소리치기는!"

개빈은 나를 비웃듯 코웃음을 쳤다. 분하긴 했지만 그의 말이 맞다는 사실을 인정하지 않을 수 없었다. 개빈은 뒤로 돌아 사무실 창문 너머로 바깥 풍경을 내다보며 말을 이었다.

"네 말마따나 나는 고릴라에 대해 아는 게 없다. 하지만 프로 레슬링에 대해서는 누구보다 잘 알고 있지. 너한테는 스타성이 있어. 하지만 그것만 믿고 계속할 수 있을 정도로 이 세계는 호락호락하지 않아. 우리가 아무리 너를 톱으로 만들기 위해 안간힘을 써도 네게 진정한 실력과 각오가 없으면 관객들은 반드시 그걸 눈치채고 떠나갈 거다."

개빈의 말에서 조금 전까지와는 달리 정말로 나를 생각하는 마음이 느껴졌다. 적어도 개빈은 현재 나의 보스다. 보스가 충고를 했으면 겸허히 받아들일 줄도 알아야 한다. 내가 프로 레슬러로서 아직 많이 부족한 건 사실이니까.

"그러니까 내가 기술을 더 갈고닦아야 한다는 말을 하고 싶은 거야?" 내가 묻자 개빈이 다시 이쪽을 보며 내 얼굴을 손가락으로 가리켰다.

"아니, 내가 하고 싶은 말은 네 녀석의 얼굴이 마음에 들지 않는다는 거다. 모처럼 이기게 해 줘도 너는 늘 진 것 같은 얼굴을 하고 있어. 그렇게 싫어하면서 대체 왜 프로 레슬링을 하고 있는 거냐?"

개빈이 나를 생각해 준다고 느낀 것은 큰 착각이었다. 남의 얼굴을 가지고 자꾸 시비를 거니 짜증이 났다.

"왜 이걸 하고 있냐니. 당신이 나한테 프로 레슬러가 되지 않겠냐고 권했잖아. 나를 스타로 만들어 주겠다던 말을 똑똑히 기억해. 그런데 이제 와서 자꾸 나한테 뭐라고 하니까 당신이 무슨 생각을 하고 있는지 모르겠어." 나는 개빈에게 욕을 퍼붓고 싶었다. 개빈처럼 거칠게 소리를 질러 대고 싶었지만 장갑에서 나오는 목소리의 톤은 항상 일정했다. 하다못해 침이라도 튀기고 싶다는 생각에 나는 입술을 다문 채 콧김을 거칠게 내쉬었다. 입에 거품을 물고 길길이 날뛰던 개빈에게는 훨씬 못 미치는 수준이었지만 어느 정도 비슷하게 무례한 태도를 취하는 데 성공했다는 사실에 나는 만족했다.

"바로 그게 문제라는 거다. 넌 남이 시킨 일을 하고 있을 뿐이야. 네가 지금 하고 있는 건 싸우는 자의 프로 레슬링이 아니야. 도망치는 자의 프로 레슬링이지. 너는 네 인생에서 도망치고 있어. 한심한 자기 자신을 보고 싶지 않아서 다른 곳을 떠돌고 있는 거지. 자기 인생과 제대로 마주하지 않으면 평생 행복해질 수 없을 거다."

벼랑 끝에서 등을 떠밀리는 듯한 기분이었다. 현기증이 나서 바닥에 웅크려 앉았다.

가슴속에서 들끓던 분노와 불만은 온데간데없이 사라지고 공허한 허무감만이 남았다. 개빈이 하는 말이 틀리지 않았다는 건 누구보다 나 자신이 가장 잘 알고 있었다. 나는 오마리의 죽음을 직시하고 싶지 않아서 개빈이 마련해 준 역할을 연기하고 있을 뿐이었다. 뭐라도 좋았다. 클리프턴 동물원과 그 비극을 잊게만 해 준다면 프로 레슬링이 아니더라도 상관없었다.

개빈이 나에게 새로운 인생을 마련해 줄 거라고 생각했다. 지금까지의 슬픔과 괴로움을 모두 잊고 새로운 내가 될 수 있을 거라고, 퀸 콩이 될 수 있을 거라고 생각했다. 하지만 아니었다. 개빈은 나의 나약함을 탓했다. 하지만 나는 인생을 마주하는 법 따위는 알지 못했다.

"과거에 네가 힘든 일을 겪었다는 건 알아. 솔직히 그 고통이 어느 정도일지 나로서는 짐작도 가지 않는다. 하지만 적어도 네가 재판에서 졌고 그 결과에 납득하지 못하고 있다는 건 알겠다. 네게 필요한 건 리매치야. 한 번 졌다고 해서 두 번째도 결과가 똑같으리라는 법은 없으니까. 싸움은 링 위에서만 벌어지는 게 아니야. 너 자신의 인생에서 싸워 이겨라. 나는 지금처럼 우중충한 네 얼굴 따위는 보고 싶지 않다. 얼른 승소해서 밝은 얼굴로 돌아와라. 알겠냐?"

"재판을 한 번 더 하라고? 나는 재판이 무서워. 그런 식으로 우리 존재를 부정당하는 건 못 견디겠어." 내가 말하자 개빈은 한숨을 내쉬었다.

"한심한 겁쟁이 같으니라고. 이대로라면 프로 레슬링은 물론 이거니와 뭘 해도 결과는 똑같을 거다. 아무리 눈을 돌리려 해도 스스로 끌어안고 있는 부채 의식에서는 도망칠 수가 없단 말이다. 지금 여기서 다시 한번 붙어 보든지 아니면 평생 패배자로 살든지 둘 중 하나를 택해야 할 거다."

개빈이 하는 말이 옳았다. 패소 판결이 내려진 순간부터 지금까지 나는 계속 괴로워하고 있었다.

인간은 결코 이해할 수 없는 문제. 그것은 모든 동물에게 주어진 숙명이지만 나 이외의 동물은 그런 문제가 존재한다는 사실조차 인지하지 못한다. 전 세계에서 이 문제로 고통스러워하는 것은 오직 나 하나뿐이었다.

동물은 인간보다 열등하다. 인간의 목숨은 동물의 목숨에 우선한다.

이것은 이 세계에서 누구도 의문을 제기하지 않는, 지극히 당연한 상식이었다. 오마리의 죽음은 이러한 상식에 근거해 정당화되었다. 마찬가지로 나 역시 언제든지 이러한 상식에 따라 죽임을 당할 수 있는 처지였다. 내가 느끼는 이 굴욕감과 부조리함을 과연 인간들이 이해할 수 있을까.

개빈은 내게 그 상식과 맞서 싸우라고 하고 있는 것이다. 자기가 지금 무슨 말을 하고 있는지 모르는 것이 틀림없었다. 지금 내 눈앞에 버티고 선 벽이 얼마나 크고 단단한지 안다면 이런 말을 할 수 있을 리 없었다.

"프로 레슬링에서는 내가 너를 지켜 줄 수 있어. 하지만 재판에서는 불가능해. 내가 할 줄 아는 거라곤 프로 레슬링의 시나리오를 짜는 것뿐이니까." 개빈은 아무 말도 하지 않는 내 옆에 와서 쪼그리고 앉더니 내 눈을 들여다보며 말했다.

"다만 그런 능력을 가진 녀석이라면 알고 있지. 재판 시나리오를 짤 줄 아는 녀석 말이야. 나는, 그러니까 우리 단체는 자주 고소를 당하거든. 그래서 미국에서도 최고의 변호사들을 우리 편으로 두고 있지. 그중에서도 최고로 실력 좋은 녀석을 소개해 주마."

나는 개빈이 무슨 생각으로 이런 말을 하는 것인지 알고 싶었지만 언제나처럼 커다란 선글라스에 가려져 표정을 읽을 수가 없었다.

"재판은 혼자 싸우는 게 아니야. 변호사랑 한 팀이 되어 싸우는 태그매치*지. 이전 재판에서는 파트너를 잘못 골랐을 뿐이야. 내가 소개하는 녀석은 재판에서 한 번도 진 적이 없어. 다니엘 글리슨이라는 남자인데 아직 젊지만 실력은 확실해. 나는 널 믿는다. 너는 여기서 끝날 녀석이 아니야."

"정말로 내가 이길 수 있을 거라고 생각해?"

"당연하지. 나는 스타 선수를 질 시합에 내보내는 그런 얼간이 같은 짓은 하지 않아. 다니엘과 함께라면 넌 반드시 이길 거다." 개빈은 한 치의 망설임도 없이 자신 있게 단언했다. 확신에 찬 목소리가 더없이 든든했다. 나는 개빈을 한 번 더 믿어 보기로 했다.

"나는 여기서 끝날 여자가 아니야. 다시 싸우겠어." 개빈은 내 대답을 듣고 무릎을 치며 호탕하게 웃었다.

---

* 프로 레슬링에서 팀을 짜서 싸우는 경기 형식. 링 안에서는 일대일로 싸우고 같은 편 선수끼리 교대한다.

"그래, 그렇게 나와야지. 아무튼 재판에 관해서는 다니엘한테 맡겨두면 다 잘 될 거다. 그 녀석이라면 반드시 이길 테니까. 나는 그 녀석을 믿어. 왜냐 하면 그 녀석은 절대로 포기하지 않고 우는소리도 하지 않거든. '무리야'라든지 '이길 수 없어' 같은 말은 입에 올리지도 않는다고."

"알았어. 나 그 변호사를 만나 볼래."

개빈은 내 손을 잡아 일으켜 세운 다음 다니엘에게 연락해서 약속을 잡아 주었다.

"무리야. 이건 절대 못 이겨."

다니엘은 WWD의 회의실에서 내 서류를 훑어보더니 바로 우는소리를 하면서 손에 들고 있던 파일을 책상에 집어던졌다.

개빈이 했던 말과 너무 달라서 놀랐다. 개빈과는 약간 결이 다르지만 다니엘의 행동도 어딘지 모르게 작위적인 느낌이 들었다.

"항소하겠다니 진심이야? 너 바보야? 아니면 지금 날 놀리는 건가?"

개빈도 말투나 태도에 문제가 많았지만 다니엘은 그보다 훨씬 더 무례했다.

"기분 탓인지 모르겠지만 혹시 당신 나 싫어해?" 내가 묻자 다니엘은 코웃음을 쳤다.

"반대로 내가 널 좋아해야 할 이유가 있나? 동물원에서 모두에게 사랑받던 말하는 고릴라니까? 아니면 한창 잘나가는 인기 프로 레슬러라서? 착각하지 마. 너랑 지금 이렇게 만나 주고 있는 건 개빈이 부탁했기 때문이야. 만나 달라고는 했지만 의뢰를 받아들이라고 하지는 않았으니까 나는 이 커피만 다 마시고 돌아갈 거야. 이래 봬도 꽤 바쁜 몸이거든." 다니엘은 자기 앞에 놓인 아이스커피를 단숨에 반 정도 들이켰다.

"당황스럽네. 당신은 원래 이렇게 재수가 없어?"

WWD에 들어온 후 욕이나 비속어를 할 수 있도록 장갑의 설정을 변경했다. 만약 이 남자에게 욕 한마디 하지 못하는 상황이었다면 화를 참지 못하고 얼굴이 곤죽이 될 때까지 패 버렸을지도 모른다.

나는 가운뎃손가락을 세워 다니엘의 눈앞에 들이밀었다. 다니엘이 담담한 목소리로 대꾸했다.

"평소에는 이렇게까지 재수 없지는 않을걸. 사람을 대할 때는 기본적으로 예의 바르게 행동하니까."

다니엘 입장에서는 별생각 없이 내뱉은 한마디였을지도 모른다. 하지만 그것은 내 전부를 부정하는 말이었다.

불시에 날아든 몰지각한 말에 화조차 나지 않았다. 태어나서 지금까지 이런 말은 누구에게도 들어본 적이 없었다. 머릿속이 새하얘져서 아무 생각도 할 수 없었다.

다니엘은 아무렇지도 않게 말했다. 딱히 비꼬는 말투도 아니었다. 글자만 놓고 보면 아무것도 문제 될 게 없는 내용이었다. 하지만 그가 말한 '사람'이라는 단어에 나는 포함되어 있지 않았다. 그는 내가 사람이 아닌 동물이기 때문에 나를 내려다보고 있는 것이다.

이것은 명백한 차별이었다. 예리한 칼날이 내 심장을 파고드는 것만 같았다.

"사람을 대할 때는 예의 바르게 행동한다고? 나는 사람이 아니라 동물이니까 무례하게 대한다는 거야? 실망이야. 당신 같은 사람이 변호하는 건 내 쪽에서 사양하겠어." 나는 다시 한 번 중지를 세워서 작별 인사를 했다.

"이봐, 오해가 있는 것 같은데 나는 동물을 좋아해. 내가 싫어하는 건 동물이 아니라 너라고."

회의실에서 나가려고 돌아선 내 등 뒤에서 다니엘이 가벼운 말투로 툭 던지듯 말했다.

"내가 대체 무슨 짓을 했길래? 당신은 나를 처음 봤을 때부터 재수 없게 굴었어."

"내가 너를 싫어하는 건 네가 구제 불능의 바보 천치이기 때문이야. 나는 바보를 싫어해. 상대가 사람이든 동물이든 상관없이."

"내가 왜 구제 불능의 바보 천치라는 거야? 당신이 무례하게 굴기 전까지 내가 한 말이라고는 인사밖에 없는데."

"가장 먼저 이 사건은 항소가 불가능해. 항소 기한이 이미 한

참 전에 지났으니까. 항소를 하고 싶으면 판결 선고일로부터 21일 이내에 법원에 항소장을 제출해야 해. 판결 당시 법정에서 이 부분에 대해서도 당연히 알려줬을 거야. 그리고 동일한 내용으로 반복해서 소송을 제기하는 건 이중기소라고 해서 금지되어 있어. 네가 아무리 재판을 다시 하고 싶어도 할 수가 없다고. 네 변호사가 이런 기본적인 사항을 네게 알려주지 않았을 리 없어." 다니엘은 딱 잘라 말했다.

나는 유진과 나누었던 이야기를 기억해 내려 애썼지만 그날 일은 하나도 기억이 나지 않았다. 재판이 끝났을 때는 분노와 불만으로 가득 찬 상태였기 때문에 유진이 하는 말 따위는 귀에 들어오지도 않았다. 게다가 당시에는 항소할 생각도 없었기 때문에 제대로 듣지 않았을 가능성이 높다.

하지만 내가 보기에는 아무래도 다니엘이 하는 말이 핑계처럼 느껴졌다. 법률 지식이 부족하다는 이유만으로 내게 이런 태도를 취하는 것 같지는 않았다.

"거짓말. 당신이 나를 싫어하는 건 그런 이유 때문이 아니잖아. 좀 솔직해지는 게 어때?"

다니엘은 책상 위에 손을 올려놓으며 한숨을 내쉬었다.

"넌 재판을 얕잡아 보고 있어. 사법 제도를 업신여기고 있지. 그런 상대를 변호할 수 있을 것 같아? 그러니까 넌 구제 불능의 바보 천치라는 거야."

그 자리에서 바로 반박하고 싶었다. 나는 재판을 얕잡아 본 적도 없고 사법 제도를 업신여기고 있지도 않다고. 하지만 다니엘의 말이 아직 끝나지 않은 것 같았기에 잠자코 이어지는 말을 기다렸다.

"'정의는 인간에게 지배당하고 있다', 지난번 재판이 끝나고 네가 이렇게 말했었지? 그건 무슨 의미야?" 다니엘이 날카로운 시선으로 나를 쏘아보며 물었다.

"글자 그대로의 의미야. 재판에서는 판사도 배심원도 다 인간뿐이라서 나를 이해해 줄 수 있는 사람은 아무도 없었어. 정의는 인간이 독점하고 있어. 모두가 동물은 인간보다 열등한 존재라고, 동물의 목숨은 인간의 목숨보다 가볍다고 생각해. 인간을 구하기 위해 동물이 죽어 나가도 다들 눈 하나 깜짝하지 않아. 내 남편 오마리는 아무 이유도 없이 살해당했어. 하지만 인간들이 자기들 마음대로 정의를 조작하고 있기 때문에 아무도 처벌당하지 않아. 내 말이 틀려?"

"그래, 틀렸어. 당연히 틀렸지. 처음부터 끝까지 다 틀렸어." 다니엘은 고개를 저으며 진지한 표정으로 말을 이었다.

"정의를 인간이 독점하고 있다고? 사람을 바보 취급하는 것도 정도껏 해. 너는 정의가 뭔지 전혀 이해하지 못하고 있어. 애초에 완벽한 정의라는 건 세상에 존재하지 않아. 우리 인간이 불완전한 존재니까. 인간은 거칠고 난폭한 데다가 모순에 가득찬 이기적인 존재야. 하지만 우리는 그 상태에 만족하지 않았어. 몇천 년이라는 긴 시간을 들여 헌법을 비롯한 각종 법 규범을 만들고 사법 제도를 구축해 왔지. 완벽한 정의를 달성하기 위해서가 아니라 더 나은 사회를 만들기 위해, 조금이라도 더 정의에 가까워지기 위해서. 그 과정에서 얼마나 많은 희생이 있었는지 알아? 지금의 사법 제도가 완성되기까지 얼마나 많은 노력과 시행착오가 필요했는지 아느냐고."

날카롭게 쏘아붙이는 다니엘에게 나는 아무 대답도 하지 못했다.

"공평한 사회를 만들기 위해 인간들이 노력하는 동안 고릴라는 뭘 했는데? 조금이라도 도움을 주었던가? 너 같은 외부인한테 사법 제도를 모욕할 자격이 있다고 생각해? 인간이 정의를 독점하고 있는 게 아니야. 인간이 정의를 만들어 온 거지. 다른 누군가를 위해서가 아니라 바로 자기 자신을 위해서. 공정한 사회를 이룩하기 위해서. 그런데 너는 단순히 자기가 재판에 졌다고 해서 법정을 모독한 거야. 나 같은 사법 관계자로서는 도저히 용서할 수 없는 만행이지." 다니엘은 팔짱을 끼고 차가운 눈빛으로 나를 내려다보았다.

정신이 번쩍 들었다.

다니엘 말이 맞았다. 내 생각이 짧았다. 홧김에 엉뚱한 상대에게 분풀이한 것일지도 모르겠다는 생각이 들었다.

"미안. 그렇게까지 깊이 생각하지 못했어. 지금 당신이 한 말은 다 맞아. 나는 그저 언론을 통해 내 불만을 표출하고 싶었을 뿐이야. 사법 관계자들의 기분 같은 건 생각도 못 했어. 늦었지만 사과할게. 내가 잘못했어. 정말 미안해."

내가 솔직하게 사과하자 다니엘의 표정이 누그러졌다.

"확실히 동물의 권리 보장이 인간에 비해 많이 뒤처지긴 했지. 아직 관련 법이 제대로 갖춰지지도 않았고."

다니엘은 그렇게 말하더니 고개를 들어 천장을 올려다보며 작은 목소리로 제기랄, 하고 중얼거렸다.

"고릴라를 상대로 설교라니. 나도 어른스럽지 못하게 군 건 사과할게. 초면인 상대한테 그러면 안 되는 거였는데. 우리 관계를 처음부터 다시 시작할 수 있을까?"

나는 고개를 끄덕인 후 그대로 뒤로 돌아 회의실 밖으로 나왔다. 복도에 서서 한 차례 심호흡을 한 뒤 문을 두드렸다.

"네, 들어오세요."

방 안에서 다니엘이 대답하는 소리가 들렸다. 나는 문을 열고 안으로 들어가 다니엘이 앉아 있는 책상 앞으로 다가갔다. 다니엘은 아까와는 달리 의자에서 일어나 정중한 태도로 나를 맞이했다.

"로즈 너클워커 씨 맞으시죠? 기다리고 있었습니다. 저는 다니엘 글리슨이라고 합니다. 처음 뵙겠습니다." 다니엘이 오른손을 내밀었다. 아까와 너무 다른 분위기에 자꾸만 웃음이 나왔다.

"개빈이 말한 대로 넌 정말 솔직하고 착한 고릴라야. 이 사건은 내가 맡도록 하지. 다시 말해 이 재판에서 네가 지는 일은 없을 거란 얘기야. 그러니까 이제 안심해도 좋아." 다니엘이 시원시원하게 말했다.

"하지만 아까 기한이 지나서 항소는 불가능하다고 했잖아. 어떻게 하려고?"

"맞아, 그건 사실이야. 하지만 나는 법이 완벽하지 않다고도 말했지." 다니엘은 그렇게 말하면서 한쪽 눈을 찡긋해 보였다.

"방법이 아주 없지는 않아. 아무튼 나한테 맡겨. 우리는 반드시 이길 테니까."

"하지만 어떻게? 이전 재판에서는 완전히 져 버렸는데."

"그야 그럴 수밖에. 그때 너를 변호한 사람은 내가 아니었잖아." 다니엘은 서류를 다시 들여다보며 말했다.

"지난번 재판에서 너를 변호했던 유진 로버트슨에 대해 알아봤는데 변호사 배지를 단 지 얼마 되지도 않은 햇병아리더군. 설마 정말로 그런 초짜가 이길 수 있을 거라고 믿었던 거야? 물론 쉬운 사건은 아니지만 세간의 주목을 받을 게 분명한 사건이었던 만큼 얼마든지 더 유능한 변호사를 찾을 수도 있었을 텐데?"

"그럴 리가 없어. 그는 로이드 상원의원이 소개해 준 변호사였는걸."

"이런 말은 하고 싶지 않지만 사실 로이드 상원의원은 처음부터 네가 지기를 바랐다는 거겠지."

다니엘의 말을 믿고 싶지 않았다. 하지만 유진은 믿음직스러운 변호사가 아니었고, 그에게서 재판에 대한 열의가 느껴지지 않았던 건 사실이었다.

생각해 보면 유진은 나를 억지로 동물원과 화해시키려고 했다. 화해하고 넘어갈 생각은 없다고 몇 번이고 반복해서 얘기하느라 진이 다 빠질 지경이었다. 어쩌면 로이드 상원의원이 유진에게 나를 설득하라고 시켰던 게 아닐까.

"너한테는 충격일지도 모르겠지만 상원의원의 마음도 어느 정도 이해는 가. 이런 문제가 생길 거라고는 전혀 예상하지 못했을 테니까. 만일 네가 재판에서 이기기라도 한다면 동물을 둘러싼 권리 보장이 크게 바뀔지도 몰라. 그렇게 되면 여러모로 귀찮아질 거야. 정치가에게 이권은 생명줄 같은 거라서 예측할 수 없는 변화의 선봉에 서기를 바라는 사람은 아무도 없거든. 한마디로 그는 네가 이기길 바라지 않았다는 거야."

다니엘의 말에 머리가 어지러웠다.

처음부터 이길 생각도 없었다는 사실을 어떻게 받아들여야 할지 갈피를 잡을 수 없었다.

"게다가 상대측 변호사는 케일리였다니 지는 게 당연하지. 케일리는 프로니까. 아마 클리프턴 동물원은 다음번 재판도 같은 사람한테 맡기겠지. 케일리랑 직접 붙는 게 얼마 만인지 모르겠네."

"아는 사람이야?"

"그럼, 이 바닥에서 그녀의 이름을 모르는 사람은 거의 없을 걸. 굵직굵직한 사건들을 많이 맡았거든. 하지만 안심해. 케일리의 전술은 내가 훤히 다 꿰뚫고 있으니까. 처음부터 끝까지 한 순간도 긴장을 늦추지 않고 전력을 다해 공격하는 타입이야. 상어처럼 사납고 무시무시한 여자지."

나도 모르게 몸이 부르르 떨렸다.

"그래서 패배를 모르는 당신은 이 사건에서 어떤 수를 써서 이길 생각이야? 상대가 그 케일리라는 변호사여도 이길 수 있겠어?"

"반대로 내가 묻고 싶군. 왜 넌 질 거라고 생각하는 거지?" 다니엘이 거만한 말투로 물었다. 도대체 무슨 생각인 건지 알 수가 없었다.

"아까도 말했듯이 현행법에서는 동물을 인간과 동등하게 취급하지 않으니까."

"그래, '정의는 인간에게 지배당하고 있다'는 거지? 우선 결론부터 말하자면 네 의견은 전적으로 옳아." 다니엘이 고개를 크게 끄덕였다.

아까랑 하는 말이 너무 달라서 어이가 없었다. 조금 전까지만 해도 현재의 법 제도를 완성하기 위해 인간이 얼마나 많은 노력과 희생을 치러야 했는지 내 앞에서 역설하지 않았던가. 어쩌면 유능한 변호사란 상황에 따라 능수능란하게 말을 바꿀 수 있는 사람을 말하는 건지도 모르겠다는 생각이 들었다.

"정의를 지배하고 있는 게 인간이라면 어떻게 해야 이길 수 있을 것 같아?"

"모르겠어. 판사도 배심원도 고릴라라면 이길 수 있을 거야." 내가 말하자 다니엘은 코웃음을 쳤다.

"그건 어렵겠는데. 사법고시에 합격한 고릴라가 있다는 말은 들어본 적이 없으니까. 아, 그러고 보니 내 로스쿨 동기였던 캐롤이 고릴라랑 아주 많이 닮기는 했지."

"그럼 어떻게 하면 이길 수 있는데?"

"다른 사람들을 고릴라로 바꿀 필요는 없어." 다니엘은 거기서 일단 말을 끊고 의미심장한 표정으로 나를 쳐다보았다.

"네가 인간이 되면 돼." 그는 나를 손가락으로 가리키며 이렇게 말했다.

나는 말문이 막혔다. 인간이 되면 된다고? 무슨 그런 말도 안 되는 소리를.

엄마와 첼시와 샘이 내게 말을 가르쳐 주었다. 테드는 나에게 목소리를 주었고, 로이드 상원의원은 내가 미국에 올 수 있도록 도와주었다. 개빈은 내게 퀸 콩이라는 또 하나의 인격을 마련해 주었다.

하지만 나는 여전히 고릴라다. 아무리 내가 인간과 대화를 나눌 수 있고 인간들 사이에 섞여서 프로 레슬링을 하고 있다 하더라도 나는 고릴라였다. 인간이 된다는 건 있을 수 없는 일이었다.

"농담하지 말고."

"진심이야. 나는 너를 인간으로 만들 거야. 아니, 너는 이미 인간이야. 나 말고는 아무도 눈치채지 못했을 뿐 어엿한 인간이라고. 너뿐만이 아니라 고릴라는 모두 인간이야. 물론 오마리도 인간이었고. 그러니까 너랑 오마리를 변호하는 데 필요한 건 동물의 권리가 아니야."

다니엘의 표정에서 장난기가 사라졌다. 그는 진심이었다.

"너희를 보호하는 건 인권이야. 그러니까 재판에서 질 일은 없어."

신은 신비로운 방법으로 그 힘을 인간들에게 행사한다. 신의 원대한 계획은 한낱 인간이 파악할 수 있는 것이 아니다.

피터는 신의 존재를 단 한 번도 의심한 적이 없었다. 모든 것은 신이 의도한 결과였다. 악이나 유혹도 예외가 아니었다. 우리 인간은 항상 신에게 시험당하고 있었고, 신의 사랑과 신뢰를 얻는 것만이 나 자신의 존재 의의를 증명하는 길이었다. 피터의 아버지는 피터를 그렇게 가르쳤다. 그리고 피터는 자신이 그 가르침에 따라 평생 올바른 길을 걸어왔다고 자부했다.

피터는 매일같이 신께 기도했지만 대부분 타인을 위한 기도였고 자신을 위한 기도는 거의 하지 않았다. 그가 예외적으로 자기 자신을 위해 기도한 것은 단 두 번뿐이었다. 과거 그가 아내에게 청혼하기 전에 그녀가 프러포즈를 받아들이게 해 달라고 빌었던 것, 그리고 결혼하고 5년이 넘도록 아이가 생기지 않아 그들 부부에게 아이를 내려 달라고 기도한 게 다였다. 두 번 다 신은 피터의 기도에 응해 주셨다. 피터와 맥은 결혼한 지 15년째였지만 여전히 사이가 좋았고, 아들 라일리도 착한 아이로 잘 자랐다.

피터는 자신이 행복한 것은 신의 뜻에 따라 살고 있기 때문이라고 믿어 의심치 않았다. 오하이오주에는 오피오이드* 중독자가 많았다. 피터는 약물 중독자의 치료 및 사회 복귀를 지원하는 커뮤니티 센터에서 자원봉사자로 활동하고 있었다. 남을 구하는 것이 곧 나 자신을 구하는 것임을 가르치기 위해 라일리를 함께 데려간 적도 있었다.

하지만 아직까지 신의 뜻을 직접적으로 느껴본 적은 없었다.

TV에서 고릴라가 사람을 때려눕히는 장면을 본 그날 밤, 피터는 고릴라에게 신의 심판이 내려지기를 바랐다.

그런데 그가 바로 그 고릴라의 재판에 들어갈 배심원으로 뽑힌 것이다. 피터는 이것이야말로 신의 계시라고 느꼈다. 등줄기에 전류가 흐르는 듯한 찌릿찌릿한 느낌이 언제까지고 가시지 않았다.

그는 신께 선택받은 것이다. 신이 네게 주어진 책임을 다하라고 말하는 것 같았다.

그런 만큼 배심원 선정이 이루어지는 순간은 긴장했다. 피터

---

* 마약성 진통제의 일종.

는 법원에 출석해서 다른 배심원 후보들과 나란히 자리에 앉았다. 눈앞에 고릴라 측 변호를 맡은 남자와 동물원 측 변호를 맡은 여자가 서 있었다. 피터에게 질문한 사람은 고릴라 측 변호사였다.

"당신은 프로 레슬링 경기 보는 것을 좋아합니까?" 남자가 한 질문의 의도는 명백했다. 프로 레슬링 팬이라면 고릴라에게 호의적일 거라고 생각하는 거겠지.

피터는 배심원으로 뽑힐 필요가 있었다. 신을 대신해서 고릴라를 심판하기 위해서는 무슨 짓을 해서라도 배심원이 되어야만 했다. 그렇다면 변호사가 원하는 대로 프로 레슬링 팬인 척 연기를 해야 했다. 하지만 그럴 수는 없었다. 이것 역시 신이 주신 시련일지 모른다. 절대로 거짓말을 해서는 안 된다.

"저는 프로 레슬링을 싫어합니다. 폭력을 오락거리로 삼는 것은 저급한 행위라고 생각합니다. 제 아들한테도 프로 레슬링은 못 보게 하고 있습니다." 피터는 가슴을 펴고 솔직하게 대답했다.

"원고는 이 사람을 배심원으로 인정합니다."

놀랍게도 고릴라 측 변호사는 피터를 배심원으로 선택했다. 프로 레슬링을 혐오하는 자신이 프로 레슬러로 활동하는 고릴라 편을 들 거라고 생각한 걸까? 피터는 변호사가 무슨 생각으로 자신을 선택한 것인지 이해할 수 없었다. 아마도 이것 역시 신의 뜻이리라.

신의 원대한 계획은 한낱 인간이 파악할 수 있는 것이 아니니까.

평결은 배심원 전원의 만장일치가 전제였다. 다시 말해 피터가 배심원으로 뽑힌 이상 고릴라가 재판에서 이길 가능성은 없다. 그러니 현재로서는 아직 피터밖에 모르는 사실이지만 재판결과는 이미 정해진 것이나 마찬가지였다.

이번 재판에서도 동물원이 이길 것이다. 내가 있는 한 고릴라가 이길 일은 없다. 다른 배심원들이 모두 고릴라 편을 들더라도 단 한 명이라도 반대하면 평결 불능이 되니 그 경우에는 배심원단을 새로 짜서 다시 재판을 하게 될 것이다.

자신이 신의 사도라는 사실을 지금처럼 강하게 확신한 적은 없었다. 이 순간을 위해 지금까지 살아온 게 아닌가 싶을 정도였다.

인간에게 위해를 끼치는 짐승을 신이 용서할 리 없었다. 피터는 배심원석에 앉으며 부들부들 떨리는 주먹에 지그시 힘을 주었다. 하지만 저 깊은 곳에서부터 조용히 끓어오르기 시작한 흥분이 마그마처럼 뜨겁게 날뛰는 바람에 피터는 마음을 진정시키기 위해 계속해서 성서의 기도문을 외워야 했다.

이윽고 배심원이 모두 정해졌다. 피터는 만족스러운 표정으로 그 뒤에 이어지는 설명을 가볍게 흘려들었다.

13

"마음 편히 가져." 옆에 앉은 다니엘이 나를 보며 말했다.

"이번에는 내가 있으니까 지는 일은 없을 거야. 너는 네게 주어진 역할만 제대로 하면 돼. 지금까지 준비해 온 대로 법원에 있는 모두에게 성의 있는 태도를 보일 것. 할 수 있지?"

다니엘은 평소와 다름없이 여유로워 보였고 자신감에 차 있었다. 나는 가볍게 고개를 끄덕였다.

지난번 재판 때와 마찬가지로 법정에 마련된 의자는 내게 너무 작았기 때문에 나는 원고와 피고 사이, 판사를 정면으로 바라보는 위치에 앉아 있었다. 유나에게 부탁해서 양복도 새로 맞췄다.

"뒤를 좀 봐." 다니엘이 방청석 쪽을 돌아보길래 나도 따라서 고개를 돌렸다.

"저기 방송국 카메라가 설치돼 있는 거 보이지? 이 재판은 온

국민이 주목하는 사건이기 때문에 전국에 실시간으로 중계될 거야. 네가 승리하는 순간, 미국 전체가 깜짝 놀라겠지. 이거 벌써부터 기대되는걸. 설마 카메라 한두 대 때문에 긴장하는 건 아니지?"

"나는 괜찮아. 몇만 명이 보고 있다고 해도 전혀 신경 쓰이지 않아. 재판을 원형 경기장에서 해도 상관없어. 오히려 그 편이 더 익숙할지도 모르겠다. 그보다 당신이야말로 괜찮은 거야?"

"나 말이야? 당연히 괜찮지. 말했잖아, 난 패배를 모르는 변호사라고."

"하지만 당신은 증인을 한 명도 내세우지 않았어. 대체 어떻게 이기겠다는 거야? 상대는 증인을 네 명이나 신청했다고."

"좋아, 재판이 시작되기 전에 간단히 설명해 주지. 증인이나 증거를 제출한다는 건 말하자면 시합에서 주먹을 날리는 것 같은 거야. 그러니까…."

"그러니까 저쪽은 네 번이나 주먹을 날릴 기회가 있고, 우리는 한 번도 없다는 거잖아. 누가 봐도 우리가 불리한 상황이잖아!"

"알았으니까 일단 진정하고 내 말을 좀 들어봐. 문제는 주먹을 날릴 거라는 사실이 사전에 알려지면 상대가 그걸 피할 수 있다는 거야. 저쪽에서 누구를 증인으로 세우는지는 다 알고 있어. 즉 동물원 측에서 신청한 증인 관련 정보가 공개된 시점에 이미 저쪽 전략은 다 드러난 거나 다름없다는 말이지. 상대가 언제 어디를 노릴지 알고 있으면 상대의 공격을 피할 수도 있고 반격에 나설 수도 있어. 증인에게 질문할 수 있는 건 증인을 신청한 쪽만이 아니거든. 우리도 증인한테 질문할 수 있단 말이야. 다시 말해 우리는 동물원이 어떤 전략을 세웠는지 대충 다 파악하고 있지만, 저쪽으로서는 우리가 무슨 생각을 하고 있는지 가늠할 힌트가 하나도 없다는 거야. 그러니 누가 봐도 우리가 유리하지 않겠어? 게다가 우리는 공격에 나서지 않으니까 그만큼 수비가 탄탄하지. 상대에게 반격당할 위험이 전혀 없다고. 어때, 이제 조금은 날 믿을 마음이 생겼나?"

나는 반신반의하는 표정으로 다니엘을 쳐다보았다. 그냥 다니엘의 말장난에 놀아나고 있는 게 아닌가 싶기도 했다.

"잘 들어. 상대가 평범한 변호사라면 정석대로 싸워도 돼. 하지만 우리가 상대해야 할 사람은 케일리 카츠라고. 저 여자는 위험해. 어설프게 증인을 세워서 케일리에게 반격당하는 일만은 피하고 싶었어. 재판에서 중요한 건 절대로 흔들리지 않는 시나리오야. 불확실한 요소는 최대한 배제해야 해. 내 말 알아듣겠어?" 다니엘은 피고석에 앉은 케일리를 곁눈질로 살피며 진지한 표정으로 말했다.

나로서는 다니엘을 믿는 수밖에 없었다. 나는 힘껏 고개를 끄덕이며 불안한 마음을 가라앉히려고 노력했다.

열려 있는 법정 문으로 방청객들이 들어와 앉았다.

이윽고 뒤쪽 문이 닫히고 방청석이 조용해지자 앞쪽 문을 통해 판사가 들어왔다. 재판장은 아프리카계 흑인 여성으로 알이 두꺼운 안경을 쓰고 있었고, 어깨 길이의 검은 머리는 안쪽으로 말려 있었다. 그녀는 익숙한 발걸음으로 법정 중앙에 마련된 자리로 가서 앉은 다음 의사봉을 두드리며 개정을 선언했다.

법정에 울려 퍼지는 나무망치 소리를 들으니 지난번 재판에서 나의 패소가 선고된 순간이 떠올랐다. 나는 가슴속에서 솟구쳐 오르는 불안과 공포를 억누르기 위해 안간힘을 썼다. 이번에는 지지 않는다, 절대로 지지 않을 것이다. 옆에 앉은 다니엘만이 나의 유일한 희망이었다.

재판 진행 순서에 따라 우선 다니엘이 넥타이를 바로잡으며 자리에서 일어나 준비해 온 말을 꺼냈다.

"존경하는 재판장님, 변호사인 제가 변론을 하기에 앞서 제 의뢰인이 하고 싶은 말이 있다고 합니다만 허락해 주시겠습니까?"

"좋습니다. 다만 너무 길어지지 않게 해 주세요. 부적절한 발언이라고 판단하면 즉시 중단시키겠습니다."

"감사합니다." 다니엘이 목례를 하고 다시 자리에 앉았다.

나는 자리에서 일어나 판사석을 향해 정중히 허리 굽혀 인사한 다음 증언대로 나갔다. 증언대 높이가 내 키보다 커서 얼굴이 가려지기 때문에 증언대 앞에 섰다.

"재판 시작 전에 꼭 한마디 하고 싶은 말이 있습니다. 부디 잠시만 시간을 내어 주시기 바랍니다. 저는 예전에 언론을 통해 재판부와 미국의 사법 제도를 모욕하는 발언을 한 적이 있습니다. 패소한 충격으로 인해 생각 없이 경솔한 발언을 한 것을 깊이 반성하고 있습니다. 긴 시간을 들여 현재의 사법 제도를 완성해 온 인간의 역사에 경의를 표하는 동시에 모든 사법 관계자 여러분께 고개 숙여 사과드립니다. 그토록 무례한 태도를 보였음에도 불구하고 제게 한 번 더 기회를 준 오하이오주와 본 법정에 진심으로 감사하다는 말씀을 드리고 싶습니다. 이상입니다."

나는 판사석을 향해 인사한 다음 이어서 배심원석을 향해 인사했다.

고개를 들자 배심원 중 한 명과 눈이 마주쳤다. 그 백인 남자의 표정에서는 살기가 느껴졌다. 날카로운 시선과 굳게 다문 입술. 다른 배심원들은 살짝 긴장한 표정인데 반해 그 남자는 마치 부모의 원수라도 만난 것처럼 증오에 찬 눈빛으로 나를 노려보고 있었다.

노골적으로 적대감을 드러내는 남자를 향해 나도 모르게 반사적으로 으르렁댈 뻔했다. 간신히 마음을 가라앉히고 다니엘 옆에 앉았지만 남자의 악의에 찬 시선을 완전히 무시하기는 어려웠다. 아무리 정면을 향해 앉아 있어도 배심원석에서 나를 쏘아보는 시선이 아프도록 느껴졌다.

내가 남자의 존재를 의식하지 않으려고 애쓰는 동안 옆에서 아무것도 눈치채지 못한 다니엘이 일어났다.

"존경하는 재판장님, 그리고 배심원 여러분, 안녕하십니까. 이번 재판의 원고인 로즈 너클워커의 법률 대리를 맡은 다니엘 글리슨이라고 합니다. 오늘 재판의 주체는 제 의뢰인인 로즈와 클리프턴 동물원입니다. 클리프턴 동물원은 이번 사건에 대해 언급할 때 항상 특정 사실을 강조합니다. 바로 남자아이가 살아 있다는 점입니다. 위기 상황이었음에도 불구하고 남자아이가 목숨을 건졌다는 것. 이것이야말로 가장 중요한 사실이라고 말하고 있습니다. 물론 저도 그 부분에는 이견이 없습니다. 하지만 거기서 만족하기 전에 우리가 반드시 생각해야만 하는 사실이 하나 있습니다." 다니엘은 검지를 위로 치켜들어 재판장과 배심원들의 이목을 집중시켰다.

"그것은 바로 남자아이의 목숨의 대가입니다. 아이의 목숨을 구하는 대신 희생된 목숨이 있습니다. 오마리는 죽었습니다. 하나의 목숨이 사라지고 하나의 목숨이 남은 것입니다. 배심원 여러분, 아이를 구하기 위해 우리가 치른 대가가 얼마나 큰 것이었는지 생각해 보시기 바랍니다. 오마리의 죽음의 가치를 정당하게 인정하는 것이 우리 사회에 어떤 의미를 갖는지 생각해 보시기 바랍니다. 저희는 오마리의 죽음은 중대한 과실로 인한 것이었다고 보아 피고인 클리프턴 동물원에 배상을 청구하는 바입니다."

다니엘은 말을 마치고 조용히 자리에 앉았다. 시간으로 치면 약 1분. 당사자 주장치고는 이례적으로 짧은 분량이었다. 지난번 재판 때 유진은 어째서 동물의 권리가 우리 사회에 필요한지 이야기한 다음 오마리가 어떻게 죽음에 이르렀는지 그 과정을 자세히 설명했다. 아마 30분은 족히 떠들었을 것이다. 그에 반해 다니엘은 몇 마디 하지도 않았으면서 만족한 듯 의자에 느긋하게 기대앉아 버렸다.

변호사가 재판 서두에 하는 진술은 당사자의 주장을 피력하는 중요한 기회다. 이를 통해 우리 쪽의 정당성을 배심원들에게 각인시킬 필요가 있다. 사전 미팅 때 다니엘은 나를 인간으로 만들 거라고 말했다. 인권이 나를 지켜 줄 테니까 절대로 지지 않을 거라고. 하지만 재판이 시작된 후 그런 말은 한마디도 하지 않았고, 인권에 대해서도 언급하지 않았다.

내가 어이없는 표정으로 다니엘을 쳐다보자 다니엘은 무슨 착각을 했는지 나를 향해 한쪽 눈을 찡긋해 보였다. 나는 한숨을 내쉬며 피고 측 변호사인 케일리 쪽으로 시선을 돌렸다.

금발 머리가 물결치듯 반짝거렸고, 푸른색 셔츠와 남색 정장이 슬림한 체형을 한층 더 부각시켰다. 재판이 시작되기 전까지만 해도 여유로운 미소를 띠고 있었는데 지금은 반대편 의자에 앉아 무섭도록 진지한 표정으로 다니엘을 노려보고 있었다. 상대가 무슨 속셈인지 알아내고야 말겠다는 강한 의지가 느껴졌다.

"존경하는 재판장님, 그리고 배심원 여러분, 안녕하십니까. 여러분의 노고에 감사드립니다. 조금 전 원고 측 변호사가 말한 것처럼 이번 사건에서 가장 중요한 것은 남자아이의 목숨입니다. 사고 당시 상황을 생각하면 아직 네 살밖에 되지 않은 니키가 목숨을 건진 것은 기적이라도 해도 과언이 아닙니다. 니키가 살아남은 것은 단순히 운이 좋았기 때문만은 아닙니다. 그것은 동물원 측의 신속한 대응과 어려운 결단이 있었기에 가능한 일이었습니다. 원고는 니키의 목숨을 구하기 위해 우리가 치러야 했던 대가에 대해 생각해 보라고 했습니다. 하지만 과연 세상에 앞길이 창창한 아이의 목숨보다 더 가치 있는 것이 있을까요? 물론 오마리가 죽은 것은 정말 유감스러운 일입니다. 오마리는 클리프턴 동물원 직원들과 관람객들로부터 전폭적인 사랑을 받던 고릴라였습니다. 하지만 사건은 일어나고 말았습니다. 저는 거센 비난이 쏟아질 것이 예상되는 가운데에도 주저하지 않고 의연하게 대처한 동물원 측에 경의를 표하지 않을 수 없습니다."

케일리는 실제로 경의를 표하듯 잠시 뜸을 들였다.

"만약 관람객보다 동물의 목숨을 우선하는 동물원이 있다면 어떨까요? 적어도 저는 가고 싶지 않을 것 같습니다. 그런 시설은 현대 사회에는 있을 수 없습니다. 우리 한 사람 한 사람의 목숨은 무엇과도 바꿀 수 없는 소중한 것이며, 인명을 경시하는 시설은 어떠한 형태로든 용납될 수 없습니다. 관람객뿐만 아니라 그곳에서 일하는 사람들의 안전 역시 모든 상황에서 가장 우선시되어야 할 최중요 사안이라고 할 수 있습니다."

케일리는 배심원석 및 판사석을 천천히 둘러보며 자신이 하고자 하는 말을 상대가 충분히 이해할 때까지 반복해서 말했다. 말에는 설득력이 있었지만 너무 당연한 내용이라 그다지 임팩트는 없었다. 하지만 당당하면서도 진지한 태도로 변론을 이어가는 자세는 내 눈에도 멋있어 보였다. 진담인지 농담인지 분간이 가지 않는 다니엘의 변론과는 천지 차이였다.

다니엘은 내 옆에 앉아서 기분 나쁘게 히죽히죽 웃으며 노트에 무언가를 끄적이고 있었다.

문득 이런 의문이 들었다. 다니엘은 자기가 패배를 모르는 변호사라고 했지만 그게 정말 사실일까? 혹시 그냥 지어낸 말 아니었을까? 나는 다니엘에 대해 더 자세히 알아보지 않은 것을 후회했다. 내가 다니엘에 대해서 아는 거라고는 개빈이 마음에 들어 하는 변호사라는 사실뿐이었다.

케일리는 그로부터 20분 가까이 동물원이 취한 행동의 정당성에 대해 열변한 후 조용히 착석했다. 우아하면서도 자신감이 느껴지는 동작이었다. 성격은 조금 다르지만 그녀도 다니엘과 마찬가지로 자신의 승리를 확신하고 있는 것 같았다.

재판이라는 게 물론 많이 말하는 사람이 이기는 싸움은 아니지만 케일리의 변론은 더할 나위 없이 훌륭했다. 다음 순서는 증인 신문이었다. 피고 측이 신청한 증인은 총 네 명이었다. 나로서는 다니엘이 증인 신문에서라도 실력을 제대로 발휘해 주기를 바라는 수밖에 없었다.

첫 번째 증인이 증언대에 섰다.

"이렇게 손을 들어 주세요." 재판장은 팔꿈치를 몸에 붙인 상태에서 손바닥이 상대 쪽으로 향하도록 오른손을 위로 들었다. 증인이 재판장이 하는 것을 보고 따라 하자 재판장은 그 자세를 유지한 채로 증인 선서를 진행했다.

"증인은 본 법정에서 엄숙하고 신실하게 오직 진실만을 말할 것을 맹세합니까?"

"네, 맹세합니다." 첫 번째 증인이 긴장한 표정으로 재판장을 쳐다보며 대답했다. 재판장은 천천히 고개를 끄덕이며 케일리에게 주심문*을 진행하라고 말했다.

케일리는 의자에서 일어나 증인과 마주 보고 섰다. 당당하고 자신감 넘치는 모습에 배심원들의 시선이 집중되었다.

"우선 증인의 이름을 말씀해 주십시오."

"캐리 레이놀즈라고 합니다."

"현 직장과 재직 기간을 말씀해 주십시오."

"텍사스주 브라운즈빌 동물원에서 매니저를 맡고 있습니다. 동물원에서 일한 지는 30년쯤 됐고요. 재작년에 매니저가 됐는데 그전까지는 계속 고릴라 사육사로 일했습니다."

"브라운즈빌 동물원은 오마리가 예전에 살았던 동물원이지요? 오마리가 클리프턴 동물원으로 옮겨가게 된 경위에 대해 설명해 주시겠습니까?"

---

* 재판에서 증인을 신청한 당사자가 먼저 그 증인에게 질문하는 것.

"오마리는 브라운즈빌 동물원에서 태어나 거기서 15년 동안 살았습니다. 북미 전역의 동물원에 있는 고릴라를 다 합치면 360마리 정도 됩니다. 로즈와 오란다는 카메룬에서 왔지만 기본적으로 아프리카에서 고릴라를 데려오는 일은 없습니다. 그래서 근친 교배로 유전자 다양성이 훼손되는 것을 막기 위해 어른이 된 고릴라를 동물원들끼리 서로 교환하는 프로그램이 있습니다. 미국동물원수족관협회에 가입한 많은 동물원이 이 프로그램에 참가하고 있고, 오마리가 클리프턴 동물원으로 가게 된 것도 그 일환이었습니다. 어른이 된 수컷 고릴라 오마리를 브라운즈빌 동물원에서 독립시켜 새로운 무리를 만들도록 한 것입니다. 당시 저는 고릴라 담당 사육사였기 때문에 6년 전 오마리가 이동할 때의 일은 아직도 선명하게 기억하고 있습니다. 텍사스에서 클리프턴 동물원까지 오마리와 함께 차를 타고 이동했습니다. 3일 밤낮을 달려야 했기 때문에 체력적으로 쉽지 않은 여행이었습니다. 오마리는 사육사의 지시를 잘 따르는 똑똑한 고릴라였습니다. 관람객들에게 핸섬 오마리라는 별명으로 불리며 아주 인기가 많았어요." 캐리는 말을 하면서 당시 기억이 떠올랐는지 흐뭇한 미소를 지었다.

"고릴라 사육사로서 오마리에 대해 잘 아시는 것 같은데 증인에게 오마리는 특별한 고릴라였나요?"

"제게는 모든 고릴라가 특별합니다. 그중에서도 특히 오마리는 브라운즈빌 동물원에서 태어난 데다가 어른이 될 때까지 계속 옆에서 지켜봐 왔기 때문에 아무래도 더 정이 가는 건 사실입니다. 저는 오마리를 거의 제 자식처럼 아꼈습니다."

캐리의 온화한 미소를 보고 있으려니 문득 기억이 났다. 나는 캐리와 과거에 한 번 만난 적이 있었다. 사건이 발생하기 몇 달 전, 캐리가 클리프턴 동물원을 찾아왔을 때였다. 사육사가 아닌 사람이 고릴라 우리에 들어왔다는 사실에도 놀랐지만 오마리가 그녀에게 달려가 안기는 것을 보고 더 놀랐다. 오마리는 무리의 우두머리였기에 항상 위엄을 잃지 않았고, 쓸데없이 뛰어다니거나 하는 일은 거의 없었다. 그런 그가 아이처럼 흥분해서 여자에게 어리광 부리는 것을 보고 깜짝 놀랐다. 오마리는 클리프턴 동물원에서 그를 돌봐 주는 사육사들보다 캐리에게 훨씬 더 크고 깊은 애정을 내비쳤다. 오마리가 그렇게 좋아했던 상대와 이런 곳에서 이런 형태로 다시 만나게 될 줄은 상상도 하지 못했다.

"증인에게 있어서 그렇게 소중한 존재였던 오마리가 죽었습니다. 증인은 클리프턴 동물원을 원망하시나요?"

"정말로 유감스러운 사건이었습니다. 그 일을 떠올리면 지금도 가슴이 찢어지는 것만 같습니다. 하지만 클리프턴 동물원을 원망하거나 탓할 생각은 전혀 없습니다. 왜냐하면 동물원을 운영하는 입장에서 보면 그들은 옳은 선택을 한 것이기 때문입니다. 관람객의 안전은 무엇보다 중요합니다. 저는 홉킨스 원장과 오랜 친구 사이이기 때문에 그가 오마리를 얼마나 아끼고 사랑

했는지 잘 알고 있습니다. 오마리를 쏘기로 한 것이 그에게 얼마나 힘든 선택이었을지도 짐작이 갑니다. 오마리는 제 아들이나 다름없는 존재였습니다. 하지만 만약 그때 그 자리에 있는 사람이 저였다면 저 역시 홉킨스 원장과 똑같은 결정을 내렸을 겁니다. 동물원을 계속 유지해 나가기 위해서, 다른 모든 동물들과 직원들, 그리고 동물원에 찾아와 주시는 모든 분들을 위해서 제가 할 수 있는 선택은 하나뿐이니까요."

"클리프턴 동물원 측의 책임은 없을까요? 네 살짜리 아이가 너무도 쉽게 우리 안으로 들어갈 수 있었던 것에 대해서 말입니다."

"클리프턴 동물원에서 설명했듯이 고릴라 우리의 울타리는 동물원수족관협회가 정한 규정에 따라 설치된 것으로 아무 문제가 없습니다. 모든 동물원은 5년 단위로 협회의 인증을 받고 있으며, 연 2회 농무부 검사도 받고 있습니다. 현재 미국 전역의 동물원이 안전 대책 재정비에 나서고 있습니다만 적어도 이번 사건은 클리프턴 동물원 측의 과실로 인해 벌어진 일이 아닙니다. 아무리 완벽한 대책을 세우더라도 사고는 일어나기 마련이니까요."

"그러니까 이번 일은 사건이 아니라 사고라는 거군요. 클리프턴 동물원 측에 중대한 과실은 없다는 말씀이시죠?"

"물론입니다."

"제 질문은 이상입니다." 케일리는 열두 명의 배심원들을 만족스러운 표정으로 한차례 훑어본 다음 자기 자리로 돌아가 앉았다.

"원고는 반대 신문하십시오." 재판장이 이쪽을 보며 말했다.

다니엘은 만면에 미소를 머금고 자리에서 일어나 증인석으로 다가가더니 눈을 가늘게 뜨고 상대를 무시하는 듯한 눈초리로 쳐다보았다. 건들건들한 걸음걸이에서도 증인과 법정을 존중한다는 느낌은 전혀 들지 않았다.

"증인은 동물원 매니저라고 하셨죠? 정말입니까?" 다니엘의 무례한 태도에 나도 모르게 고개를 돌리고 싶어졌다.

"네, 아까 말씀드린 대로입니다. 현재는 브라운즈빌 동물원에서 매니저로 일하고 있습니다."

"그렇다면 전문가가 아니라 동업자라는 말이군요. 동업자가 하는 말에 과연 무슨 의미가 있을까요?" 다니엘의 질문은 증인이 아니라 배심원들을 향한 것이었다.

"생각해 보십시오. 마피아가 임무에 실패한 말단 조직원을 죽여 버린 경우, 그 재판에 다른 마피아가 증인으로 나오는 그런 웃기지도 않는 일이 벌어졌다고 칩시다. 증인이 아무리 '저희라도 그렇게 했을 겁니다'라고 말한들 그 말에는 아무런 의미도 없습니다. 다른 동물원에서도 똑같이 행동했을 거라는 게 곧 그 행동이 옳았다는 증거가 되는 건 아니니까요. 그건 그저 다른 동물원도 똑같은 잘못을 저지를 수 있다는 말밖에 되지 않습니다. 그렇기 때문에 더 이상 이 증인의 말을 들을 이유가 없습니다. 제 질문은 이상입니다, 재판장님."

다니엘은 경쾌한 발걸음으로 내 옆자리로 돌아왔다. 자기 딴에는 일이 잘 굴러가고 있다고 생각하는 건지 의기양양한 표정으로 나를 쳐다보았다. 하마터면 지금 뭐 하는 거냐고 소리치며 주먹을 휘두를 뻔했다. 대체 무슨 생각인지 다그쳐 묻고 싶었다. 물론 많이 말한다고 이기는 것은 아니다. 그건 나도 알지만 다니엘이 정말로 이 재판에서 이길 생각이 있는 건지 의문스러웠다.

아까 나는 판사와 배심원들 앞에서 과거 내가 했던 무례한 발언에 대해 사과하고 재판부와 사법 제도에 경의를 표한다고 말했다. 나한테는 그렇게 하라고 시켰으면서 정작 본인은 법정에서 부적절한 태도를 취한다는 것이 이해가 가지 않았다. 다른 사람들도 비슷한 느낌을 받았는지 다니엘이 반대 신문을 이례적인 속도로 빠르게 마무리 짓자 방청석이 웅성거리기 시작했다. 배심원석을 보니 역시나 다들 못마땅한 표정으로 눈썹을 찌푸리고 있었다.

다니엘도 주변 반응을 느꼈을 것이다. 하지만 그는 모두의 비난 어린 시선 속에서도 모든 것은 자기가 계획한 대로 흘러가고 있다는 듯 홀로 여유로운 표정을 짓고 있었다. 그것이 진심인지 허세인지 나로서는 알 길이 없었고, 나는 그의 속내를 가늠하기를 포기했다.

여기까지 온 이상 내게는 선택지가 없었다. 개빈도 '재판이란 변호사랑 한 팀이 되어 싸우는 태그매치'라고 하지 않았던가. 나로서는 파트너인 다니엘을 믿는 수밖에 없었다. 만약 재판에서 지면 법원 밖으로 나가자마자 실컷 두들겨 패줄 생각이었다.

증인인 캐리는 반대 신문이 너무 허무하게 끝나 버려서 당황한 듯했지만 재판장은 동요하지 않고 침착하게 재판을 진행해 나갔다. 캐리에게는 증인으로서의 역할이 끝났음을 알리고, 피고 측을 향해 다음 증인을 데려오라고 지시했다.

두 번째 증인이 증언대로 나와 아까와 마찬가지로 증인 선서를 했다. 증인은 아주 잠깐 내 쪽을 보았다가 바로 시선을 돌렸다. 양심의 가책을 느끼고 있는 듯했다. 그녀가 오늘 증인으로 나온다는 사실은 미리 들어서 알고 있었지만 역시 이렇게 직접 마주하고 보니 나도 마음이 편치 않았다.

"우선 증인의 이름을 말씀해 주십시오." 케일리가 아까처럼 증인에게 말을 걸었다. 다니엘이 무슨 생각인지는 모르겠지만 자기는 자기 할 일을 할 뿐이라는 굳은 신념이 느껴졌다.

"안젤리나 윌리엄스입니다." 검은색 정장을 입은 안젤리나는 증인으로 법정에 서게 되어 긴장했는지 잔뜩 주눅이 들어 있었다. 불안한 눈빛으로 주위를 두리번거리는 모습이 마치 겁에 질린 작은 동물 같았다. 케일리는 안젤리나에게 사건 당일 동물원에서 무슨 일이 있었는지 말해 달라고 했다. 이미 언론 등을 통해 몇 번이나 들어 모두가 다 아는 이야기였다. 그날 안젤리나와 아이에게 무슨 일이 있었는지 나는 더 이상 듣고 싶지 않았다.

다니엘은 동물원 측이 안젤리나를 증인으로 세운 것은 배심원들의 동정을 사기 위해서라고 했다. 네 살짜리 아이는 부모가 잠깐 한눈을 판 사이에 무슨 짓을 저지를지 모르는 골칫덩어리라고. 아이가 고릴라 우리 안으로 떨어진 것도, 오마리를 쏠 수밖에 없었던 것도 전부 다 불행한 사고였다고. 안젤리나는 그 점을 배심원들에게 각인시키기 위해 이 자리에 불려 나온 것이었다.

다니엘이 말한 대로 케일리는 안젤리나를 마치 피해자 다루듯 조심스럽게 대했다. 안젤리나는 사고 당시 얼마나 긴박하고 무서운 상황이었는지 설명한 후 동물원이 실탄을 사용한 덕분에 아들이 살 수 있었다고, 그래서 정말 감사하다고 말했다. 의식적으로 내 쪽은 보지 않으려고 해서인지 더 이상 나와 시선이 마주치는 일은 없었다.

안젤리나는 좀처럼 마음이 진정되지 않는지 증언을 하면서 계속 자기 머리카락을 만지작거렸다. 하지만 케일리와 사전에 미리 연습했는지 대답에는 막힘이 없었다.

증언대에 선 안젤리나를 보면서 나는 말로 설명하기 어려운 분노를 느꼈다. 하지만 배심원들은 그녀에게 호의적인 시선을 보냈다. 육아의 어려움과 사건 후에 있었던 소동에 대해 말하는 안젤리나를 보며 고개를 끄덕이는 사람도 있었다. 아무래도 안젤리나의 증언으로 동정표를 끌어모으겠다는 작전은 성공한 듯했다.

"이상입니다." 케일리는 안젤리나의 힘든 처지를 강조하듯 자
못 안타깝다는 어조로 질문을 마쳤다.

"원고는 반대 신문하십시오."

재판장의 말에 다니엘은 기다렸다는 듯 벌떡 일어나 내 등을
가볍게 두드린 다음 증언대 앞으로 성큼성큼 걸어 나갔다. 다니
엘이 가까이 다가가자 안젤리나는 어른에게 혼나는 아이처럼
고개를 수그렸다. 내 자리에서는 다니엘의 얼굴이 잘 보이지 않
았지만 잠깐 스치듯 본 표정은 무서울 정도로 차가웠다. 조금
전까지 케일리가 안젤리나를 대하던 다정하고 자비로운 눈빛과
는 대조적으로 다니엘은 차갑고 날카로운 시선으로 상대를 노
려보았다.

"안녕하세요, 윌리엄스 부인. 저는 원고 측 변호사인 다니엘
글리슨입니다. 안젤리나라고 불러도 될까요?"

"아, 네." 다니엘의 첫 질문에 안젤리나가 대답했다.

"안젤리나, 조금 전 질의응답을 들으며 육아가 얼마나 고된
일인지 새삼 깨달았습니다. 전 세계 어머니들께 경의를 표하는
바입니다." 다니엘은 부자연스러울 정도로 정중하게 손을 가슴
에 대고 잠시 뜸을 들였다.

"아이를 돌보는 건 힘든 일입니다. 잠시도 눈을 뗄 수가 없죠.
실제로 증인이 잠깐 눈을 뗀 사이에 아이가 고릴라 우리로 떨
어졌습니다. 증인은 그것이 사고였다고 말했지만 클리프턴 동

물원에서는 고릴라 파크가 생긴 이후 38년 동안 단 한 번도 그런 사고가 일어난 적이 없습니다. 클리프턴 동물원의 연간 방문객 수가 얼마나 되는지 아십니까? 매년 150만 명이 넘는 사람들이 클리프턴 동물원을 찾습니다. 물론 그중에는 부모가 아이를 데리고 오는 경우도 많습니다. 그런데 당신 같은 실수를 저지른 사람은 지금까지 단 한 명도 없었단 말입니다." 다니엘이 안젤리나를 비난하는 투로 말하자 증언대에 선 안젤리나는 몸을 한층 더 움츠러뜨렸다.

"오마리가 죽게 된 건 증인 때문이라고 생각하는 사람이 많은 것 같은데요. 증인이 아이를 대하는 태도가 방임이고 아동 학대라고 보는 사람들도 있습니다. 증인에게 형사 책임을 물어야 한다는 내용의 서명 운동이 전개되어 30만 명 이상이 서명했다고 들었습니다. 안젤리나, 솔직하게 대답해 주십시오. 전 국민에게 엄마 실격이라고 손가락질당하는 기분은 어떻습니까?"

"이의 있습니다! 이 질문은 증인에 대한 모욕입니다." 케일리가 다니엘의 말을 끊으며 재판장에게 외쳤다.

케일리의 목소리에 반응하듯 다니엘이 고개를 돌리자 내 자리에서도 다니엘의 히죽거리는 얼굴이 보였다. 내 변호사긴 하지만 최악이라고 생각했다. 하지만 동시에 다니엘의 적의에 찬 말을 들으며 속이 후련해진 것도 사실이었다. 내가 안젤리나에게 느끼는 분노를 다니엘이 정확하게 이해하고 대변해 주는 것만 같았다. 안젤리나가 공격당하는 모습을 보면 불쌍했지만 한

편으로는 다니엘이 더 세게 공격해 주었으면 싶었다. 고작 이 정도로는 화가 풀리지 않았다.

"질문을 철회하겠습니다." 다니엘은 재판장이 뭔가 말하기 전에 선수를 쳤다. 케일리의 이의 제기를 기다리고 있었던 게 아닌가 싶기도 했다.

"질문을 바꾸죠. 말했듯이 증인은 세간으로부터 엄청난 비난을 받고 있었습니다. 개중에는 근거 없는 비방이나 악의적인 인신공격도 많았을 겁니다. 그런데 바로 그때 증인을 비난하는 것은 잘못되었다고 주장하는 이가 나타났습니다. 그 주장 덕분에 증인을 향한 비난은 사그라들었죠. 당신을 구해 준 상대가 누구였는지 기억하십니까? 지금 이 법정 안에 있을 텐데요. 손가락으로 가리켜서 누구인지 알려주시겠습니까?"

안젤리나는 내내 숙이고 있던 고개를 살짝 들어 나를 가리키며 "로즈입니다" 하고 힘없이 대답했다.

그 사건 이후 세상이 완전히 달라져 버린 것은 나뿐만이 아니었다. 안젤리나 역시 어떤 의미로는 피해자라고 할 수 있을 것이다. 하지만 그렇다고 해서 안젤리나를 이해하거나 편들 생각은 없었다. 나도 다니엘처럼 마음을 모질게 먹어야 했다. 재판은 각자의 인생을 걸고 하는 싸움이니까.

"원고는 증인의 명예를 위해 기꺼이 나섰습니다. 증인이 아이를 제대로 챙기지 않은 탓에 오마리가 죽게 되었음에도 불구하고 증인에게 손을 내밀었습니다. 대단하지 않습니까?" 다니엘은 배심원 한 사람 한 사람과 시선을 맞추며 배우처럼 양팔을 활짝 펼쳐 보였다.

"그래서 증인은 원고에게 무엇을 해 주었습니까? 원고는 증인을 궁지에서 벗어나게 도와주었습니다. 본인 역시 오마리의 죽음으로 큰 충격을 받고 괴로워하던 시기였는데도 말입니다. 당연히 증인도 원고가 괴로움에서 벗어날 수 있도록 뭔가 도움을 주었겠지요?"

안젤리나는 다니엘이 무슨 말을 하는지 전혀 이해하지 못하겠다는 듯 멍한 표정으로 서 있었다. 안젤리나는 증인석에 서기 전에 케일리와 함께 전략을 짰을 것이다. 다니엘이 어떤 질문을 할지 예상해서 그에 대한 대비책도 세워 두었을 것이다. 하지만 다니엘은 그들이 예상한 질문을 하지 않았다. 안젤리나는 어떻게 대답해야 좋을지 몰라 당황한 표정으로 케일리만 쳐다보고 있었다.

"이의 있습니다! 본 사건과는 관계없는 질문입니다." 케일리가 자리에서 일어나 재판장에게 이의를 제기했다.

"원고 대리인, 이 질문을 할 필요가 있습니까?" 재판장이 눈썹을 찌푸리며 물었다.

"물론 필요한 질문입니다. 증인과 제 의뢰인의 관계는 본 사건에서 중요한 의미를 갖기 때문입니다." 다니엘은 진지한 얼굴로 대답했다.

"질문을 인정합니다."

"감사합니다. 그럼 증인은 질문에 대답해 주시겠습니까? 당신은 원고를 위해 무엇을 했지요?"

"아무것도…." 안젤리나가 기어들어 가는 목소리로 대답했다. 고개는 더 수그러들었고 어깨는 바들바들 떨렸다.

"죄송하지만 목소리가 작아서 잘 안 들리네요. 조금 더 큰 소리로 다시 말씀해 주시겠습니까?" 다니엘은 공세를 늦추지 않았다.

"죄송합니다. 아무것도 하지 않았습니다."

"정말입니까? 이건 좀 놀라운데요. 증인과 증인의 가족을 사회적 비판으로부터 구해 준 원고에게 아무것도 하지 않았다고요? 아무래도 증인은 엄마로서뿐만 아니라 친구로서도 실격인 것 같군요." 다니엘이 비난 섞인 말투로 내뱉자 케일리가 자리에서 벌떡 일어났다.

"이의 있습니다! 방금 한 발언은 증인에 대한 인신공격이고 폭언입니다. 철회해 주십시오."

"원고 대리인!" 재판장이 다니엘을 꾸짖듯이 불렀다.

"질문하는 태도에 문제가 있어 보입니다. 신중하게 생각하고 발언해 주십시오." 재판장이 주의를 주자 다니엘은 억울하다는 듯 어깨를 으쓱해 보였다.

"실례했습니다. 하지만 존경하는 재판장님, 저는 지금 너무 혼란스럽습니다. 원고는 고릴라지만 증인에게 손을 내밀었습니다. 그리고 증인은 인간이지만 원고의 호의에 아무런 보답도 하지 않았습니다. 인간이란, 그리고 인간성이란 과연 무엇을 말하는 것인지 의문이 듭니다. 원고와 증인 중 어느 쪽이 인간이고 어느 쪽이 짐승인지 모르겠습니다."

"원고 대리인!" 재판장이 눈꼬리를 치켜올리며 소리쳤다.

"다음에는 경고로 넘어가지 않을 겁니다. 알겠습니까?" 재판장의 질책에 다니엘이 사과했다.

하지만 안젤리나의 정신은 이미 한계에 다다른 것 같았다. 다니엘의 언어폭력을 견디지 못하고 굵은 눈물을 뚝뚝 흘리기 시작했다. 주머니에서 구겨진 손수건을 꺼내 눈물과 콧물을 닦는 모습이 한없이 처량해 보였다.

"증인, 증언을 계속할 수 있겠습니까?" 재판장의 질문에 안젤리나는 아무 말도 하지 못하고 고개를 저을 뿐이었다. 재판장은 판사봉을 두 번 두드린 후 "지금부터 한 시간 휴정하겠습니다."라고 선언했다. 방청석이 웅성거리더니 사람들이 하나둘 밖으로 빠져나가기 시작했다.

한 시간 후 법정에 다시 모였을 때도 안젤리나가 여전히 불안정한 상태였기 때문에 재판장은 다시 한번 휴정을 선언하고 재판은 내일 이어서 진행하겠다고 밝혔다.

"당신 때문에 증인이 울었어. 배심원들에게 안 좋은 인상을 심어 줬을 거야. 이제 어쩔 생각이야?"

사람들이 다 나간 후에 내가 다그치자 다니엘이 씩 웃었다.

"재판은 나한테 맡기라니까. 전부 다 내 계획대로 흘러가고 있어. 재판장도 내가 바란 대로 내일까지 휴정하겠다고 했고. 로즈 너는 어떻게 생각할지 모르겠지만 일단 지금으로서는 모든 게 완벽해." 다니엘이 하는 말은 무슨 뜻인지 종잡을 수가 없었다.

"내일이면 결판이 날 거야. 로즈 너는 인간이라고 전 세계가 인정하게 될 거라고. 이번 재판으로 모든 게 바뀔 거야."

"내가 인간이 된다는 게 대체 무슨 뜻이야? 무슨 소리인지 하나도 모르겠어. 알아듣게 설명 좀 해 줘."

"내일이 되면 다 알게 될 거라니까. 이 재판은 틀림없이 우리가 이길 테니까 너는 마음 푹 놓고 그냥 즐기면 돼."

다니엘이 무슨 속셈인지 모르니 불안해서 견딜 수가 없었다. 하지만 다니엘은 내게 아무것도 가르쳐 주지 않았다.

14

피터는 핸드폰 알람 소리에 깊은 잠에서 깨어났다. 호텔의 두꺼운 암막 커튼이 아침 햇살을 완전히 가려서 방 안은 깜깜했다. 커튼을 걷자 밖은 이미 환했다. 갑자기 쏟아져 들어온 햇살에 피터는 반사적으로 눈을 찌푸렸다.

고릴라의 재판은 두 번째 증인이 증언 도중에 울음을 터뜨리는 바람에 중단되었고, 피터를 포함한 배심원들은 법원 근처에 있는 호텔에서 하룻밤을 묵어야 했다. 가족에게 사정을 알리기 위한 통화는 허락되었지만, 그 외 TV나 인터넷 등 모든 외부 정보와의 접촉은 금지되었다. 배심원들이 공정한 판단을 내리는 데 영향을 줄 수 있다는 이유에서였다. 따로 책 같은 것을 들고 오지 않은 피터는 호텔에 들어와서부터 할 일이 아무것도 없었다.

마음을 가라앉히기 위해 책상 서랍을 열어 보았지만 예전에는 기본적으로 모든 호텔에 비치되어 있던 기드온 협회의 성서가 보이지 않았다. 그러고 보니 요즘 젊은 사람들이 필요로 하는 것은 성서가 아니라 와이파이라는 이야기를 들은 적이 있었다.

객실마다 성서를 비치해 두는 호텔은 계속해서 줄고 있다. 그뿐만 아니라 성서 대신 다윈의 『종의 기원』을 놓아두라고 요구하는 단체도 있다고 했다. 피터로서는 그저 개탄스러울 따름이었다. 문제는 성서뿐만이 아니었다.

오하이오주의 표어는 '신과 함께라면 모든 것이 가능하다(With God, all things are possible)'이다. 성서 구절을 그대로 가져와 표어로 삼고 있는 주는 오하이오밖에 없다. 주의 문장(紋章)에도 이 구절이 포함되는 경우가 있을 정도다. 피터는 자신이 이토록 신앙심이 두터운 오하이오 출신이라는 사실을 자랑스럽게 여겼다.

그런데 어떤 바보 같은 놈이 주의 표어에 이 말을 사용하는 것은 위헌이라고 소송을 걸었다. 연방 법원도 위헌이라는 판결을 내렸다. 고작 한 나라의 헌법으로 신의 말씀을 심판하려 들다니. 그것은 있을 수 없는 일이었다. 인간이 만든 법률 따위는 애초에 성서와 비교할 수 있는 성질의 것이 아니다. 그런 당연한 사실도 모르는 놈들이 너무 많았다. 피터는 이 나라의 미래를 생각하면 마음이 암담해졌다.

호텔 프런트에 전화하면 성서 한 권 정도는 바로 가져다주겠지만 왠지 오기가 생겨서 피터는 혼자서 조용히 기도를 드렸다. 성서가 없어도 기도는 드릴 수 있다. 기도할 내용은 정해져 있었다. 이 재판이 신의 뜻대로 마무리되는 것. 만에 하나라도 고릴라가 이기는 일이 일어나서는 안 된다. 설령 홀로 남게 되더라도 자기는 끝까지 싸우겠노라고 신 앞에서 맹세하고 나자 그제야 마음이 조금 편해졌다. 간밤에 피터가 평온한 마음으로 잠들 수 있었던 것은 모두 기도 덕분이었다.

피터는 침대에서 일어나 어제 입었던 셔츠를 다시 입었다. 썩 내키지는 않았지만 갈아입을 옷을 준비해 오지 않았기 때문에 어쩔 수 없었다. 어제 재판이 일찍 끝나서 옷이 많이 더러워지지 않은 것이 그나마 다행이었다.

세면대에서 수염을 깎고 세안을 한 후 방을 나섰다. 1층 식당은 조식을 먹는 사람들로 붐볐다. 사람들이 즐겁게 대화하는 소리가 신경에 거슬렸다.

빈 테이블을 찾아 두리번거리는데 저쪽에서 한 남자가 피터를 향해 손을 들어 보였다. 피터와 마찬가지로 이번 사건에 배심원으로 참여하고 있는 남자였다. 나이는 일흔 가까이 되어 보였지만 자세가 반듯하고 에너지가 넘쳐서 피터가 내심 배심원 중에서 가장 믿을 만하다고 생각하던 사람이었다. 남자는 다른 여자 배심원과 함께 식사 중이었다.

"괜찮다면 자네도 함께하지 않겠나?" 남자가 부드러우면서도 점잖은 목소리로 피터에게 권했다.

"감사합니다. 그럼 실례하겠습니다." 피터는 남자의 옆자리에 앉았다.

"리처드라고 하네." 남자가 오른손을 내밀었다. 피터도 이름을 말하며 손을 내밀자 리처드가 힘껏 악수를 했다. 퇴역 군인이었는지 나이가 들어서도 젊은 사람 못지않게 에너지 넘치는 모습이 존경스러웠다.

"저는 엠마라고 해요. 만나서 반가워요." 맞은편에 앉은 여자가 테이블 너머로 손을 내밀었다. 여자는 50대 후반 정도였고 선해 보이는 미소가 인상적이었다.

"갑자기 여기서 1박을 하게 되어서 놀랐겠군. 나 같은 노인이야 상관없지만 자네처럼 한창 일할 나이인 사람들은 여러모로 곤란한 점도 있을 텐데 말이야."

"아닙니다, 미국 시민으로서 당연히 해야 할 일인걸요. 집에서도 직장에서도 잘 이해해 줘서 별문제는 없었습니다."

"그렇다면 다행이군."

피터는 식당 종업원을 불러 두 사람과 같은 조식 메뉴를 주문했다.

"아무튼 우리는 꽤나 기묘한 재판에 관여하게 된 것 같군. 마치 한 편의 코미디를 보고 있는 기분이야. 조금 전까지 엠마와 둘이서 그런 얘기를 하고 있었다네. 피터, 자네는 이 건을 어떻게 생각하고 있는지 말해 주지 않겠나?"

"네? 하지만 아직 재판이 끝나지 않은 상태에서 배심원끼리 그에 관한 이야기를 나누어서는 안 된다고 어제 재판장이 당부하지 않았습니까."

"뭐 그렇게까지 딱딱하게 굴 필요는 없지 않겠나. 물론 자네가 말하고 싶지 않다면 강요할 생각은 없네. 하지만 당사자들 외에 이 재판을 진지하게 생각하는 사람은 아무도 없을걸. 원고인 로즈의 변호사만 봐도 그래. 사람들 앞에 나서고는 싶지만 이길 생각은 없다는 게 눈에 보이지 않나. 두 번째 증인을 울린 건 누가 봐도 지나쳤어. 그런 건 역효과라고."

"그럼 두 분은 동물원 측이 이길 거라고 보시나요?" 피터가 묻자 리처드와 엠마가 동시에 웃음을 터뜨렸다.

"동물원 측이 이길 거라고 보는 사람은 우리 둘뿐만이 아니야. 전 세계가 그렇게 생각하고 있다고. 자네는 뉴스도 안 봤나?"

"재판장이 뉴스를 보면 안 된다고 했으니까요. TV도 인터넷도 들여다보지 않았습니다."

"오, 이런. 피터, 자네처럼 고지식한 사람은 정말 오랜만이군." 리처드가 애정 어린 미소를 지었다. "사람들이 다 자네와 같다면 세상은 훨씬 더 살기 좋은 곳이 될 텐데 말이야."

"TV에 나와서 로즈가 이길 거라고 말하는 건 과격한 동물 보호단체 소속이라든지 좀 특이한 사람들뿐이에요. 보통 사람들은 꿈에도 그런 생각은 해본 적이 없을걸요." 엠마가 스크램블드에그를 입으로 가져가며 말했다.

"원고 측도 자기네가 이길 거라고는 생각하지 않을걸. 지금은 프로 레슬러로 활동하고 있다고 하지 않았던가? 그냥 이번 소송으로 홍보 효과를 노리는 거 아니겠나? 일종의 프로모션이라는 말이지."

"두 분 말씀을 들으니 안심이 되네요. 저는 설령 저 혼자 남게 되더라도 끝까지 동물원 편에 설 생각이었거든요."

"걱정할 필요 없네. 우리 배심원들 중에 고릴라 편을 들 그런 어리석은 사람은 아무도 없을 테니 말이야. 그도 그럴 것이 원고 측 변호사는 처음부터 제대로 할 생각이 없었어. 배심원 선정 단계에서부터 그렇지 않았나. 자네는 프로 레슬링을 싫어한다고 했는데 그 변호사는 자네를 배심원으로 선택했지. 뭔가 이상하다고 생각하지 않나?"

리처드가 말한 대로 피터가 배심원으로 선정된 것은 아무리 생각해도 이상한 일이었다. 물론 피터 스스로는 신의 뜻이라고 확신하고 있지만. 그 변호사는 대체 무슨 생각인 걸까. 딱히 특별한 의도가 있어 보이지는 않았기 때문에 피터도 지금까지 이 문제에 대해 깊이 생각해 본 적이 없었다.

"당신뿐만이 아니에요. 절대로 선정되지 않을 거라고 생각했는데 로즈의 변호사가 배심원으로 선정한 건 나도 마찬가지예요." 엠마가 웃으며 말을 꺼냈다.

"무슨 질문을 받으셨는데요?"

"어머, 당신도 그때 같이 있었잖아요. 기억 안 나요?"

"죄송합니다. 배심원으로 뽑힐 수 있을지에 온 신경이 쏠려서 다른 사람들 얘기까지 듣고 있을 겨를이 없었어요." 피터가 멋쩍은 표정으로 머리를 긁적이며 대답했다.

"나한테는 '당신은 총기를 소지하고 있습니까?'라고 물었어요. 그래서 집에 라이플총이 하나 있고 평소에도 권총을 가지고 다닌다고 대답했죠. 그런데도 그 변호사는 내가 로즈 편을 들 거라고 생각한 걸까요? 만약 사고 당시 내가 그 현장에 있었고 주변에 아무도 없었다면 나는 아이를 구하기 위해 고릴라를 쐈을 거예요."

"나를 뽑은 사람은 동물원 측 변호사였지. 어쨌거나 원고 측 변호사의 배심원 선정 방식은 누가 봐도 이상해. 고릴라의 목숨도 인간의 목숨만큼 소중하다는 말을 하고 싶다면 더 진보적인 변호사에게 맡기는 게 나았을 텐데." 리처드가 도무지 이해가 가지 않는다는 듯 어깨를 으쓱해 보였다.

"게다가 배심원들의 연령대가 높은 것도 원고한테는 불리해. 다들 자식을 낳아 키운 부모 세대니까 말이야. 자기 아이를 키워 본 경험이 있는 사람이라면 당연히 고릴라의 목숨보다 아이의 목숨을 우선한 동물원 측을 지지하지 않겠나."

리처드의 말은 정곡을 찌르고 있었다. 피터도 어제 배심원석에 앉아 재판이 진행되는 과정을 지켜보면서 '만약 사고를 당한 아이가 라일리였다면'이라는 생각을 하지 않을 수 없었다. 자기였다면 앞뒤 살필 겨를도 없이 아들을 구하기 위해 바로 울타리를 넘어가 아래쪽에 있는 물웅덩이로 뛰어내렸을 것이다. 높이가 10미터든 100미터든 상관없었다. 라일리를 구하기 위해서라면 내 목숨 따위는 얼마든지 내놓을 수 있다. 부모란 그런 것이다.

안젤리나에게는 아이가 한 명 더 있었기 때문에 그러지 못했을 뿐이다. 만약 둘째가 없었다면 그녀 역시 뛰어내렸을 것이다. 육아 경험이 있는 사람이라면 안젤리나에게 공감하고 동물원 편을 드는 게 당연했다.

"그러니 걱정할 필요 없네. 이 재판에서 동물원 측이 이기는 건 이미 정해진 사실이나 다름없어. 자네도 어깨에 힘 빼고 편히 즐기라고."

리처드의 말에는 강한 설득력이 있었다. 두 사람의 느긋한 표정을 보니 피터도 조금씩 긴장이 풀리기 시작했다. 그때부터는 재판이니 배심원이니 하는 건 다 잊고 각자의 가족에 관한 이야기라든지 세상 돌아가는 이야기를 하며 즐겁게 식사를 마칠 수 있었다.

"다니엘."

다니엘과 내가 법정으로 향하는 복도를 걸어가고 있는데 누가 뒤에서 불렀다. 고개를 돌리니 동물원 측 변호사인 케일리가 서 있었다. 큰 키와 날씬한 몸매에 고급스러운 남색 정장이 잘 어울렸다.

"오늘도 잘 부탁해. 어제는 고전하는 것 같던데. 당신은 실력 있는 변호사인 줄 알았는데 아무래도 내가 착각했었나 봐. 자신의 무능함을 받아들이고 눈물 쏟을 준비나 하는 게 어때?" 케일리가 차가운 미소를 지으며 빈정거렸다.

"여어. 그쪽이야말로 똑똑한 줄 알았는데 실망스러운걸. 이번 재판에서 내가 이길 거라는 사실을 아직도 깨닫지 못했다니 말이야. 모두가 당연히 이길 거라고 생각하는 재판에서 지면 체면이 말이 아닐 텐데 이거 미안해서 어쩌나. 지금 있는 로펌에서 잘리는 거 아냐? 혹시 백수가 되면 연락해. 우리 사무실에 수습 자리 하나 마련해 줄 테니까." 다니엘이 능청스럽게 받아쳤다.

케일리는 쓴웃음을 지으며 우리에게 가볍게 손을 흔들더니 어디론가 사라져 버렸다.

"변호사끼리도 도발을 하는 줄은 몰랐어. 시합 전의 프로 레슬러랑 똑같네."

"맞아. 의외로 닮은 점이 많다니까. 변호사는 프로 레슬러와 비슷해. 공이 울릴 때까지 상대를 때려눕힐 생각밖에 하지 않는 위험한 동물이지." 다니엘은 그렇게 말하더니 한쪽 눈을 찡긋해 보였다.

"당신이 케일리보다 강하면 좋을 텐데."

"아직도 나를 못 믿는 거야? 뭐 못 믿겠다면 어쩔 수 없지.

아무튼 넌 이것만 확실히 알아 두면 돼." 다니엘은 나를 똑바로 쳐다보며 중요한 비밀을 털어놓듯 목소리를 낮추었다.

"네 번째 증인한테 내가 기술을 걸 거야. 그전까지 주고받는 이야기는 아무 의미도 없어. 마지막 증인 신문, 그것도 반대 신문이기 때문에 케일리가 내 기술을 받아칠 기회는 최종변론뿐이지. 그리고 내가 쌓아 올린 논리를 최종변론 하나로 뒤집을 수 있는 사람은 이 세상에 존재하지 않아." 평소에는 아리송한 말로 얼버무리기만 하는 다니엘이 오늘은 웬일인지 진지한 얼굴을 하고 있었다.

"그럼 지금부터 로즈 너클워커 대 클리프턴 동물원의 재판을 재개하겠습니다. 증인은 증언대로 나와 주십시오."

재판장의 지시에 따라 안젤리나가 증언대로 나왔다. 어제보다 화장이 옅어진 듯한 느낌이 드는 것은 단순히 내 기분 탓만은 아닌 듯했다.

"원고 대리인." 재판장이 날카로운 시선으로 다니엘을 쏘아보며 말했다.

"어제와 같은 언동은 삼가 주세요. 증인에 대한 인신공격성 발언은 내가 용서하지 않을 겁니다."

"명심하겠습니다, 재판장님. 그럼 어제에 이어 증인에게 질문하도록 하겠습니다." 다니엘은 정중하게 대답한 후 판사석을 향해 목례하고 돌아섰다.

안젤리나는 멀리서 보기에도 불안해하는 기색이 역력했다. 오늘도 어제처럼 심한 말로 공격당하는 건 아닌지 경계하고 있는 것 같았다.

"안젤리나, 우선 어제 있었던 일에 대해 사과부터 드리겠습니다. 당신의 증언을 듣고 저도 너무 당황해서 그만 말이 좀 거칠게 나간 것 같습니다." 다니엘은 가슴에 손을 얹고 사과했다. 진심으로 후회하고 있다는 것을 나타내기 위해서인지 미간에 잔뜩 주름이 잡혀 있었다. 그러고는 배심원들에게도 표정이 잘 보이도록 슬쩍 방향을 틀었다. 물론 그 모든 건 퍼포먼스에 불과했다. 안젤리나가 상처를 받든 말든 다니엘은 전혀 개의치 않을 것이다.

"제가 확인하고 싶은 건 당신이 로즈를 어떻게 생각하는지입니다. 로즈는 당신네 가족을 세간의 비판으로부터 지켜 주었습니다. 그 일에 대해 지금까지 로즈에게 직접 감사 인사를 전할 기회가 없었다는 건 알겠습니다. 만약 당신이 로즈에게 고마움을 느끼고 있다면 지금 이 자리에서 말씀해 주실 수 있을까요?"

다니엘이 질문을 마치자 두 가지 일이 동시에 일어났다. 우선 하나는 다니엘의 질문이 자기를 공격하려는 의도가 아니라는 사실을 이해한 안젤리나가 굳어 있던 얼굴을 풀며 안도의 한숨을 내쉰 것이고, 나머지 하나는 반대편에 앉은 피고 측 변호사 케일리가 쯧 하고 혀를 찬 것이었다. 케일리의 심기가 불편해 보인다는 건 곧 다니엘이 일을 제대로 하고 있다는 뜻이다.

"저는 로즈에게 감사하고 있습니다. 그 사고 이후 저희 가족에게는 거센 비난이 가해졌습니다. SNS 계정에는 공격적인 메시지가 쉴 새 없이 날아들어 인터넷에 접속하는 것조차 꺼려졌고, 어디서 정보가 새어 나갔는지 악질적인 전화가 계속 걸려와서 나중에는 전화벨 소리만 들어도 심장이 두근거릴 정도였습니다. 가족 모두가 정신적으로 많이 힘들어했고 늘 불안에 떨어야 했습니다. 그러던 와중에 로즈가 저를 옹호하는 발언을 해주었고, 덕분에 비방과 욕설이 조금씩 잦아들기 시작했습니다. 말하자면 로즈가 저희 가족을 구한 거나 다름없습니다. 로즈에게는 아무리 감사해도 부족할 정도입니다."

다니엘은 안젤리나의 대답을 듣더니 씩 웃으며 "제 질문은 이상입니다"라고 말했다. 그러고는 어안이 벙벙해서 아무 말도 하지 못하는 안젤리나를 남겨 둔 채 성큼성큼 걸어서 내 옆으로 돌아왔다. 휴정도 계획의 일부라고 한 다니엘의 말이 그제야 이해가 갔다. 만약 어제 재판을 계속했더라면 배심원들 사이에서는 안젤리나를 동정하는 분위기가 그대로 굳어졌을 것이다. 그래서 다니엘은 재판을 일단 중단시키고 배심원들이 나에 대해 좋은 인상을 받을 수 있도록 흐름을 바꾼 것이다. 그러기 위해서 일부러 안젤리나에게 심한 말을 퍼부은 것이었다.

세 번째 증인은 동물용 마약 전문가인 닥터 헨리 보먼이었다. 뼈와 가죽만 남은 듯한 몸에 기다란 수염을 기른 신경질적인 인상의 남자였다. 케일리가 그에게서 이끌어 내고자 한 증언은 단순했다. 고릴라, 그중에서도 오마리와 같은 어른 수컷 실버백의 경우 마취가 될 때까지 길게는 10분 정도 시간이 걸린다는 것. 그리고 고릴라를 마취총으로 쏘게 되면 총에 맞은 충격 때문에 고릴라가 흥분해서 날뛰는 경우가 있다는 것이었다. 케일리는 이것이 바로 동물원 측이 마취총이 아니라 실탄을 쓸 수밖에 없었던 이유라고 설명하며 질문을 마쳤다.

"마취총에 맞은 동물은 흥분해서 날뛰는 경향이 있다고 하셨는데." 다니엘은 전문가의 의견에 동의할 수 없다는 듯 회의적인 말투로 물었다. "모든 동물이 반드시 날뛰는 건 아니지 않습니까?"

"날뛰는 경우가 많은 건 사실입니다. 비단 고릴라뿐만 아니라 다른 어떤 동물이라도 고속으로 날아온 다트가 자기 몸에 박히면 깜짝 놀랄 테니까요. 실제로 2016년에 런던 동물원에서 고릴라가 도망친 사건이 있었는데 그때는…."

"예, 아니오로 대답해 주십시오." 다니엘이 증인의 말을 가로막았다.

"모든 동물이 '반드시' 날뛰는 건 아니지요?" 다니엘은 '반드시'라는 단어에 힘을 주어 말했다.

"네, 모든 동물이 반드시 날뛰는 건 아닙니다." 전문가는 역시 전문가답게 100% 그렇다고 단언하는 것은 피했다.

"이상입니다." 다니엘은 이번에도 반대 신문을 순식간에 끝내

버렸다.

　세 번째 증인이 한 말은 누가 봐도 동물원 측에 유리했다. 비록 모든 동물이 반드시 날뛰는 것은 아니라고 증인이 말하기는 했지만 마취총에 맞은 동물이 흥분해서 날뛰는 것은 지극히 당연한 반응이었고, 상태가 진정되기까지 시간이 걸리는 것 역시 당연하다고 여겨졌다. 다니엘 역시 세 번째 증인까지는 아무 의미도 없다고 말한 바 있었다. 재판의 열쇠를 쥐고 있는 것은 다음에 나올 네 번째 증인, 즉 마지막 증인 신문이었다.

　"다음 증인, 증언대로 나와 주십시오."

　마지막에 나온 남자는 나도 TV에서 본 적이 있었다. 샘과 첼시가 입을 모아 욕을 해 대던 남자이자 우리를 곤경에 빠뜨린 남자. 내가 아직 카메룬에 있을 때 우리가 있는 곳이 베르투아 유인원 연구소라고 떠벌리고 다닌 유인원 학자, 스탠 크리거 박사였다.

　케일리는 크리거 박사에게 이름과 경력을 말해 달라고 했다. 형식적인 질문이었지만 박사는 자신이 콩고에 있는 비룽가 국립공원에서 30년 넘게 마운틴고릴라에 대한 연구를 계속해 오고 있다고 밝히고, 지금까지의 주된 연구 실적 및 잡지에 게재된 논문에 대해 장황하게 설명했다.

　박사가 자기소개를 마치자 케일리는 법정 안에 마련된 모니터로 영상을 틀었다.

　"이 영상은 오마리가 니키를 붙잡은 장면을 당시 현장에 있던 방문객이 촬영한 것입니다. 유인원 학자로서 이 영상을 통해 알 수 있는 사실이 있다면 말씀해 주시겠습니까?"

"우선 오마리가 니키에게 적의를 갖고 있는 건 아니라는 사실을 알 수 있습니다. 인간의 눈에는 고릴라가 아이를 난폭하게 다루는 것처럼 보이지만 이런 식으로 아이를 질질 끌고 다니는 행위 자체는 고릴라 무리에서 흔히 볼 수 있는 장면입니다. 아이를 위협하지도 않고 직접적인 공격을 가하지도 않습니다. 어쩌면 니키를 인간이 아니라 새끼 고릴라라고 생각하고 있는 건지도 모르겠네요. 또 오마리가 극도로 흥분한 상태라는 것도 알 수 있습니다. 영상에서 들리는 방문객들의 비명 소리가 오마리를 자극한 것 같습니다."

"오마리가 니키에게 적의를 갖고 있는 건 아니라고 하셨는데 그렇다면 니키는 전혀 위험하지 않은 상황이었다고 보시나요?"

"천만에요. 니키는 언제 죽어도 이상하지 않은 상태였습니다. 우선 오마리 같은 어른 실버백이 얼마나 힘이 센지 알아 둘 필요가 있습니다. 실버백의 악력은 코코넛을 한 손으로 으깰 수 있을 정도입니다. 즉 조금만 힘을 줘도 인간의 뼈 같은 건 쉽게 부러뜨릴 수 있다는 말입니다. 실제로 저는 야생 고릴라가 개의 사지를 잡아당겨 반으로 찢어 죽이는 장면을 목격한 적이 있습니다. 우리가 오해해선 안 될 사실이 있습니다만 고릴라는 결코 흉포한 동물이 아닙니다. 본질적으로는 대단히 온화하고 다툼을 싫어하는 동물입니다. 다만 힘이 너무 강하다 보니 본인에게 그럴 의도가 없더라도 다른 동물을 쉽게 죽여 버릴 수 있다는 겁니다."

"알겠습니다. 조금 전에 보면 박사는 마취총을 사용할 경우 약효가 나타나기까지 길게는 10분 정도 걸린다고 말했습니다. 만약 현장에서 마취총을 사용했다면 오마리는 어떤 반응을 보였을까요?"

"오마리는 매우 흥분한 상태였습니다. 마취총을 쐈다면 틀림없이 마구 날뛰었을 겁니다. 니키가 바로 옆에 있었다는 점을 고려하면 그 상황에서 마취총을 쏘는 건 아무리 생각해도 너무 위험합니다. 그러다가 오마리가 휘두르는 팔에 맞기라도 한다면 아이는 즉사할 테니까요."

"감사합니다. 제 질문은 이상입니다." 케일리가 증언대에서 돌아서며 이쪽을 쳐다보았다. 이것으로 게임은 끝난 거나 다름없다고 말하는 듯한 의기양양한 눈빛이었다.

다니엘은 증언대로 다가가 증인에게 목례했다.

"아프리카에서 30년이나 고릴라에 대해 연구하고 계시다고요. 그렇다면 박사님을 고릴라 연구의 최고 권위자라고 봐도 무방할까요?"

"스스로를 권위자라고 생각하지는 않지만 제가 평생을 고릴라 연구에 바친 건 사실입니다. 다른 유인원 연구자들과 비교했을 때 부끄럽지 않은 공적을 쌓아 왔다고 자부하고 있습니다."

"베르투아 유인원 연구소에서 로즈를 연구하던 사무엘 윌러 박사, 첼시 존스 박사와는 면식이 있으시죠? 예전에 TV에 나와서 이 두 사람에 대해 '연구자로서의 실적은 미미한 편'이라고 말씀하신 적이 있는데 그 생각은 지금도 변함이 없으십니까?"

다니엘이 묻자 크리거 박사는 순간적으로 얼굴을 일그러뜨렸다가 곧 아무 일도 없었다는 듯 원래의 점잖은 표정으로 돌아왔다.

"그건 로즈와 로즈의 어미인 오란다에 대해 자세히 알지 못하는 상황에서 한 말이었기 때문에 경솔한 발언이었다고 생각합니다."

"그러시군요. 아까 다른 연구자들과 비교했을 때 부끄럽지 않은 공적을 쌓아 왔다고 말씀하셨는데 지금부터 박사님이 다른 고릴라에게 수화를 가르치는 프로젝트를 진행한다면 로즈의 경우처럼 성공시킬 수 있을 것 같습니까?"

"로즈에 관한 두 사람의 논문은 저도 읽었습니다. 학회 발표도 몇 번인가 들은 적이 있고요. 동일한 환경과 조건이 갖춰진다면 충분히 가능하다고 생각합니다. 누군가에게는 가능한 일이 누군가에게는 불가능하다면 그건 과학이라고 할 수 없으니까요."

"그렇군요. 잘 알겠습니다. 그러니까 다른 고릴라도 언어를 습득할 수 있다는 말이네요. 말씀 감사합니다."

다니엘은 그렇게 말하며 의미심장한 눈빛으로 내 쪽을 돌아보았다. 무언가 짓궂은 장난을 계획하고 있는 아이처럼 눈동자가 반짝반짝 빛났다.

어제 말한 '기술'을 걸려고 하는 게 틀림없었다.

"실은 저도 크리거 박사님의 논문을 읽어 봤습니다. 생물학은 제 전문 분야가 아니다 보니 잘 이해가 되지 않는 부분도 있었지만 전체적인 내용은 매우 흥미로웠습니다. 유인원은 굉장히 재미있는 존재라는 생각이 들더군요."

"감사합니다. 제 논문이 고릴라의 매력을 전하는 데 도움이 되었다면 지금까지 연구해 온 보람이 있다고 할 수 있겠군요."

"제가 가장 흥미롭다고 느낀 부분은 인간과 동물의 차이에 관한 박사님의 고찰입니다. 지금 이 자리에서 한 번 더 여쭤봐도 될까요? 인간과 동물을 구분 짓는 가장 큰 특징은 무엇입니까?"

"인간과 동물의 차이에 관해서는 여러 의견이 존재합니다만…"

크리거 박사는 순조롭게 대답을 이어가다가 갑자기 말을 멈췄다. 목에 뭐가 걸리기라도 한 듯 동공이 크게 확대되고 몸이 뻣뻣하게 굳었다.

"박사님?" 다니엘이 웃음을 참으며 왜 그러느냐고 물었지만 크리거 박사는 아무 대답도 하지 못하고 고개를 돌려 케일리를 쳐다보았다. 케일리가 도와주기를 바라는 눈치였지만 케일리는 영문을 모르겠다는 듯 눈만 깜빡일 뿐이었다.

"혹시 너무 긴장해서 잊어버리셨나요? 실은 여기 마침 박사님 논문의 복사본이 있으니 제가 대신 해당 부분을 읽어 드릴 수도 있을 것 같은데 어떻게 할까요?"

다니엘은 기술을 걸었다. 그리고 크리거 박사는 그 사실을 알아차렸다. 하지만 나를 비롯해 법정에 있는 누구 하나 사태를 제대로 파악하지 못하고 있었다.

"인간과 동물의 차이는…." 크리거 박사가 기어들어 가는 목소리로 대답했다.

"종 전체로서 복잡한 언어 체계를 가지고 있는가 하는 점이다…." 말을 하면서 스스로 그 의미를 곱씹어보고 있는 것 같았다.

"맞습니다. 인간과 동물의 가장 큰 차이는 복잡한 언어 체계를 가지고 있느냐, 가지고 있지 않느냐에 있습니다. 여러분, 이제 아시겠습니까?" 다니엘은 잠시 뜸을 들였다가 다시 입을 열었다.

"로즈는 인간의 언어를 이해하며 완벽한 의사소통이 가능합니다. 로즈는 복잡한 언어 체계를 습득했습니다. 다시 말해 크리거 박사님의 주장에 따르면 로즈는 동물이 아니라 인간인 것입니다."

다니엘이 말을 마친 순간 법정이 크게 술렁였다…, 이렇게 말할 수 있으면 얼마나 좋을까. 어쩌면 다니엘은 머릿속으로 그런 법정 드라마의 가장 극적인 순간을 그리고 있었을지도 모른다. 하지만 실제로는 아무도 다니엘이 한 말의 의미를 이해하지 못했고, 법정은 찬물을 끼얹은 것처럼 조용해졌다.

다니엘이 나를 인간으로 만들겠다고 했을 때부터 나는 무언가 마법 같은 일이 일어날 거라고 기대했다. 하지만 막상 뚜껑을 열어 보니 그것은 마법이 아니라 단순한 궤변이자 말장난에 지나지 않았다. 내가 언어를 구사할 수 있으니 인간이라니, 그런 말을 순순히 받아들일 사람이 과연 얼마나 될까. 적어도 내가 보기에는 그것만으로 이 재판에서 이길 수 있을 것 같지는 않았다.

게다가 설령 모두가 나를 인간으로 인정한다 치더라도 사건에 휘말린 당사자는 내가 아니라 오마리다. 오마리는 언어를 구사하지 못했다. 그렇다면 오마리는 어디까지나 고릴라에 지나지 않는 것 아닌가.

하지만 다니엘은 반드시 이길 거라고 장담했다. 이게 다가 아닐 것이다. 다니엘을 믿고 끝까지 얌전히 지켜보자. 그렇게 스스로를 타일렀지만 다니엘은 거기서 반대 신문을 끝내 버렸다.

"이상입니다."

나는 다니엘의 '기술'에 실망했지만 그는 당당하게 가슴을 펴고 이쪽으로 돌아왔다. 다니엘이 피고 쪽을 슬쩍 쳐다보길래 나도 따라서 고개를 돌렸다. 케일리가 어떤 얼굴을 하고 있을지 궁금했다. 변함없이 여유로운 표정일 줄 알았는데 내 예상과 달리 케일리는 완전히 평정심을 잃은 상태였다. 다니엘의 시선을 신경 쓸 겨를도 없이 자기 앞에 놓인 자료를 뒤적이며 황급히 무언가를 메모하고 있었다. 시종일관 냉정함과 침착함을 잃지 않던 케일리가 이렇게 당황해하는 모습은 처음이었다. 역시 내가 모르는 무슨 일이 이 법정에서 일어난 걸까?

어쨌든 증인 신문은 끝났다. 이어서 원고 측과 피고 측이 각각 최종변론을 하고, 내 운명을 결정 지을 배심원단의 평의가 시작될 것이다. 최종변론 후에는 평결이 나올 때까지 우리가 할 수 있는 일은 아무것도 없다. 우리 주장을 배심원들에게 전할 수 있는 마지막 수단이 바로 최종변론이었다.

"이상으로 증인 신문을 마치겠습니다. 지금부터 양측 변호사에게는 어제와 오늘 이틀에 걸쳐 법정에서 증인들이 증언한 내용을 바탕으로 각각 최종변론을 할 기회를 드리겠습니다. 그럼 다니엘 글리슨 변호사, 최종변론 바로 시작하시겠습니까?" 재판장은 조금 전 다니엘의 말도 안 되는 주장은 전혀 신경 쓰지 않는다는 듯 평소와 다름없는 목소리로 물었다.

"네, 재판장님."

"그럼 배심원들에게 최종변론 하십시오."

다니엘은 내 옆에 잠깐 엉덩이만 붙였다가 바로 다시 일어섰다. 그러곤 배심원석 앞에 마련된 연단에 가서 선 다음, 넥타이 상태를 점검하듯 목 언저리를 만지작거렸다.

"배심원 여러분, 이것은 대단히 어려운 사건입니다. 우리가 당연하다고 여기는 몇몇 상식이 정말로 옳은 것인지 다시 한번 생각해 볼 필요가 있습니다. 예를 들어 이런 질문을 해볼 수 있습니다. 우리의 일상은 다양한 공감대를 기반으로 이루어지고 있습니다만, 그중 현대 사회에서 가장 중요한 요소는 무엇일까요?"

다니엘은 대학 교수 같은 말투로 물었지만 전체적인 분위기는 무대에 오른 배우처럼 다소 부자연스럽고 과장된 느낌이었다.

"제가 바로 결론을 말씀드리겠습니다. 우리가 생활하는 데 있어 가장 중요한 개념은 인권입니다. 인권 없이 우리의 생활은 성립하지 않습니다. 모든 사람에게 평등하게 주어진 권리가 있기 때문에 비로소 우리는 서로를 존중하며 살아갈 수 있는 것입니다. 하지만 여기서 여러분이 인권에 대해 큰 착각을 하고 있다는 점을 짚고 넘어갈 필요가 있습니다."

다니엘은 배심원 한 명 한 명과 일일이 시선을 맞추며 열두 명 모두가 자기에게 집중하도록 몸짓과 팔짓을 추가했다. 어떤 부분은 힘주어 강조하는가 하면 괜히 한참 뜸을 들이기도 했다.

"여러분은 모두 자신이 인권의 보호를 받고 있다고 생각하실 겁니다. 하지만 정말 그럴까요? 우리는 정말로 인권으로 보호받고 있을까요? 그걸 어떻게 증명할 수 있습니까?"

다니엘은 배심원들 앞을 천천히 오갔다. 배심원석 뒤쪽에 설치된 카메라가 다니엘이 화면 밖으로 벗어나지 않도록 그의 움직임을 따라 좌우로 움직였다.

"한 가지 예를 들어 볼까요? 여기 컵처럼 생긴 물건이 있습니다." 다니엘은 원고석 위에 놓인 물컵을 들어 보였다.

"이것이 컵이라고 증명하기 위해서는 우선 컵이란 무엇인지 그 정의를 살펴볼 필요가 있습니다. 컵은 음료를 담는 용기로, 주재료는 유리나 플라스틱이며, 원통형을 비롯해 다양한 형태로 만들어집니다. 따라서 우리는 이것이 컵이라는 사실을 알 수 있습니다."

다니엘이 컵을 원래 있던 자리에 돌려놓는 동작은 마치 춤의 안무처럼 우아했다.

모든 것이 완벽하게 준비된 퍼포먼스 같았다. 사소한 움직임 하나하나에서도 다니엘의 의도가 묻어났다. 평소와는 전혀 다른 사람 같았다. 컵의 정의를 설명하는 것조차 고상하게 느껴질 만큼 묘한 설득력이 있었다.

"다시 본론으로 돌아와 볼까요? 인권이 보호하는 대상인 인간에 대해 생각해 봅시다. 인권이 적용되는 인간은 어떻게 정의할 수 있을까요? 이것이 쉬운 질문이라고 생각한다면 그건 큰 착각입니다. 왜냐하면 인간에 대한 법적인 정의 같은 건 존재하지 않거든요.

인권은 모든 인간에게 부여되는 권리입니다. 하지만 이 인권이 부여되는 인간이란 대체 무엇인지는 법률상으로 규정되어 있지 않습니다. 우리는 고릴라가 당연히 인간이 아니라고 생각하지만 사실은 우리 자신이 인간이라는 사실도 증명할 수 없다는 말입니다. 우리 호모 사피엔스를 인간이라고 보는 것은 그저 하나의 관습에 지나지 않습니다.

여러분도 잘 아시다시피 과거에는 같은 호모 사피엔스이면서도 단지 피부색이 다르다는 이유로 인권을 부여받지 못한 사람들도 있었습니다. 유색 인종에게는 인권이 존재하지 않는다는 게 당시의 관습이었던 것입니다. 이것만 봐도 맹목적으로 관습을 따르는 게 얼마나 어리석고 위험한 짓인지 알 수 있습니다."

다니엘은 아프리카계와 히스패닉계 배심원들을 다정하게 어루만지는 듯한 눈빛으로 바라본 뒤, 백인 배심원들에게 과거의 잘못을 추궁하듯 차가운 시선을 던졌다.

"그리고 아까 여러분도 들으셨다시피 크리거 박사님의 정의에 따르면 고릴라도 동물이 아니라 인간으로 분류됩니다. 언어를 구사할 수 있는 로즈뿐만이 아닙니다. 수화를 할 수 없는 고릴라도 포함해서 모든 고릴라가 인간인 것입니다. 우리가 말을 못 하는 사람도 인간이라고 보는 것처럼 말입니다. 크리거 박사님이 말씀하셨듯이 로즈처럼 언어를 학습할 기회가 주어진다면 다른 고릴라들도 수화를 배울 수 있습니다. 수화를 하지 못하는 고릴라는 다시 말해 아직 학습 기회가 주어지지 않은 고릴라라고 할 수 있습니다. 우리 호모 사피엔스 역시 학습할 기회가 주어지지 않는다면 언어를 습득하지 못합니다. 하지만 말을 하지 못한다고 해서 인권을 박탈당하는 일은 없습니다. 이것은 고릴라에게도 똑같이 적용되어야 할 것입니다."

다니엘의 설명을 듣고 정신이 번쩍 들었다. 나는 지금까지 엄마와 내가 특별한 고릴라라고 생각했다. 왜냐하면 우리는 언어를 구사할 수 있으니까. 하지만 그것은 어디까지나 첼시가 우리에게 말을 가르쳐 주었기 때문이다.

만약 다른 고릴라들도 우리처럼 말을 배웠다면? 만약 그랬다면 모든 고릴라가 인간의 사고와 문화를 학습하고 고릴라와 인간의 차이를 이해했을지도 모른다.

예를 들어 만약 내가 사건 당시 오마리와 같은 상황에 놓였더라면 나는 인간을 고릴라와 똑같이 다루면 안 된다는 사실을 알고 있으니 아이를 억지로 잡아끌거나 하지 않고 아이가 고릴라 파크에서 안전하게 빠져나갈 수 있도록 자연스럽게 유도했을 것이다. 동물원 측도 나와 얼마든지 의사소통이 가능하니 애초에 나를 죽여야겠다는 생각은 하지도 않았을 것이다.

만약 오마리에게도 인간의 언어를 학습할 기회가 주어졌더라면 오마리도 나와 똑같이 행동했을 것이다. 그렇다는 것은 곧 오마리가 살해당한 건 그에게 학습 기회가 주어지지 않았기 때문이라는 말이 된다.

"고릴라도 인간이니 인권이 부여되어야 한다. 이 주장은 굉장히 비현실적으로 느껴질지도 모릅니다. 하지만 인권은 휴먼 라이츠(Human Rights)이지 호모 사피엔스 라이츠(Homo sapiens Rights)가 아닙니다. 그 의미를 잘 생각해 보시기 바랍니다. 실제로 유인원에게 한정적인 인권이 부여된 전례가 있습니다.

첫 번째 사례는 2014년 아르헨티나에서 있었던 일입니다. 당시 아르헨티나 법원은 부에노스아이레스 동물원에서 사육 중이던 오랑우탄 산드라를 '비인간 인격체'라고 보고 그에게는 부당한 감금에서 벗어날 권리가 있다고 인정했습니다. 산드라는 현재 미국 플로리다주 보호구역에 있는 유인원 센터에서 지내고 있습니다.

그리고 2015년 뉴욕주 대법원의 바바라 제프 판사는 스토니브룩 뉴욕주립대에서 연구 목적으로 키우던 침팬지 헤라클레스와 레오가 부당하게 구속된 상태라고 보고 일시적으로 인신보호영장의 발부를 인정했습니다.

또 2017년 뉴욕주 항소법원에서는 토미와 키코라는 침팬지 두 마리의 보호 환경을 둘러싼 재판이 벌어졌고, 최종적으로는 이 두 마리에게 인간과 동일한 권리는 인정되지 않는다는 판결이 내려졌습니다. 침팬지에게는 법률상 의무를 부과할 수 없고 그들은 자신의 행동에 대해 법적인 책임을 질 수 없다는 것이 이유였습니다.

그렇다면 고릴라는 어떨까요? 로즈는 기업의 광고탑 역할을 톡톡히 해냈고 클리프턴 동물원에서는 기자회견을 열어 자신의 생각을 말하기도 했습니다. 현재는 WWD에 소속되어 프로레슬러로 활약하고 있습니다. 로즈가 다른 인간들과 마찬가지로 법적인 의무와 책임을 질 수 있다는 것은 명백한 사실입니다. 이러한 전례를 살펴보면 고릴라에게 인권을 인정하는 것은 자연스러운 시대의 흐름이라고 할 수 있습니다.

그리고 오마리를 인간이라고 본다면 이번 사건의 의미가 완전히 달라집니다. 사건을 다시 한번 떠올려 보시기 바랍니다. 오마리는 평소처럼 자기 집에서 쉬고 있었습니다. 그런데 갑자기 침입자가 나타났습니다. 네 살짜리 사내아이 말입니다. 오마리는 혼자 있는 그 아이가 신경이 쓰여서 자기 새끼와 똑같이 대했습니다. 오마리가 취한 행동은 단지 그것뿐입니다. 아이를 공격하지도 않았고 적의를 드러내거나 위협하지도 않았습니다. 그런데도 오마리는 일방적으로 살해당했습니다. 왜일까요? 오마리의 힘이 너무 강했기 때문입니다.

이것은 동물의 문제가 아닙니다. 인간의 자유와 존엄에 관한 문제입니다. 오마리가 살해당한 것은 오마리가 아이를 죽일 수 있는 힘을 가지고 있었으니까, 이게 이유의 전부입니다. 말하자면 사람이 총을 들고 있는 것과 다를 게 없습니다. 다른 사람을 죽일 수 있는 힘을 가지고 있다, 단지 그 이유 하나 때문에 누군가를 죽여도 될까요? 그런 일은 결코 용납되지 않습니다. 클리프턴 동물원의 판단이 옳았다고 하는 것은 총을 든 사람은 위험하니 죽여도 된다는 말이나 마찬가지입니다.

마지막으로 인간에 대해 다시 한번 생각해 봅시다. 당신이 '인간'이라는 단어를 머릿속에 떠올렸을 때, 거기에는 다른 나라 사람도 포함됩니까? 당신과 피부색이 다른 사람은요? 거기에 고릴라는 포함됩니까? 사회 통념을 업데이트하는 것은 쉬운 일이 아닙니다. 하지만 인간이라는 단어가 내포하는 의미는 지금 크게 변하려 하고 있습니다. 인간은 호모 사피엔스보다 훨씬 더 넓은 개념입니다. 오마리는 인간이었습니다. 이 재판은 죄 없는 인간이 부당하게 살해당한 사건을 다루고 있습니다.

이곳 오하이오주는 미국 내에서도 굉장히 특별한 곳입니다. 세계 최초로 비행기를 만든 라이트 형제 중 동생인 오빌은 오하이오주 데이튼에서 태어났습니다. 그리고 인류 최초로 달에 착륙한 닐 암스트롱도 오하이오주 출신입니다. 항공의 주 오하이오에 부끄럽지 않은 평결, 인류에게 커다란 도약이 될 평결을 배심원 여러분이 내려 주실 것이라 믿어 의심치 않습니다."

다니엘은 배심원석을 향해 목례한 후 내 옆으로 돌아와 앉았다.

"피고 측 최종변론하시겠습니까?"

"네, 재판장님." 케일리는 재판장이 부르기 직전까지 종이에 무언가를 열심히 끄적이다가 힘차게 대답하며 자리에서 일어났다.

"배심원 여러분, 고생이 많으십니다. 이번 재판은 이틀에 걸쳐 진행되다 보니 많이들 지치셨을 것 같습니다. 게다가 원고는 말도 안 되는 주장을 늘어놓고 있으니 가만히 듣고만 있어도 머리가 아프시겠지요. 고작 한두 마리가 수화를 할 수 있다고 해서 모든 고릴라를 인간이라고 봐야 한다니 궤변도 이런 궤변이 없지 않나 싶습니다. 복잡한 대화를 할 수 있으면 다 인간이라 니, 이런 억지 논리를 받아들일 수 있을 리가 없지 않습니까. 그 런 식으로 따지면 인간과 대화할 수 있는 AI에게도 인권을 부 여해야 한다는 말이 됩니다. 사회 통념이란 그렇게 쉽게 뒤집을 수 있는 것이 아닙니다. 뒤집혀서도 안 되고요. 인간이란 무엇 인가, 이 질문은 굉장히 복잡한 문제입니다. 하지만 고릴라가 인 간이 아니라는 것은 누구나 쉽게 알 수 있는 사실입니다. 배심 원 여러분께는 중대한 책임이 있습니다. 부디 분별 있는 판단을 내려 주시기를 간곡히 부탁드립니다.

이 재판의 쟁점은 '동물의 목숨과 인간의 목숨 중 어느 쪽을 우선해야 하는가'입니다. 고릴라가 인간이냐 아니냐 따위의 말 도 안 되는 논쟁은 거들떠볼 가치도 없습니다. 앞길이 창창한 네 살짜리 소년 니키의 목숨이 위험에 처했을 때 클리프턴 동 물원은 책임감 있는 행동을 보여 주었습니다. 인명 구조보다 더 우선하는 것은 존재하지 않습니다. 오마리가 살해당한 것은 그 에게 아이를 죽일 수 있는 힘이 있었기 때문만이 아닙니다. 오 마리가 아이를 죽일 가능성이 있었기 때문입니다. 전문가의 판 단은 잘못되지 않았습니다.

이런 말씀을 드리기는 조심스럽지만 만약 잘못된 평결이 내 려진다면 앞으로 두고두고 웃음거리가 될 겁니다. 고릴라는 인 간이 아닙니다. 원고의 궤변에 휘둘리지 마시기 바랍니다. 이상 입니다."

케일리는 배심원 한 명 한 명과 눈을 맞춘 후 언제나처럼 당당하게 가슴을 펴고 피고석으로 돌아갔다. 하지만 나는 케일리의 최종변론이 너무 짧게 끝나서 놀랐다. 증인 신문 때까지는 케일리가 말을 많이 하고 다니엘은 거의 하지 않았다. 그와는 대조적으로 최종변론에서는 다니엘이 처음으로 긴 시간을 들여서 논리정연하게 핵심을 찌르는 주장을 펼쳤고, 케일리는 다니엘의 주장을 부정하는 데 그쳤다.

역시 다니엘의 주장은 옳았던 것이 아닐까. 케일리는 다니엘의 논리를 무너뜨리지 못했다. 논의할 가치도 없다며 비웃기만 했을 뿐이다.

다니엘은 변호사로서 옳은 일을 했다는 생각이 들었다. 만약 재판에서 지더라도 후회는 없다. 다니엘이 한 말에 구원받은 기분이었다.

재판에서 지고 이기고는 더 이상 중요하지 않았다. 지금까지 계속 고민해 온 문제의 대답을 찾았다. 그것은 지금까지의 내 삶과 나 자신을 긍정하는 것이었다. 나는 그 사실을 모두에게 전하고 싶었다.

내가 발견한 답을 다니엘에게, 재판장에게, 피고석에 앉아 있는 홉킨스 원장에게 전하고 싶었다.

늘 그랬듯이 나는 이번에도 가만히 있지 못했다.

15

마치 한 편의 촌극을 보고 있는 것 같다. 피터는 고릴라 측 변호사의 최종변론을 들으며 웃음을 참느라 고생했다. 오랜 세월 중고차 딜러로 일해 온 피터 역시 최대한 고객의 요청사항에 맞춰 주면서 최종적으로는 물건을 팔기 위해 설명에 공을 들였다. 제품의 안 좋은 점을 결코 부정적으로 표현하지 않도록 주의한다든지 성능보다 이미지를 더 강조한다든지 하는 것은 가장 기본적인 영업 기술 중 하나였다.

오늘 재판으로 보건대 변호사라는 족속은 의뢰인을 위해서라면 진실을 아무렇지도 않게 왜곡할 수 있는 사람들인 것 같았다. 고릴라가 인간이라는, 삼류 코미디언도 하지 않을 그런 농담을 천연덕스러운 얼굴로 내뱉는 것을 보니 말이다.

다른 배심원들이 자못 심각한 표정을 짓고 있는 게 신기할 따름이었다. 하지만 배심원이라는 특별한 임무를 맡고 있는 이상 법정에서 경박하게 웃을 수는 없는 노릇이니 피터는 아랫입술을 꽉 깨물고 필사적으로 웃음을 참았다.

이어서 나온 동물원 측 변호사는 원고의 주장이 얼마나 말이 안 되는 것인지를 간결하게 지적했다. 그러고는 인간이 동물에 우선한다는 당연한 말로 최종변론을 마무리 지었다.

결국 아침 식사 때 리처드가 말한 것처럼 이 재판을 진지하게 생각할 필요는 없는 것이다. 피터의 대답은 재판이 시작되기 훨씬 전부터 정해져 있었고, 그건 증인 신문이나 최종변론을 들었다고 해서 바뀔 만한 성질의 것도 아니었다.

고릴라를 재판에서 이기게 할 수는 없다. 그것이 신의 뜻이었다. 동물이 인간에게 반기를 드는 행위를 그저 지켜보고만 있을 수는 없었다.

하지만 최종변론 중 고릴라 측 변호사가 총 든 사람을 예로 든 순간 엠마의 표정이 변한 것도 알고 있었다. 피터가 신의 뜻을 최우선으로 삼는 것처럼 엠마에게는 총기 규제가 무엇보다 중요한 문제였다. 엠마라면 총기 규제를 피하기 위해 고릴라 편을 들 가능성이 있었다. 하지만 피터의 생각은 무슨 일이 있어도 변하지 않을 것이다. 그러니 평결은 이미 끝난 것이나 다름없었다.

"그럼 원고와 피고 양측의 최종변론이 끝났으니…." 재판장은 바로 평의 단계로 넘어가려고 했다. 하지만 재판장이 말을 마치기도 전에 고릴라가 자리에서 일어났다.

"죄송합니다, 재판장님." 고릴라가 팔을 휘두르자 기계음이 흘러나왔다. 피터는 그 소리를 듣기만 해도 참을 수 없이 짜증이 치밀어올랐다. 동물이 말을 하다니. 온몸에 소름이 돋았다.

"마지막으로 꼭 하고 싶은 말이 있습니다. 제게 조금만 시간을 주실 수 있을까요?"

말투는 정중했지만 정해진 재판 절차를 무시한다는 건 고릴라가 아닌 인간이라 하더라도 용서받을 수 없는 행위였다. 하지만 재판장은 관대하게도 고릴라에게 말할 기회를 주었다.

"평소라면 불허하겠지만 이번만 특별히 허락하겠습니다. 짧게 끝내세요."

고릴라는 "감사합니다"라고 말한 후 자신이 앉아 있던 원고석과 피고석 사이 통로에서 피터가 있는 배심원석까지 주먹을 짚으며 이동해 왔다. 피터는 고릴라를 정면에서 마주 보며 이 커다란 짐승은 눈 전체가 검은색이고 흰자위는 거의 보이지 않는다는 사실을 깨달았다. 정확히 어디를 보고 있는 것인지 알 수 없어서 영 꺼림칙했다. 그런데도 순간적으로 고릴라와 시선이 마주친 것 같은 기분이 들었다.

"저는 어려서부터 언어를 학습했습니다. 언어를 배운다는 것은 단순히 대화가 가능해진다는 것만을 의미하는 게 아닙니다. 저는 언어와 미국식 수화를 통해 인간의 문화와 미국 문화를 배웠습니다. 인간의 감정과 사고방식을 배웠습니다. 저는 정글에서 생활하는 다른 고릴라들과는 느끼고 사고하는 방식이 전혀 다릅니다."

고릴라에게도 감정이 있었던가. 피터로서는 알 길이 없었다. 분명한 것은 수화를 하는 고릴라나 못하는 고릴라나 피터가 보기에는 똑같다는 사실이었다. 말하자면 인간에게 재주 부리는 법을 배운 개와 다를 바 없다.

"저는 정글에서 자라면서 그런 스스로에게 위화감을 느꼈습니다. 나는 다른 고릴라들과는 다르다. 고릴라가 아니라 인간처럼 사고하지만 그렇다고 해서 인간도 아니다. 나라는 존재는 대체 무엇일까. 답을 찾을 수가 없어서 끊임없이 고민했습니다. 이번 재판에 관해서도 마찬가지입니다. 제가 만약 평범한 고릴라였다면 무리의 우두머리나 반려가 죽임을 당하더라도 순순히 받아들였을 겁니다. 하지만 저는 그럴 수 없었습니다. 갑자기 남편이 살해당했고 다들 그 상황에서는 그렇게 하는 것이 당연하다고 했지만 저로서는 도저히 납득할 수가 없었습니다."

"제가 누구인지 계속 고민하며 그 답을 찾고자 노력했는데 이번에 확실히 알게 되었습니다. 저는 고릴라이며, 동시에 인간이기도 합니다."

순간 고릴라의 얼굴에 결연한 의지가 서린 듯한 느낌을 받았다. 평범한 동물이 아님을 나타내는 무언가, 형태는 다르지만 상대 역시 인간이 아닌가 하고 생각하게 만드는 무언가가 있었다. 피터는 자신을 현혹하는 사념을 떨쳐내기 위해 단단히 팔짱을 꼈다.

"설령 내가 가난하더라도." 고릴라가 말을 이었다. "나는 인간 이다."

그것은 매우 생뚱맞은 말이었다. 설령 내가 가난하더라도? 갑자기 무슨 말을 하는 거지? 피터는 고개를 갸웃거렸다. 그런데 고릴라가 그 말을 한 순간, 지금까지 옆에서 꾸벅꾸벅 졸고 있던 아프리카계 노파가 갑자기 등을 꼿꼿이 세우고 자세를 고쳐 앉았다.

"설령 내가 생활보호 대상자라 하더라도 나는 인간이다." 고릴라는 똑같은 어조로 계속해서 말했다. 옆자리 노파가 눈을 크게 뜨고 주먹을 꽉 움켜쥐었다. 고릴라의 말에 반응한 것은 노파뿐만이 아니었다. 동물원 측 여자 변호사가 자리에서 벌떡 일어나며 외쳤다.

"이의 있습니다! 원고는 본건과는 아무 상관도 없는 흑인 민권 운동의 이미지를 이용하려고 하고 있습니다!"

"흑인 민권 운동이 본건과 아무 상관도 없다는 건 피고 대리인의 견해에 지나지 않습니다. 제가 보기에는 충분히 관련이 있어 보입니다. 원고, 계속하세요." 재판장이 고릴라에게 고개를 끄덕여 보였다.

"설령 내가 우리에 갇혀 있더라도 나는 인간이다.

설령 내가 어리고 미숙하더라도 나는 인간이다.

설령 내가 잘못을 저지르더라도 나는 인간이다.

설령 내가 고릴라여도 나는 인간이다."

고릴라의 연설은 짧고 간결하면서도 강한 메시지를 담고 있었다. 하지만 그래도 피터의 결심은 흔들리지 않았다. 고릴라가 스스로를 인간이라고 생각하다니 교만하기 짝이 없다고 느꼈다. 짐승은 인간보다 하등한 존재이건만.

"나는 검고 아름다우며 스스로에게 자부심을 느끼고 있다. 나는 신의 자식이다."

그런데 마지막 한 마디가 피터의 영혼을 뒤흔들었다.

스스로가 신의 자식이라고 말한 것이다. 한낱 짐승에 지나지 않는다고 업신여기던 고릴라가.

피터는 자신이 잘못 생각하고 있었음을 깨달았다.

고릴라는, 아니 그 어떤 짐승이라도 신의 존재를 믿는 것은 가능하다.

"나는 존중받아야 한다. 나는 보호받아야 한다. 나는 인간이니까."

고릴라는 계속해서 말했지만 피터의 귀에는 더 이상 아무것도 들리지 않았다. 동물과 신앙의 관계에 대해 새롭게 깨달은 사실 때문에 머리가 터져 버릴 것만 같았다.

대체 누가 이 고릴라에게 신의 존재를 알려준 것일까? 누군지는 모르겠지만 그 사람이야말로 현대판 성 프란체스코라고 할 수 있지 않을까. 지오토*의 그림으로도 잘 알려진 아시시의 성 프란체스코는 새들에게도 신의 가르침을 설교했다고 한다. 피터

---

* 중세 이탈리아의 대표적인 화가. 아시시의 성 프란체스코 성당에 프란체스코 성인의 일생을 총 28점의 연작 벽화로 그렸다.

는 성 프란체스코가 훌륭한 성인이라고는 생각했지만 그의 설교를 들은 새들이 정말로 신의 가르침을 이해했을지에 대해서는 생각해 본 적도 없었다.

만약 고릴라가 신을 믿는 것이 가능하다면 그것만큼 멋진 일이 또 있을까. 요즘 젊은 세대에게서는 신앙심을 찾아보기가 힘들다. 온통 자기는 무신론자라고 자랑스럽게 떠들어 대는 멍청이들뿐이다. 그런 어리석고 무례한 자들에 비하면 오히려 이 고릴라가 나와 더 가깝다고 할 수 있지 않을까. 그런 생각마저 들었다.

고릴라는 발언을 마치고 자기 자리로 돌아가 앉았다. 피터는 자신이 목격한 기적에 가슴이 벅차올랐다.

"배심원 여러분." 재판장은 로즈의 연설에 대해서는 딱히 아무 말도 하지 않고 담담한 어조로 앞으로 남은 절차에 대해 설명했다.

"지금까지 이번 사건에 관한 증인들의 진술과 양측 주장을 들어 보았습니다. 배심원에게는 법정과 분리된 특유의 역할이 부여됩니다. 법정에서 제시하는 법률을 토대로 평결을 내리는 것이 배심원의 역할입니다. 법을 곡해하거나 제멋대로 해석하는 행위는 허용되지 않습니다. 지금부터 제가 말씀드리는 사항에…"

재판장이 배심원들에게 설명하는 소리가 들렸지만 피터는 전혀 다른 생각을 하고 있었다. 법정보다 훨씬 더 고차원적인 정의. 신이 피터에게 주신 사명에 대해서.

피터는 지금까지 인간의 뜻을 거스르는 동물을 심판하는 것이 신이 자기에게 내린 사명이라고 생각했다. 하지만 이 고릴라는 신을 이해하고 있었다. 피터는 이 고릴라를 구하는 것이야말로 자신의 운명이라고 고쳐 생각하게 되었다.

이윽고 재판장의 설명이 끝나고 피터를 비롯한 배심원들은 뒤쪽 통로를 지나 배심원만 들어갈 수 있는 평의실로 향했다. 방 중앙에 놓인 커다란 테이블을 둘러싸는 형태로 의자 열두 개가 놓여 있었다. 벽에는 오하이오주의 문장이 걸려 있었다. 피터에게는 너무도 익숙한 그림이었다. 오른쪽에는 밀 다발, 왼쪽에는 열일곱 개의 화살이 놓여 있고 그 뒤로 빛나는 아침 해가 떠오르고 있다.

"신과 함께라면 모든 것이 가능하다."

피터는 평의실에 들어서며 아무에게도 들리지 않을 만큼 작은 소리로 오하이오주의 표어를 중얼거렸다.

그래, 신과 함께라면 무슨 일이든 가능하다. 설령 그것이 고릴라를 인간이라고 인정하는 일이라 하더라도.

배심원 평의가 끝나고 법정이 다시 열린 것은 이미 늦은 저녁이었다. 지난번 재판 때는 최종변론 후 평결이 내려지기까지 1시간도 채 걸리지 않았고 나는 패소했다. 평의가 길어지는 것은 우리 쪽에 유리하게 흘러가고 있다는 뜻이라고 다니엘이 말했다. 그렇다고 해서 긴 시간 마음을 졸이며 결과가 나오기만을 기다리는 것은 결코 쉬운 일이 아니었다.

나는 지나치게 긴장한 나머지 기다리는 동안 기저귀를 두 번이나 갈아야 했다. 첼시가 화장실까지 함께 가 주었다. 여자 화장실에 들어가자 세면대 앞에 있던 여자가 나를 보고 짧게 비명을 질렀지만 나 역시 다른 사람을 배려하고 자시고 할 상황이 아니었다. 고릴라 출입금지라는 표지판은 보지 못했다고 말해 주고 싶었지만 그냥 조용히 무시하고 넘어갔다.

방청객, 법정 카메라맨, 법원 직원, 홉킨스 원장과 케일리 변호사가 모두 돌아와 자리에 앉자 조용한 열기가 법정 안에 감돌았다.

"모두 자리에서 일어나 주십시오."

재판장과 배심원들이 자리에 앉고 평결의 순간이 다가왔다.

나는 두 주먹으로 바닥을 짚고 반동을 이용해 몸을 일으켰다.

직립 자세는 인간의 특징이다. 고릴라인 나는 아주 짧은 시간밖에 이 자세를 유지하지 못한다. 그럼에도 나는 두 다리로 버티고 서려고 노력했다. 그런다고 해서 내가 고릴라인 동시에 인간이기도 하다는 사실을 증명할 수 있는 것은 아니다. 하지만이것은 인간에 대한 내 경의의 표시였다.

내가 인간으로 인정받을지 인정받지 못할지는 알 수 없었다. 인간이 정의를 구현하는 방법인 사법 제도를 통해 우리 고릴라도 인간인지 아닌지를 인간들이 판단하는 것이다.

나는 문득 지난번 재판에서 내 변호를 맡았던 유진과 나눈 대화를 떠올렸다. 그는 내게 동물원 측으로부터 사과를 받고 싶은 거라면 재판 외 화해를 하면 되는데 왜 굳이 재판을 하느냐고 물었다. 나는 그 질문에 대한 대답이 정의라고 생각했다. 나는 사과를 받고 싶은 것이 아니라 정의가 구현되기를 바라는 거라고. 하지만 아니었다. 내가 바란 것은 정체를 알 수 없는 그런 정의 같은 게 아니다.

나는 내가 누구인지를 알고 싶었던 것이다. 다른 고릴라들과 다르고, 그 때문에 고민하지만 그렇다고 해서 인간도 아닌 나. 남편이 살해당했는데도 그냥 받아들이라는 말을 들어야만 했던 나. 그렇지만 가만히 있을 수 없었던 나.

나는 내가 누구인지 계속 생각해 왔다. 그리고 오늘 다니엘의 최종변론을 듣고 내가 고릴라인 동시에 인간이기도 하다는 사실을 깨달았다. 그러고 나니 마음이 편해졌다. 이전처럼 재판 결과에 연연하지 않게 되었다.

"배심원 여러분, 평결에 도달했습니까?"

"네, 재판장님."

배심원 대표인 남자의 목소리를 들으니 가슴이 답답해졌다. 남자는 메모지를 손에 들고 있었다. 종이에는 이번 재판의 결과가 적혀 있을 터였다. 내가 이길지 아니면 동물원이 이길지. 고릴라는 인간인지 아니면 인간보다 하등한 동물에 지나지 않는지. 재판 결과가 전부는 아니다. 하지만 그래도 역시 신경은 쓰였다.

내가 스스로를 인간이라고 여기는 것처럼 세상 사람들에게도 똑같이 인정받고 싶었다. 말하는 고릴라로서가 아니라 같은 인간으로서, 서로 대등한 위치에 선 존재로서 사람들과 어울리고 싶었다. 내 목숨에도 인간들과 동일한 가치가 있다는 사실을 모두가 알아주길 바랐다.

나는 피고석에 앉은 홉킨스 원장의 옆모습을 바라보았다. 홉킨스 원장의 표정은 어두웠다. 이번 사건이 있기 전까지는 늘 온화함을 잃지 않던 사람이었다. 그는 동물을 어떻게 대해야 하는지 잘 알고 있었고, 나는 그의 다정한 성품을 좋아했다.

하지만 사건 후에는 마치 딴사람이 된 것처럼 험악한 표정을 짓게 되었다. 그 사건과 내가 일으킨 소송이 홉킨스 원장을 변하게 만든 것이다. 그는 나를 어떻게 생각할까?

어쩌면 나에게 배신당했다고 생각하고 있을지도 모른다. 나는 동물원을 상대로 소송을 걸었으니 원장이 그렇게 생각한다 해도 할 말은 없었다. 모든 것이 만족스러운 결과란 있을 수 없다. 무언가를 얻기 위해서는 무언가를 포기해야 할 때도 있는 법이다.

"평결 결과를 말씀해 주십시오."

재판장의 낮은 목소리가 들리고 심장 박동이 빨라졌다.

길었던 싸움이 드디어 끝난다.

"로즈 너클워커 대 클리프턴 동물원에 대해 저희 배심원단은…"

16

나는 무성하게 자란 풀을 헤치며 정글 안으로 걸어 들어갔다. 주먹으로 땅을 짚을 때 느껴지는 부드러운 흙의 감촉, 쏟아지는 햇빛을 가리는 나뭇가지와 나뭇잎, 습기와 함께 다양한 동물들의 냄새를 품고 있는 공기. 나를 둘러싼 모든 것이 내가 기억하는 그대로였다. 새의 지저귐, 개구리들의 합창, 그리고 원숭이가 으르렁대는 소리.

땅바닥에 앉자 기분 좋은 서늘함이 느껴졌다. 벌써 몇 년이나 바지를 입고 생활해 왔다. 옷을 입지 않고 돌아다니는 것은 내게 묘한 해방감을 주었다. 나뭇잎 스치는 소리에 가만히 귀를 기울이고 있으려니 뒤쪽에서 두 사람이 다가오는 소리가 들렸다.

"정글을 안내해 주겠다길래 따라왔더니 설마 이런 지옥이 기다리고 있을 줄이야!" 릴리가 내 옆에 털썩 주저앉으며 투덜거렸다. 릴리는 정글에 들어와서부터 계속 불평만 늘어놓고 있었다.

"미안. 깜박했어. 네가 근성이라고는 찾아볼 수 없는 울보라는 걸." 내가 놀리자 릴리는 분하다는 듯 씩씩거렸다. 나는 아직 장갑을 끼고 있었다. 이대로 조금 더 정글을 산책하고 연구소로 돌아가 장갑을 맡길 생각이었다. 앞으로의 생활에 장갑은 필요 없었다.

"적어도 릴리 넌 정글에 온다는 건 알고 있었던 거잖아. 난 네가 아프리카에 간다길래 따라왔을 뿐이라고. 난 그저 아프리카에서 파는 원단을 보고 싶었을 뿐인데." 유나가 마을에서 산지팡이를 붙잡고 숨을 헐떡이며 말했다.

"미안해. 그럼 넌 이만 돌아가서 시장이나 다녀올래?" 릴리가 말하자 유나는 뒤를 흘깃 돌아보았다. 정글에는 제대로 된 길은 존재하지 않았고 어디를 봐도 비슷비슷해 보이는 나무들이 늘어서 있을 뿐이었다. 정글에 들어온 지 벌써 1시간이 넘었다. 혼자서 돌아가는 건 불가능하다는 사실을 깨달은 유나는 더 이상 우는소리를 하지 않았다.

"아무리 그래도 여긴 너무 덥잖아. 이렇게 푹푹 찌는 곳에 오래 있다가는 뇌가 썩어 버릴지도 몰라."

"정글은 해가 직접 내리쬐지 않으니까 비교적 시원한 편이야. 릴리 넌 우리가 처음 만났을 때부터 이미 뇌가 썩어 있었으니까 걱정 안 해도 돼."

릴리는 내 말에 반박할 기운도 없는지 아무 말 없이 가운뎃손가락을 들어 올렸다.

"좀 쉴까?" 내 말에 두 사람의 표정이 조금 밝아졌다. 릴리는 백팩에서 꺼낸 작은 돗자리를 깔고 앉아서 물통에 든 물을 마셨다. 유나도 그 옆에 앉아 함께 크래커를 먹었다. 나는 조금 떨어진 곳에서 감베야 나무를 발견하고 나무 아래 떨어진 노란 열매를 주워 먹었다. 딱딱한 껍질을 까서 과육을 입에 넣자 그리운 맛이 났다. 미국에서 먹은 과일들은 수분이 많고 달았다. 그에 비하면 감베야 열매는 떫고 퍼석퍼석했다. 하지만 이것이야말로 내가 어릴 때부터 먹어 온 익숙한 고향의 맛이었다.

드디어 돌아온 것이다. 여기 이 정글, 드야 동물 보호구역의 자연 속으로.

미국에서 10년을 살았다. 처음 미국으로 건너갔을 때는 당사자인 내가 모르는 사이에 일방적으로 결정된 조건이라든지 대여 기간 같은 것이 마음에 들지 않았다. 그러나 어쨌든 10년이라는 시간은 눈 깜짝할 사이에 지나가 버렸다.

미국에 갈 수 있다는 생각에 가슴 설레던 것이 바로 어제 일처럼 생생하게 기억났다. 내가 걸어온 길은 특별했다. 나는 지금도 종종 떠올리곤 한다, 처음 미국에 건너갔을 때의 일들을. 고릴라 파크에 들어간 후에는 오마리가 나를 보호해 주었다. 시간을 들여서 새로운 가족에 조금씩 익숙해져 갔다. 나는 오마리에게 특별한 감정을 갖게 되었다.

그리고 그 사건이 내 생활을 완전히 바꾸어 놓았다.

"로즈, 다시 생각해 봐. 정말로 정글로 돌아갈 거야? 미국에 있는 편이 훨씬 더 재미있을 거라니까?"

내가 생각에 잠겨 있자 릴리가 내 옆으로 와서 물었다.

"미국은 지금도 좋아해. 정말로 재미있는 곳이고, 릴리랑 유나도 있으니까."

"미국이 좋으면 카메룬으로 돌아갈 필요는 없어. 로즈는 인간이니까. 원하는 대로 살면 돼."

나는 두 번째 재판에서 승소했고, 인간이라고 인정받았다. 결과적으로 카메룬과 미국 사이에서 처음 나를 둘러싸고 맺었던 협상 조건은 파기되었다. 인간은 워싱턴 조약의 보호 대상이 아니며 임대차 계약의 대상 또한 될 수 없으니까. 물론 카메룬 정부가 불이익을 당하지 않도록 추가 협상이 이루어졌고, 그 결과 나는 카메룬인이 되었다. 내게는 검과 방패와 저울이 그려진 카메룬 여권과 미국 체재를 허가하는 특별 비자가 지급되었다.

물론 카메룬으로 돌아갈 필요는 없었다. 정글로 돌아가겠다는 것은 온전히 내 의지였다.

나는 내 뜻대로 이동할 수 있게 된 것이다. 나는 내가 원할 때, 내가 원하는 장소에서, 내가 하고 싶은 일을 할 수 있다. 나는 누군가의 소유물이 아니다. 자유로워진 것이다.

"릴리 네가 말한 것처럼 나는 내가 원하는 대로 살 거야. 그러니까 나는 내 집에서 살고 싶어. 여기가 내 집이야." 나는 최대한 진심을 담아 대답했다.

"여기 있으면 내가 있어야 할 곳에 있다는 생각이 들어."

나는 감베야 나무의 굵은 줄기를 올려다보았다. 울퉁불퉁한 나무 표면에서 힘이 느껴졌다. 이 나무는 몇십 년, 아니 어쩌면 백 년도 넘게 이 자리를 지켜 왔을지도 모른다. 나는 조심스럽게 나무에 손을 가져다 댔다. 나무껍질을 통해 정글이 지닌 생명력이 전해져 오는 것 같았다. 그것은 도시에서는 결코 느낄 수 없는, 한없이 고요하면서도 무슨 일이 생겨도 흔들리지 않는 강인함이었다.

그리고 지금은 나도 정글의 일부라고 느껴졌다. 미국에 있을 때는 스스로 그곳의 일부라고 느낀 적이 한 번도 없었다. 그랬다면 얼마나 좋았을까. 나를 인간이라고 인정해 준 것은 미국의 사법 제도였다. 하지만 아쉽게도 모두가 나를 받아들여 준 것은 아니었다.

"그래? 아쉽지만 어쩔 수 없지. 심심하면 아무 때나 전화해. 미국에 오면 꼭 연락하고." 릴리가 나를 꼭 끌어안았다.

"어쩌면 금방 미국으로 돌아갈지도 몰라. 나도 정글에서 죽을 때까지 살겠다고 마음먹은 건 아니니까."

법원은 오마리의 죽음에 클리프턴 동물원 측의 책임이 있다고 인정했고, 법원이 선고한 배상금은 6천만 달러에 달했다. 그중 다니엘의 보수를 제외한 나머지 금액은 전부 클리프턴 동물원에 기부하기로 했다. 나는 돈이 필요해서 소송을 건 것이 아니었다. WWD에서 프로 레슬러로 활동하며 벌어들인 수입만으로도 먹고살기에는 충분했다.

내가 재판에서 승소한 후, 동물이 원고가 되어 소송을 제기하는 사례가 늘어났다. 이들과 내 사건의 결정적인 차이는 소송 주체가 당사자인 동물이 아니라 자신들이 동물을 대변한다고 주장하는 보호단체였다는 점이다. 실험용 동물을 보호하기 위한 소송이라든지 시설이 열악하고 제대로 관리되지 않는 동물원을 고발하는 사건도 있었고, 돌고래를 대변하는 단체가 환경 오염을 유발하는 기업을 상대로 소송을 건 사례도 있었다.

이들 단체는 대부분 다니엘에게 변호를 의뢰했지만 다니엘은 전부 다 거절했다. 그 사람들조차 다니엘이 내 재판에서 동물을 변호했다고 착각하고 있었다. 다니엘은 지금까지도 자신은 동물을 변호한 적이 없으며 앞으로도 동물을 변호할 생각은 없다고 단언했다. 결국 그들은 다니엘처럼 유능한 변호사에게 변호를 맡길 기회를 얻지 못했고, 대부분 재판에서 무참하게 패배했다. 내 재판 결과가 동물의 권리 향상으로 이어질 거라고 생각한 사람이 많았지만 실제로는 그렇게 되지 않은 셈이다.

하지만 이번 재판을 통해 사람들이 유인원의 가능성에 주목하기 시작한 것은 틀림없는 사실이었다. 크리거 박사는 캘리포니아에 자기 이름을 딴 동물 보호·연구 시설을 설립해 엄마나 나처럼 수화가 가능한 고릴라를 만들어 내기 위한 프로젝트를 진행하기 시작했다. SL테크와 다니엘의 법률사무소를 필두로 한 협력 기업 및 개인 스폰서들로부터 고릴라 열 마리를 10년간 육성하는 데 필요한 예산이 금방 모였다. 첼시와 샘뿐 아니라 나 역시 프로 레슬러를 조기에 은퇴하고 이 프로젝트에 참여하게 되었다.

육성 대상은 미국 전역에서 선발된 태어난 지 얼마 되지 않은 고릴라들이었다. 우선은 보호시설 내에서 어미와 함께 생활하다가 새끼가 어미로부터 독립하면 어미는 원래 있던 곳으로 돌려보낸다는 계획이었다. 다만 무리에서 새끼를 떼어낸다는 것 자체가 그다지 바람직한 방법은 아니기 때문에 이와 함께 연구소와 미국 전역의 동물원을 연결하는 온라인망을 구축해 원격으로 새끼 고릴라에게 수화를 가르치는 방법도 병행해서 진행하게 되었다. 그러나 원래 고릴라에게는 영상 학습 능력이 없기 때문에 영상으로 수화를 가르치는 방법은 전혀 효과를 거두지 못했다. 반면 시설에서 기르는 고릴라들은 조금씩 수화를 익혀나가기 시작했다.

시설로 데려온 새끼 고릴라 중에는 엄마가 낳은 프레셔스도 있었다. 나보다 늦게 미국에 온 엄마는 내 두 번째 재판이 끝날 무렵, 뉴욕에 있는 브롱스 동물원에서 새끼를 출산했다. 나이 차가 많이 나는 여동생이 태어났다는 사실은 내게 큰 기쁨이었다. 게다가 시설에서 함께 생활하게 되었기 때문에 나는 오랜만에 어린 고릴라들과 함께 노는 즐거움을 누릴 수 있었다. 프레셔스는 엄마가 열심히 가르친 덕분에 수화를 배우는 속도가 다른 고릴라들에 비해 훨씬 빨랐다. 나는 프레셔스를 내 자식처럼 예뻐했다.

엄마와 나는 항상 특별했다. 세상에서 우리 둘만이 수화를 할 수 있는 고릴라, 말을 할 수 있는 고릴라였다. 특별하다는 것은 곧 고독하다는 의미이기도 했다. 하지만 이제부터는 크리거 박사의 지휘하에 말을 할 수 있는 고릴라가 늘어나서 우리 고릴라도 도시에서 인간과 함께 살 수 있게 될 거라고 생각했다. 인간과 고릴라가 공존하는 미래, 그런 것을 꿈꾼 나는 아직 인간을 제대로 이해하지 못하고 있었다.

크리거 박사의 프로젝트는 착실히 성과를 쌓아 갔다. 나와 마찬가지로 어린 고릴라들이 SL테크에서 만든 장갑을 사용해 서로 대화하는 모습이 세간의 주목을 받았다. 이 영상은 전 세계에 큰 충격을 안겨 주었고, 여론은 둘로 나뉘었다. 말을 할 수 있는 동물을 호의적으로 바라보는 사람이 있는가 하면 인간에게 큰 위협이 될 거라고 보는 사람도 있었다.

고릴라에게 수화를 가르치는 것을 금지해야 한다고 주장하는 단체도 생겨났다. 특히 LSH, 라스트 스탠드 오브 휴머니티라는 단체는 인간이란 오직 호모 사피엔스만을 가리킨다고 주장하며 지지자들을 모아 반고릴라 활동을 전개해 나갔다.

그들은 앞서 재판에서 고릴라를 인간이라고 보고 내게 인권을 부여한 평결이 위헌이라고 지적했다. 그렇다고 해서 내 재판의 결과가 뒤집히는 일은 없었지만 크리거 박사의 프로젝트에 대한 비판은 더욱 거세졌다.

출자자가 줄어든 것은 그리 큰 문제가 아니었다. 하지만 반고릴라 단체는 매일같이 연구소 밖을 둘러싼 채 시위를 벌였고, 우리는 점점 지쳐 갔다.

사실 인간은 고릴라를 두려워할 필요가 없었다. 고릴라는 폭력적인 동물도 아니고 동물학적으로도 호모 사피엔스와 매우 유사하다. 나는 서식지를 빼앗기고 있는 고릴라나 다른 유인원이 처한 상황을 인간들에게 알리고 싶었다.

나는 장갑으로 컴퓨터 조작하는 법을 익혔다. 컴퓨터로 인터넷 기사를 확인하고, 전 세계 사람들이 볼 수 있는 SNS에 내가 하고 싶은 말을 적었다. 하지만 그것이 어떤 결과를 가져올지는 전혀 예상하지 못했다.

"동물원에서 태어나 고향인 정글을 한 번도 본 적이 없는 고릴라가 전 세계에 1천 마리가 넘는다. 가능하다면 그들에게 정글을 보여 주고 싶다."

하루는 인터넷에 이런 글을 올린 적이 있었다.

이 짧은 글이 생각지도 못했던 극렬한 반대 운동을 불러일으켰다. 반고릴라 활동을 비판하던 사람들조차 난색을 표했다.

"고릴라를 볼 수 없게 된다."

"이대로는 동물원이 없어져 버릴 거다."

사람들은 내 말을 확대 해석해서 나를 비난하기 시작했다.

반대로 동물 보호론자들은 나를 극찬했다. 고릴라는 인간이라고 인정받았으니 한 번 더 소송을 걸라고 부추겼다. 고릴라 해방에 반대하는 동물원을 고소하기 위해 변호사 비용을 모으는 크라우드 펀딩이 내 동의도 구하지 않은 채 멋대로 시작되었다.

지긋지긋했다. 재판 따위 두 번 다시 하고 싶지 않았다.

내가 동물원을 상대로 소송을 걸 생각이 없다고 밝히자 또다시 비난이 쇄도했다.

"로즈는 다른 고릴라들을 저버렸다." 신문에 이런 기사가 난 것을 보니 허탈함이 몰려왔다. 그러자 이번에는 그 신문을 명예훼손으로 고발하라는 사람까지 나타났다.

대체 내게 몇 번이나 더 소송을 걸라는 건가.

언제까지 싸우라는 건가.

그들을 이해할 수가 없었다.

내게 있어 말은 곧 마법이었다.

눈앞에 있는 상대와 서로의 감정을 나누고 서로를 이해하기 위한 멋진 도구였다. 말이 있었기에 내 마음을 내보일 수 있고, 상대의 마음에 가닿을 수도 있었다. 말을 할 수 있으면 고릴라인지 인간인지는 중요하지 않았다.

하지만 지금 내게 날아오는 말은 저주였다.

얼굴도 보이지 않고 어디 있는지도 알 수 없는 누군가의 악의에 찬 무책임한 말들이 거센 파도처럼 몰려왔다. TV, 신문, 인터넷, 어디를 봐도 생각 없는 말이 넘쳐났다.

야생 동물이 비바람을 견디듯 사람들은 휘몰아치는 말 속에서 살고 있다. 강한 빗줄기가 땅을 파헤치듯 거친 말은 사람들의 마음을 헤집어 놓는다. 그런데도 다들 그게 당연하다는 듯한 얼굴을 하고 살아간다.

그러던 어느 날, 어느 대학의 고명한 철학자라는 사람이 내 재판에 관해 쓴 글이 유명 잡지에 실렸다. 이번 내 재판은 고대 로마 제국에서 일어난 노예 반란과 성격이 비슷하다는 내용이었다. 나는 인간의 지배에 저항한 결과, 시민권을 얻게 되었다. 하지만 노예 반란이 노예 제도 자체를 완전히 없애지는 못한 것처럼 동물에 대한 인간의 지배는 앞으로도 계속될 거라는 게 그 글의 결론이었다.

프로젝트를 중단하게 된 결정적인 계기는 반고릴라 시위대가 한밤중에 시설 내로 침입한 사건이었다. 물론 시위대는 불법 침입으로 경찰에 체포되었지만 이 일로 많은 고릴라와 직원들이 위험에 처할 뻔했기 때문에 우리는 더 이상 프로젝트를 계속하기 어렵겠다고 판단했다. 5년간 이어져 온 프로젝트는 미완성인 채로 막을 내렸고, 고릴라들은 각자 다른 동물원으로 뿔뿔이 흩어졌다. 그들은 서서히 말을 잊어 갔다. 결국 현재 수화를 할 수 있는 고릴라는 엄마와 나와 프레셔스, 이 세 마리뿐이다.

이 일로 가장 화를 낸 사람은 뜻밖에도 다니엘이었다.

"빌어먹을 반고릴라 시위대 놈들, 나를 열받게 한 걸 후회하게 만들어 주지."

프로젝트가 중단됐다는 사실을 알려주기 위해 다니엘의 사무실을 찾아간 나는 그의 격한 반응에 놀랐다.

"그렇게 우리를 소중하게 생각해 주는 줄은 몰랐네."

"당연하지. 말하는 고릴라가 늘어나면 내 인생이 폈을 텐데. 생각해 봐. 앞으로 고릴라들이 얼마나 다양한 문제에 부딪히게 될지. 그들이 전부 내 고객이 됐을 거라고. 재판 자체도 어려울 게 없지. '로즈를 기억하고 계십니까? 고릴라는 이제 인간입니다' 이 한마디면 다 이길 수 있었을 테니까."

나는 다니엘이 하나도 변하지 않은 것을 보고 웃음을 터뜨렸다. 다니엘의 가장 큰 관심사는 여전히 돈이었다. 어쩌면 다니엘처럼 자신의 욕망에 충실한 사람을 더 신뢰할 수 있는 게 아닐까 싶었다.

나는 다니엘에게 얼마 전 읽은 철학자의 글에 대해 말해 줬다. 다니엘은 어떻게 생각할지 궁금했다.

"내 재판은 정말로 노예의 반란에 지나지 않았던 걸까? 고릴라가 인간이라고 인정받았으니 앞으로 세상이 바뀔 거라고 생각했는데 변하는 건 아무것도 없는 걸까?"

내가 다니엘에게 의견을 묻자 그는 고개를 절레절레 흔들었다.

"로즈 넌 그보다는 머리가 좋은 줄 알았는데 좀 실망스러운걸. 인간에 대해 아직 더 배워야겠다. 우선 명심해야 할 것은 결코, 절대로, 무슨 일이 있어도 철학자가 하는 말 따위는 믿어서는 안 된다는 거야. 철학을 공부하겠다고 마음먹었다는 것 자체가 이미 멍청하다는 뜻이야. 그런 놈들이 하는 말은 아무런 가치도 없어."

나는 그건 그냥 욕하는 거 아니냐며 웃었다. 다니엘은 진지한 얼굴로 엉뚱한 소리를 하는 게 특기였다. 하지만 덕분에 내 기분은 한결 가벼워졌다.

"네 재판은 앞으로 중요한 이정표가 될 거야. 고릴라를 인간으로 인정한 판례가 생긴 거니까. 물론 판례 하나로 세상이 바뀌는 건 아니야. 안타깝게도 사람들의 의식은 그렇게 쉽게 바뀌지 않거든."

다니엘은 어깨를 으쓱해 보였다.

"전에도 말했듯이 인간은 오랜 시간을 들여서 사법 제도라는 걸 만들었어. 제도를 꾸준히 정비하고 판례를 하나하나 모아서 무엇이 옳은지 판단하는 기준을 구축해 온 거야. 그리고 이제 너도 그 일부가 된 거지. 네 판례는 앞으로 비슷한 문제로 힘들어하는 사람들을 돕는 역할을 하게 되겠지. 하지만 네가 처음은 아니야. 네 재판 때도 과거의 판례가 중요한 역할을 했어. 그리고 네가 마지막도 아니고. 변화는 금방 나타나지는 않지만 몇십 년 후에는 인간과 동물의 관계가 크게 달라져 있을 거야."

다니엘은 그렇게 말하며 내 어깨를 두드렸다.

"그래도 부족하면 네가 직접 변호사나 판사가 되는 방법도 있어. 넌 인간이니까. 노력하면 뭐든 할 수 있다고."

"내가 변호사가 될 수 있다고? 판사도 될 수 있고?" 깜짝 놀랐다. 그런 생각은 해본 적도 없었다.

"물론이지. 프로 레슬러도 됐는데 변호사가 못 될 건 뭐야? 사법고시 정도는 껌이지."

다니엘이 대수롭지 않은 투로 말했다.

"정말 그렇게 생각해?"

"아니다, 역시 관두는 게 좋겠어. 나처럼 냉혹한 짐승이 아니면 이 바닥에서 버틸 수 없거든. 넌 변호사가 되기에는 사람이 너무 착해." 다니엘이 씩 웃었다.

다니엘 말처럼 몇십 년 후에는 인간과 동물의 관계가 달라질지도 모른다.

하지만 그렇게 될 때까지 내가 계속 싸울 수는 없었다.

싸우기 위해 사는 게 아니니까.

사람들은 나를 동물에 지나지 않는다고 업신여겼지만 나는 재판을 통해 인간이라고 인정받았다. 일약 화제의 인물이 되었고, 각종 매체에서 앞다투어 나를 취재했다. 그리고 다시 또 사람들로부터 거부당했다.

그렇다고 해서 인간이 싫어진 것은 아니다. 그저 조금 지쳤을 뿐이다. 그래서 정글로 돌아가기로 한 것이다. 인간으로서의 나를 잊고 고릴라로서의 나와 마주하고 싶었다. 다른 고릴라들에게 정글을 보여 주고 싶다는 바람은 이뤄지지 않았지만, 엄마와 프레셔스는 나와 함께 정글로 돌아갈 수 있게 되었다.

둘은 조금 전까지 나와 함께 있었지만 정글에 발을 들인 순간, 흥분한 엄마가 프레셔스를 데리고 정글 깊숙이 들어가 버렸다.

릴리와 유나가 충분히 휴식을 취한 후 우리는 다시 정글 안쪽으로 향했다. 풀숲을 헤치고 쓰러진 나무를 넘어 덩굴에 의지해 언덕을 올랐다.

나뭇가지 위에서 쉬고 있는 갈라고를 발견한 나는 릴리와 유나에게 이 작고 귀여운 원숭이를 보여 주기 위해 조용히 손짓했다. 희귀 동물을 본 두 사람은 반색했지만, 손바닥만 한 크기의 늘보원숭이를 닮은 갈라고는 카메라 셔터 누르는 소리에 놀라 어디론가 도망쳐 버렸다.

마음 같아서는 카메룬에 도착하자마자 곧장 정글로 달려가고 싶었지만, 미국을 떠나 카메룬의 수도인 야운데에 있는 은시말렌 국제공항에 내리자 국빈급 대우가 나를 기다리고 있었다. 나는 세상에서 가장 유명한 카메룬인이었다. 자국에서 가장 유명한 사람이 고릴라라는 건 카메룬에 실례가 아닌가 싶기도 했지만 아무튼 내가 처음 미국에 간 것도 다 카메룬 정부가 도와주었기에 가능한 일이었다. 나는 각종 매체의 취재에 응하고 다양한 사람을 만나고 온갖 종류의 시설을 방문해야만 했다.

결국 내가 드야 동물 보호구역을 찾은 것은 카메룬에 온 지 일주일이 지나서였다. 베르투아 유인원 연구소에 도착할 때까지는 계속 모르는 사람들에게 둘러싸여 있었다. 연구소에서는 10

년 만에 리디를 만날 수 있었다. 우리는 오랜만에 서로를 끌어안고 재회를 기뻐했다. 하지만 그곳에는 리디를 빼면 내가 아는 사람이 아무도 없었다.

정글에는 나의 예전 가족이 아직 살고 있었다. 나보다 몇 살 더 나이가 많은 이복형제인 요아킴이 바로 근처에 머물고 있다고 했다. 내가 드야 동물 보호구역을 떠났을 때 요아킴은 원래 있던 무리에서 혼자 떨어져 나간 직후였는데 지금은 열네 마리 규모의 무리를 이끄는 우두머리가 되어 있었다.

나는 연구소에서 릴리와 유나를 만나 요아킴의 무리가 있는 곳으로 안내하기로 했다. 요아킴이 어디 있는지는 연구소 직원에게 들었기 때문에 헤매지 않고 바로 찾을 수 있을 거라고 확신했다. 하지만 난생처음 정글에 발을 들인 두 사람은 불안한 기색을 감추지 못했다.

"로즈, 너 길은 알고 있는 거지? 길을 잃고 헤매면 어떡해?" 릴리가 내게 물었다.

"나는 여기서 태어났어. 내가 모르는 길은 없어. 네가 뉴욕에서 길을 잃지 않는 것처럼."

"내가 뉴욕에서 헤맬 일이야 당연히 없지. 뉴욕은 거리마다 알아보기 쉽게 번호가 붙어 있잖아. 여기랑 다르게."

릴리는 입술을 삐죽였고, 우리는 계속 걸었다.

옆에 있는 나무에 나뭇잎으로 위장한 카멜레온이 붙어 있길래 릴리와 유나에게도 알려 주었다. 커다란 눈동자를 뒤룩뒤룩

굴리는 파충류가 귀여워서 손가락으로 쿡 찌르자 깜짝 놀란 카멜레온은 온몸이 새빨개지더니 허둥지둥 도망쳐 버렸다.

이윽고 우리는 커다란 늪이 있는 탁 트인 장소에 다다랐다. 과거 몇 번이나 몸을 담갔던 늪이 여전히 같은 곳에 남아 있다는 사실이 기뻐서 나는 두 사람을 내버려 둔 채 늪 안으로 걸어 들어갔다. 물은 차가웠고 바닥에 깔린 진흙이 발바닥을 부드럽게 어루만졌다.

"두 사람도 들어와 봐. 기분 되게 좋아."

"으으, 뭔가 뱀이나 악어가 나올 것 같아서 무서운데…" 내가 손짓하자 유나는 노골적으로 싫은 표정을 지었다.

"악어는 큰 강에는 있지만 이런 데에는 없어. 만약 악어가 나오더라도 내가 구해 줄게."

릴리는 내 말을 듣고 늪가로 다가와 신발을 벗기 시작했다.

"어어? 너 진짜 들어가려고? 하지 마. 병균 같은 거에 감염되면 어쩌려고."

"그러게, 위험할 수도 있겠지. 하지만 로즈가 지금 어떤 기분인지 나도 알고 싶어."

릴리는 화려한 분홍색 양말을 돌돌 말아 신발 속에 넣었다. 그러고는 고개를 숙인 채 한쪽 발을 조심스럽게 물속에 집어넣더니 시선을 들어 나를 쳐다보았다.

릴리는 아무 말 없이 내게 미소를 지어 보였다. 커다란 나무들이 빽빽하게 들어차 주위가 어스름한 속에서도 릴리는 반짝

반짝 빛이 났다. 땀에 젖은 검은 머리가 목덜미에 달라붙어 있었다. 진한 파란색 바람막이가 눈이 부셨다. 무릎까지 걷어 올린 바지 아래로 릴리의 가느다란 다리가 보였다.

그 순간의 벅차오르는 감정을 표현할 수 있는 말을 나는 알지 못했다. 그녀는 완벽했다. 완벽한 순간이었다. 이 순간을 영원히 잊지 못할 거라는 예감이 들었다. 앞으로 릴리를 만나지 못하는 시간 동안 나는 항상 지금 이 모습을 떠올릴 것이다.

릴리는 나를 처음 만났을 때도 겁먹지 않았다. 나를 특별하게 대하지 않았다. 말하는 고릴라가 아니라 친구로 대해 주었다. 그리고 지금도 그녀는 주저하지 않고 내가 있는 늪에 발을 들였다.

"뭔가 자연의 일부가 된 것 같아." 릴리는 조용히 중얼거리며 사방을 둘러싼 나무들을 올려다보았다. 수천 개의 나뭇잎에 가려져서 푸른 하늘은 보이지 않았다.

"맞아. 정글에 들어오면 모두가 자연의 일부가 되는 거야. 같은 엄마 배 속에 있는 쌍둥이 자매처럼 지금 우리 사이에는 아무것도 없어. 하지만 도시에서는 모두가 고독해. 그래서 나는 여기로 돌아온 거야."

"그래? 뭔가 알 것 같기도 하다. 여기가 로즈 너의 세계인 거구나." 릴리가 쓸쓸한 목소리로 중얼거렸다.

"생각해 보면 인간들은 참 이상해. 그렇지? 네가 처음 미국에 왔을 때는 모두가 열렬하게 환호하고 반겼으면서 앞으로 말하는 고릴라가 늘어날 거라고 하니까 손바닥 뒤집듯 태도를 바꾸

다니 말이야." 릴리가 한숨을 내쉬며 말을 이었다.

"역시 동물과 인간을 구별하고 싶은 거겠지. 고릴라를 인간이라고 생각하고 싶지 않은 거야. 인간의 세계에 인간 이외의 존재가 들어오는 게 무서운 거라고. 정작 자기들은 동물의 세계에 침입해서 터전을 넓혀 갔으면서. 인간은 정말이지 이기적이라니까."

나는 대답할 말을 찾지 못해 머뭇거렸다. 릴리가 말하는 인간에는 내가 포함되어 있지 않았기 때문이다. 릴리가 나쁜 게 아니라 그것이 말의 한계였다. 인간이라는 말의 의미가, 정의가, 지치지도 않고 몇 번이고 나를 배제하려고 들었다. 아무리 시간이 지나도 '우리 둘'은 '우리 인간'이 될 수 없었다.

"로즈, 너 인간이 싫어졌어?" 릴리가 나를 정면에서 똑바로 쳐다보며 물었다.

"좋은 사람도 있고 싫은 사람도 있어. 고릴라도 마찬가지야. 싫은 녀석은 어딜 가든 있으니까 별로 신경 쓰지 않아."

"넌 정말 강하구나."

"그야 물론이지. 여기서는 강하지 않으면 살아남을 수 없으니까 살아 있다는 것 자체가 강하다는 뜻이야."

내 말에 릴리가 웃었다.

"로즈, 내가 널 처음 만났을 때 했던 말 기억해? 나한테 넌 말하는 고릴라도 아니고 동물 대표도 아니고 그냥 친구일 뿐이라고, 그러니까 나랑 있을 때는 아무런 책임도 느끼지 않아도 괜찮다고, 대충 그런 말을 했던 것 같은데."

"당연히 기억하지. 처음 봤을 때부터 릴리 너랑은 좋은 친구가 될 수 있을 것 같았어."

"하지만 나 사실은 너한테 엄청 기대하고 있었어. 재판에서 이긴 후에 말이야. 네가 우리 인간을 바꿔 주지 않을까 하고."

"그게 무슨 소리야?" 릴리가 무슨 말을 하려는 건지 잘 이해가 가지 않았다.

"동물원에 있는 고릴라는 고릴라 본연의 삶을 살고 있지 못하다고, 자기 의사에 반하는 생활을 강요당하고 있다고 네가 그랬잖아. 그 말을 듣고 인간도 마찬가지라는 생각이 들었거든."

"무슨 말인지 모르겠어."

"물론 고릴라는 인간들이 멋대로 잡아다가 동물원에 가둬 놓은 거고, 인간은 스스로 만든 문화 속에서 살고 있는 거니까 전혀 다른 차원의 이야기이긴 한데…."

릴리는 말하기 어렵다는 듯 잠시 머뭇거렸다.

"알다시피 난 래퍼가 됐잖아. 남들처럼 대학 나와서 회사에 들어가긴 싫었거든. 일하기 싫은 건 모두 다 마찬가지야. 하지만 살기 위해서 어쩔 수 없이 일하는 거지. 뼈 빠지게 일해서 세금 내고, 쓰레기 같은 남자한테 쓰레기 같은 취급을 당하고, 말만 번지르르한 정치인들한테 매번 속고. 다들 지긋지긋해하면서도 그게 평범한 인생이라고 생각하고 있어."

릴리는 투덜거리며 늪 안쪽으로 천천히 걸어 들어왔다.

"동물원에 있는 고릴라가 고릴라 본연의 삶을 살고 있지 못하다는 말을 들으니까 그렇다면 인간 본연의 삶이란 어떤 걸까 싶더라. 왜냐하면 난 이런 세상을 원하지 않았으니까. 지금 이건 누군가 과거에 살았던 사람들이 자기들 마음대로 만들어 놓은 세계잖아. 인간 본연의 모습대로 살아가는 게 아니라 억지로 부자연스러운 생활을 강요당하고 있다는 생각이 들어. 자기 손으로 보이지 않는 우리를 만들고 그 안에 들어가서 답답하게 살고 있는 것 같아."

릴리는 고개를 들어 하늘을 올려다보았다. 머릿속으로 할 말을 정리하고 있는지 시선이 허공을 맴돌았다.

"어쩌면 동물을 해방시킴으로써 정말로 구원받는 건 우리 인간이 아닐까, 그런 생각이 들었어. 동물이 동물 본연의 모습대로 살 수 있는 세상이란 분명 인간도 인간 본연의 모습대로 살 수 있는 세상일 거라고 말이야. 앞으로 인간의 문화가 크게 바뀔지도 모른다고, 그런 생각을 했어."

어느샌가 릴리는 내 바로 옆까지 와 있었다. 바지가 홀딱 다 젖었지만 전혀 신경 쓰지 않는 것 같았다.

"그러니까 미안해. 일방적으로 너한테 기대를 걸어서. 네 바람을 이뤄 주지도 못했고."

눈물이 나를 쳐다보는 릴리의 뺨을 타고 흘러내렸다.

"괜찮아. 이건 릴리 네가 사과할 일이 아니야."

우리는 함께 늪에서 나왔다. 릴리는 백팩에서 꺼낸 수건으로 발을 닦고 벗어 두었던 신발을 다시 신었다.

"나도 사과할 거 있어. 사실은 나도 릴리 너한테 일방적인 기대를 하고 있었거든."

"정말?" 릴리가 놀란 얼굴로 나를 돌아보았다.

"언젠가 그래미상을 탈 거라고 말이야. 하지만 넌 아무리 시간이 지나도 여전히 이류 유명인일 뿐이더라."

내가 놀리자 릴리는 쯧 하고 혀를 찼다.

"뭐야, 정말! 사람이 진지한 얘기를 하고 있는데! 그리고 그래미상 같은 건 줘도 안 받아!"

릴리가 펄펄 뛰길래 나는 도망치는 시늉을 했다.

"앗, 거기 서!"

릴리가 쫓아와서 뒤에서 나를 덮쳤다. 내 등에 매달려서 온몸을 마구 쓰다듬었다. 우리는 함께 웃음을 터뜨렸다. 웃음소리는 전혀 다르지만 즐겁다고 느끼는 기분은 똑같았다. 앞으로는 이렇게 릴리와 장난도 칠 수 없다. 그렇게 생각하니 아쉬움이 밀려왔다.

그때 갑자기 늪 반대편 수풀이 부스럭거리더니 커다란 검은 동물이 모습을 드러냈다. 건장한 체격의 수컷 고릴라였다. 거리가 떨어져 있어서 누구인지는 알 수 없었다.

가까이 다가가서 확인하고 싶었지만 릴리와 유나를 두고 갈 수는 없는 노릇이었다. 내가 망설이자 릴리가 고개를 끄덕여 보였다.

"가서 친구랑 인사하고 와. 우리는 여기서 쉬고 있을게. 제대로 돌아오기만 해. 해 떨어지기 전에 연구소로 돌아가고 싶으니까."

나는 릴리에게 고맙다고 말한 뒤 반대편에 나타난 고릴라에게로 향했다. 요아킴네 무리 중 누군가일까?

수컷 고릴라와의 거리가 점점 줄어들면서 상대의 얼굴이 드러났다. 나는 깜짝 놀라 걸음을 멈췄다.

아이작이었다. 10년이라는 시간이 지나는 사이에 예전과 같은 미숙함은 완전히 사라지고 어엿한 어른이 되어 있었다. 내가 가까이 다가가도 전혀 신경 쓰지 않는다는 듯한 위풍당당한 모습은 아버지 에사우를 떠올리게 했다.

아이작의 등은 우아한 은빛으로 빛났고, 지금까지 본 그 어떤 고릴라보다 강해 보였다. 그는 천천히 내게 다가왔다. 주먹으로 땅을 짚을 때마다 우람한 팔 근육이 꿈틀거렸다.

나를 기억할까? 10년 전에 한두 번 마주쳤을 뿐인 나를?

확인할 방법은 없었다. 아이작과는 대화를 할 수 없으니까.

아이작은 내 앞에 와서 낮은 목소리로 기쁘다는 듯 인사했다.

나도 똑같이 인사했다.

우리 사이에 말은 필요하지 않았다.

둘 사이를 가로막는 복잡한 말의 의미나 정의 따위를 고민할 필요 없이 나뭇잎 사이로 비치는 햇살처럼 고요하고 잔잔한 감정의 교류만이 이루어졌다.

어머니 정글의 품에 안겨 모든 생명은 똑같은 생명으로서 그곳에 존재하고 있었다.

작가의 말

메피스토상을 수상한 후 원고를 단행본으로 만드는 과정에서 교토대학 명예교수이자 종합지구환경학연구소 소장이신 야마기와 주이치 선생님께 감수를 부탁드렸고, 교수님께서는 공사다망하신 와중에도 흔쾌히 제 부탁을 들어주셨습니다. 교수님의 감수 덕분에 고릴라의 생태를 보다 정확하게 묘사할 수 있었습니다. 이 자리를 빌려 다시 한번 감사드립니다.

이 책에 등장하는 내용 중에는 사실과 다른 부분도 있습니다. 로즈의 뛰어난 지능과 인지 능력은 물론이거니와 모리스 무리의 습격 장면도 현실과는 다릅니다. 로랜드고릴라는 수컷 간의 연대감이 희박하기 때문에 수컷끼리 함께 다니는 일은 거의 없다고 합니다. 또 새끼를 죽이는 것은 마운틴고릴라의 특징이고, 로랜드고릴라에게서는 거의 찾아볼 수 없다고 합니다. 작품 안에서도 반복해서 설명하고 있듯이 기본적으로 고릴라는 싸움을 좋아하지 않는 동물입니다. 책에 등장하는 모든 내용에 대한 책임은 전적으로 작가인 제게 있습니다.

현실 사회에서의 유인원과 인권의 관계에 관심이 있으시다면 참고문헌에서 소개한 『대형 유인원의 권리 선언』을 읽어 보시기 바랍니다.

코코와 하람베에게도 특별히 감사의 말을 전하고 싶습니다. 두 마리의 고릴라가 없었다면 이 작품도 탄생하지 않았을 겁니다.

모든 유인원, 그리고 모든 생명이 편히 쉴 수 있는 곳이 마련되기를.

스도 코토리

참고문헌

《마운틴고릴라의 숲에서》, 월터 바움가르텔
《Up Among the Mountain Gorillas》, Walter Baumgartel

《고릴라의 숲에서 살아가다》, 야마기와 주이치
《ゴリラの森に暮らす》, 山極寿一

《고릴라의 숲, 언어의 바다》, 야마기와 주이치·오가와 요코
《ゴリラの森、言葉の海》, 山極寿一·小川洋子

《고릴라: 숲의 다정한 거인》, 앨런 구달
《The Wandering Gorillas》, Alan Goodall

《너무 많이 실은 방주》, 제럴드 더럴
《The Overloaded Ark》, Gerald Durrell

《안개 속의 고릴라》, 다이앤 포시
《Gorillas in the Mist》, Dian Fossey

《고릴라는 싸우지 않는다》, 야마기와 주이치·코스게 마사오
《ゴリラは戦わない》, 山極寿一·小菅正夫

《고릴라 도감》, 야마기와 주이치
《ゴリラ図鑑》, 山極寿一

《알렉스와 나》, 이렌느 페퍼버그
《Alex and Me》, Irene Pepperberg

《배심원 재판》, 그레이엄 버넷
《A Trial by Jury》, D. Graham Burnett

《대형 유인원의 권리 선언》, 파올라 카발리에리
《The Great Ape Project: Equality beyond Humanity》, Paola Cavalieri

내셔널지오그래픽 매거진 일본판 2008년 2월호

내셔널지오그래픽 DVD비디오 《도시에 사는 고릴라》

내셔널지오그래픽 DVD 《아프리카의 열대우림》

영화 <프로젝트 님> (제임스 마쉬 감독)

제시 잭슨의 연설
https://www.youtube.com/watch?v=sn5hCdHuZzw

옮긴이 남소현

연세대학교와 이화여자대학교 통역번역대학원을 졸업하고, 일본 문학 번역가로 활동하고 있다. 번역작으로 《형사의 약속》, 《여섯 명의 거짓말쟁이 대학생》, 《설원》, 《기묘한 괴담 하우스》, 《그래도 해야지 어떡해》, 《형사 변호인》, 《녹색의 나의 집》, 《죄의 경계》, 《그리움을 요리하는 심야식당》 등이 있다.

고릴라 재판의 날

초판 2024년 4월 29일 1쇄
저자 스도 코토리
옮긴이 남소현
편집 임지은 **디자인** 배석현
ISBN 979-11-93324-24-0   03830

출판사 북플라자
주소 서울시 강남구 논현동 118-13 5층
홈페이지 www.bookplaza.co.kr

영화 관권, 오탈자 제보 등 기타 문의사항은 book.plaza@hanmail.net으로 보내주세요.
잘못된 책은 구입하신 서점에서 교환해 드립니다.